FANPRO

Michael Marcus Thurner ist gebürtiger Wiener und lebt auch heute noch mit seiner Familie ausgesprochen gerne dort. Sein Leben ist geprägt von häufigen Wechseln, seine Interessen sind Fußballspielen, dem SC Rapid die Daumen drücken, Motorradfahren, Ü-Eier, Comics und natürlich Science-Fiction in jeder Form. Mit 34 Jahren begann seine aktive Schriftstellerei mit dem Einstieg beim ATLAN-Centauri-Zyklus. Im gleichen Jahr folgte die Mitarbeit bei der SF-Serie BAD EARTH, 2003 bei MADDRAX. Seit April 2005 ist Michael Marcus Thurner PERRY RHODAN-Teamautor, und im August 2005 übernahm er die Exposé-Arbeit der ATLAN-Serie.

Michael Marcus Thurner

Befreiung in Camouflage

Dritter Band der Lepso-Trilogie

Originalausgabe

FanPro
Band 71005

Titelbild: Arndt Drechsler

Redaktion: Sabine Kropp
Lektorat: Helmut Ehls
Satz und Layout: Tobias Hamelmann
Umschlaggestaltung: Ralf Berszuck
Druck und Bindung: Nørhaven A/S, Viborg, Dänemark

Besuchen Sie unsere Website *http://www.fanpro.com*

http://www.atlan.de

Printed in the EU 2007

ISBN 978-389064-488-2

Kleines Who is Who

Atlan – Lordadmiral, Nebenjob: Taucher
Tipa Riordan – Piratin, Nebenjob: Lukull
Ohm Santarin – der USO-Agent fürchtet sich vor seiner Mutter
Aizela da Onur – die Arkonidin wurde konditioniert, Sadik zu entrümpeln
Gart da Tromin – Khasurnvorstand und absoluter Herrscher auf Sadik
Ulja da Tromin – Lieblingsneffe des Patriarchen Gart da Tromin
Ziabad da Tromin – missratener Sohn des Patriarchen
Anelle – die Frau des Patriarchen ist untreu aus gutem Grund
Camara Zaintz – das unscheinbare Mädchen hat es faustdick hinter den Psi-Ohren
Debakil – der stellvertretende Zollamtsleiter steht auf dicke Brieftaschen
Cymbal – nicht gerade ein süßer Transvestit, aber auch keine gute Mutter
Erikon – ein altsadikscher Revoluzzer
Ezio – Oberaufseher, liebt nur seine Neuropeitsche Oskar
Ylve – die schwangere Leidensgenossin Atlans erweist sich als das Mädchen mit dem goldenen Arm
Zippo Gull – Piratenkapitän der REVENGE, fürchtet nur das Schlafzimmer seiner Vorgesetzten
Kampt Ruyten – Tante Tipas organischer Erfolgsschnüffler
Artemio Hoffins – der Exchef der Schwarzen Garde geht über Leichen
Corus da Onur – Spieler um Camouflage
Opryn da Onur – Gegenspieler um Camouflage
Kerstayn und **Difinit** – zwei weitere der acht Namenlosen, gehören zu Opryn

Aerticos Gando – der Thakan von Lepso hat noch eine Hand frei
Sumbarn – Atlans Hautpartner, einstmals über eine Báalol-Priesterin gestülpt
Trenic – Hoffins' bessere Haut
Sonda – erbarmungsloser Symbiont von Corus da Onur

Vergangenheit der Gavivis

Paritaun – seine Weisheit überdauert die Jahrhunderte
Zimbulian – Rektoride
Apetlon – der Raumfahrtphilosoph taucht tief in der lepsotischen Ursuppe unter
Jonstar – leidet an Wiedergeburt
Nada – Jonstars Enkelin
Ketelle – die erste Frau in einer Tyarez-Haut
Pinter – ein Talent entfaltet sich
Destin – ein weit gereister Gavivi
Suwjush – Symbiont von Destin
Trashewiu/Zoim – schlagen der Entropie ein Schnippchen
Cardio – die Leiterin des Raumfahrtprogramms ist eine gute Freundin Trashewius
Klamph – bedeutender Psychologe
Frauz – Ratsältester
Tchaun – dessen einzige Tochter
Gafeed – Tchauns ewig zweifelnder Tyarez
Voina – kündigt die lange Partnerschaft der beiden ungleichen Völker
Quinrill – der letzte Gavivi Camouflages

ERSTES BUCH

Kapitel 1

Schlamm und Stein, so weit das Auge reichte.

Dazwischen kleine Inseln gelbgrüner Vegetation, von sirrenden Insektenschwärmen umgeben. Krächzende Vögel erhoben sich aufgeregt auf ledernen, zweigeteilten Schwingen. Sie schnappten nach den Stechmücken, fraßen sie und ließen sich schließlich von der nachmittäglichen Wärmethermik hoch tragen. In Zugstärke flatterten sie davon, dem blutroten Horizont entgegen.

Ein Raub-Igob ließ die Schlingzunge vorschnellen. Er packte einen der Nachzügler, umwickelte ihn mit klebrigem Verdauungssud und presste gleichzeitig das Leben aus dem schwachen Körper. Mit einem beiläufig geführten Hieb der so plump wirkenden Tatzkrallen zerlegte der Raub-Igob das junge Vögelchen und würgte dann die Happen hinunter.

Ein Schlangenlegander war ihm unbemerkt auf den Leib gerückt. Er klinkte seinen Kiefer aus, lähmte den kleinen Jäger mit seinem einzigen Giftzahn und packte den Igob schwanzseitig, um den Fress- und Verdauungsvorgang zu beginnen. Er würde die ganze Nacht andauern.

Aber auch der Schlangenlegander durfte sich seines Lebens nicht sicher sein. In der Ferne erklang das Jaulen eines Sumpftrasten. Das Rudel kam näher und näher. Die Jäger, die mit ihren flachen und haarigen Tatzen über Wasser und Morast gleichermaßen zu tanzen schienen, würden allzu rasch da sein, um ihre Spitze der natürlichen Nahrungskette einzunehmen.

Nein. Das stimmte nicht mehr.

Pianot seufzte. *Das Volk* hatte vor wenigen Jahreswechseln beschlossen, sein Bewusstsein und seinen Intellekt über den aller heimischen Tiere zu stellen.

Es war dies ein bewusster Vorgang gewesen, der großteils mit dem Selbsterhaltungstrieb zu tun hatte – aber nicht nur. Das Volk besaß physische Nachteile, die ausgeglichen werden mussten, um ein Überleben zu sichern. Wie und warum diese Bewusstseinswerdung geschehen war, blieb ihnen allerdings unklar.

Pianot senkte seinen Körper tiefer in den Morast und ignorierte den Gestank, der von den modrigen Schlingpflanzen unter ihm ausging. Die Sumpftrasten waren nahe, angelockt vom Blutgeruch. Wie rasend würden sie sich in den Kampf gegen den Schlangenlegander werfen, alles um sich herum vergessen – und schließlich selbst zu Opfern werden.

Die Netze waren gespannt, die Bastkäfige bereitgestellt. Wenn alles so funktionierte, wie sie es geplant hatten, würden sie mit dem Beginn der Nacht den Großteil der Rudeltiere gefangen genommen haben.

Sumpftrasten waren Säuger. Ihre Milch war wohlschmeckend und nährreich. Die Tiere mussten so rasch wie möglich domestiziert, das Nahrungsangebot für das Volk weiter ausgedehnt werden. Nur dann würden sie ihrem noch von Mängeln und Verzicht geprägten Dasein einen weiteren Schub in die richtige Richtung geben können.

Am Beginn jener Nahrungskette, deren letztes Glied sie nunmehr geworden waren, standen Stechmücken und andere Insekten. Pianot wurde sich seiner Schuld bewusst. Er würde etwas opfern müssen, so verlangten es Vernunft und Moral. Er und seinesgleichen würden nach der Jagd als Dankeschön mehrere Haufen Kot hinterlassen.

Das erste Sumpftrasten-Weibchen schob seinen flachen Hals über das locker stehende Primolen-Gras. Es witterte mit der breiten Schnauze, sah sich um und gab dem Rest des Rudels mit einem kurzen Schlag einer Vordertatze ins schlammige Wasser das Signal zum näheren Heranpirschen.

Der Schlangenlegander hatte sich mittlerweile würgend zur Seite gelegt. Er verfügte während des Fressens über ein reduziertes Sinnesempfinden.

Da! Zwei Sumpftrasten-Männchen stürmten mit weiten Schritten heran, fielen über ihre Beute her, hieben dem Würgetier gegen Magen und Schädel. Wie auf Kommando folgte der Rest des Rudels, warf sich auf den fast fünfmal so großen Widersacher, um ihn in der Überzahl schlichtweg zu erdrücken.

Die Sumpftrasten sind nicht die stärksten Jäger, aber sie arbeiten in der Gruppe perfekt zusammen, dachte Pianot. Er gab Kinpin das verabredete Signal. *Wir arbeiten in der Gruppe und verwenden darüber hinaus auch noch unseren Intellekt.*

Niemand, so wusste er plötzlich, würde ihnen auf dieser ihrer Heimat widerstehen können. Es mochte vereinzelt Rückschläge geben, aber der Aufstieg seines Volkes erschien ihm unaufhaltsam.

Die Fallen schnappten zu, die Trasten jaulten verwirrt auf. Pianot schwang sich hoch, zog rasch die breiten Sumpfschuhe über und näherte sich gemeinsam mit Arulet einem isoliert dastehenden Männchen, das sich im vorbereiteten Strickwerk verfangen hatte.

Ja. Ihre Zukunft versprach Großartiges.

Kapitel 2

Nein, es war niemals ein besonderes Vergnügen, mit Tipa Riordan zu reisen. Die Alte war ein Born stetigen Missvergnügens. Ein schreckliches Jucken auf meiner Haut. Die fleischgewordene Ursache schwerer finanzieller Einbußen der USO. Immer wieder während der letzten zweihundert Jahre hatte sie es geschafft, Vorteile für ihren Piratenhaufen rauszuschlagen. Meist gelang es ihr auch, die Verantwortlichen auf Terra oder, noch viel schlimmer, mich selbst übers Ohr zu hauen.

Wenn sich Perry Rhodan von diesem vertrockneten, zahnlosen Monster übervorteilen ließ und dazu auch noch amüsiert grinste, so war es mir reichlich egal. Aber als Chef der United Stars Organisation, *der* treibenden Ordnungskraft in der Milchstraße, war ich keinesfalls bereit, weitere Schmähungen und Schande hinzunehmen.

»Musst ja nicht mitkommen!«, keifte Tipa Riordan und richtete ihren Stecken bedrohlich auf mich aus. »Kannst ja mit einem deiner eigenen Pötte nach Sadik reisen. Ich weiß ohnehin nicht, warum ich dich und dein blondes Flittchen mit an Bord genommen hab.«

Aizela da Onur erstarrte. Ihr ohnehin schon vornehm blasses Gesicht verlor jegliche Farbe.

»Du gehst zu weit, alte Giftschlange«, sagte ich möglichst ruhig. »Du wirst dich augenblicklich bei Aizela entschuldigen und sie zukünftig als Gast bester Herkunft behandeln! Haben wir uns verstanden?«

»Du willst mir an Bord meines eigenen Schiffes Vorschriften machen?« Mit dem Ende ihres Stützstockes fuchtelte sie bedrohlich vor meiner Nase herum. Ich blickte in das Abstrahlfeld ihrer Kombiwaffe.

»Hör mit deinen Spielchen auf, alte Vettel«, setzte ich mit möglichst kühler Stimme fort. »Bei all deinen Piratenfeldzügen bist du auf das Wohlwollen der USO angewiesen. Ein Wort von mir, und deine Flotten werden von nun an erbarmungslos verfolgt.«

Sie kniff ihre Augen kurzsichtig zusammen, überlegte kurz und senkte schließlich den Stock.

»Du meinst es wohl ernst, Söhnchen«, sagte sie nachdenklich zu mir und wandte sich dann an Aizela. »Also gut, meine Hübsche. Da ist mir wohl ein etwas zu harsches Wort entschlüpft. Ich entschuldige mich hiermit für meine etwas rüde Ausdrucksweise. Du bist selbstverständlich kein Flittchen.«

Ich ging nicht weiter auf Tipas schnoddrigen Tonfall und ihre dubiosen Erklärungen ein. Neben mir kämpfte Aizela schwer atmend mit ihrer Beherrschung. Die Kolonialarkonidin war, trotz der bescheidenen Möglichkeiten ihres Khasurn, in »allerbester« arkonidischer Tradition erzogen worden. In dieser Feudalgesellschaft, die auf archaischen Strukturen beruhte, konnte man mit einem falschen Wort Fehden auslösen, die über Jahrhunderte andauerten.

Hilf ihr!, forderte mich der Extrasinn auf.

»Aizela da Onur nimmt deine Entschuldigung gerne an«, sagte ich rasch. »Sie besteht allerdings darauf, dass du, um ihrer Ehre vollends gerecht zu werden, heute Abend ein Bankett gibst.«

»Den Teufel werd ich tun!«, fuhr Tipa auf. Sie marschierte im Kreis, stützte sich dabei schwer auf ihren Stock. »Mein teuer ergaunertes Geld soll ich für irgendwelche dekadenten Vergnügungen auf den Kopf hauen und darf dabei nicht einmal den Hauptpreis spielen, der zu gewinnen ist ...«

»Wir nehmen deine Einladung gerne an«, sagte ich rasch, während die Alte kurz Atem holte. »Also um sieben Uhr Bordzeit?« Ich nahm Aizela galant am Arm und führte sie so schnell wie möglich aus der Kommandozentrale.

Das Schott schwang leise hinter uns zu.

»Man sollte sie töten«, sagte die Arkonidin nach einer Weile und löste sich von mir. »Wie kann sie es nur wagen, in einem derartigen Ton mit mir zu sprechen ...«

»Tante Tipa ist ein besonderes Exemplar des terranischen Volkes«, gestand ich Aizela zu. »Sie sollten sich allerdings daran gewöhnen, dass der Umgangston nicht nur hier an Bord der DREADFUL weit rauer ist als im Khasurn der da Onur. Die Wirklichkeit ist ein ganzes Stückchen von jenem Elfenbeinturm entfernt, in dem Sie bislang gelebt haben.«

»Ich bin nicht so weltfremd, wie Sie annehmen, da Gonozal«, sagte die groß gewachsene Frau kühl. »Lepso bietet, wie Sie vielleicht wissen, in jeglicher Hinsicht ein abwechslungsreiches ... Programm. Ich habe meine Erfahrungen mit dem Pöbel gemacht.«

»Verurteilen Sie Tipa Riordan nicht vorschnell. Sie besitzt bemerkenswerte Fähigkeiten. Ich habe Gründe, warum ich ihr Schiff für die Anreise nach Sadik gewählt habe und nicht eines meiner eigenen.«

»Für mich tut es nichts zur Sache, ob Sie sich mit Freibeutern oder mit diesem Ordnungsdienst von terranischer Gnade namens USO abgeben, da Gonozal. Sie dürfen von mir weder Verständnis noch Sympathie, noch Interesse für Ihre persönlichen Ziele erwarten. Uns verbindet lediglich eine gemeinsame Suche. Sie wollen diesem geheimnisvollen Tyarez auf die Spur kommen; ich möchte den Namen der da Onur reingewaschen wissen. Haben wir jenes Material gefunden, das beiden Seiten hilft, trennen sich augenblicklich unsere Wege.«

Aizela blieb vor ihrer Kabinentür stehen und nickte mir kurz zu. »Sie besitzen den Ruf, Frauen wie ein Großwildjäger zu jagen und bevorzugt im Schlafzimmer zu erlegen. Ihre Erfolgsquote soll beachtlich sein.« Ihre hellroten Augen glühten plötzlich auf. »Verzichten Sie auf jeglichen Versuch, Ihr Glück bei mir zu versuchen. Ich gebe mich nicht so einfach einem Mann hin; selbst wenn er Atlan da Gonozal heißt und unsterblich ist.«

Aizela drehte sich um und betrat ihre Kabine, ohne sich weiter um meine Gegenwart zu kümmern. Nachdenklich marschierte ich weiter. Die edle Dame wirkte äußerst selbstbewusst und resolut.

Man konnte über die Taten des unlängst verblichenen Patriarchen Penzar da Onur geteilter Meinung sein; mit seiner Tochter aber, deren Name so viel wie »Hoffnung« und zugleich »Optimismus« bedeutete, hatte er ausgezeichnete Arbeit abgeliefert. Ich hätte eine schlechtere Partnerin zugeteilt bekommen können.

»Du hast umdekoriert«, sagte ich zu Tipa.

»Ich lasse mich doch nicht lumpen!« Die Alte verzog ihr Gesicht zu einer Grimasse, sodass es nur noch aus Runzeln, Falten und wirren grauen Haaren zu bestehen schien. »Ich will nicht, dass ich unter schlechter Nachrede leide.«

Aizela betrat Tipas Räumlichkeiten, ohne auf Ohm Santarins angebotenen Arm zu achten. Kurz blickte sie sich um, musterte mit gerümpfter Nase die schwülstige Ausstattung und begab sich schließlich zu den Sitzpolstern. Vorsichtig ließ sie sich nieder.

»Flauschigste Epaqual-Daunen, sorgfältig aufgeschüttelt, überzogen mit ölgegerbtem Zumr-Leder, parfümiert mit den feinsten Düften, die in der freien Milchstraße erhältlich sind«, säuselte die Piratin, »und das alles für meine liebsten Freunde.«

»Du überraschst mich, Tante Tipa.« Ich setzte mich in geziemendem Abstand neben Aizela. Ohm Santarin nahm ihr gegenüber Platz. »Stecken doch ein paar kleine Körnchen Benimm und Anstand in deinem welken Körper?«

Für einen Moment sah es so aus, als würde die Alte über mich herfallen und mit dem Stock auf mich einprügeln; dann hatte sie sich wieder vollends unter Kontrolle. »Du wärst froh, dürftest du diesen ›welken Körper‹ kneten und dich darauf herumwälzen, Beuteterraner. Aber diese Gnade bleibt dir für alle Zeiten versagt.«

»Du nimmst mir die ganze Lebensfreude, meine prachtvolle Blume des Weltalls ...«

Das Essen wurde serviert. Träger marschierten zu Trommelgewitter auf. Berge zart gebratenen Fleischs wurden uns auf silbernen Tabletts zu Füßen gelegt, umrahmt von kunstvoll arrangiertem Gemüse. Ich sah terranischen Blumenkohl auf sajovicischem Erdschlunk, gedünsteten Monenreis, gemischt mit halbgaren Parapalenzünglein, camouflierende Strankalan, garniert mit niedervoltigen Essigkernen, sowie sülzende Buckelhefe. All diese Delikatessen mussten ein Vermögen gekostet haben. Ich ahnte, dass Tipa sie nicht unbedingt auf redlichem Weg erworben hatte.

»Sind das zyphonische Marschnudeln?«, fragte Ohm Santarin. Vorsichtig langte er nach einem der zehn flachen Dekorstreifen, die beunruhigende Töne von sich gaben.

»So ist es«, antwortete Tipa Riordan. Ächzend beugte sie sich vor und griff nach einer der Nudeln. »Waren gar nicht leicht zu bekommen, die Dinger. Ein guter Bekannter schenkte mir eine ganze Kiste dieser Spezialitäten, bevor er freiwillig ins Exil auf Helldoor ging, um seine Sünden zu bereuen.« Die Nudel baumelte vor ihrem Mund hin und her und gab Töne von sich, als würde sie um ihr Leben betteln.

»Soviel ich weiß, gibt es Bestrebungen, die Zyphonier als kognitive Lebewesen anzuerkennen?«

»Das ist lediglich dummes Geschwätz allzu eifriger Moralapostel.« Tipa stopfte sich die Nudel in den Mund, kaute trotz der schrillen Töne mehrmals darauf herum und verdrehte schließlich genießerisch die Augen. »Nur weil sie uns im Augenblick ihres Verzehrs ein paar seltsame Glücksgedanken vermitteln, haben wir es noch lange nicht mit bewusstseinsfähigen Existenzen zu tun. Greift zu, meine arkonidischen Freunde, greift zu ...«

Zwei Ertruser, die weite Beinkleider trugen und sich lächerlich anmutende Turbane um den Kopf geschlungen hatten, bedienten uns. Ihre Feinfühligkeit überraschte. Sie zerrissen das knusprig gebratene Fleisch geschickt in kleine Stücke und legten es mit Zangen, die in ihren Pranken wie Pinzetten wirkten, auf wertvolles Keramikgeschirr. Ich lehnte die zyphonischen Marschnudeln ab, genauso wie Aizela und Ohm, sprach aber dafür den latianischen Knackskecksen umso mehr zu. Zu jeglicher Art von Fleisch gemischt, erzeugten sie einen trüffelähnlichen Geschmack im Mund, der einen leicht alkoholischen Beigeschmack erkennen ließ.

»Du willst wieder in der Maske des Eli Pattri auftreten?«, fragte Tipa Riordan nach geraumer Zeit.

»So ist es.« Ich atmete tief durch. Die Schonfrist, die uns die Piratin genehmigt hatte, war also vorbei. Sie würde uns mit Fragen löchern, bis sie alles wusste, was ihr für diese Mission notwendig erschien. Es konnte nicht mehr allzu viel sein. Tipa hatte überall ihre Informanten sitzen. Nicht zuletzt hatte sie mich mit dem Hökerer zusammengebracht und verfügte darüber hinaus mit Kampt Ruyten über einen Ersten Wesir, der gute Geschäfte sprichwörtlich erschnüffelte.

Kann es sein, dass dieses Zeterweib die ganzen Dinge erst in Bewegung gebracht hat?, stellte mein Extrasinn zur Diskussion. *Steckt sie hinter der Schnitzeljagd nach den Tyarez; hetzt sie dich vor sich her?*

Der Gedanke war provokant und entbehrte sicherlich nicht eines Körnchens Wahrheit; aber die Fakten sprachen schlussendlich gegen diese Theorie. Die Spur der Tyarez, der ich seit einem Monat folgte, war von einem Hautträger gelegt worden, der die Physiognomie seines arkonidischen »Wirts« derart verändert hatte, dass er mir ähnelte. Es war ein bizarrer Hilferuf gewesen, der über die lepsotischen Medien verbreitet worden war und somit sein Ziel erreichte: mich auf die Sache aufmerksam zu machen, mich in ein mörderisches Spiel hineinzuziehen, das uralte technische Relikte, Geheimdienstaktivitäten und die üblichen Ingredienzien wie Gier nach Macht und Reichtum beinhaltete.

»Eli Pattri ist ein Prospektor, dessen Auftreten unverfänglich erscheint. Eine Allerweltspersönlichkeit, für die es ausreichend Gründe gibt, auf Sadik zu landen. Ich werde also um eine Sekundäre Schürflizenz für jene Bereiche im Milchstraßenzentrum anfragen, in denen Sadiks Flotten unterwegs sind. Elis Name ist in allen Unterlagen vermerkt, seine Schürfaktivitäten seit mehreren Jahrzehnten bestens dokumentiert.«

»Meinst du nicht, dass Eli Pattri ausgedient hat? Immerhin wurde seine Identität auf Lepso enttarnt.«

»Nein. Nachrichten reisen langsam, heutzutage. Insbesondere jene, die auf Lepso fabriziert werden. Auf einer Welt der Legenden, Mythen und Gerüchte ist es schwer, Geschichte und Geschichten voneinander zu trennen. Lediglich die großen Interessenblöcke der Milchstraße können es sich leisten, Informationsanalysen zu erstellen. Du erinnerst dich, dass die Nachricht meines Todes über die seltsamsten Kanäle transportiert wurde, bevor sie die USO-Hauptzentrale erreichte?«

Tipa Riordan nickte zögernd. Ich sah die Zweifel in ihr Gesicht geschrieben.

»Ich habe mich ausreichend mit Sadik beschäftigt«, fuhr ich fort. »Nach außen hin wird das Bild einer werteoffenen Gesellschaft projiziert, die durch riesige Erzflotten im Milchstraßenzentrum und durch geschickten Handel zu bescheidenem Wohlstand gekommen ist. In Wirklichkeit aber haben die da Tromin ein repressives, alles beherrschendes System entwickelt. Die Adelskaste beschäftigt sich hauptsächlich damit, die eigenen Leute unter Kontrolle zu halten. Da ist kaum Platz für großartige Geheimdienstarbeit, die nach außen hin wirkt. Und eine Nachrichtenbörse, an der man Informationen über Interna von zigtausend Planeten abrufen kann, ist mir nicht bekannt ...«

»Hm. Bring mich bloß nicht auf schlechte Gedanken, Beuteterraner. Ich denke, dass meine ... Handelsgesellschaft das Potenzial für eine derartige Agentur mit sich brächte.«

»Solltest du etwas Derartiges tatsächlich in die Gänge bringen, töte ich dich«, sagte ich.

Tipa Riordan blickte mich prüfend an. Ich setzte mein bestes Pokergesicht auf, um sie von der Ernsthaftigkeit meiner Worte zu überzeugen.

»Was ist, wenn man nach deiner Ankunft auf Sadik Boten nach Lepso schickt, um sich nach dir zu erkundigen?«

»Auch für diese Möglichkeit habe ich vorgesorgt. Meine Leute von der USO kommen schließlich nicht auf der Nudelsuppe dahergeschwommen. Sei versichert, dass sie meine Tarnidentität binnen kürzestem wieder so herrichten, als sei ich niemals enttarnt worden.«

»Ja«, murmelte Tipa Riordan nachdenklich, »das Gedächtnis der Einwohner auf Lepso scheint bemerkenswert kurz zu sein.« Abrupt wechselte die Piratin das Thema. »Was geschieht mit deinen beiden jungen Begleitern?«, fragte sie laut schmatzend. »Wirst du sie als Spielzeuge deiner Lust auf Sadik einführen?«

»Du überschreitest einmal mehr die Grenzen des guten Geschmacks«, sagte ich warnend, nach einem kurzen Seitenblick auf Aizela. Die da Onur beteiligte sich eher lustlos an der Völlerei. Ihr waren Opulenz und dekadentes Schwelgen sichtlich zuwider.

»Verzeih.« Die Piratin schenkte mir nach. Dunkelgelbe, harzige Flüssigkeit tropfte in meinen Becher, der eine zarte Melodie erklingen ließ. Chimpé-Wein, ein berauschender Jahrgang, seit Jahren hatte ich ihn nicht mehr getrunken.

»Eli Pattri benötigt, um auf Sadik Eindruck zu machen, selbstverständlich eine Entourage. Geschäftspartner, denen der Reichtum aus Mund und Ohren zu quellen scheint. Aizela und Ohm da Gonozal, aus einem Nebenzweig des Imperatorengeschlechts entstammend, werden bei einer oberflächlichen Überprüfung als Scheinidentitäten bestehen. Dafür sorgt soeben die bezaubernde Decaree, meine USO-Stellvertreterin.«

»Niemals werde ich meinen Namen da Onur ablegen!«, fauchte Aizela.

Stolz drückte sie das Kreuz durch und maß mich verächtlich von oben bis unten.

»Dann werden Sie wohl bereits am ersten Tag auf Sadik, der Heimat Ihrer Vorfahren, den Gang in die unterirdischen

Verliese antreten«, erwiderte ich. »Glauben Sie, dass Ihre Erzfeinde die Anwesenheit einer da Onur dulden werden?«

Aizela blickte zur Seite, sagte nichts mehr.

»Kannst du uns hier an Bord die notwendigen Legitimationen anfertigen lassen, Tante Tipa?«, fragte ich unsere Gastgeberin.

»Warum lässt du das nicht ebenfalls diese sauberen Herrschaften von der USO erledigen?« Die Augen der Piratin gingen auseinander. Sie schien zu viel und zu schnell vom schweren Wein getrunken zu haben.

Lass dich nicht täuschen!, flüsterte mir der Extrasinn zu. *Tipa simuliert. Ihr Zellaktivator tötet selbstverständlich die Wirkung des Alkohols ab. Sie tut alles, um noch mehr unterschätzt zu werden, als dies ohnedies der Fall ist.*

So war es in der Tat. Wer würde diesem zahnlosen Weiblein zutrauen, eine der mächtigsten Spielerinnen auf dem politischen Schachbrett der Milchstraße zu sein? Die Flottenstärke und vor allem die Moral ihrer Piraten-Einheiten würden selbst die Truppen der USO in große Verlegenheit bringen.

»Es blieb wenig Zeit, die Dinge in die Gänge zu bringen, bevor wir Lepso verließen«, antwortete ich schließlich mit schleppender, scheinbar berauschter Stimme. Tipa sollte merken, dass ich sie durchschaute und nachäffte. »Darüber hinaus sind deine Fälschungswerkstätten angeblich bestens bestückt. Ich ahne, dass du mir für deine Hilfestellungen ohnehin das Weiße aus dem Auge nehmen wirst. Also tu gefälligst etwas für dein Geld!«

Sie blickte mich an, plötzlich wieder mit dem glasklaren Blick ihrer grünen Augen. »Es wird dich in der Tat einiges kosten«, murmelte sie.

Wir wurden handelseins, ohne weitere Worte über unseren seltsamen Pakt zu verlieren. Sie wusste, was ich wusste – und umgekehrt. Wir beide waren zu lange im Geschäft, um uns gegenseitig mit Feilschereien zu beleidigen.

Zumindest heute.

Die launische Alte konnte bereits morgen wieder ihre Meinung geändert haben und mit einem Forderungskatalog auf dem Teppich meiner Kabine stehen.

»Es warten anstrengende Tage auf euch«, sagte die Piratin, als könnte sie meine Gedanken lesen. »Heute jedoch seid ihr die Gäste der großartigsten Piraten, die jemals die Sternengefilde der Milchstraße bereist haben. Euch soll es an nichts mangeln. Kampt!« Tante Tipa klatschte zweimal in die Hände. »Die Tänzer mögen anfangen. Und du begibst dich ohne Umschweife in mein Gemach und wärmst das Bett vor!«

Der Bompaimer errötete sanft, wie ich es bereits öfters gesehen hatte. Es stand zu befürchten, dass der arme Kerl die Anweisungen seiner Chefin buchstabengetreu befolgen würde.

»Guten Morgen, Eli Pattri!«, begrüßte mich Tante Tipa in der Zentrale der DREADFUL am nächsten Morgen. »Es freut mich, dass du bereits wieder auf den Beinen bist. Wo sind deine Begleiter?«

»Sie richten sich soeben für den Abflug her«, antwortete ich.

»Du hast dir das Modulationsmittel für die Stimme bereits gespritzt, wie ich höre. Und deine Maske sitzt ausgezeichnet.« Sie kam auf mich zugehumpelt und begutachtete mich näher. »Diese Wampe ist für meinen Geschmack etwas zu feist. Als weißschopfiger Atlan da Gonozal gefällst du mir weitaus besser. Oder ist diese Identität etwa auch vorgetäuscht?«

Ich lächelte gezwungenermaßen über den kleinen Scherz. Dabei wusste die Piratin nicht, welch wunde Stelle sie mit ihren Worten in mir berührte. Ich hatte in meinem langen Leben derart viele verschiedene Rollen gespielt, dass selbst ich meine Probleme hatte, die verschiedenen Charaktere auseinanderzuhalten. Welche von ihnen hatten mir selbst entsprochen, welche waren vorgeschoben gewesen?

Tante Tipas Stock fuhr mir unsanft zwischen die Rippen. »Ich sehe dich ungern in grüblerischer Laune, Beuteterraner. Konzentrier dich gefälligst auf deine Aufgabe.«

Sie hatte Recht. »Wie lange noch?«, fragte ich.

»Wir werden euch in der nächsten Stunde ausschleusen. Die REVENGE ist startklar.«

Die REVENGE. Eine von der Piratin zur Verfügung gestellte Luxusjacht zweifelhafter Herkunft. Damit würde ich standesgemäß auf Sadik landen können.

»Du weißt, was du zu tun hast?«

»Wir bleiben in unmittelbarer Nähe«, bestätigte mir die Piratin. »Über die Funksatelliten, die ihr im Orbit über Sadik ausschleust, halten wir den Funkkontakt aufrecht. Im Notfall rufen wir über Decaree USO-Einsatztruppen herbei. Keine Angst – ich kenne lediglich jene Kodierungen, mit denen ich deine liebreizende Vertreterin über Umwege erreiche. Auch wenn ich zu gern wüsste, wo sich Quinto-Center befindet.«

Ich erwiderte nichts auf die indirekte Frage. Der Standort von USO-1, jenem ausgehöhlten Asteroiden, war eines der größten Geheimnisse der bekannten Milchstraße. Und solange es nach mir ging, würde es das auch bleiben.

»Was ist mit der Besatzung der REVENGE?«, hakte ich nach.

»Was soll schon sein? Die Jungs sind handverlesene Elitepiraten. Eine derart tolle Crew hast du niemals zuvor gehabt.«

»Oje ...«

Tante Tipas Gesicht lief knallrot an. »Auf deine Frechheiten kann ich gut und gern verzichten! Jetzt verschwinde gefälligst aus meiner Zentrale und komm mir nicht mehr unter die Augen, bevor du deinen Auftrag erfüllt hast!«

Sie gab einem bislang stumm dastehenden Epsaler ein Zeichen. Der kaum 1,60 Meter große Kerl setzte sich in Bewegung, kam auf mich zu und schubste mich mit seinem Körper, der fast ebenso breit wie hoch war, vor sich her durch das Schott.

Der Abgang, den mir Tipa Riordan verschaffte, sollte also blamabel verlaufen. So hatte es die alte Vettel entschieden.

Ich lächelte den Epsaler so entspannt wie möglich an, während sich das Schott zwischen uns schloss. Vielleicht hätte ich den Umweltangepassten mithilfe einiger Dagor-Griffe in Verlegenheit bringen können, vielleicht auch nicht. Es würde der Zeitpunkt kommen, da ich es drauf ankommen ließ, um mir ein wenig mehr Respekt unter dieser Piratenhorde zu verschaffen. Aber nicht hier und nicht heute. Ich unterdrückte jenen Hauch von Zorn, der mich gepackt hatte, und marschierte zurück zu den Kabinen. Der Einsatz begann in wenigen Minuten.

Kapitel 3

Die Neuordnung der Heimat ging schnell vor sich. Drei Generationen lang hatte sich das Volk mit grundsätzlichen Planungen und einer Absicherung seiner Lebensumstände befasst. Nun, in den nächsten Tagen, würde der Startschuss zum Beginn der planetenweiten Umformung fallen.

Paritaun betrachtete die Pläne, die vor ihm lagen. Erst vor fünf Jahren war die Kartierung der Heimat ganz abgeschlossen worden. Neue Gedankenkonstrukte hatten initiiert, neue Techniken zur Praxisreife entwickelt werden müssen.

Es fiel ihnen schwer, Dinge, die sie theoretisch lösten, dann auch in die Tat umzusetzen. Befanden sich irgendwelche Schalter in ihren Köpfen, die nicht richtig schlossen oder lösten?

»Binnen einer Zehnjahresfrist haben wir uns die Heimat untertan gemacht«, sagte Zermaut, sein Freund und Lebensgefährte.

»Und was geschieht dann?«, fragte Paritaun.

»Ich verstehe nicht.«

Paritaun blickte durch das Fenster. Sumpftrasten grasten friedlich vor sich hin. Ab und zu jaulten sie. Die Tiere warteten darauf, so wie jeden Tag gemolken zu werden. Ihre Domestizierung hatte vor sechzig Jahren begonnen.

»Das Volk hat sich ein klares Ziel gesetzt«, sagte er. »Mögliche Probleme wurden einkalkuliert, die Risken punktgenau berechnet. Alles, was wir vorhatten, wird so geschehen, wie es geplant ist. Wir grenzen unseren Lebensraum von jenem anderer Fleischfresser ab und sichern damit unseren Fortbestand. Das Volk setzt sich an die absolute Spitze der Nahrungskette. Und zwar so weit oben, dass wir den Kampf des Lebens in den Sümpfen, den Bergen und Wüsten der Heimat aus unseren Überlegungen ausschließen werden können. Wie du sagtest, haben wir dieses Ziel in zehn Jahren erreicht. Was aber, so frage ich dich, machen wir dann? Bleiben wir in unseren selbst gewählten Reservaten sitzen und harren der Dinge, die da kommen? Verkommen wir zu sinnentleerten Figuren, die mit ihrer Existenz nichts mehr anzufangen wissen?«

Zermaut betrachtete ihn prüfend. »Du bist ein Anhänger der ›fürchtigen Philosophen‹? Du glaubst, dass geistige Inaktivität zur sofortigen Degeneration, zum Rückfall in ein tumbes Dasein führen könnte?«

»Ist denn der Kampf ums Dasein nicht unsere wichtigste Triebkraft? Kann das Volk überleben, wenn es keinen Antrieb mehr besitzt?«

»Damit sollten wir uns erst beschäftigen, wenn das Ziel erreicht ist. Bis dahin müssen wir uns mit ganzer Kraft auf die Arbeit konzentrieren.«

Paritaun zögerte mit seiner Erwiderung. »Da hast Recht«, sagte er schließlich. »Und jetzt gehen wir nochmals alle Parameter durch.«

Zermaut nickte ihm erleichtert zu.

Paritaun wusste, dass sein Freund definite Antworten liebte. Zweifel waren ihm ein Gräuel. Insgeheim würde er sich selbst Gedanken machen, wie es nach dem Ende der Kultivierung ihrer Heimat weitergehen könnte. Er musste verhindern, dass sie in ein tiefes schwarzes Loch fielen, sobald ihre Aufgaben erledigt waren. Es bedurfte weitreichender, tiefschürfender Überlegungen, die mit ihrem künftigen Lebensstil in Einklang standen, um ein Überleben zu sichern, das in Jahrtausenden messen würde.

Kapitel 4

Sadik war der dritte von fünf Planeten. Bei den beiden äußeren handelte es sich um jupiterähnliche Riesen mit atmosphärischen Bedingungen, die kein wie auch immer geartetes Leben zuließen. Auf den beiden inneren Gesteinskugeln brannten ewige Feuer. Dank ihrer exzentrischen und nahe am Muttergestirn vorbeiführenden Bahnen glühten sie immer wieder auf. Es mochte vielleicht noch fünf oder sechs Jahrzehntausende andauern, dann würden sie ausgebrannt sein und das ohnehin labile Gefüge des Sadik-Systems vollends aus dem Ruder laufen lassen.

Ich wandte mich von den Datenkolonnen, die über die Bildschirme an meinem Kommandantenplatz ratterten, ab und musterte unseren Zielplaneten über die optische Erfassung am Panoramaholo. Wenige, meist zerrissene Wolkenschleier umspielten die hellbraun marmorierte Kugel. Über dem Nordpol hatte sich das Auge eines massiven Sturms gebildet, entlang der virtuellen Äquatorlinie hatte ich freie Sicht auf zwei Kontinente.

»Aspirk und Theonie«, murmelte Ohm Santarin neben mir. »In der heimischen Mythologie präsentieren sie gewissermaßen Yin und Yang. Wenn du die einzelnen Landzungen und Halbinseln betrachtest, wirst du bemerken, dass sie sich in seltsamer Weise umarmen und scheinbar zärtlich miteinander spielen.«

Ich versuchte, diese mit vor Rührung heiser vorgetragene Liebeserklärung an die Heimat nachzuvollziehen. Ja – man konnte erkennen, dass Aspirk und Theonie irgendwann einmal eine Einheit gebildet hatten, wie der irdische Gondwana-Kontinent, und durch nicht unübliche thermische Aktivitäten irgendwann einmal auseinandergerissen worden waren.

»Wo bist du geboren?«, fragte ich ihn.

»Inmitten des großen Nirgendwo«, antwortete er. »In einer Wüstenstadt, deren Wohl und Wehe von Nahrungsmittellieferungen über Containerstraßen abhängig war. Man schürfte Erz dort, dessen minimaler Gehalt an hyperkristallisierter Beimengung uns ein halbwegs einträgliches Geschäft bescherte. Die Bewohner von Lipa verkauften rundgeschliffene Steine als Glücksbringer.«

Ich hatte von Lipanesen gehört und mehrmals welche in Händen gehalten, ohne allzu viel mit den banalen Schmuckstücken anfangen zu können. In niederen arkonidischen Ständen symbolisierten sie den Willen zu Aufstieg und Erneuerung.

»Wir haben niemals darüber geredet, warum du von Sadik verschwunden bist.«

»Verschwinden musstest«, verbesserte mich Ohm.

»Du scheinst eine seltsame Begabung zu besitzen, jedermann in deiner Umgebung zu reizen und dich selbst in Schwierigkeiten zu bringen.« Plötzlich flammten Bilder und Erinnerungen in mir auf, die noch frisch und keineswegs verarbeitet waren. Die Schweißöde kam mir in den Sinn, der Kampf in der Arena gegen Spinnen und Raubkatzen und unsere kurze Zusammenarbeit mit Flakio Tasamur, dem ehemaligen Thakan von Lepso, mit dem Ohm Santarin ein äußerst gespanntes Verhältnis gepflegt hatte.

»Ich meinte, gehört zu haben, dass es dir ab und zu ähnlich erging«, unterbrach der junge Arkonide meine Gedanken mit seiner kratzigen Stimme, ohne auf meine Frage einzugehen. Seine Augen tränten. Die Wiederkehr in seine Heimat schien ihn emotionell sehr zu berühren.

»Touché«, murmelte ich.

»Wie bitte?«

»Verzeih mir, Ohm. Ich meinte, dass du Recht hättest. Auch ich habe es nicht immer geschafft, der Stimme der Diplomatie zu gehorchen.«

Wir standen da, starrten schweigend auf den immer größer werdenden Planeten, während der Mond Kira in unser Blickfeld geriet. Seine Größe war beeindruckend. Mit 6430 Kilometern Äquatordurchmesser war er ungefähr so groß wie der Mars, während Sadik im Vergleich mit der Erde einen um 3000 Kilometer größeren Durchmesser aufwies. Ich konnte mir vorstellen, dass die beiden Körper heftig miteinander reagierten, verzichtete aber vorerst darauf, mir von der Schiffspositronik weitere Daten herunterbeten zu lassen.

Was war auf Sadik zu tun?

Die Unterlagen über die Tyarez beschaffen, sodass wir möglicherweise die Koordinaten von Camouflage herausfiltern können. Und das Geschlecht der da Onur rehabilitieren, fasste der Extrasinn unsere Aufgabe in zwei Sätzen zusammen.

Gart da Tromin, der Patriarch seines Khasurn, herrschte absolut. Das Material, das mir zur Verfügung stand, sagte nicht viel über das Wesen des Patriarchen aus. Kaltblütig sei er und er gebe sich niemals eine Blöße. Bloß wenige Arkoniden hätten ihn während der letzten Jahre zu Gesicht bekommen; die meisten entstammten dem in vielfältige Geschäfte verwickelten Familienclan. Der älteste Sohn, Ziabad, 55 Jahre alt, dränge in die Führungsrolle. Auch Anelle, seine dritte und überaus ehrgeizige Frau, sei begierig auf eine wichtigere Rolle im wirtschaftlichen Geflecht der da Tromin ...

Du denkst zu kompliziert!, rügte mich der Extrasinn. *Lass all diese Intrigenspiele aus deinen Überlegungen heraus. Das Ziel muss sein, die Unterlagen zu beschaffen. Das Problem der da Onur kann auch zu einem späteren Zeitpunkt gelöst werden. Möglicherweise reicht ein simpler Einbruch im Khasurn.*

... wenn ich denn wusste, wo die Unterlagen versteckt gehalten wurden! Vielleicht existierten sie ja auch gar nicht mehr; aber daran wollte ich derzeit nicht einmal denken. Zumal ich begriff, welch großen Wert der arkonidische Adel auf Heraldik, Genealogie und ähnliche Dinge legte.

»Ein Kommandant der Wachflotte will Sie sprechen, Patriarch«, unterbrach Zippo Gull, der terranische Pilot der REVENGE, meine Gedanken.

»Legen Sie ihn mir auf den Bildschirm«, verlangte ich.

Sekunden später blickte ich einem typischen Kolonialarkoniden in die Augen. Er wirkte hoch konzentriert.

»Was wollen Sie auf Sadik, Patriarch?«, fragte er, ohne die üblichen Formen der Höflichkeit zu beachten.

»Geschäfte machen, mein Freund«, antwortete ich. »Es geht um Lizenzrechte, die ich von Sadik erwerben möchte. Ich übermittle Ihnen gerne die Basis-Unterlagen ...«

»Tun Sie das, Patriarch«, unterbrach er mich schroff. »Folgen Sie anschließend den Kennungen, die Ihnen soeben übermittelt werden. Machen Sie sich während der nächsten Stunden auf eine Überprüfung durch eine Lotsenmannschaft bereit.«

»Ich protestiere gegen diese ...«

»Sie wollen Geschäfte machen – also halten Sie sich an die Bedingungen, die Sadik Ihnen diktiert. Andernfalls fordern wir Sie auf, uns nicht weiter mit Ihrer Gegenwart zu belästigen und Ihr Glück woanders zu suchen.«

Die Verbindung war unterbrochen.

»*Jetzt* weiß ich, dass ich zu Hause angekommen bin«, sagte Ohm Santarin und grinste müde.

Im Grunde genommen war ich dem namenlosen Offizier der sadikschen Wachflotte nicht böse. Er hatte wach und aufmerksam gewirkt und mich mit jener typischen arkonidischen Arroganz behandelt, die im Großen Imperium gegenüber Angehörigen anderer Völker lange Zeit üblich gewesen war.

Das Große Imperium ist seit dem Jahr 2115 terranischer Zeitrechnung Geschichte, flüsterte mir der Extrasinn zu. *Du und ich waren nicht ganz unbeteiligt am Ende dieser Epoche.*

Ja. Glanz und Glorie der Arkoniden hatten in einem schmerzhaften Niedergang geendet, der von widerlicher Dekadenz begleitet gewesen war. Ich hatte dem Ganzen ein abruptes Ende gesetzt.

Die Wehrhaftigkeit, mit der mir der junge Offizier von Sadik begegnete, erinnerte jedoch an andere Zeiten. An ... bessere Zeiten?

»Sie träumen«, konstatierte Aizela da Onur. Sie drehte ihren Sitz in meine Richtung. Sinnend betrachtete sie mich. Runzelfalten erschienen auf der sonst so glatten, jugendlichen Stirn.

»Es ist die Bürde des Alters«, sagte ich leichthin. »Immer wieder werde ich mit Erinnerungen aus der Vergangenheit konfrontiert. Ich hoffe, Sie verzeihen?«

Verwirrt zuckte sie mit den Schultern. Natürlich wusste sie von der Aktivierung meines Extrasinnes und den internen Zwiegesprächen, die ich immer wieder führte. Aber es fehlte ihr die Reife, um die Konsequenzen meines unsterblichen Daseins und meiner einmaligen Situation zu verstehen.

»Schickt die vorbereiteten Daten an die Wachflotte!«, befahl ich Zippo Gull. »Wir machen dieses Spiel mit. Die Lotsen werden an Bord gelassen. Ich hoffe, die Besatzung ist auf diese Situation vorbereitet?«

»Selbstverständlich«, antwortete der Pilot mit Verwunderung in der Stimme. »Tipa Riordan hat uns über unseren Auftrag genauestens instruiert. Es kann nichts schiefgehen.«

Es kann nichts schiefgehen ...

Aus dem Terraner sprach jene Hochnäsigkeit, die seinem jungen und doch so alten Volk eigen war. Er kannte keine Zweifel. Er *wusste*, dass alles funktionieren würde. Und er besaß grenzenloses Vertrauen in die alte Piratenhexe, die ihn und seine zwölfköpfige Crew zu diesem Einsatz abkommandiert hatte.

Ich wandte mich ab, wollte mich wieder dem Studium der Planetendaten widmen. »Haben Sie Angst, Zippo, dass etwas schiefgehen könnte?«, fragte ich, bevor ich mich in die mittlerweile bereitliegenden Schreibfolien vertiefte.

»Angst?« Er sah mich verwundert an. »Selbstverständlich fürchte ich mich vor einem Versagen. Wenn ich diesen Auftrag versaue, kommandiert mich die Chefin in ihr Schlafzimmer ab. Brrr ...« Zippo Gull bleckte seine vorstehenden Zähne und zwinkerte mir vertraulich zu, als wäre ich einer seiner besten Kumpels.

Terraner.

Sie waren der Eiter im Geschwür auf dem riesigen Hintern des Universums, und ich liebte sie.

Auf Terra schrieb man den 3. April 3102. In Terrania City ging soeben die Sonne auf; hier hingegen dämmerte es. Die Anpassung an die jeweilige Planetenzeit gehörte zu den unangenehmsten Dingen, denen sich ein Raumfahrer stellen musste. Ich würde mich wohl nie vollends daran gewöhnen, auch wenn ich mich auf die vitalisierende Wirkung des Zellaktivators verlassen konnte.

Drei Frauen in dunklen Uniformen geleiteten Aizela, Ohm und mich über eine Serie von Laufbändern in eine riesige Wartehalle. Sie sprachen kaum, gaben wenig bis gar keine Auskunft darüber, was uns im Zollgebäude erwartete.

Nun – ich hatte mir bereits ein Bild von der Situation auf Sadik gemacht. Die Sippe der da Tromin regierte offen – und das mit einem absolutistischen Anspruch. Mehr als 800 Anverwandte waren geschickt über Stadt- und Planetenparlamente, über die Schutzflotte und insgesamt 37 weitere Lehensplaneten verteilt. Der Anschein von Demokratie, der nach außen hin erweckt werden sollte, übertünchte die wahren Geschehnisse auf Sadik nur mangelhaft.

Ich kannte Bilder wie diese allzu gut. Feudalismus und Zentralismus vermengten sich in arkonidischen Kleinreichen oftmals mit unglaublichem Reichtum der oberen Zehntausend zu einem Knäuel von Intrigen und Scheinkämpfen, dem lediglich mit einem energisch geführten *Schwerthieb* beizukommen war.

»Hier hinein«, sagte eine der Frauen und wies uns den Weg.

Wir betraten einen schmalen Gang. Zwei Naats standen Wache; drei Meter hohe, fette Gestalten mit borkiger und dunkler Haut. Sie verhielten sich ruhig auf ihren Positionen, während wir an ihnen vorbeimarschierten.

Sie sind Wüstengeschöpfe und an große Schwerkraft gewöhnt, wisperte mir der Extrasinn zu. *Sicherlich fühlen sie sich wohl in der Tageshitze Sadiks.*

Mich irritierte ihre Anwesenheit dennoch. Schließlich musste man Naat-Söldner heutzutage teuer bezahlen. Sie hatten sich von arkonidischer Beeinflussung weitgehend losgesagt und ab dem 25. Jahrhundert begonnen, eigene Kolonien zu gründen. Die Zeiten, in denen sie billiges Frontmaterial in den vielen Schlachten Arkons darstellten, waren endgültig vorbei.

Der Gang endete. Rechts von uns blinkte ein Licht auf. Ich betrat den Raum, ohne anzuklopfen.

»Eli Pattri?«, fragte ein ungewohnt korpulenter Arkonide.

Er erhob sich von seinem Arbeitsplatz und kam mit ausgestreckten Armen auf mich zu, als wollte er mich überschwänglich begrüßen.

»Ja – das bin ich«, sagte ich mit einer abwehrenden Bewegung. »Ich muss allerdings sagen, dass ich diese seltsame Behandlung nicht verstehe ...«

»Wollen Sie mir bitte Ihre Begleiter vorstellen?« Der Dicke war stehen geblieben. Er hatte nur noch Augen für die Arkonidin an meiner Seite. Wir hatten noch an Bord der REVENGE einige geringfügige kosmetische Veränderungen an ihr und meinem jugendlichen Begleiter vorgenommen, ihre Vornamen jedoch beibehalten. Es handelte sich um Allerweltsnamen, die millionenfach im ehemaligen arkonidischen Großreich vorkamen.

Niemand, so hoffte ich, würde Querverbindungen zu der Sippe der da Onur oder einem ehemaligen Bürger Sadiks namens Santarin ziehen.

»Aizela und Ohm da Gonozal. Cousin und Cousine vierten Grades. Meine Geschäftspartner. Seit geraumer Zeit miteinander verlobt.«

»Verlobt?« Sein freundliches Lächeln verrutschte etwas. »Jaja, die Heirat innerhalb der Familie verstärkt die Blutsbande, nicht wahr?« Er wandte sich ab, umkreiste den vollgeräumten Schreibtisch, ließ sich in sein schweres Sitzmöbel fallen. »Mein Name ist Debakil, meines Zeichens stellvertretender Zollamtsleiter dieses prachtvollen Raumhafens.«

Wenn ich bislang jeglichen Gedanken an Gefahr beiseitegeschoben hatte, so läuteten nunmehr alle Alarmglocken. Der zweitmächtigste Mann von Meotan-Hafen würde sicherlich nicht jeden beliebigen Händler empfangen. Irgendetwas stimmte mit unserer Tarnung nicht ...

»Ich sehe, wie es in Ihnen arbeitet, Patriarch«, sagte der Fettleibige. »Sie wundern sich über die Anteilnahme, die Ihnen zuteil wird? Sie machen sich allerdings umsonst Sorgen. Die Planetenregierung Sadiks und ihre großzügigen Allväter der da Tromin achten lediglich auf einen reibungslosen Ablauf ihrer Geschäfte.«

Vorsicht!, warnte mich der Extrasinn. *So nichtssagend dieser Debakil auch erscheinen mag – ein jedes Wort, das er sagt, ist von besonderer Bedeutung.*

»Sadik und seine assoziierten Planeten«, so führte der Beamte weiter aus, »machen seit geraumer Zeit gute Geschäfte mit dem Handel von Erzen, die von unseren Flotten in Zentrumsnähe der Milchstraße gefördert werden.« Er strahlte mich an, zeigte ein pausbäckiges Lächeln und wischte mit einem parfümierten Tüchlein den Schweiß unter seinem hellblonden Haaransatz ab. »Langfristige Förderverträge binden uns an Geschäftspartner aus allen Teilen der Galaxis und umgekehrt. Blues, Akonen, Terraner – sie alle werden fair beliefert. Und stets achten wir darauf, uns jeglicher politisch missverständlichen Stellungnahme zu enthalten. Darauf beruht unsere vom Khasurn der da Tromin gesegnete Gesellschaft.«

Aizela neben mir ballte die Hände. Ihr Hass auf die da Tromin, die ihrer Sippe die Herrschaft über Sadik genommen hatte, kochte unvermittelt hoch. Hoffentlich wurde diese Reaktion nicht von zweifelsohne vorhandenen Spionsonden erfasst.

»Was wollen Sie uns sagen, Debakil?«, fragte ich ungeduldig. Ich konnte dieses Gerede nicht ausstehen.

»Stabilität ist alles. Änderungen sind uns auf Sadik ein Gräuel.« Er vertiefte sein Lächeln. »Vor allem, wenn sie scheinbar von einem Planeten mit äußerst zweifelhaftem Ruf herangetragen werden.«

»Wenn Sie auf Lepso als meinen Geschäftssitz anspielen, so seien Sie versichert, dass ich diesen Planeten lediglich aus steuerlichen Gründen bewohne. Meine Geschäftsmethoden sind über jeden Zweifel erhaben, wie Sie sicherlich erkennen werden, wenn Sie meine Unterlagen durchblättern.«

»Das habe ich bereits, mein guter Freund. Ich konnte nichts Verwerfliches finden; da gebe ich Ihnen Recht.« Er erhob sich ächzend, kam neuerlich auf mich zu. »Ihr Ersuchen auf eine Zweitschürflizenz wird von den zuständigen Behörden sicherlich mit allem Wohlwollen begutachtet werden, und mich persönlich würde es sehr freuen, einen neuen Freund für Sadik zu gewinnen. Ich möchte Sie allerdings darüber informieren, dass nicht jedermann derart liberal wie ich eingestellt ist. Wären Sie damit einverstanden, wenn ich Ihnen einen meiner persönlichen Mitarbeiter für die Dauer Ihres Aufenthalts zur Seite stellen würde?«

»Natürlich«, sagte ich mit zusammengepressten Zähnen. »Ihr freundliches Angebot ehrt uns.«

»Dann sei es so.« In rascher Abfolge drückte er mehrere unter seinem linken Ärmel verborgene Sensoren. Ein akustisches Signal erklang als Bestätigung dafür, dass er das Gespräch über unbekannte Systeme protokolliert hatte. »Ich würde mich freuen, Sie und Ihre charmanten Begleiter morgen zu einem Dinner in meinem bescheidenen Heim begrüßen zu dürfen.« Debakil reichte mir aus seiner Jackentasche einen kreisrunden Chip. »Ich werde Ihnen dort Ihren Verbindungsoffizier vorstellen und Sie gleichzeitig mit hochrangigen Persönlichkeiten der sadikschen Öffentlichkeit bekannt machen. Man wird für Ihre Anliegen sicherlich ein offenes Ohr haben.«

»Zu freundlich«, sagte ich und nickte knapp. »Wir werden kommen.«

Ich drehte mich um, wartete, bis Aizela und Ohm den Raum verlassen hatten, und marschierte ihnen schließlich nach einem weiteren Gruß in Richtung des Beamten hinterher.

Ich hatte soeben eine unmissverständliche Warnung erhalten, auf typisch arkonidische Art verklausuliert und verbunden mit einem Abschiedsessen. Man wollte mit Fremden wenig bis gar nichts zu tun haben. Ich sollte so rasch wie möglich verschwinden und mich niemals wieder blicken lassen, so hieß die eigentliche Botschaft.

Wir hatten also einen Tag, um unser weiteres Vorgehen in Ruhe zu beratschlagen. Ich konnte lediglich mutmaßen, ob uns Debakil diese Frist bewusst gesetzt hatte.

»Wir sollten nach den Regeln unserer ... Freunde spielen«, begann ich das Gespräch in meiner Kabine an Bord der REVENGE. »Selbst wenn wir einen Wachhund an die Seite gestellt bekommen, so haben wir dennoch die Möglichkeit, bei diesem Empfang ein paar honorige Herrschaften kennenzulernen. Vielleicht ergeben sich Möglichkeiten, unseren Aufenthalt auf Sadik zu verlängern.«

»Wir sollen uns mit diesem neureichen Pöbel abgeben?«, fuhr Aizela auf. »Man will uns demütigen und so rasch wie möglich abschieben.«

»Ich gebe Aizela Recht«, sagte Ohm. »Ich besitze noch ein paar Kontakte in der Umgebung meiner ehemaligen Heimatstadt ...«

»Zuerst müssen wir uns darüber klar werden, was wir eigentlich wollen«, unterbrach ich ihn. »Geht es uns lediglich darum, die Informationen über die Tyarez aus den Archiven der da Tromin zu stehlen und damit die Beweise für den Verrat dieses Khasurn zu sichern? Oder gehen wir den umgekehrten Weg, so, wie ihr es vorschlagt? Noch wissen wir nicht allzu viel über diese Sippe und ihre Legitimität. Eine Revolution anzuzetteln ist kein Kinderspiel. Zumal wir nur zu dritt sind und lediglich auf begrenzte Mittel zurückgreifen können. Die da Tromin scheinen einen gefestigten Platz in der hiesigen Gesellschaft zu besitzen, und ich werde keineswegs die USO anfordern, um einen großflächigen Krieg zu provozieren. Eine derartige Tat könnte leicht zu einem

Flächenbrand ausarten, der die gesamte Milchstraße in Flammen setzt.«

Aizela und Ohm blickten mich enttäuscht an. Sie wollten diesen Auftrag schnell erledigen.

Gut gemacht, kommentierte der Extrasinn. *Wenn du ihnen nicht die Grenzen ihres Spielraums erklärtest, würden sie deiner Kontrolle entgleiten. Ihre persönlichen Interessen wiegen schwer. Dies könnte sie blenden und die gesamte Mission gefährden.*

Ich musste dem Logiksektor Recht geben. Auch mir brannte die Zeit unter den Nägeln. Die Flucht des Tyarez-Raumers, dessen Zielkoordinaten wir hier auf Sadik in Erfahrung bringen wollten, war bereits vor knapp einem Monat vor sich gegangen. Gab es denn eine realistische Chance, das Hautwesen und Artemio Hoffins einzuholen und die Situation auf dem geheimnisvollen Objekt namens *Camouflage* zu klären?

Selbstverständlich!, mischte sich der Extrasinn erneut ein. *Die Dauer der Auseinandersetzungen zwischen den verfeindeten Tyarez-Lagern muss in Jahren, wenn nicht gar Jahrzehnten gemessen werden. Der Hilferuf, der dir gegolten hat, mag verzweifelt gewesen sein. Aber die Häute haben aufgrund ihrer Langlebigkeit sicherlich einen anderen Zeitbegriff als du.*

Aizela blickte mich verstört an, als ich unvermittelt zu kichern begann.

Ich, der unsterbliche Arkonide Atlan, war doch dank meines Zellaktivators eines der ältesten Lebewesen der Milchstraße. Wenn jemand etwas über den Fluch ewigen Lebens Bescheid wusste, dann war *ich* es wohl.

Falsch, unterbrach mich der Logiksektor erneut. *Du hast es nie geschafft, dich von deinesgleichen abzugrenzen und auf eine höhere Betrachtungsebene aufzusteigen. Immer noch begibst du dich in dubiose Abenteuer, riskierst dein Leben in sinnlosen Kleinkriegen und beschränkst deine Aktivitäten auf winzige Bereiche arkonidischen Daseins. Seit Jahr und Tag predige ich dir, dich aus dem Tagesgeschäft zurückzuziehen und langfristige Pläne zu schmieden ...*

Meine innere Stimme argumentierte richtig.

Nein.

Sie zog *logische Schlussfolgerungen*. Ich aber war Arkonide. Ein Lebewesen mit Gefühlen. Niemals würde ich es über mich bringen, den Gang in den Elfenbeinturm anzutreten und auf die Bewohner der Milchstraße emotionslos herabzusehen. Vielleicht gab es irgendwo derartige Geschöpfe; ich aber wollte auf keinen Fall zu ihnen gehören.

»Nun?«, fragte mich Ohm Santarin ungeduldig.

Langsam kehrte ich in die Gegenwart zurück. Fast hätte ich den Faden verloren.

»Ich bleibe dabei«, sagte ich schließlich. »Aizela und ich werden den hochoffiziellen Weg des Patriarchen Eli Pattri beschreiten und morgen bei diesem Empfang anwesend sein. Wenn man uns tatsächlich loshaben will, sollen es uns die honorigen Herren ins Gesicht sagen.«

»Und was ist mit mir?«, fragte Ohm. Erstaunt hob er seine Augenbrauen an.

»Ich habe selbstverständlich keinen Einfluss darauf, was du anstellst, während du auf der REVENGE Wache schiebst.«

Der junge Arkonide grinste und rieb sich vergnügt die Hände. »Das wird ein lustiges Wiedersehen mit manchem meiner ehemaligen Freunde geben«, sagte er.

»Übertreib es bitte nicht mit deinen Freundschaftsbekundungen.« Ich lächelte zurück, während mich der Extrasinn – wie so oft – einen unverantwortlichen Narren schimpfte.

Kapitel 5

Der Name des weisen Paritaun war auch heute, mehr als dreihundert Jahre nach seinem Tod, in aller Munde. Er alleine hatte ausreichend Weitsicht besessen, um vor den Gefahren für kommende Generationen des Volkes zu warnen und einen Langzeitplan gegen die drohende Antriebslosigkeit zu entwickeln.

Forschungsstätten und Denkwerke entstanden allerorten auf dem Planeten. Plump und ungefüge wirkten sie; grob zusammengehämmert und ohne jeglichen Pomp ausgestattet. Plätze, an denen man nichts anderes tat, als zu diskutieren und zu denken.

Der Rektoride Zimbulian betrat seine liebste Wirkungsstätte, den Großen Lehrsaal. Eine große Schar wissenshungriger Schüler blickte ihm erwartungsvoll entgegen. Ihnen allen war höchstes Interesse an seinen Ausführungen ins Gesicht geschrieben.

»Ich grüße euch«, sagte Zimbulian in die Runde, während er möglichst würdevoll zum Podest in der Mitte schritt. Er wusste, dass er eine beeindruckende, gut tragende Stimme besaß, die jedermann augenblicklich in ihren Bann zog. Im täglichen Kampf um die Wissenserziehung der Jungen war sie seine beste Waffe.

Kampf ... Dieses Wort besaß einen archaischen Beigeschmack. Die Zeiten persönlicher Auseinandersetzungen oder Kriege waren längst vorbei. Sie lebten bestenfalls als Theoreme oder schlechte Erinnerungen, als Muster ohne Wert, in ihren Erinnerungen fort.

»Wir sind *das Volk*«, fuhr Zimbulian schließlich fort. »Überheblichkeit ist nicht angebracht; dennoch verfügen wir über Gaben, die uns über alle anderen Wesen unseres Heimatplaneten erheben. Und diese stecken hier drinnen.« Mit dem Arm deutete er auf seinen Kopf. »Scharfsinn. Soziales Bewusstsein. Glaube an die eigene Stärke. Emotionelle und rationale Intelligenz. Das alles besitzen wir im Übermaß.«

Der Rektoride sah sich im Saal um. Die Sitztreppen boten keinerlei Komfort, aber niemand der mehr als zweihundert Anwesenden schien sich daran zu stören.

»Es muss einen besonderen Auslöser für unsere Bewusstseinswerdung gegeben haben. Sie überkam uns plötzlich, überfallartig, grundlos. Den Philosophen und Evolutionswissenschaftlern zufolge hätte sie schleichend und in mehreren kleinen Schüben geschehen müssen.« Zimbulian seufzte. »Ein Geheimnis umgibt also unser Leben. Eines, das wir wahrscheinlich niemals lösen werden können. Aber« – er hob den Kopf und sah mehrere seiner neuen Schüler bedeutungsvoll an – »wir sind in der Lage, die Zukunft unserer Existenz zu extrapolieren. Einerseits hat uns ein unbekannter Schöpfer die Gabe verweigert, kraft unserer Hände Schönes und Wertvolles zu schaffen. Wir versagen dabei, viele unserer Vorstellungen in die Tat umzusetzen. Doch andererseits können wir uns auf einen alten Lehrsatz verlassen, der da lautet: Die wahren Abenteuer sind im Kopf.«

Zimbulian trank in kleinen Schlückchen vom bereitstehenden Wasser. Bedauernd blickte er die klobige Tasse an. Sie war schief und eckig getöpfert.

»Unsere Hinfälligkeiten werden es wohl niemals erlauben, dass wir unsere Heimat verlassen und ins All hinaus reisen. Dies mag bedauernswert erscheinen, aber wir müssen uns darauf einstellen. Bestandteil des Lehrplans für Erstjährler wird es daher sein, die theoretischen Möglichkeiten bemannter Raumfahrt durchzudiskutieren.«

Lautes Raunen ging durchs Publikum. Man hatte geahnt, dass er, der Rektoride, heute ein sensationelles Programm veröffentlichen würde. Aber mit dem Gedankenkonstrukt einer Reise ins Schwarze Nichts hatte wohl niemand gerechnet.

»Die Bandbreite der angebotenen Kurse reicht von der Angewandten Mathematik über Statistik, Statik, Soziales, Werks- und Materiallehre, Ballistik, Antriebstechniken und fünfzehn weitere Bereiche. Ich bin mir sicher, dass für jeden von euch etwas dabei sein wird. Ab dem dritten Lehrjahr besteht die Möglichkeit, sich ein anderes Fachthema auszusuchen und Basiswissen anzuhäufen, das einem weiteren Studiumsleben dienlich sein wird. Parallel dazu wird die Möglichkeit angeboten, sich in nexialistischer Tradition einer Zusammenführung aller Raumfahrtskurse zu widmen. Ich bin mir sicher, dass der eine oder andere besonderes Interesse an einer derartigen Aufgabe findet.« Ein letztes Mal drehte sich Zimbulian im Kreis, betrachtete zufrieden die jungen Männer und Frauen. Dann sah er zum Fenster hinaus, auf den nahe gelegenen See, und lächelte glücklich. »Ich freue mich, euch an meiner Wissensuniversität begrüßen zu dürfen. Ich bitte euch, jegliche Gelegenheit zu nutzen und gegen die dröge Teilnahmslosigkeit anzukämpfen, die in jedem von uns steckt. Das Volk kann lediglich überleben, wenn es eine Aufgabe besitzt. Vergesst das bitte niemals ...«

Kapitel 6

Der Empfang begann so, wie ich es erwartet hatte. Naats, die man in Fantasieuniformen gezwängt hatte, begrüßten Aizela und mich förmlich. Ein kleines Wesen mit unglaublichem Brustumfang, das die Rolle eines Zeremonienmeisters spielte, geleitete uns in die Vorhalle und kündigte uns laut dröhnend an. Wankend marschierte es auf seinen dünnen Beinen schließlich zum Eingang zurück und pumpte seinen Leib währenddessen erneut auf, um die nächste Gesellschaft in Empfang zu nehmen.

Vielerlei Blicke richteten sich auf uns. Ich sah Argwohn und Neugierde, aber auch den einen oder anderen angewidert verzogenen Gesichtsausdruck.

»Ah, da sind ja unsere Ehrengäste von Lepso«, begrüßte uns der dicke Debakil. Überschwänglich verbeugte er sich vor mir und meiner bezaubernswert geschminkten Begleiterin. Er schob sich zwischen uns, fasste uns vertraulich an den Armen und führte uns weiter in den riesigen Saal, dessen Decke von sinnverwirrenden, sich stetig ändernden Farbklecksen verziert war.

»Ein bezauberndes Retro-Design, nicht wahr?«, säuselte der Zollbeamte. »Diese Farbmuster wurden einem mehr als eintausend Jahre alten Katalog entnommen. Sie erregen unter meinen Gästen mehr Aufmerksamkeit, als ich jemals zu hoffen gewagt hätte.«

Ich musste an mich halten, um dem aufgeblasenen Gockel nicht augenblicklich die Wahrheit ins Gesicht zu schreien. Stammten diese Bilder doch aus dem Bestand jener Spiele, die große Teile des Volks in eine Phase der Dekadenz begleitet hatten. Diese dauerte mehrere hundert Jahre und besiegelte den Niedergang des Großen Imperiums.

Ich hörte nicht weiter auf das uninteressante Geschwafel des Dicken und überließ es Aizela, passende Antworten zu finden. Es erschien mir wichtig, mir ein Bild von der Lebensweise der »besseren Leute« auf Sadik zu machen. Wir mussten wissen, wie diese Kolonialarkoniden tickten, um an unser Ziel zu gelangen.

Es herrschte Opulenz, wohin man auch blickte. Arkonidinnen mit hochgetürmten Perücken ließen sich von Schweberobs Luft zufächeln. Auf winzigen, kaum fußgroßen Filzschwebern glitten sie durch den Raum, blieben da und dort stehen und tauschten Komplimente aus. Deren Männer hielten sich bevorzugt in der Nähe des Barbereichs auf. In Zwiegesprächen verdienten sie wohl soeben jene Geldsummen, die ihre Ehefrauen und Mätressen wenig später wieder ausgaben. Ich hatte diese Dinge schon zu oft gesehen, um mich von scheinbarer Freundlichkeit und geheucheltem Interesse an anderen Dingen als jenen, die dem Gott Mammon dienten, täuschen zu lassen.

»Dies hier ist Ulja da Tromin«, drangen Debakils Worte plötzlich zu mir durch. »Er ist der Lieblingsneffe unseres geliebten Patriarchen, Gart da Tromin.«

Hellwach geworden, konzentrierte ich mich auf den tapirgesichtigen Arkoniden mit den abstehenden Ohren, deren Spitzen von einem abartig veranlagten Schönheitschirurgen mit leise klingelnden Platinschellen verbunden worden waren.

Hinter ihm blickten zwei insektoide Söldner über die Köpfe der Gesellschaft hinweg. Trotz ihres ungewohnten Aussehens in diesem von Lemurerabkömmlingen frequentierten Saal gaben sie sich unbeteiligt und gelangweilt, als wollten sie sich am liebsten aus der Aufmerksamkeit der Anwesenden *wegdenken*. Wie ich anhand langjähriger Erfahrung festgestellt hatte, zeigten alle Bodyguards des bekannten Universums dieses Verhaltensmuster.

»Ulja da Tromin hat besonderes Interesse an Eurer Ankunft gezeigt«, fuhr Debakil ehrerbietig fort. »Ich sprach von der Schönheit Eurer Begleiterin und dem zweifelsohne genauso schönen Bankkonto, das mir in Euren Unterlagen begegnete.« Er nickte kurz zum Abschied und verschwand in der Menge. Der Dicke wirkte erstaunlich flink für seine Masse.

»Ich konnte während meiner langen Berufsjahre bereits da und dort ein gutes Geschäft machen«, sagte ich, um das Gespräch mit meinem Gegenüber sofort in die richtige Richtung zu dirigieren. Schließlich galt es, die baldige Abschiebung zu verhindern oder hinauszuzögern. »Erzabbau ist eines meiner liebsten Interessensgebiete.«

»Ich verstehe«, murmelte der da Tromin kaum verständlich. »Wir legen normalerweise keinen großen Wert auf neue Kontakte. Wussten Sie das nicht, Patriarch? Dann haben Sie es wohl versäumt Ihre Hausaufgaben zu machen.«

Erst jetzt sah ich die Operationsnarben und dass seine Kiefer aus implantierten Metallteilen bestanden. Er musste einem furchtbaren Unfall zum Opfer gefallen sein, der ihn den unteren Teil seines Gesichts gekostet hatte.

»›Normalerweise‹ ist ein Wort, bei dem das Interesse eines Händlers meines Schlags augenblicklich geweckt wird.« Ich lächelte so unverfänglich wie möglich. »Ich habe mich in letzter Zeit auf die Zweitverwertung bereits ausgebeuteter Asteroiden spezialisiert. Selbst mit den besten Drillmaschinen und den geschicktesten Förderteams gibt es immer noch Flöze, die unentdeckt bleiben oder zu unrentabel scheinen, um sie einem großräumigen Abbau zuzuführen. Dank meiner flexiblen Mitarbeiter, die zu günstigen Stunden- und Tagessätzen bereit sind zu arbeiten, kann ich aus diesen scheinbar nicht mehr rentablen Stätten weiteren Gewinn ziehen.«

»Es muss sich in der Tat um Arbeitskräfte handeln, die sich für einen lächerlich geringen Lohn dieser kräfteraubenden Tätigkeit stellen. Es handelt sich hoffentlich nicht um reine Robotförderer?«

»Keinesfalls! Ich bin lange genug im Geschäft, um zu wissen, dass Robs mit den vielfältigen Problemen während der Erzförderung nicht zurande kommen.« Ich reichte ihm ein handgroßes Plättchen, über dem per Wärmeaktivierung das

Bild einer Schar insektoider Lebewesen zu virtuellem Leben erwachte. Sie schwangen primitivstes Förderwerkzeug und gruben sich in irrwitziger Geschwindigkeit in einen kraterübersäten Asteroiden. »Zamwyns. Ein Volk, das ich während meiner Reisen in die Tiefen des Universums entdeckte. Dank meiner Verbindungen verschaffte ich ihnen primitive Raumschiffe und den Zugang zu arkonidischen sowie terranischen Handelsniederlassungen. Im Gegenzug steht mir eine unbeschränkte Anzahl von ihnen für eine Frist von einhundert Jahren für jegliche Form von Arbeit zur Verfügung.«

»Sie wollen damit sagen, dass Sie diese Zamwyns an der offiziellen Klassifizierung durch interstellare Gremien vorbeilanciert haben?«

»So könnte man es sehen, wenn man bösartig sein wollte. Ich würde es gerne anders ausdrücken: In meiner Großmütigkeit habe ich einem Volk, das eben erst den Sprung in das Maschinenzeitalter vollzogen hatte, die Chance gegeben, ein paar Jahrhunderte öder Entwicklung zu überspringen. Ich versichere Ihnen, dass mir die Zamwyns äußerst dankbar für meine Hilfestellung waren.« Es fiel mir nicht leicht, den Sklavenhändler überzeugend zu spielen.

Die natürliche Entwicklung eines Planetenvolks zu behindern und es gewaltsam ins Raumfahrtzeitalter zu hieven, galt als eines der schlimmsten Verbrechen in der Milchstraße. Die soziologischen Folgen einer derartigen Tat waren unabsehbar. Mir war lediglich ein einziger Fall bekannt, da ein derartiger Sprung ein positives Ende gefunden hatte; die Terraner hatten es dank des politischen Jahrtausendtalents Perry Rhodan geschafft.

»Ich darf also hoffen, dass es Chancen gibt, ins Geschäft zu kommen?«, fragte ich schließlich augenzwinkernd.

»Ist Hoffnung nicht der Antrieb unseres Lebens?«, knarzte Ulja da Tromin.

»Ich danke Ihnen für Ihre weisen Worte«, antwortete ich. »Um aber auf Ihre ursprüngliche Frage zurückzukommen: Selbstverständlich weiß ich über die Strukturen und Zustände auf Sadik Bescheid. Das Geschlecht der da Tromin besitzt, so wurde mir gesagt, Handschlagqualität und ist, so wurde mir ebenfalls zugetragen, gerne bereit, bei entsprechenden Gewinnaussichten auf dem Rohstoffmarkt seine Meinung zu ändern.«

»Gewinnaussichten ist ein Wort, das in meinen Ohren verlockend klingt.« Ulja ließ sein Gesicht von einem Robotlakaien frisch aufpudern. Der Glitzerglanz auf seiner Haut reflektierte die Deckenbilder und übertünchte gleichzeitig die Aknenarben, die sich in sein Gesicht gefressen hatten.

»Dürfte ich Ihnen morgen einen Besuch im Khasurn abstatten?«, fragte ich, hoffend, nicht allzu rasch vorgeprescht zu sein. »Ich möchte Ihnen gerne meine detaillierten Pläne vorlegen.«

»Der Khasurn der da Tromin ist nicht für jedermann offen«, wies mich Ulja kalt ab. »Das Familienoberhaupt legt – sehr zu Recht – Wert auf ein Rückzugsgebiet, in dem man aus der Ruhe Kraft schöpfen kann. Aber wenn Sie meinen, mich mit Ihren Absichtserklärungen überzeugen zu können, lasse ich Ihnen einen Termin in meinem Stadtbüro geben.«

Gescheitert und eiskalt abgeschmettert. So, wie ich es eigentlich befürchtet hatte. Es würde nicht leicht sein, das Vertrauen eines da Tromin zu gewinnen; und schon gar nicht jenes des Patriarchen.

»Darüber freue ich mich sehr«, sagte ich formell. »Auch wenn ich es bedaure, Gart da Tromin nicht persönlich begegnen zu dürfen. Sein Name ist selbst auf Lepso bekannt.«

Die Schmeichelei verfing nicht, im Gegenteil: Ulja wirkte, als hätte er in eine verfaulte Limonenfrucht gebissen.

»Ich werde ihm bei Gelegenheit Ihre freundlichen Worte zutragen«, sagte er mit kaum verständlicher Stimme. Er nickte Aizela kurz zu und wandte sich schließlich abrupt ab.

Die beiden Insektoiden folgten ihm mit knackenden Kniegelenken.

Seltsam. Ich hatte sie während des Gesprächs tatsächlich vergessen.

»Haben Sie etwas dagegen, wenn ich mich für einen kurzen Umtrunk an die Bar begebe?«, fragte ich Aizela. »Ich bin mir sicher, dass Sie begierig drauf sind, neue Bekanntschaften unter diesen wunderbaren Leutchen zu machen.«

Und ob sie das war! Sie warf mir einen Blick zu, der unter mancher Gerichtsbarkeit als Mordwaffe durchgegangen wäre, und entfernte sich schließlich in Richtung des Balkons. Dort sammelte sich soeben eine Gruppe erheblich angeheiterter Damen. Wie ich dem lauten Gelächter entnehmen konnte, erzählte man sich schlüpfrige Witze, die die Worte »Penislänge«, »Prügelsklaven« und »Unterlinge« beinhalteten.

Debakil wuselte neuerlich heran. An seinem Arm führte er ein Mädchen, vielleicht Anfang zwanzig. Es wirkte verwirrt und ängstlich.

»Darf ich Ihnen Camara Zaintz vorstellen, Patriarch? Sie ist eine meiner fähigsten Mitarbeiterinnen und wird Ihnen von nun an zur Seite stehen.«

Das war unser Wachhund? Ein kleines, introvertiertes Mädchen? Das durfte doch nicht wahr sein!

Lass dich ja nicht täuschen!, warnte mich der Extrasinn. *Irgendetwas an diesem Gör stimmt nicht. Wenn ich nur wüsste, was ...*

Der Logiksektor war sich in seinen Überlegungen nicht sicher!

Jetzt war ich wirklich beunruhigt.

Kapitel 7

Ohm Santarin steuerte den Gleiter in einer flachen Kurve auf das Landefeld zu.

Er lächelte.

Die Behörden am Landefeld der REVENGE zu täuschen war eine der leichteren Übungen in seinem Leben gewesen. Zippo Gull und seine Mannschaft hatten die Kennung des Gleiters mit der Routine jahrzehntelanger Piratenerfahrung gefälscht; die Lotsen waren einerseits durch Störstrahlungen abgelenkt und andererseits mit unerwarteten Zahlungen auf diverse Chipkonten dazu gebracht worden, ihre Nasen für ein paar Sekunden in irgendwelchen schmuddeligen Zeitschriften zu versenken.

Es hat sich nichts verändert, seitdem ich Sadik verlassen habe, dachte Ohm. *Nach außen hin wirkt alles proppensauber. Erst bei näherem Hinsehen erkennt man die Symptome des Verfalls und der Dekadenz. Und die da Tromin regieren über Legislative und uraltes Arkonidenrecht hinweg, ohne dass sich irgendjemand dagegen wehrt.*

Er *hatte* sich gewehrt, und er hatte die Rechnung dafür begleichen müssen.

Der Gleiter setzte auf.

»Willkommen in Gantador, der Heimat des Lipa«, krächzte eine blecherne Stimme. »Besuchen Sie Schorms Museum der Halbedelsteine, machen Sie einen Abstecher in Schorms Vergnügungszentren, beehren Sie Schorms unterirdische Holodecklandschaft ...«

Angewidert schaltete Ohm die Automatik der Landepositronik ab.

Es hatte sich in der Tat nichts geändert. Ihm war, als hätte er dieses stinkende Nest erst gestern verlassen.

Er hielt die Hände vor die Augen und stieg aus. Die bleierne Hitze traf ihn wie ein Keulenschlag. Selbst er, der er hier geboren worden war, würde sich niemals an die trockene glühende Luft gewöhnen, die jedes Einatmen zur Qual machte.

Bergarbeiter fuhren in endlos scheinenden Kolonnen auf ihren billigen Solarrollern auf der einzigen Straße vorbei, den Barackensiedlungen im Süden entgegen. Sie hatten keine Augen für den Neuankömmling. Die meisten von ihnen wollten so rasch wie möglich ihr Arbeitsgerät säubern, eine Kleinigkeit essen und dann erschöpft in ihr Bett sinken, um am nächsten Morgen neuerlich mit mürrischem Gesicht in die Gruben hinabzufahren.

Schorm und seine Hintermänner, die da Tromin, hätten längst das notwendige Arbeitsgerät für eine lebenswürdigere Arbeit unter Tag besorgen können, dachte Ohm angewidert. *Es hätte sie lediglich eine geringfügige Investition gekostet, die sich binnen weniger Jahre rentiert hätte. Aber sie wollen es nicht! Seit ... damals revanchieren sie sich bei den Gantadorern, die es irgendwann einmal gewagt hatten, einen regionalen Arbeiteraufstand zu initiieren.*

»Wo finde ich Cymbal?«, fragte er den erstbesten Passanten, dem er begegnete. Der Mann schob seinen stotternden Roller fluchend vor sich her.

»In Schorms Tratschstätte«, sagte der Bergarbeiter, »wo denn sonst?«

»Danke.«

Augenblicklich war die Erinnerung wieder da. So gut er sie auch verdrängt hatte – in der letzten Stunde war jedes noch so winzige Detail seiner Jugend zurückgekehrt.

Sand wurde von einer der berüchtigten Wüstenböen hochgeweht. Ohm suchte die zweifelhafte Sicherheit verrosteter Schutzbleche, hustete, spuckte das widerliche Zeug aus, das in seinem Rachen kratzte.

Augenblicklich stand ihm der Schweiß auf der Stirn. Ohm ärgerte sich; er hätte es besser wissen müssen. Nur Touristen, die so dumm waren, hier ein paar Tage zu verbringen, machten den Fehler, in der Irrsinnshitze schnelle Schritte zu tun.

Da war die Tratschstätte. Sie lag eingekeilt zwischen dem Bürgerhaus und dem Lebensmittelladen. Gegenüber befand sich die einzige öffentliche Transmitterstation des Ortes.

Junge, lipabehangene Arkoniden in schneeweißer Bekleidung lungerten vor dem Lokal herum. Einer von ihnen montierte soeben einen Chromspoiler an seinem Bikegleiter, die anderen kommentierten seine Arbeit mit rauen Scherzen. Sie alle befanden sich im Schutz eines Klimafeldes, das die Temperatur angenehm abdimmte und den Staub fernhielt. Der Name der Gang, den sie in seltsamer Schrift quer über die Stirn eintätowiert hatten, war Ohm unbekannt. Es hatte sich also *doch* etwas geändert in Gantador.

Er marschierte an den halbstarken Arkoniden vorbei, die höhnischen Kommentare ignorierend. Das Staubschott zur Tratschstätte glitt beiseite, nachdem sein Kreditchip in einem Kontrollschlitz auf Bonität abgetastet und seine Identität überprüft worden war.

Auf meine gefälschte *Identität*, korrigierte sich Ohm. *Heute heiße ich Ohm da Gonozal. Meine Fingerabdrücke wurden angepasst, ebenso die Retina. Meine Körper-DNA wurde mithilfe eines Hautsprays verfälscht, meine Physiognomie durch Spritzpolster leicht abgeändert, die Stimme zeitlich begrenzt durch eine Spritze hochmoduliert. Ich würde bei einer oberflächlichen Überprüfung durch die* Jagdbehörden *jederzeit bestehen. Auch meine leibliche Mutter würde mich nicht auf Anhieb wiedererkennen.*

Cymbal saß an der Bar. Er war es, unverkennbar. Sein fetter Leib quoll links und rechts über den Sitz, der unter ihm wie ein Spielzeug aussah. Der Vorarbeiter hustete, wie immer. Er schnaufte, wie immer. Er roch streng, wie immer.

»... und dann hab ich ihm gesagt, hab ich ihm, dass er seinen fetten Arsch in die Grube schieben solle, sonst würde ich ihm das rostige Ding in meiner Hand dorthin schieben, wo niemals Licht hinfällt!«, schnaufte er soeben.

Die müden Gestalten rings um ihn lachten pflichtbewusst, bevor sie ihre Nasen wieder in ihren Getränkekrügen versenkten.

»Seid wohl nicht in Stimmung für einen kleinen Scherz, seid ihr nicht?«, fragte der Fette lautstark. »Ihr habt was gegen den guten, alten Cymbal, habt ihr?«

Der Mann stand auf, streckte die Ärmel hoch, entblößte seine schwabbelnden Oberarme und stellte sich breitbeinig hin.

»Ich bitte dich, Cymbal«, sagte der Wirtsrob mit seinem schlecht geölten Tratschmund. Gleichzeitig streckte er vier seiner acht mit schlechtem Plast bespritzten Arme beruhigend in Richtung des Fetten aus. »Niemand hier will Streit mit dir. Die Jungs sind müde und wollen sich nach ihrer Schicht bloß erholen ...«

»Spar dir die ewig alte Leier!«, brüllte Cymbal unvermutet. »Deine Beruhigungspositronik ist ihr Geld nicht wert!« Wütend hieb er nach einem der Arme, verfehlte ihn knapp, geriet noch mehr in Rage, beugte sich über die Bar, packte den Körper des Robs und zog ihn ruckartig zu sich heran.

Galan, wie der Bar-Schrotthaufen von den Gantadorern genannt wurde, wehrte sich nicht. Er steckte die Hiebe ein, die der dicke Vorarbeiter austeilte, ging mit den Schlägen mit, um Prellungen an Cymbals Händen zu verhindern. Die anderen Bergarbeiter verzogen sich indes achselzuckend in eine ruhige Ecke. Sie schienen die Auftritte des Fetten gewohnt zu sein.

Irgendwann beruhigte sich Cymbal, stieß den Rob von sich, setzte sich schwer keuchend.

»Darf's jetzt noch was zu trinken sein?«, fragte Galan mit seinem Bestellmund. »Dann geht's dir sicher gleich wieder besser.«

»Lokalrunde«, murmelte Cymbal. Er schüttelte seinen Kopf.

»Gilt das auch für mich?«, fragte Ohm. Er hatte sich leise genähert, nahm nun neben dem Vorarbeiter Platz.

Cymbal blickte ihn an, von oben bis unten. Verachtungsvoll, mit einem sardonischen Lächeln auf den Lippen. »Was macht ein verschissener Tourist in diesem Scheißladen in diesem Scheißkaff?«, fragte er zwischen zwei Schlucken, die er vom schaumigen Riept nahm.

»Mir auch ein Blondes, bitte«, sagte Ohm in Galans Richtung, bevor er sich Cymbal zuwandte. »Der Tourist sucht Informationen und will gleichzeitig Erinnerungen auffrischen.«

»Wer von hier weggeht, kehrt normalerweise nie mehr nach Gantador zurück, Fremder. Außerdem ist mir dein Gesicht fremd, fremd ist es. Ich kann mich nicht erinnern, dich schon einmal gesehen zu haben.«

»In einer anderen Zeit, in einem anderen Leben«, wich Ohm aus. Er wusste, dass Galan jedes hier gesprochene Wort speicherte und an die Kontrollbehörden von Krafts Unternehmenszentrale weiterleitete. Er musste vorsichtig bleiben.

»Quatsch!« Cymbal leerte sein Glas in einem Schluck. »Wenn du auf sinnlose Konversation aus bist, Großer, dann hast du den falschen Mann vor dir. Du bist hier am Arsch der Welt. Niemand will etwas mit euch feinen Stadtpinkeln zu tun haben. Mach den Abgang und lass mich gefälligst in Ruhe. Ich hab ohnehin schlechte Laune, hab ich.«

»Das war nicht zu übersehen, *Mann*.« Ohm betonte das letzte Wort bewusst. Er ließ Cymbal Zeit zum Nachdenken und nippte am Riept. Sorge und Neugierde würden nun im Fetten erwachen.

»Dies ist meine letzte Warnung, ist es«, sagte der Vorarbeiter schließlich mit betont ruhiger Stimme. »Du verlässt dieses Lokal und suchst dir einen anderen Gesprächspartner für deine Schwulitäten. Andernfalls zupfe ich dir deinen Kopf vom Rumpf und spucke auf dein Herz.«

Ohm grinste und legte ein paar Chronners vor sich auf die Bar. »Bist immer noch der gute, alte Cymbal. Ist immerhin zehn Jahre her, seitdem wir uns das letzte Mal gesehen haben. Im Hinterhof von Schorms Laden. Kannst du dich nicht mehr erinnern? War eine laue Nacht; du hattest ganz schön geladen und warst spitz wie eine Feldmaus. Ich musste mich nicht mal bücken ...«

Gelächter wurde an den Tischen laut; höhnische Blicke trafen den Dicken, der mittlerweile leichenblass geworden war. »Raus!«, brüllte er, riss mit bloßen Händen ein Stück Holz aus der mehr schlecht als recht zusammengezimmerten Bar und schlug mit unvermuteter Geschwindigkeit zu.

Ohm hatte mit dem Gewaltausbruch gerechnet, und dennoch konnte er nur knapp ausweichen. Er grinste frech und zeigte Cymbal beidhändig die Stinkefinger, bevor er in Richtung des Staubschotts eilte. Er wusste, dass er die ganze Konzentration des Vorarbeiters hatte, als er ein einziges Wort mit seinen Lippen formte. Er musste darauf hoffen, dass Cymbals breiter Rücken den Blick Galans abdeckte – und dass der andere verstand, was er ihm hatte mitteilen wollen.

Die Hitze vor der Tratschstätte traf Ohm wie ein Hammer. Augenblicklich blieb er stehen, wohl wissend, dass ihm der Vorarbeiter nicht nacheilen würde.

Die Jungs vor dem Eingang hatten ihre Bikegleiter mittlerweile gestartet und rasten soeben mit ohrenbetäubendem Lärm davon. Stille lag bald darauf wieder über diesem müden, alten Ort und seinen müden, alten Bewohnern.

Mit langsamen Schritten marschierte Ohm hinüber zu »Schorms Ruhehaus«. In der schäbigen, verlausten Spelunke war mit Sicherheit ein Zimmer frei. Von nun an konnte er lediglich warten und hoffen, dass Cymbal bald kommen würde.

Die Schiebetür glitt beiseite, ohne dass der zimmerinterne Alarm angeschlagen wäre. Trotz seiner feisten Wurstfinger, mit denen Cymbal nicht einmal in der Lage schien, Messer und Gabel zu halten, war er seit ehedem für seine Geschicklichkeit im Umgang mit elektronischen und positronischen Bauteilen berüchtigt gewesen.

»Ich hatte früher mit dir gerechnet«, flüsterte Ohm.

Der Lichtreflex einer Waffe blitzte auf.

Der Schuss fuhr in jenes Polstermöbel, das Ohm zurechtgerückt und mit einem simplen Lautsprecherfeld ausgestattet hatte. Er stürzte aus dem abgedunkelten Duschfeld hervor, hieb dem Schützen auf die Waffenhand, brach ihm beiläufig – und mit einem gewissen Gefühl der Befriedigung – den kleinen Finger und stieß Cymbal schließlich aufs Bett.

Es ächzte, brach aber nicht zusammen.

»Du hast gelernt«, keuchte der Fette und betrachtete seinen Finger, der augenblicklich anschwoll.

»Auf Lepso wird man nicht alt, wenn man sich nicht zu verteidigen weiß«, entgegnete Ohm. »Außerdem hatte ich eine gute Lehrmeisterin.« Routiniert klopfte er den Leib seines Gegenübers ab und brachte drei weitere Waffen zutage. »Ist das alles?«, fragte er schließlich.

»Es gibt noch mehr, aber ich habe beschlossen, dich in Ruhe zu lassen.« Cymbal griff langsam in die Hosentasche, brachte einen Schokoriegel hervor und biss herzhaft hinein.

»Sehr großzügig von dir.«

»Also: Was willst du? Ich hatte ... mjam ... nicht damit gerechnet, dich jemals wiederzusehen.«

»Unter normalen Umständen hättest du Recht gehabt. Während der letzten Jahre spürte ich nicht unbedingt Sehnsucht nach der Heimat. Aber die Dinge haben sich geändert.«

»Alles ändert sich, nur Gantador bleibt immer gleich«, zitierte Cymbal einen der beliebtesten Sprüche des Landstrichs. »Mach's kurz: Um was geht es?«

»Was würdest du sagen, wenn ich die Möglichkeit besäße, Sadik von Grund auf umzukrempeln?«

»Das riecht verdammt nach einer Revolution, mein Junge. Ich kann mich nicht daran erinnern, dass unser letzter Versuch gut gegangen wäre. Kraft und seine Schergen erhöhten seitdem ihre Anforderungen an die Minenarbeiter, die Schichten werden immer beschwerlicher, die da Tromin sitzen fester denn je im Sattel.«

»Soviel ich weiß, haben wir es dir zu verdanken, dass der Aufstand in die Hosen ging. Warst nicht *du* derjenige, der alle verpfiffen hat?«

»Ich tat lediglich, was mir nutzte. Seitdem lässt man mich in Ruhe, und ich kann ein friedliches Leben genießen.« Cymbal schmiss die Verpackung des Schokoriegels achtlos in Richtung des Müllkonverters. »Ich hätte es gerne gesehen, wenn auch du ein wenig mehr auf dich selbst geachtet hättest, statt den Märtyrer und Frontkämpfer zu spielen.«

»Ich habe nun mal ein Gewissen – im Gegensatz zu dir.«

»Besäße ich kein Gewissen, würdest du mir heute nicht gegenüber sitzen. Ich ließ dich leben. Hundertmal, tausendmal dachte ich schon daran, dich zu töten. Dir den Hals umzudrehen, dich zu ertränken, dich zu filetieren und den Tieren zum Fraß vorzuwerfen. Aber ich tat es nicht. Auch wenn es mir noch so dreckig ging, brachte ich es nicht übers Herz.«

»Aus dir spricht wahre Liebe.« Ohm schüttelte den Kopf. Er hatte geglaubt, gegen die Worte Cymbals immun zu sein. Doch er musste feststellen, dass ihn die Gefühllosigkeit des Dicken einmal mehr im Innersten verletzte. Manche Wunden verheilten eben niemals.

»Also – spuck's endlich aus, was du von mir willst«, fuhr Cymbal fort, »ich möchte so rasch wie möglich zurück zum Abendessen.«

»Wie ich es bereits sagte: Ich vertrete eine ... Macht, die sehr daran interessiert ist, die Dinge auf Sadik zu ändern.«

»Mach dich nicht lächerlich!« Cymbal kicherte. »Niemand würde es wagen, gegen die da Tromin anzugehen. Jedermann weiß, dass Revolutionäre die Macht des vereinten arkonidischen Hochadels gegen sich hätten. Die Blutsbande der Aristokratie ist das Letzte, was die bescheidenen Reste des Großen Imperiums zusammenhält. Weder Terraner noch Blues, noch Akonen und schon gar nicht die von Larsaf abgefallenen Kolonialreiche würden in der derzeitigen kosmopolitischen Situation einen offenen Konflikt riskieren.«

»Ich sagte niemals etwas von einer offenen Auseinandersetzung. Die Veränderung müsste im Inneren beginnen.«

Cymbal kicherte erneut. »Es gibt kein ›Innen‹. Die wenigen Häuser und Sippen, die gegen die da Tromin bestehen, sind froh, ihren Status quo erhalten zu können. Das Scheitern der Revolution vor zehn Jahren machte jegliche Hoffnung zunichte.«

Ohm schwieg. Lange, fast zu lange. Schließlich sagte er mit schwacher Stimme: »Warum hast du uns verraten? Es hätte alles gut gehen können ...«

»Ganz einfach: Als es darauf ankam, habe ich die Chancen abgewogen und meine Zukunftsaussichten berechnet. Das Pendel neigte sich zugunsten der da Tromin. Also verriet ich euch.«

Ohm presste die Zähne aufeinander, so fest, dass die Kieferknochen knirschten. »Du hast Hunderte in den Tod geschickt. Du hast damit deinen Mann umgebracht. Du hast mich verraten. *Mich!*«

Tiefrote Augen, fröhlich aufblitzend, starrten ihn an. »Ich war wohl niemals eine gute Mutter, nicht wahr?«

Kapitel 8

Die rostenden Dächer der Zimbulian-Universität glänzten stumpf in der Ferne. Da und dort waren Stützwände an den ursprünglichen Bau angebracht worden, um den Verfall dieser legendären Stätte, wenn schon nicht zu verhindern, zumindest zu bremsen.

Apetlon marschierte am Seeufer entlang. Weiße Glückskrähen glitten darüber hinweg und hielten vergebens nach Nahrung Ausschau. Hier würden sie nicht fündig werden, wie der Raumfahrtphilosoph nur zu gut wusste.

Er schwenkte freundlich den Arm und grüßte eine kleine Gruppe älterer Frauen, die ihm kichernd und feixend wie Pennäler entgegenkamen. Sie bewegten sich durch das Dickicht des Langgrases, als gäbe es nichts zu befürchten.

Und so war es auch; ihre Welt war friedlich geworden; Raubtiere, die dem Volk gefährlich werden konnten, jagten nun hauptsächlich auf den drei kleineren Kontinenten. Ebenso hatten sie Meere und Seen, so gut es ging, gesichert, ohne allzu sehr in die jeweiligen Ökologien einzugreifen. Unfälle konnten selbstverständlich niemals ausgeschlossen werden; dennoch verstarben heutzutage 99 Prozent des Volkes friedlich in ihren Betten.

Apetlon hatte das Ostufer erreicht. Er blickte über die spiegelglatte Fläche hinweg. Nirgends gab es einen Zu- oder Abfluss, und dennoch war die Existenz dieses kleinen Gewässers nahe der Küste seit mehr als tausend Jahren dokumentiert.

»Was für ein Rätsel umgibt dich?«, murmelte der Raumfahrtphilosoph. »Warum kommen wir hierher, starren für lange Zeit in das spiegelglatte Wasser und kehren schließlich berauscht in unser Leben zurück?«

Wissenschaftler hatten Wasserproben gezogen und endlose Versuchsreihen gestartet. Ohne ein Ergebnis zu erzielen. Vielleicht wäre ihnen ein Erfolg beschieden gewesen, wenn sie vernünftigere Messinstrumente hätten fertigen können.

Apetlon atmete tief durch. Manchmal packte ihn ein Gefühl der Frustration. Längst schon hätten sie zu den Sternen reisen oder ins Innere des Erdkernes vordringen können, wenn es nach den theoretischen Konstrukten ginge, die in diversen Schubladen gelagert wurden. Aber alle Versuche, ihre Bemühungen in die Praxis umzusetzen, scheiterten an diesen klobigen, zu kaum etwas zu gebrauchenden Händen und Fingern.

Der Raumfahrtphilosoph tat einen Blick in den See und fühlte sich augenblicklich besser. Sein Spiegelbild grinste ihn freundlich an; das im Wasser verborgene Geheimnis übte unglaubliche Wirkung auf jeden seines Volkes aus.

Rings um den See standen sie. Jung und alt, dick und dünn, melancholisch oder gut gelaunt.

Die Belagerung des Sees, so musste er sich eingestehen, wurde allmählich zum Problem. Die Studenten, die seit der Gründung der Universität hier Ruhe und Entspannung suchten, wurden empfindlich gestört. Umso mehr, als sich diese Bildungsstätte längst zum planetaren Zentrum der Geisteswissenschaften entwickelt hatte und eines gewissen Schutzes bedurfte.

Selbstverständlich verdiente es jeder Suchende, hierher vorgelassen zu werden. Es gab keine Zäune oder sonstigen Sperren. Aber er *musste* einen Weg finden, den Zugang zum See zu beschränken. Längst schon hatte Apetlon eine bestimmte Idee ins Auge gefasst. Leider roch sie nach Betrug und würde nur dann durchzusetzen sein, wenn er die Verantwortung für sein Vorhaben auf mehrere Schultern verteilte.

Niemals durfte bekannt werden, dass er, einer der profiliertesten Wissenschaftler des Volkes, den Anstoß dazu gegeben hatte, einen bestimmten Mythos um den See zu verbreiten.

Apetlon steckte einen Finger ins Wasser und beobachtete fasziniert, wie es ihm sein Spiegelbild gleichtat. Wo sie sich trafen, entstanden Wellen, die sich ringförmig entfernten und erst weit draußen am See versiegten. Gleichmäßig wie Schwingungskurven waren diese Wellen geformt.

Ein grünblau gemusterter Fisch streckte seinen breiten Kopf aus dem Wasser und betrachtete Apetlon. Es schien dem Wissenschaftler, als blicke er in die Augen eines uralten, hochintelligenten Wesens.

Der Moment verflog, der Fisch tauchte schwänzelnd unter.

Apetlon fühlte plötzlich Angst vor dem, was auf das Volk zukommen mochte.

Kapitel 9

Sie ist eine Mutantin!, informierte mich der Extrasinn mit schmerzhafter Intensität.

Woher willst du das wissen?, fragte ich zurück.

Sieh sie dir doch an! Klein, kraftlos, blass; sehen geschulte Spitzel oder Geheimdienstmitarbeiter neuerdings so aus?

Camara Zaintz reichte mir schüchtern die Hand. »Ich darf doch bei Ihnen bleiben?«, fragte sie mit einer Stimme, die im Gemurmel der geladenen Gesellschaft beinahe unterging.

»Debakil hat dich mir empfohlen, Camara«, sagte ich. Es fiel mir gar nicht ein, dieses *Kind* zu siezen. »Er meint, du könntest mir helfen, mich auf Sadik besser zurechtzufinden.«

»Tatsächlich?« Sie warf einen schüchternen Blick auf den Beamten, der kurz nickte. »Dann wird es wohl stimmen.«

»Allerdings kann es sein, dass wir bald wieder abreisen müssen ...«

»Keinesfalls, Patriarch!«, unterbrach mich Debakil mit dem Lächeln einer hungrigen Schlange. »Ulja da Tromin hat Gefallen an Ihrer Gegenwart und Ihren Plänen gefunden. Sie werden an mich denken, sollte sich Ihr Aufenthalt auf Sadik als wirtschaftlich rentabel erweisen?«

Der Kerl wollte bestochen werden, keine Frage. »Selbstverständlich«, antwortete ich kurz angebunden. »Wenn Sie mich nun bitte entschuldigen würden? Ich möchte mich nun um Aizela kümmern.«

»Aber natürlich, Patriarch.« Debakil grinste schmierig. »Ist es nicht bedauernswert, dass der Verlobte Ihrer Begleiterin nicht mit hierherkommen konnte?«

»Sehr bedauernswert, in der Tat.« Ich drehte mich beiseite und stampfte davon, Camara Zaintz im Schlepptau. Ich benötigte frische Luft, bevor mein Geduldsfaden riss. Debakil war widerlicher Abschaum, wie ich ihn oft genug bei ähnlichen Anlässen kennengelernt hatte.

»Amüsieren Sie sich?«, fragte ich Aizela. Ohne eine Antwort abzuwarten, nickte ich den Damen der besseren Gesellschaft rings um sie entschuldigend zu und schob die da Onur vor mir her; hinaus auf den breiten Balkon.

»Sie haben mir Leben und Seelenfrieden gerettet«, flüsterte sie mir zu, um lauter fortzufahren: »Und das ist ...?«

Ich stellte ihr Camara Zaintz vor.

»Sie sind Terranerin, oder tragen Sie Kontaktlinsen?«, fragte Aizela.

»Weder ... noch«, gab das junge Mädchen stockend zur Antwort. »Ich kann Ihnen nicht viel über meine Herkunft sagen; man fand ... mich vor einer Krankenhauspforte unweit von hier. Laut der DNA-Bestimmung stammen meine Vorfahren wahrscheinlich von einem Siedlerplaneten in den Plejaden. Wie ich als Baby hierher auf Sadik gelangte, blieb rätselhaft.« Camara zeigte ein schüchternes Lächeln. »Der Khasurn der da Tromin zeigte sich großzügig. Ich verdanke ihm viel, wenn nicht gar alles.«

»Und als Gegenleistung arbeitest du unentgeltlich für sie?« Das Mädchen wirkte wie ein zu schnell erwachsen gewordenes Kind, das mit seinem Leben noch lange nicht zurechtkam.

Vorsicht!, warnte mich der Extrasinn einmal mehr. *Sei misstrauisch. Ihre Harmlosigkeit mag täuschen.*

Camara blickte Hilfe suchend nach links und rechts, als wüsste sie nicht so recht, was sie mir antworten sollte. »Ich zahle bloß meine Schulden an die Allgemeinheit und die da Tromin zurück«, betete sie schließlich einen scheinbar auswendig gelernte Text herunter.

Sie war traumatisiert, so viel stand für mich fest. Ein hilfloses kleines Ding, dem man Eltern, Kindheit und Jugend gestohlen hatte, um es für irgendwelche sinistren Zwecke zu missbrauchen.

Ich kannte Umerziehungslager, die derlei anrichteten, nur allzu gut. Sie waren in nahezu jeder Diktatur üblich.

Aizela und ich schwiegen aus Verlegenheit. Soeben explodierte die erste Blume eines Feuerwerkskörpers, weitere folgten gleich darauf. Sie zeichneten unter den Hochrufen der arkonidischen Aristokratie Bilder der Unbesorgtheit in den Nachthimmel. Mir war nicht danach, mich von dieser Stimmung packen zu lassen. Mit all unseren Plänen und Zielen hingen wir in der Luft.

Noch war uns nicht klar, was wir mit Camara aufgehalst bekommen hatten. Ließ sie sich, wenn wir es geschickt angingen, vielleicht sogar *gegen* ihre Auftraggeber einsetzen?

Möglich ..., meinte der Extrasinn vorsichtig. *Du musst sie lediglich im richtigen Moment an der richtigen Stelle erwischen.*

Die Nacht wurde lang; der Smalltalk mit diesen überkandidelten und farblosen Arkoniden erschöpfte uns. Müde kehrten wir mit den ersten Morgenstrahlen an Bord der REVENGE zurück.

Camara Zaintz wich indes nicht mehr von unserer Seite.

Als wir uns zu einem späten Frühstück in der kleinen Bordmesse zusammensetzten, stieß auch Ohm Santarin zu uns. Mit einem Blick erfasste er die Situation und hauchte seiner angeblichen Verlobten einen Kuss auf die Stirn. Nach den üblichen Begrüßungsfloskeln begann Aizela ein angeregtes Gespräch mit Camara. Auch wenn die beiden Frauen unterschiedlicher nicht sein konnten – hier die selbstbewusste, auf gepflegtes Äußere achtende und auf dem rutschigsten Parkett in Standfestigkeit geübte Arkonidin, dort das graue Mäuschen, das kaum seinen Namen nennen konnte, ohne Verlegenheit zu zeigen –, einigte man sich bald auf das Thema »Regionale Küche«.

»Eine seltsame Kleine«, wisperte mir Ohm zu, während wir uns ein wenig abseits Kaffee nachschenkten.

»Ich weiß. Mir ist ihre Rolle noch nicht ganz klar. Aber immerhin verhält sie sich heute weitaus lebendiger als gestern.« Ich trank einen Schluck von der heißen, wohltuenden Brühe. »Lass sie so unauffällig wie möglich überprüfen.

Ich will die üblichen Biodaten haben; dazu eine DNA-Analyse, Durchleuchtung auf Mutantenfähigkeiten, sofern das mit den Mitteln der REVENGE möglich ist.«

»Geht in Ordnung.«

Ich gähnte. »Und jetzt erzähl, was du während deines Ausflugs erreichen konntest.«

»Ich habe meinen wichtigsten Kontaktmann auf Sadik aufgesucht und ihn ins Gebet genommen ...«

»Ist er vertrauenswürdig?«, unterbrach ich ihn rasch.

»Lass es mich so sagen: Er schuldet mir viel, und ich habe ihn daran erinnert. Ich denke, dass er kooperieren wird.«

»Gut. Und was habt ihr ausgemacht?«

»Das sollten wir in Ruhe etwas ausführlicher besprechen. Nicht hier, nicht jetzt.« Ohm warf einen bedeutungsvollen Blick in Camaras Richtung. »Nur so viel: Prinzipiell müssen wir uns deklarieren und beweisen, wie ernst es uns ist beziehungsweise wer und was hinter uns steht. Der Name da Onur könnte uns in dem einen oder anderen Khasurn die Türen öffnen; die Mitarbeit der USO schon weniger. Es gibt kleine Zellen widerstandsbereiter Familien, die schon lange auf die Chance warten, den da Tromin das Wasser abzugraben. Schmerzhafte Ereignisse während der letzten Jahre haben sie aber gelehrt stillzuhalten. Wir müssten ihnen etwas anbieten, um einen planetenweiten Aufstand anzetteln zu können. Verdammt, schmeckt das Zeug gut!« Er goss sich eine weitere Tasse der schwarzen Brühe nach. »Wenn die Terraner was können, dann ist es das K'amanakochen.«

»Auf der Erde heißt es Kaffee«, stellte ich richtig. »Erwartet man, dass wir uns mit einigen deiner Freunde treffen?«

»Ja. Und genau darüber müssen wir uns näher unterhalten. Es gilt, Vorsichtsmaßnahmen zu planen. Überall herrscht Misstrauen, überall sind Spitzel anzutreffen.« Unvermutet heftig fragte er mich: »Willst du es wagen?«

»Ich sagte es dir schon einmal: Eine Revolution gehört gut vorbereitet. Man muss den richtigen Moment abzuwarten wissen und das Gespür für die Situation entwickeln.«

Du weichst ihm aus, meinte der Extrasinn.

Ja, das tat ich. Meine Gefühle waren bereits darauf ausgerichtet, den Khasurn der da Tromin umzustürzen. Jene Auswüchse der Dekadenz und der Ausschweifungen, die ich während der letzten Nacht über mich hatte ergehen lassen müssen, hatten mich in dem Willen bestärkt, hier Nägel mit Köpfen zu machen.

Mit deinem Spieltrieb begibst du dich neuerlich auf eine gefährliche Ebene hinab!, zeterte der Logiksektor. *Sadik ist lediglich eine von all zu vielen Baustellen. Bekämpfe die Ursache und nicht die Wirkung.*

Schöne Worte waren dies. Wie sollte ich denn das von mir so sehr geliebte Volk der Arkoniden einen und das Staatswesen so weit ordnen, dass es wieder den ihm zustehenden Platz im Konzert der Großen in der Milchstraße einnehmen konnte? Allerorts brodelte und köchelte es, niemand legte mehr Wert auf Allgemeinwohl. Kleinliche Interessen obsiegten über Weitblick ...

»Ich überlege es mir«, versprach ich Ohm Santarin und legte ihm vertraulich die Hand auf die Schulter. »Mir ist bewusst, dass bei dir und Aizela persönliche Interessen mit im Spiel sind. Wäre ich zehntausend Jahre jünger, würde ich augenblicklich den Trompeter zum Angriff blasen lassen. Aber ich habe so meine Erfahrungen gemacht. Ich muss dich um Geduld bitten. Möglicherweise können wir die da Tromin von innen her aufreiben.«

»Wie lange?«, fragte Ohm.

»Drei Tage. Gib mir drei Tage, um an den Patriarchen heranzukommen und die Sache ohne Blutvergießen zu regeln.«

Während der nächsten Stunden tat ich, was von mir als Händler erwartet wurde. Ich führte mehrere Trivid-Gespräche, unterbreitete Angebote, lieferte mehr oder weniger überzeugende Proben meines schauspielerischen Könnens als schlitzohriger Patriarch ab – und überlegte gleichzeitig, wie ich Ulja da Tromin für mich einnehmen konnte.

Camara Zaintz wich während all dieser Zeit nicht von meiner Seite. Ihre Präsenz wirkte fast unangenehm auf mich. Immer wieder stützte sie sich an mir ab, klammerte sich an meinem Unterarm fest, als brauchte sie einen Halt in ihrem Leben.

»Ich bin müde«, sagte ich schließlich. »Würdest du mich für eine Stunde alleine lassen?«

»Ungern«, antwortete sie mit beleidigt hochgezogener Oberlippe. »Debakil hat doch gemeint, ich solle bei dir bleiben. Ich fühle mich auch irrsinnig wohl bei dir ...«

Prüfend blickte ich sie an.

Nein, da war keine Verliebtheit in ihren Augen zu sehen. Ich entdeckte vielmehr eine Form von Gier, ein seltsames Verlangen.

»Es muss sein«, beharrte ich. »Ich benötige Ruhe. Eine Stunde.«

»Aber ich bin doch auch nicht müde ...«

»Es reicht!« Ich stand auf, schob sie aus meiner Kabine, trat zurück und ließ die Schottautomatik abriegeln.

Was für ein seltsames Geschöpf!

Camara antwortete kaum auf meine Fragen, und wenn sie es einmal doch tat, dann auf eine seltsam ausweichende Art. Sie wirkte wie ein leeres Gefäß; als besäße sie gar keine eigene Persönlichkeit.

Ich seufzte tief durch und warf mich rücklings auf mein Bett. Ich war in der Tat trotz meines Zellaktivators rechtschaffen müde. Und ich ahnte, dass ich mir meine Kräfte für die nächsten Tage gut einteilen musste.

Dank meines Beharrungsvermögens erhielt ich noch am selben Spätnachmittag einen Besprechungstermin mit Ulja da Tromin in dessen Stadtbüro. Ich beschloss, diesmal sowohl Aizela als auch Ohm an Bord der REVENGE zurückzulassen. Die beiden sollten sich austauschen und sich auch mit Zippo besprechen, während ich ihnen dieses lästige Wesen namens Camara Zaintz vom Hals schaffte.

Ein einfacher Gleiter der REVENGE brachte uns auf schnellstem Wege in das Zentrum der Planetenhauptstadt Meotan. Gestern hatte ich lediglich Lichterschein und vage Umrisse sehen können. Heute begutachtete ich mit einigem Interesse die Vielzahl der meist trichterförmigen Bauten, die in für arkonidische Verhältnisse engen Abständen zueinander standen.

Auf Terra hätten viele dieser Bauten als Ghettoburgen gegolten. Die Parkanlagen wirkten schmuddelig und wenig gepflegt. Lichtscheues Gesindel schien zuhauf unterwegs zu sein, irgendwelche Ordnungsorgane umso weniger.

Wir näherten uns einem der prunkvolleren Gebäude. Es leuchtete gelbrot zwischen all den anderen Bauten hervor. Die mehr als fünfzig Stockwerke drehten sich versetzt in unterschiedliche Richtungen.

»Dort, hinter dem breiten Getreidegürtel, der die Stadt ernährt, liegt der Ozean«, sagte Camara Zaintz unvermittelt und deutete vage in Richtung der untergehenden Sonne. Täuschte ich mich, oder hörte ich tatsächlich so etwas wie Sehnsucht in ihrer Stimme?

»Hast du noch niemals das Meer gesehen?«, fragte ich etwas verwundert.

»Natürlich habe ich. Aber es kommt *Kirahim*, und das ist neu für mich.« Schaudernd drängte sie sich an mich, hielt mich so fest, dass es fast wehtat.

Kirahim ... Ich hatte darüber gelesen und die wenigen Tatsachen darüber abgespeichert. Es war ...

»Es freut mich, dass Sie den weiten Weg hierher auf sich genommen haben«, unterbrach Uljas Stimme meine Überlegungen. Der Bordbildschirm zeigte einen Mann, der weitaus älter als gestern wirkte. Das Wangengewebe fiel schlaff herab, die Schulter hielt er weit nach vorne gedrückt. Entweder hatte Ulja seit gestern den Weg ins Bett noch nicht gefunden, oder aber er hatte auf die tägliche Schminkprozedur verzichtet.

»Ich würde sehr viel weiter reisen, um einen Geschäftspartner Ihres Rufs zu treffen«, schmeichelte ich.

»Ich weise Ihnen einen Parkstrahl zu.« Ulja ging nicht weiter auf meine Bemerkung ein. »Sie werden abgeholt und zu mir gebracht. Kommen Sie alleine, oder haben Sie die bezaubernde Aizela da Gonozal bei sich?«

»Sie ist leider verhindert«, sagte ich. »Ich bringe lediglich Ihre einheimische Verbindungsdame mit.«

»Camara Zaintz also.« Der da Tromin schien enttäuscht, vielleicht sogar ein wenig erschrocken zu sein. »Na schön. Ein Ordonanzroboter wird Sie beide abholen. Geben Sie ihm die Kennung mit, die ich Ihrer Bordpositronik soeben übermittle.« Grußlos unterbrach er die Verbindung, während eine blinkende Anzeige das Eintreffen von Uljas Kode bestätigte.

Das sind keine herkömmlichen Vorsichtsmaßnahmen, meinte der Extrasinn. *Es gibt einen gesicherten Leitstrahl. Ein bewaffneter Roboter holt uns ab, der zudem durch einen Kode »entsichert« werden muss. Wir selbst bekommen nicht einmal mitgeteilt, wo sich Uljas Räumlichkeiten befinden. Und dann die Anwesenheit der beiden Insektoiden während des gestrigen Empfangs. Entweder leidet da Tromin unter Verfolgungswahn ...*

... oder aber all diese Sicherheitsvorkehrungen weisen auf die »Beliebtheit« des Patriarchengeschlechts hin, vollendete ich den Gedankengang.

Nimm dich vor Camara Zaintz in Acht, bemerkte der Logiksektor einmal mehr. *Sie ist die große Unbekannte in diesem seltsamen Spiel.*

Ich wusste das. Aber wie sollte ich mit dem seltsamen Mädchen umgehen? Hätte ich sie an Bord der REVENGE zurücklassen und damit riskieren sollen, die da Tromin zu desavouieren? Außerdem erweckte sie in mir, ohne dass ich mich dagegen wehren konnte, einen besonderen Beschützerinstinkt. Ihre traurigen Augen, das wehmütige Lächeln, all diese kleinen Gesten, die auf ein Leben in Verzweiflung und ohne irgendwelche Wärme hinwiesen ...

Wir dockten in einer schmalen Parkbucht in der Mitte des Gebäudes an. Ein Schutzschirm schmiegte sich augenblicklich um unseren Gleiter. Die Positronik des Bordrechners zeigte mehrfache externe Überprüfungen und Routinen an, die weit über den herkömmlichen Protokollaustausch unterschiedlicher Rechner hinausgingen.

Ich wurde gezwungen, Sicherheitsfreigaben per Hand zuzustimmen. Ich tat dies guten Gewissens; alles Gerät, das wir benutzten, war auf die Identität eines Eli Pattri eingestimmt. Nirgendwo, auch nicht in den tiefstliegenden Rechenkernen, würde man meine wahre Identität als Atlan da Gonozal finden können.

»Andockmanöver abgeschlossen«, erklang eine künstliche Stimme über den Bordfunk. »Bitte aussteigen und persönliche Kennung vorweisen.«

Ich beobachtete Camara Zaintz. Sie zeigte keinerlei Zeichen von Verwunderung. Diese Vorgänge wirkten normal auf sie.

Wir stiegen aus und traten auf eine isolierte Fläche, die augenblicklich von einem weiteren Schutzfeld umhüllt wurde. Ein kugelförmiger Schweberoboter, dessen Typus mir gänzlich unbekannt war, hielt den verlängerten Waffenlauf seines linken Arms auf mich gerichtet. Die andere Hand war humanoid ausgebildet. Sie schnellte auf mich zu, stoppte kurz vor meiner Brust, zeigte seine breite »Hand«fläche, auf der sich mehrere Eingabefelder befanden.

»Kode eintippen und Stimmidentifikationsverfahren initiieren!«, verlangte der Rob.

Die Drohgebärden waren unmissverständlich. Ich beeilte mich, den Befehlen der Maschine nachzukommen, und wehrte mich auch nicht dagegen, als sie mit einer Pinzetteneinheit ein paar Härchen aus meiner Maskenhaut zupfte.

Eigentlich hätte ich mich sicher fühlen müssen; die Maskenhaut stammte aus USO-Fertigung und war von den Fachleuten an Bord der REVENGE mit großer Geschicklichkeit aufgetragen worden. Doch angesichts einer Waffe, die mir ein ziemlich störendes Loch von einem halben Meter Durchmesser in den Leib brennen konnte, überkam mich doch ein gewisses Gefühl des Unwohlseins.

»Identifikation abgeschlossen«, sagte die Maschine, drehte um und schwebte durch eine Öffnung im Schutzfeld davon. Ich folgte ihr eilig.

Warum hatte er Camara Zaintz nicht überprüft? War sie etwa ebenfalls ... eine Maschine?

Nein. Wir hatten sie sorgfältig überprüft. Sie war zweifelsfrei lemurischstämmigen Ursprungs und höchstwahrscheinlich auf einem terranischen Kolonialplaneten geboren. Ihre Biodaten waren völlig unverfänglich und wiesen auch auf keine mutationsbedingten Veränderungen in der Hirnanhangsdrüse hin.

Das mochte allerdings nicht viel sagen. Die Forschung darüber, was Mutanten ausmachte und wie jene besonderen Fähigkeiten wie Teleportation oder Telekinese bewirkt wurden, wird wohl nie abgeschlossen sein.

Wir traten in ein Transmitterfeld. Der Roboter kommunizierte per Funk mit der Abstrahlstation. Ich spürte einen ungewohnten, geringen Entzerrungsschmerz. Augenblicklich änderten sich Umgebung und Temperatur. Ulja liebte es offensichtlich heiß.

Das matte Blau, dem wir allerorten begegneten, irritierte mich. Wieder einmal spürte ich Camara Zaintz an meinem Arm. Wie Hilfe suchend hängte sie sich bei mir ein, blickte sich wie ein scheues Tier nach allen Seiten um.

Blaue Farbpigmente lösten sich aus den Wänden und strömten auf uns zu, verdichteten sich zu einer klebrigen Masse und durchdrangen uns ...

Eine Illusion!, klärte mich der Logiksektor auf. *Ulja da Tromin mag es anscheinend, seine Gäste zu verunsichern.*

Ich schloss die Augen, atmete tief durch und stellte mich erneut dem verwirrenden Durcheinander rings um mich. Allmählich erkannte ich das stets wiederkehrende Muster sich ineinander verstrickender Bildmengen; nun war es mir ein Leichtes, die Quelle dieses visuellen Wahnsinns zu identifizieren und die störenden Eindrücke aus meiner Wahrnehmung auszublenden.

»Ein beeindruckendes Bild, nicht wahr?«, vernahm ich Uljas Stimme. Ich drehte mich um die eigene Achse. Es dauerte ein paar Sekunden, bis ich den Arkoniden gefunden hatte. Er trug eine gazeähnliche Überhaut, die ihn beinahe vollends mit dem Hintergrund verschmelzen ließ.

»Ein einfacher, aber sehr wirkungsvoller Bluescreen-Effekt«, sagte ich.

»Ihre Auffassungsgabe ist bemerkenswert.« Da Tromin warf den Umhang von sich, ordnete sein wallendes Gewand und beendete das Blaulicht mit einem Fingerschnipsen. »Viele meiner Gäste sind schier verzweifelt, weil sie sich der Bilder nicht erwehren konnten.«

»Ich bin Händler und Raumfahrer. Sowohl im All als auch im Berufsleben begegne ich immer wieder verwirrenden Effekten. Mit ein wenig Logik und Intuition entdeckt man rasch, was hinter einer Tarnung steckt. Meist entpuppt sich das Ergebnis als ein aufgeblasenes Nichts.«

Ulja da Tromin nickte verständnislos. Er war dumm genug, nicht zu bemerken, was ich ihm gegenüber eigentlich andeutete.

»Treten Sie näher«, forderte er mich auf, ohne mit einem einzigen Wort auf Camara Zaintz' Anwesenheit einzugehen.

Ein Tor öffnete sich neben dem inaktiv wartenden Rob. Der Raum dahinter war in helles Licht gebadet. Grell leuchtende Lampen verbargen sich hinter protzigem Kristallglas. Ein sanfter Luftzug brachte filigrane Schwebeplättchen, die sich beständig im Kreis drehten, zum Klingeln. Sie erzeugten eine freundliche, wohl modulierte Melodie.

»Diese Plättchen, *Fabristas* genannt, sind zugleich schön und gefährlich«, sagte Ulja da Tromin in gemütlichem Plauderton. »Es gibt einen einzig begehbaren Weg. Ich bitte Sie, ganz genau auf meine Schrittfolge zu achten. Sollten Sie davon abweichen, bringen Sie Unruhe in die Ausgewogenheit des Windspiels. Auch wenn die Fabristas noch so fragil ausschauen mögen – ihre angeschliffenen Ränder durchschneiden Fleisch in Sekundenschnelle.«

Ich beobachtete, welchen Weg Ulja quer durch den Raum nahm. Er tänzelte elegant von einer Seite der Wand zur anderen, drehte sich um die eigene Achse, marschierte weiter, verschwand schließlich zwischen den Fabristas. Ich konnte lediglich noch seine Beine erkennen

»Jetzt Sie!«, forderte mich da Tromin mit fröhlicher Stimme auf. Er stand bloß wenige Meter von mir entfernt.

Was sollten diese Spielchen? Prüfte er jedermann, der in seine Geschäftsräumlichkeiten gelangen wollte? Ich konnte es mir nicht vorstellen.

Sollte ich mich einfach weigern und umkehren? Aber wohin? Hinter mir wartete das Abstrahlfeld des Transmitters. Ich hatte keine Ahnung, wie er justiert worden war. Auch wollte ich mich nicht ernsthaft auf Diskussionen mit unserem robotischen Begleiter einlassen.

»Halt dich an mir fest«, sagte ich zu Camara Zaintz.

Das Mädchen schlang folgsam seine Arme um meinen Hals und drückte den Kopf fest an meine Brust. Ich packte sie am Po, rückte sie ein wenig höher; sie kreuzte ihre Beine hinter meinem Leib.

Camara war leicht wie eine Feder. Ihre fahlen Haare fielen glatt über meine Oberarme, der Körper fühlte sich knochig und untrainiert an.

Sie roch nach nichts, nach gar nichts.

»Haben Sie es sich nochmals überlegt?«, fragte Ulja da Tromin mit spöttischem Unterton. »Ist Ihnen ein potenzielles Geschäft nicht ein klein wenig Gefahr wert?«

»Ich komme.«

Ich dachte an Sex, während ich die ersten Schritte tat. An unbändige, unkontrollierte Ekstase mit diesem langweilig wirkenden, charakterlosen Geschöpf in meinen Armen.

Ich hätte schwören können, dass das sonst so seelenlose Ding in meinem Kopf einen Hauch von Gelangweiltheit ausstrahlte.

Ich wich bewusst ein wenig vom Weg ab. Da Tromin brauchte nicht zu wissen, dass ich ihm dank meines fotografischen Gedächtnisses auf den Zentimeter genau hätte folgen können.

Die Fabristas klingelten leicht, der Luftzug wurde stärker. Mehrere Plättchen drehten und wendeten sich, eines schwang knapp neben meiner rechten Wange vorbei.

»Gut gemacht«, sagte Ulja, während ich neben ihm zum Stehen kam. Er wandte sich ab, marschierte in den nächsten Raum hinein. »Sie müssen mir diese kleine ... Prüfung verzeihen. Ich suche mir bei meinen Geschäften gerne Partner aus, die wissen, was sie wollen.«

»Dann bin ich wohl Ihr Mann.«

»Nehmen Sie Platz.«

Aus dem schlecht ausgeleuchteten Zimmer, dessen Größe ich nur erahnen konnte, tauchte ein Schwebesessel auf. Ich streifte Camara ab und setzte mich nieder. Sie löste sich nur unwillig von mir.

»Ich hätte gedacht, dass Sie dieses Geschöpf beim Eingang warten lassen.« Ulja, der sich mir gegenüber in ein ähnliches Möbel gefläzt hatte, blickte das junge Mädchen unwillig an; er tat so, als hätte er es erst jetzt bemerkt.

»Ich wollte sie nicht alleine lassen«, antwortete ich. »Sie erschien mir so ... verloren.«

»Ja?« Da Tromin lächelte. »Es stimmt wohl; Camara erweckt manchmal diesen Eindruck.«

»Sie kennen sie gut?« Es schien mir die richtige Gelegenheit, ein paar Fragen zu stellen; auch wenn ich Camara damit bloßstellen würde. Aber ich hatte die Spielchen satt. »Bei allem Respekt – ich verstehe nicht, warum man mir dieses Mädchen zur Seite stellte. Sie hilft mir weder, Sadik und seine Bevölkerung besser zu verstehen, noch scheint sie irgendeine andere Funktion zu erfüllen.«

Camara Zaintz rückte unruhig auf ihrem Sitzfleisch hin und her, sagte aber kein Wort.

»Sie werden es bald erfahren, Patriarch. Ich entschuldige mich bereits jetzt für alle Unannehmlichkeiten, die wir Ihnen bereiten. Aber Sie müssen akzeptieren, dass sich die da Tromin nach allen Richtungen hin absichern müssen. Wünschen Sie etwas zu trinken?«

Ulja verlor sich in Allgemeinplätzen. Ich musste wohl weitere Geduld aufbringen, bevor ich richtige Antworten erhielt.

Ein älterer arkonoider Butler trat in vollkommener Stille an uns heran. Von einem silberziselierten Tablett reichte er uns zwei Gläser, bevor er wieder mit der Dunkelheit verschmolz.

»Terranischer Schnaps«, sagte Ulja, ohne in irgendeiner Form auf den Alten einzugehen. »Sündhaft teuer. Unsere Beziehungen zu Larsaf III sind wahrlich nicht die besten.«

»So, wie es in vielen arkonidischen Kolonialreichen der Fall ist«, sagte ich und unterdrückte einen Stoßseufzer.

»Glauben Sie, man könnte dieses Verhältnis verbessern?«

Er nippte an der klaren Flüssigkeit, ich tat es ihm gleich. Zibartenwasser, so hochprozentig, dass es mir die Tränen in die Augen trieb.

»Mit ein wenig gutem Willen auf beiden Seiten ließe sich einiges bewerkstelligen«, sagte ich dann vorsichtig. Ich wusste aus dem Dossier, das mir über Sadik zur Verfügung stand, dass die da Tromin terrafeindlich eingestellt waren.

»Sie selbst stammen von einem Kolonialplaneten ab«, fuhr Ulja da Tromin fort. »Handelt es sich um ein politisch eigenständiges Reich? Sind die Angehörigen Ihres Volkes vom Carsualschen Bund oder vom Imperium Dabrifa abhängig?«

»Ich pflege keinerlei Kontakt mehr zu meinem Heimatplaneten«, wiederholte ich das, was ohnehin in meinen Unterlagen geschrieben stand. »Ich bin auf Lepso zu Hause, agiere als unabhängiger Händler und schulde niemandem Rechenschaft.«

»Klare und eindeutige Worte. Wie ich es mag.« Ulja kippte den Obstbrand in einem Zug hinab. Er tat es mit der Routine eines Trinkers.

Camara schmiegte sich erneut an mich. Ich überlegte kurz, ob ich sie zurückweisen sollte, entschied mich schließlich dagegen. Welche Rolle ihr in diesem seltsamen Spiel auch zukommen mochte, sie schien reichlich unschuldig hineingestolpert zu sein. Selbst der sonst so misstrauische Logiksektor fand nichts dabei, als ich dem Mädchen meine Schulter anbot.

»Kommen wir zurück zum Geschäftlichen«, sagte Ulja schließlich. »Ich finde die Vereinbarung, die Sie mit diesen insektoiden Zamwyns getroffen haben, faszinierend. Besteht eigentlich die Möglichkeit, ebenfalls von deren Arbeitskraft zu profitieren?« Er seufzte theatralisch. »Die Menge unserer Schürfschiffe erreicht eine kritische Grenze. Die Personalkosten explodieren; vor allem jene für ungelernte Arbeiter. Auch wenn sie nur Hilfsdienste verrichten, so sind doch Versicherungskosten und soziale Abstützungen im Mindestmaß zu leisten. Ihre Zamwyns hingegen unterliegen keinerlei derartigen Auflagen?«

»Selbstverständlich nicht.« Das Gespräch driftete in Regionen ab, die mich nicht kümmerten; die Zamwyns waren eine geschickt dokumentierte Erfindung der USO, mit der ich mich schon öfters in dubiosen Firmen vorstellig gemacht hatte. Ich musste weiterhin den Anschein von Interesse an Verhandlungen wecken und Ulja dorthin lenken, wo ich ihn haben wollte. »Die Dankbarkeit dieser Insektoiden ist an keinerlei Verpflichtungen meinerseits gebunden. Ich könnte mir durchaus eine Zusammenarbeit Sadiks mit meinen Hilfsarbeitern vorstellen. Bei aller Wertschätzung, Ulja da Tromin – in diesem Fall müsste ich allerdings darauf bestehen, mit dem Patriarchen Ihres Khasurn direkt zu verhandeln.«

»Müssten Sie das?« Mein Gegenüber winkte ins Dunkel. Der Butler trat erneut heran, schenkte da Tromin nach und blickte mich mit glänzenden Augen an. Ich lehnte ab.

»Ihr Drang, mit Zhdopandel Gart zu sprechen, erscheint mir sehr ausgeprägt«, führte Ulja das Gespräch schließlich weiter. »Reiche ich Ihnen nicht als Verhandlungspartner?«

»Ich entschuldige mich für meine missverständlichen Worte«, sagte ich so unterwürfig wie möglich. »Ich denke mir allerdings, dass es bei dieser Besprechung um heikle Dinge geht, die den Khasurn der da Tromin in seiner Gesamtheit betreffen. Wäre es denn da nicht verständlich, das Oberhaupt mit in die Gespräche einzubeziehen?«

»Sie haben Recht«, sagte der Butler mit dröhnender, tiefer Stimme. »Wenn Sie es also erlauben, werde ich mich zu Ihnen gesellen.«

Was für ein seltsames Schauspiel mir die beiden da Tromin geboten hatten! Selbst der Extrasinn zeigte sich überrascht wie selten zuvor; seine Verblüffung, die eine selten berührte Saite in mir in Bewegung brachte, war nicht zu »überhören«.

»Entschuldigen Sie unsere kleine Charade«, sagte der Patriarch des Khasurn. Er streifte die Oberbekleidung ab und setzte sich steif in ein thronartiges Möbel, das aus dem Hintergrund herangeglitten kam. »Sadik besitzt viele Feinde. Wir haben gelernt, unsere Rechte auf besondere Art und Weise zu schützen.«

Gart da Tromin drückte auf einen Knopf seines Multifunktionsarmbands. Ich hätte damit rechnen müssen, zuckte aber dennoch zusammen, als Teile seiner Gesichtshaut platzten. Die Maske des Patriarchen schmolz. Fetzen künstlicher Haut tropften zäh zu Boden. Ein Netzbündel löste sich vom Hinterkopf des Patriarchen; schlohweiße Haare, ungewöhnlich kurz geschnitten, kamen zum Vorschein.

Gart entfernte letzte Hautrückstände vom Halsansatz. Binnen weniger Augenblicke hatte sich die Verwandlung zu jenem Arkoniden vollzogen, den ich von Bildern her kannte: ein 2,02 Meter großer und hagerer Mann mit breiter und langer Nase. Die Augenbrauen wuchsen ungewöhnlich breit für einen Arkoniden und trafen sich an der Nasenwurzel. Die Wangen im lang gezogenen Gesicht wirkten hohl; sie ließen den Patriarchen streng und ausgezehrt wirken.

Ich wusste noch mehr über Gart. Details über die gekreuzten Narben auf seiner Brust, zum Beispiel. Oder über die grellroten Haftschalen, die er trug, um die Sprenkelung seiner Augen zu verbergen. Der Patriarch dieses regional so bedeutenden Khasurn *musste* alle Hinweise, die darauf hinwiesen, dass sich in seine Blutslinie ein Nicht-Arkonide eingeschmuggelt hatte, tunlichst verbergen.

»Haben Sie Ihre Überraschung überwunden?«, fragte Gart da Tromin mit rauer Stimme.

»Ich bin Überraschungen durchaus gewohnt«, antwortete ich bedächtig. »Ich glaube Ihnen allerdings nicht, dass Sie mich lediglich aus Sicherheitsbedenken derart in die Irre führten.«

Gart kniff die Augen zusammen, während Ulja nervös auf seinem Hintern hin und her rutschte. »Wollen Sie meine Motivation etwa infrage stellen, Pattri?«

»Keineswegs«, beeilte ich mich zu sagen. »Ich fühle mich lediglich geschmeichelt durch Ihre besondere Aufmerksamkeit. Und ich ahne, dass sich bessere Geschäfte anbahnen, als ich ursprünglich erhoffte.«

»Wir werden sehen, wir werden sehen.« Unvermutet wandte sich Gart meiner Begleiterin zu und blickte ihr streng in die Augen. »Du fühlst dich wohl, Camara Zaintz?«

»Ich ... glaube schon«, antwortete das Mädchen zögernd.

Ich spürte sie zittern, als hätte sie unbändige Angst vor Gart da Tromin. Ihre Finger krallten sich schmerzhaft in meinen rechten Oberarm.

»Willst du bei Eli Pattri bleiben?«

»Ja! Ja!«

Es klang wie ein Aufschrei, geboren aus Gier und Verzweiflung zugleich. Da schwebte so viel Verve, so viel Leidenschaft mit, dass ich erschrocken beiseiterücken wollte. Allein – Camara erlaubte es nicht, ließ mich nicht mehr los.

»Dann sag uns, was wir wissen wollen, Mädchen. Vielleicht kannst du ihn haben, vielleicht benötigen wir den Mann noch.«

Es war, als wäre ich plötzlich aus der Situation ausgeblendet. Mit wachsender Beunruhigung spürte ich, dass zwischen dem Patriarchen und Camara Zaintz über mich Gericht gesprochen wurde.

Weg!, schrie der Extrasinn.

»Ich verstehe nicht ...«, sagte ich, plötzlich von Schwäche geplagt. Dann versagte meine Stimme.

»Er ist nicht der, für den er sich ausgibt«, sagte das Mädchen in meinen Armen. Ihr schauderte dabei, scheinbar wohlig und gierig zugleich. »Er ist ein Stärkerer, Mächtigerer.«

»Geht es genauer?«

»N... nein.« Camara Zaintz kuschelte sich an mich ran, immer fester, engte meine Bewegungsfreiheit derart ein, dass mir die Atemluft knapp wurde. Sie entwickelte eine physische Stärke, der ich nichts entgegenzusetzen hatte.

»Streng dich gefälligst an!«, herrschte Gart da Tromin.

»Es geht nicht!«, schrie Camara unvermittelt auf, stieß sich von mir ab, lief ein paar Schritte in die Dunkelheit hinein. Ich verlor sie aus meinem Gesichtsfeld, während Ulja ihr rüde fluchend hinterherhetzte.

»Wer bist du, Mann?«, fragte mich Gart da Tromin. Ungeduldig klopfte er mit seinen Fingernägeln auf die hölzerne Lehne seines Throns. »Bemüh dich bloß nicht, Camaras Bann zu entkommen. Dir fehlt die Kraft dazu. Ich weiß, zu was das Mädchen in der Lage ist ...«

Ich stützte mich mit zitternden Armen hoch, kam auf wackelige Beine. Tat ein paar Schritte. Knickte ein. Fiel zu Boden. Kroch weiter.

»Du besitzt bemerkenswerte Widerstandskraft und einen ausgeprägten Willen«, sagte Gart im Plauderton, während er langsam neben mir hermarschierte. »Du hast also gelogen. Lass mich nachdenken: Du wurdest von meinen politischen Gegnern hier auf Sadik engagiert, um eine Palastrevolution anzuzetteln. Oder gar von einem meiner liebreizenden Verwandten?«

Er trat mir beiläufig in die Magengrube. Schmerz trübte kurz meine Sehkraft.

»Aber nein – die Oppositionellen sind untereinander viel zu zerstritten, um jemanden wie dich in meinen Khasurn einschleusen zu können. Und von meinen vielen Enkeln,

Kindern, Vettern, Basen et cetera et cetera ist kaum einer schlau genug, um langfristige Pläne zu hegen. Vielleicht war es Ziabad, mein Sohn und Nachfolger? Oder gar Anelle, das über alles geliebte Weib? Willst du nicht sprechen, Eli Pattri oder wie auch immer du heißen magst? Der Khasurn der da Tromin beheimatet einige dunkle und geheimnisumwitterte Räume, aus denen noch nie jemand entkommen ist. Hm?«

Noch einmal trat Gart da Tromin zu, diesmal in meinen Unterleib. Ich krümmte mich zusammen, schützte mich, so gut ich konnte.

»Ich habe sie gefunden«, hörte ich Ulja aus weiter Ferne. »Tran-Atlan sei Dank, dass sie nunmehr *fixiert* ist; sonst hätte ich sie nicht berühren können.«

»Gut gemacht, Kretin«, sagte Gart. »Du hast dir eine Belohnung verdient.«

Ich lag auf dem Boden, seitlich, blickte zum Patriarchen hoch. Er langte in seine Tasche, zog eine silbern glänzende Phiole hervor, winkte damit Ulja lächelnd zu.

Doxymidneit. Eines der gefährlichsten synthetischen Suchtmittel. Der Patriarch hielt sich einen seiner Anverwandten, sein eigen Fleisch und Blut, wie einen Schoßhund, der jenem willenlos folgen musste, dessen Stimme er als den Beschaffer von Doxymidneit kannte. Ulja mochte ein relativ normales Leben führen; sobald ihn Gart da Tromin ansprach, wurde er ihm zum willenlosen Erfüllungsgehilfen. Er würde alles tun, um an eine weitere Portion das Stoffes heranzukommen.

Jetzt!, feuerte mich der Extrasinn an.

Ulja war völlig auf die Droge fixiert, während der Patriarch ein paar Schritte zur Seite getreten war.

Ich bewegte meine müden Knochen vorwärts, ignorierte dank der Automatismen langjährig eingeübter Dagor-Atemtechniken jeglichen Schmerz. Mein Körper kroch mechanisch weiter, während der Geist wie ausgeblendet blieb und lediglich die notwendigen Bewegungsimpulse weitervermittelte.

Da war der hell beleuchtete Vorraum. Ich konzentrierte mich auf diese neue Aufgabe, ignorierte den überraschten

Aufschrei Gart da Tromins, der erst jetzt meine Flucht bemerkt hatte. Die Fabristas klingelten.

Mühsam und unendlich müde kam ich auf die Beine, torkelte zwischen den Plättchen hindurch. Der Extrasinn leitete mich mit seinem unbestechlichen Orientierungssinn, führte mich sicher durch das irritierende Lichterlabyrinth.

Heftiges Atmen erklang hinter mir, gefolgt von einem Fluch und wütendem Gebrüll. Ich drehte mich nicht um, stolperte weiter, dem Ordonanzroboter entgegen.

Er reagierte auf meine Anwesenheit, schien aber die Situation nicht ausreichend analysieren zu können. Schließlich war ich als Gast in die Räumlichkeiten der da Tromin gelangt.

»Zurück zum Gleiter!«, forderte ich ihn krächzend auf.

Der Roboter hob den Waffenarm, senkte ihn wieder, schob ihn erneut in meine Richtung.

»Gart da Tromin hat es so befohlen«, setzte ich verzweifelt hinzu, während ich nach irgendwelchen anderen Fluchtmöglichkeiten suchte.

Nichts.

Im Waffenarm des Roboters sirrte es. Ich konnte mir lebhaft vorstellen, wie er soeben von Paralysatorstrahlung auf Desintegrator oder Impulskanone umschaltete, um mich in den nächsten Sekunden zu vernichten. Ich fühlte mich so unendlich müde, hätte in diesem Moment den Tod, dem ich so oft von der Schippe gesprungen war, wie einen guten alten Freund erwartet und umarmt ...

»Gehorche dem Mann!«, hörte ich plötzlich jene Stimme, mit der ich am allerwenigsten gerechnet hatte.

Camara Zaintz. Das unscheinbare Mädchen, das mir mit seinen unbekannten Kräften das Leben aus dem Körper gesaugt hatte; selbst der Zellaktivator, unter der fülligen Bioplastmasse meines Bauchs verborgen, tat sich schwer, gegen meine Schwäche anzugehen.

»Ich rette dich«, sagte sie leise. »Du gibst mir dafür, was in dir steckt.« Sie schwieg für einen Moment, um schließlich ein gieriges »Alles!« hinzuzusetzen, das mich schaudern ließ.

Hinter ihr torkelte Ulja da Tromin zwischen den Fabristas umher. Sein Leib blutete aus mehreren tiefen Wunden. Die Plättchen schwangen wild umher. Sie hatten sich längst bis zum Boden des Raums herabgesenkt und zerschnitten meinen Verfolger.

»Die Maschine gehorcht mir«, sagte Camara nun sanft, ohne auf den Sterbenden zu blicken. Offensichtlich hatte sie ihn während des Marsches durch das Fabrista-Labyrinth aus dem Rhythmus gebracht und damit dem Tod überantwortet. »Überleg dir rasch, was du willst.«

»Einverstanden.« Ich nickte ihr zu.

Von Minute zu Minute ging es mir besser. Der Zellaktivator würde mich binnen kürzester Zeit wieder in den Vollbesitz meiner körperlichen Kräfte versetzen – wenn ich verhindern konnte, dass mich das Mädchen neuerlich in seinen Bann schlug.

Sie sah mich an. Geheimnisvoll lächelnd, von innerer Kraft getrieben, die in krassem Gegensatz zu ihrem farblosen Äußeren stand.

Sie bedeutete der Maschine, den Transmitter zu aktivieren. Sie gehorchte augenblicklich.

Hinter uns herrschte Stille. Die Fabristas klingelten und schepperten leise vor sich hin. Sie hatten ihr Werk beendet. Vom Patriarchen Gart da Tromin war keine Spur mehr zu sehen.

»Er hat sich tiefer in seine Räumlichkeiten zurückgezogen«, sagte Camara beiläufig zu mir. »Er würde es niemals wagen, uns zu folgen. Seine Ängste, sein Verfolgungswahn sind zu stark ausgeprägt. Wahrscheinlich versucht er soeben, Einfluss auf diesen Roboter hier zu nehmen. Wir sollten uns beeilen ...«

Ich trat ins Abstrahlfeld, das Mädchen dicht hinter mir. Wir materialisierten unmittelbar neben meinem Gleiter. Auch der Roboter hatte den Schritt hierher genommen. Mit einem nicht wahrnehmbaren Befehlsimpuls beseitigte er den Parkschirm rings um mein Fluggerät.

»Wir werden den Gleiter so schnell wie möglich loswerden müssen«, sagte Camara bestimmt, während sie das Fahrzeug bestieg. »Seine Kennungen sind bekannt. Sobald Gart da Tromin wieder vollends bei sich ist, müssen wir uns auf einiges gefasst machen.«

»Wir fliegen zurück zur REVENGE und verlassen Sadik.« Ich warf mich in die Schale des Pilotensitzes und initiierte die Notstartroutinen.

Das Mädchen lächelte leer. »Du verstehst nicht«, sagte sie. »Die REVENGE ist längst vernichtet. Der Patriarch hatte niemals vor, ein Geschäft mit dir einzugehen. Sonst hätte er mich dir niemals als ... Geschenk anvertraut.«

Ich schwieg, während der Gleiter ins Dunkel des abendlichen Himmels hinausschoss. Die REVENGE beantwortete meine Anrufe in der Tat nicht.

Camara Zaintz saß neben mir und lächelte glücklich.

Etwas hatte sich an ihr geändert.

Sie strahlte eine herbe Note, einen Geruch, aus.

Sie roch nach mir.

Kapitel 10

Jonstar blickte trüb in das zähe, klebrige Wasser des Sees. Es bewegte sich kaum, wogte und schwappte schwerfällig zu seinen Füßen gegen das Ufer.

Er war müde, er wollte endlich sterben.

Und genau deshalb war er hierhergekommen. Endlose Qualen hatte er auf sich genommen, hatte die Ratschläge aller Heiler missachtet, um dieses Gewässer angesichts seines Todes zu besuchen.

Dieser Ort nahe den Ruinen der Zimbulian-Universität hatte seit jeher eine besondere Anziehungskraft auf ihn ausgeübt. Gelockt hatte das Wasser beziehungsweise das, was sich darunter, *dahinter* befand. Doch es war ihm stets verboten gewesen, hierher zu gelangen und zu beobachten, wie sich sein Spiegelbild vom sterbenden Körper löste und den Sternen entgegenraste. So, wie es in Mythen und Geschichten sonder Zahl erzählt wurde.

Die Apetlon-Doktrin verbot es allen Mitgliedern des Volkes, sich dem See zu nähern. Die Gründe dafür waren längst in Vergessenheit geraten. Einzige Ausnahme war der Augenblick des Todes. Spürte man ihn kommen, so durfte man ans Ufer treten.

Jonstar blickte zu den anderen Greisen, die gleich ihm rund um den Rand des Gewässers hockten. Sie husteten, sie zitterten unmotiviert, und sie spuckten Blut. Auch junge Mitglieder des Volkes fand man zwischendrin; sein Sehvermögen war allerdings längst zu schwach geworden, um Details erkennen zu können.

Seit zwei Tageswechseln saß er bereits hier. Niemand kümmerte sich um ihn. Erst wenn er den letzten Gang seines Lebens hinter sich gebracht und die Reise ins Unbekannte angetreten hatte, würden kräftige Männer, Totenfischer genannt, seinen Leichnam aus dem Wasser ziehen und ihn verbrennen.

Plötzlich überkamen Jonstar Zweifel an der Richtigkeit seines Tuns.

»Du alter Narr, du läufst einem seltsamen Mythos hinterher und machst deinen Verwandten bloß Schwierigkeiten mit deinem Eigensinn!«, hatte seine Enkelin, Nada, gekeift und alles darangesetzt, ihn an die Altenkemenate zu fesseln.

Wie sehr hatte er das Mädchen für seine kalten Worte gehasst! Ausgerechnet sie, die als Kind sein Augenstern gewesen war, mager, verletzlich und mit großen Augen in die Welt geblickt hatte, hatte ihm seine Erfüllung stehlen wollen.

Was war bei ihr schiefgelaufen? Wann waren ihr alle Träume und Hoffnungen abhanden gekommen?

Jonstar war an der nunmehr erwachsenen Frau gescheitert. Sie stand jenseits der Abzäunung zum See und flennte, dass er doch zurückkommen möge.

Nein. Das würde er nicht tun! Er war freien Willens hierher gelangt, und niemand durfte ihn zwingen, den Weg zurück anzutreten. Jonstar war gekommen, um zu sterben.

Er spürte, wie ihn verschiedene Emotionen ausfüllten.

Ärger. Angst. Verzweiflung. Neugierde.

Das dumme Gör – was bildete es sich eigentlich ein? Er war nicht so alt geworden, um jemand anderen über sein Leben bestimmen zu lassen!

Der lang erwartete finale Schmerz kam mit einer Urgewalt, auf die Jonstar nicht gefasst war. Er umfasste die Brust, lähmte Arme und Beine, zerstörte all seine Möglichkeiten der Sinneswahrnehmung.

Nein – denn sehen konnte er noch.

Das Wasser kam näher.

Ich kippe nach vorne!, jubelte er innerlich, drängte die Schmerzen bewusst für einen Moment beiseite. *Der See wird mich verschlucken, mein Geist indes wird enteilen, einem unbekannten Ziel entgegen. Ich ... habe es ... geschafft ...*

Nasenspitze verband sich mit Nasenspitze, Augen mit Augen. Kühles Wasser. Erstickendes Wasser. Schönes, träges, liebendes und herrliches Wasser.

Alles floss.

Jonstar wollte einen letzten Atemzug tun. Vergebens.

Ein Aufschrei dröhnte an seine Ohren, die in diesem Moment unglaublich fein und hellhörig wurden. Nada schrie um ihn, wollte, dass er weiterlebte, wollte, dass er weiterkämpfte.

Nein.

Die Müdigkeit war zu groß geworden. Der Schmerz ebenfalls. Der Geist entwich. Fleisch und Bewusstsein trennten sich, er konnte es spüren.

Jonstar hätte gelächelt, hätte er seine Muskeln noch so weit unter Kontrolle gehabt.

Das war es. Das Ende aller Dinge. Der See nahm ihn in sich auf.

Kapitel 11

»Da stimmt was nicht!«, murmelte Zippo Gull. Er bewegte seinen breiten Körper auf dem Pilotensessel unruhig hin und her. »Ich bekomme jede Menge Fremdimpulse herein. Irgendetwas geschieht rings um die REVENGE. Meiner Meinung nach sammeln sich bewaffnete Bodentruppen. Weiterhin ist der interne Funkverkehr der sadikschen Planetenwachflotte während der letzten Stunde um zehn Prozent angestiegen, und alle möglichen Startfenster rings um unsere alte Kiste werden von Kampfeinheiten geschlossen.«

»Die haben uns enttarnt!«, sagte Ohm Santarin. »Atlan schwebt in Lebensgefahr.«

»Wir ebenfalls, mein Bester! Alle Funkverbindungsmöglichkeiten werden gestört. Ein Hilferuf ist nicht mehr möglich.«

»Die REVENGE startet augenblicklich!«, befahl der junge Arkonide. »Egal wie – das Schiff muss in den Weltraum.«

»Wir sollen Atlan im Stich lassen?« Zippo Gull klang verärgert und in seiner Ehre gekränkt. »Niemals!«

Ohm Santarin fingerte nervös an den Sicherheitsverschlüssen seines Schutzanzuges herum. »Jetzt hör mal zu, du larsafscher Kolonist: Solange der ehemalige Lordadmiral nicht an Bord ist, halte ich das Kommando! Du wirst also die REVENGE in die Höhe bringen und den vereinbarten Treffpunkt mit der DREADFUL aufsuchen. Während des Steigkurses schleust du mich an Bord einer Raumlinse aus.« Das winzige Beiboot terranischer Standardklasse war hauptsächlich für den kurzen interstellaren Raumverkehr, aber auch für planetennahen Zubringerdienst konzipiert worden. »Wenn ich Glück habe, überdeckt das Emissionsfeuerwerk der REVENGE alle Spuren der Linse. Ich lasse mich im freien

Fall so weit wie möglich auf den Planeten hinabtreiben, ohne die Impulstriebwerke zu zünden.« Ohm tat die letzten Handgriffe. Alle Anzeigen des Anzuges gingen auf Grün. »Du hörst von mir, sobald ich sicher auf Sadik gelandet bin. Dann mache ich mich auf die Suche nach unserem sehr verehrten Lordadmiral. Tipa soll währenddessen in Kontakt mit der USO treten und weitere Nachrichten von mir abwarten.«

Er lief aus der Kommandozentrale, hetzte mit weiten Schritten auf das winzige Zwei-Mann-Beiboot im Hangar zu, während er sich über Funk weiter mit dem Piloten unterhielt. »Lass meinem Vorgesetzten ausrichten, dass ich die volle Verantwortung für alles übernehme. Wir können die da Tromin nicht einfach durch plumpe Waffengewalt vom Thron stoßen. Eine Befreiung kann nur von innen her erfolgen.« Trotzig fügte er hinzu: »Atlan ist nicht tot. Ich werde ihn finden.«

»Was ist, wenn du dich irrst?«

»Er *darf* nicht tot sein.« Der junge Arkonide hob das Verdeck der Linse an, ließ sich hineinplumpsen, aktivierte den Start-Checkup.

Die Schleuse zum Hangar öffnete sich. Eine weitere Gestalt im Raumanzug lief auf die Linse zu, während die Außenzelle der REVENGE zu schwingen begann. Zippo Gull zwang das Schiff mit brutalen Beschleunigungswerten ins All, ohne an die Konsequenzen im Umfeld des Start- und Landefeldes zu denken. Wer sich in diesen Augenblicken in der Nähe des startenden Raumers befand, besaß schlechte Karten.

»Öffnen Sie sofort!«, befahl Aizela. »Ich komme mit!«

Das arkonidische Zuckerpüppchen? Was sollte er bloß mit der da Onur anfangen?

Ohm entschied sich, ohne viel nachzudenken. Er ließ das Verdeck hochfahren, half der Frau in den zweiten Sitz. Wer wusste schon, wofür sie gut war? Vielleicht half ihm ihr Name; die da Tromin hatten ihn auf Sadik zwar schon vor mehreren hundert Jahren ausgelöscht, aber in manchen alten Geschichten und Erzählungen war er nach wie vor immer noch präsent.

»Start!«, ordnete Ohm an.

Die Positronik der Raumlinse reagierte augenblicklich. Von Zippo Gull kam die Freischaltung, und wenige Momente später wurden sie ins Freie geschleudert. Eine Strukturlücke im Schutzschirm der REVENGE öffnete sich, schloss sich sofort hinter ihnen.

Ohm beschleunigte im Emissionsschatten des Mutterschiffs. Er zog die Raumlinse entlang der Fluchtkurve der REVENGE hoch, um sie schließlich in spitzem Winkel allmählich vom Mutterschiff zu lösen. Von mehreren Seiten kam Geschützfeuer sadikscher Schiffseinheiten, in Richtung der REVENGE gezielt. Sauerstoff verbrannte blau und gelb und rot rings um die Raumlinse; Beschleunigungswerte von fünf oder mehr Gravos schlugen durch. Der flache Flugkörper kam ins Trudeln und überschlug sich, stürzte dem Erdboden immer schneller entgegen. Die Positronik sandte akustische Warnsignale aus. Die Aggregate, kaum angesprungen, verstummten.

Überhitzung? Ein Strahlschuss, der den Schutzschirm der REVENGE getroffen und die Energien von dort auf die nur schwach geschützte Raumlinse weitergeleitet hatte? Ein Metallteil, das während des Startmanövers aus dem Hangar mitgerissen worden war und mechanische Schäden verursacht hatte?

Einerlei.

Rauch und ätzende Gase füllten das Innere des schmalen Cockpits. Aizela hustete angestrengt, beugte ihren Kopf schwerfällig beiseite.

Das Metall der beiden Stummelflügel begann zu vibrieren, Kondensschlieren und Feuerzungen umwaberten das Fahrzeug, während es abzustürzen drohte. Jeder Atemzug kostete Kraft, jede kleinste Bewegung brachte Ohm an den Rand einer Ohnmacht.

Was war mit dem Impulstriebwerk?

Tot. Auch die Prallfeldsteuerung erlosch. Schließlich fiel die Leistungskurve des Fusionsreaktors rasant nach unten.

»Handsteuerung!«, befahl er krächzend. »Wir gehen in Gleitflug.«

Die Positronik gehorchte stockend. Ein Flügelgriff klappte aus der Konsole vor ihm, glitt wieder in die Fassung zurück, kam erneut vor und rastete schließlich endgültig ein. Ohm bekam ein Grünlicht als Freizeichen. Die akustische Verbindung zum Schiffsgehirn war endgültig unterbrochen. Ohm griff ins Höhenruder, spürte das Vibrieren des Schiffskörpers direkt durch seine Finger.

Er hatte auf einem dieser Dinger mehrere hundert Flugstunden abgedient. Ein altmodischer arkonidischer Schleifer hatte ihn zu einer halbwegs vernünftigen Handhabung des so labilen Fluggefährts hingeprügelt.

Oftmals hatte Ohm ihn verflucht; in diesen Momenten aber schwor er sich, dem Spieß einen Teil seiner Gratifikation zukommen zu lassen, sollte er dieses Abenteuer heil überstehen.

Ohm tastete nach den Seitenrudern, fuhr sie aus und zog sie wieder zurück, bremste den Trudeleffekt der Linse allmählich, konnte ihn aber nicht vollends stoppen.

Die Sonne ging über ihm auf, blendete ihn, war mit einem Mal wieder unterhalb seines Sichtfeldes. Vielfältige Lichtreflexe blendeten ihn und verwirrten seine Sinne.

»Das Höhenruder!«, rief ihm Aizela heiser zu.

Das wusste er doch selbst! Aber wie sollte er es ausfahren, wenn er sich nach wie vor um die eigene Achse drehte?

Fallwinde, ungewöhnlich für diese Höhe, pressten die Linse beiseite. Wenn er die kahlen Gebirgsstöcke unter sich richtig identifizierte, befand er sich in Wüstengebiet, mehr als 500 Kilometer südlich der Planetenhauptstadt Meotan. Hier herrschten ungewöhnliche thermische Bedingungen.

Ich schaff es nicht!, dachte Ohm verzweifelt. Die Linse wollte ihm nicht gehorchen. Zu viele Faktoren spielten bei der Steuerung eine Rolle ...

»Ganz ruhig«, durchbrach Aizelas Stimme seine Gedanken. »Wir stehen das gemeinsam durch.«

Die da Onur zog ein Teil des Befehlspults zu sich heran, tastete vorsichtig darüber hinweg.

Alles verschwamm vor Ohms Augen. Sie würden sich mit unglaublicher Geschwindigkeit in den Boden Sadiks bohren, wenn nicht bald ein Wunder geschah ...

Das Vibrieren endete; auch das Trudeln hörte plötzlich auf. Aizelas Finger fuhren mit beeindruckender Ruhe über die Bedienungselemente.

»Quer-, Seiten- und Trimmruder einsatzbereit«, sagte die adlige Arkonidin. »Ich bringe die Linse nun in eine ungefähre Sturzruhelage. Wenn ich ›jetzt‹ sage, setzen Sie das Höhenruder ein. Nicht zu wenig, nicht zu viel. Ich vertraue Ihnen.«

»Ich vertraue Ihnen ...« In diesen Momenten revidierte Ohm das Bild, dass er von der jungen da Onur gewonnen hatte. In diesen Minuten zeigte die Adlige weitaus mehr Qualitäten, als man von ihr erwarten durfte.

»Jetzt!«, sagte Aizela.

Tatsächlich. Die Raumlinse lag fast ruhig, rollte lediglich ein wenig seitlich weg.

Ohm zog das Höhenruder zu sich heran; sanft, aber bestimmt.

Die Linse war nicht nach aerodynamischen Gesichtspunkten gebaut worden; das Flügelwerk konnte von Hand nur in sehr beschränktem Ausmaß beeinflusst werden. Langsam, viel zu langsam, hob sich die Schnauze ihres Schiffs. Mit jenem Feingefühl, das ihm sein Schleifer während endloser Einheiten vermittelt hatte, beeinflusste er das Höhenruder.

Es würde nicht gelingen, niemals! Die Spitzen der karstigen Gebirgsstöcke waren schon zum Greifen nah. Eine von ihnen würden sie touchieren, sie würden sich überschlagen, schließlich in einem Feuerblitz einen kurzen und schmerzlosen Tod erleiden.

»Ein Tal!«, rief Aizela.

Mit einem kurzen Ruck zog sie die Linse beiseite, steuerte sie in eine flache Kurve, korrigierte erneut. Ohms Mageninhalt kam hoch, ohne dass er sich dagegen wehren konnte, und wurde blitzschnell abgesaugt. Ihr Schiff raste den Verlauf eines silbern glitzernden Gewässers in einem Hochtal entlang. Die Schnauze der Linse hob sich mehr und mehr, erreichte schließlich die Waagrechte. Sie setzten in wenigen Metern Höhe über eine einzelne Felsnadel hinweg.

Ein Wasserfall. Ein breites Talbecken, bewaldet und von Feldern grün-gelb gesprenkelt. Wälder, riesige Erntemaschinen, ein Anwesen. Eindrücke, die so rasch vorbeizogen, dass sie nicht im Gedächtnis haften blieben.

»Heck hoch!«, sagte Aizela.

Ohm gehorchte, blickte plötzlich in die aufgehende Sonne.

Von irgendwoher brachte die da Onur Restenergien in die Steuerdüsen, tarierte den Körper der Linse nahezu perfekt aus.

Sie setzten hart auf, rutschten über Erde und Geröll. Bäume knickten beiseite, von der Wucht des tonnenschweren Gefährts umgerissen, bremsten spürbar ab. Ein Erdwall türmte sich vor Ohm auf, wurde höher und höher, verdeckte schließlich endgültig die Sicht ins Freie.

Die Linse schien einen Moment lang vornüberkippen zu wollen und kam schließlich mit einem lächerlich kleinen Ruck vollends zum Stillstand.

Die plötzliche Ruhe war unheimlich. Ohm wagte es kaum, zu atmen oder sich gar zu bewegen.

»Alles gut gegangen«, sagte Aizela da Onur nach einer Weile. Ihre Stimme zitterte. »Willkommen zurück auf Sadik.«

Ohm nickte ihr erschöpft zu.

Kapitel 12

Camara Zaintz leitete mich mit ihrer Stimme, ihren Gesten, ihrem Geruch. Sie füllte mich aus, sorgte dafür, dass ich glücklich war ...

Du Narr!, zeterte der Extrasinn. *Wehr dich endlich gegen die Kräfte der Frau!*

Für einen Moment erwachte ich aus diesem Traum voll unbändiger Freude und kaum erträglichem Schmerz.

Wir saßen auf einer Plastbetonfläche zwischen den stählernen Skelettstützen eines Hochbaus, der niemals fertiggestellt worden war. Ein böiger Wind pfiff uns um die Ohren. Ich hatte beide Arme schützend um Camara gelegt und wiegte meinen Oberkörper hin und her, als hielte ich ein Neugeborenes.

Wo war ich? *Wann* war ich? Wie viel Zeit war seit unserer Flucht aus dem Büro der da Tromin vergangen?

Zwei Sadik-Tage, antwortete mein Logiksektor. *Dieser weibliche Vampir hat dich noch während der Flucht im Gleiter übernommen. Von da an drang ich nicht mehr zu dir durch, konnte lediglich beobachten.*

Das Mädchen saugte mich physisch und psychisch aus; so viel stand fest. Wie diese Mutantenfähigkeit genau funktionierte, tat derzeit nichts zur Sache. Ich musste mich von ihr lösen; körperliche Distanz zwischen uns bringen und in einer ruhigen Ecke wieder zu mir finden.

Ich blickte an mir hinab. Meine Kombination war staubverschmutzt. Auf meiner Brust klebte zähe, eingedickte Flüssigkeit. Blut. Einen Stiefel hatte ich ausgezogen und achtlos von mir geschleudert. Er lag nahe jenem riesigen Loch, in der Wand, durch das ich einen Blick auf die Slums von Meotan ›genießen‹ konnte.

Von irgendwoher dröhnten arkonidische Stimmen zu uns hoch. Angetrunkene Burschen lachten und erzählten sich schmutzige Zoten. Das Geräusch eines heftigen Schlags wehte zu uns herauf; ein Schrei, ein Wimmern.

Schwach ballte ich die Hände, Tränen der Erregung tropften auf meine Jacke hinab. Ich konnte nicht helfen, konnte nicht einmal mir selbst helfen.

Steh auf!, forderte der Extrasinn. *Mach ein paar Schritte! Wenn du nicht gehen kannst, kriech weg, nur weg von ihr ...*

»Hm?«, murmelte Camara Zaintz verschlafen.

Sie fühlte meine Bewegung, schmiegte sich noch enger an mich. Ich spürte eine ihrer flachen, schlaffen Brüste unter meiner Rechten, streichelte ohne bewusstes Verlangen darüber.

Flieh!, forderte mich der Logiksektor mit leiser werdender Stimme auf.

Ich war schläfrig, wollte nur noch dieses wunderbare Geschöpf in meinen Armen liebkosen und ihm alles geben, was in mir steckte. Der Gedanke an ein eigenständiges Leben schien zu erlöschen. Ein letztes Mal wehrte ich mich, sandte ein Signal an den Extrasinn. *Wenn ich das nächste Mal aufwache, werde ich stärker sein*, versicherte ich ihm. *Dann wird mir die Flucht gelingen.*

Du Narr! Die mentale Stimme meines inneren Ratgebers war kaum noch zu vernehmen. *Das versprichst du mir bereits zum achten Mal ...*

Wir jagten durch die Straßen der großen Stadt.

Ich fühlte mich frei, frei wie der Wind, ungebunden, ein Tropfen im ewigen Regen des Lebens.

Du denkst, was sie denkt!, murmelte diese unbekannte Stimme im Hintergrund meines Kopfes.

Meines Kopfes?

Ihres Kopfes!

Camara Zaintz war mein Leben. Ich hatte versprochen, für immer bei ihr zu bleiben. So lange, bis ich aufgebraucht war, bis sie einen anderen benötigte, um ihren unbändigen Hunger zu stillen.

»Wir werden durch das Leben tanzen, Spaß haben, uns laben an der unglaublichen Energie, die deinen Körper durchströmt«, sagte Camara. »Wir sind eins, Bestandteil eines riesigen Etwas, das das ganze Universum durchströmt ...«

Sinnloses Gebrabbel!, rief dieser stumme, lästige Mahner, der sich nicht aus meinen/unseren Gedanken verbannen ließ. Ich hasste ihn, weil Camara seine Gegenwart spürte und ihn ebenfalls hasste.

»Wir brauchen etwas zu essen«, sagte sie.

Sie hatte Recht. Sie hatte immer Recht.

»Du bist so stark, so schön, so ... alles«, murmelte das Mädchen. Ungelenk streichelte sie über meinen Hals, während ich sie huckepack trug.

Die Leute auf den Straßen starrten uns an. Sie wussten nichts. Sie hatten keine Ahnung. Die Bewohner Sadiks – so hieß dieser Planet, oder? – kannten nicht die wahre Bedeutung einer Liebe, die so tief und intensiv war, dass mich allein der Gedanke an ein Ende unserer Beziehung in den Wahnsinn zu treiben drohte.

Essen. Irgendwoher nehmen. Stehlen.

Die Straßen waren voll von bettelarmen, halb verhungerten Leuten. Stumpf stierten sie vor sich hin, gingen ihrem Tagewerk nach und bestritten eine armselige Existenz. Sie alle konnten nicht einmal den Hauch jener geistigen Leidenschaft und Verbundenheit erahnen, den Camara und ich spürten.

»Essen!«, sagte ich zum nächstbesten Passanten, der sich mir in den Weg stellte.

»Ich hab nichts, Mann!« Der gedrungene Arkonide mit den gelb geschminkten Zähnen wich mir aus, wollte sich an mir vorbeidrängen.

Ich packte ihn, stupste ihn vor mir her, während mich Camara, auf meinem Rücken hockend, liebkoste. »Essen!«, forderte ich noch einmal.

Warum wollte der Kerl nichts hergeben? Sah er denn nicht ein, dass es notwendig war?

Er schlug mit seinem Schwebekoffer zu. Ich wich dem Hieb aus, packte sein Handgelenk, brach es mit einem Ruck.

Er schrie. Ich drückte ihm die Luftzufuhr ab. Er sank wie in Zeitlupentempo zu Boden.

Andere Passanten ringsum starrten uns an, wichen aus oder wandten einfach den Blick ab.

Ich durchwühlte die Taschen des Ohnmächtigen. Nur ein paar Münzen. Ein angebissener Getreideriegel, mehrere Hunger stillende *Wanstfüller*. Tabletten, die den Armen dieser Welt für mehrere Stunden vorgaukelten, einen vollen Magen zu haben.

Ich nahm alles an mich, zog ihm schließlich Stiefel und Hemd aus. Vielleicht ließ sich das zu Geld machen.

Sirren kündete die Ankunft einer Wacheinheit an. Wir mussten flüchten. Ich schob den Mann in den Schatten eines defekten Müllkonverters und hetzte davon.

Camara Zaintz liebkoste mich, biss mir zärtlich in die Ohren. Ich hatte alles richtig gemacht.

Sie waren überall, hatten mich und meine Liebe eingekreist. Camara fühlte sich seit einiger Zeit unwohl. Mühsam hielt sie sich auf meinem Rücken.

Sie hatte darauf geachtet, dass sie nicht zu viel von mir zu sich nahm, um mich möglichst lange genießen zu können. Hatte Camara die für sie notwendige Dosis unterschritten? Litt sie an einer ... einer Energiebulimie?

Die Sorge wollte mich schier umbringen; und dann waren da noch diese Gestalten, die aus der Dunkelheit gekrochen zu sein schienen.

»Ihr habt hier nichts zu suchen, Freaks!«, rief der eine und schwang ein langes Hartplastikteil wie eine Lanze.

»Verpisst euch, du und deine Freundin!«, schrie ein anderer.

»Das ist unser Revier!«, winselte der Dritte. »Ihr sorgt für Unruhe. Immer mehr Einsatztruppen durchkämmen das Viertel.«

Ich spürte Mitleid. Wollten oder konnten sie nicht verstehen, was Camara und mich verband, was uns weit über andere Lebewesen hinaushob?

»Wir bleiben«, sagte ich ruhig. »Diese Gegend hier ist unser Zuhause.«

Camara Zaintz leckte liebevoll über meinen Hals. Sie tat es mit unvergleichlicher Hingabe.

Einer der Streuner stürmte mit erhobener Faust auf mich zu. Ich wich aus, nutzte seinen Schwung und ließ ihn gegen eine Metallstrebe krachen.

Wie auf Kommando kamen die anderen herangelaufen. Sieben oder acht waren es.

Ich erinnerte mich plötzlich an meine Ausbildung. An all die Tricks und Kniffe, die ich im Laufe eines ewig langen Lebens von Hunderten Lehrmeistern vermittelt bekommen hatte. Aber würde mein Wissen helfen? Im Straßenkampf siegten meist rohe Kraft und Skrupellosigkeit. Ich befand mich im Nachteil. Meine Bewegungsfreiheit war eingeschränkt. Ich musste Camara auf meinem Rücken unbedingt schützen.

Ein Schritt zur Seite. Ein Hieb mit der Handkante, den Ersten zu Boden schicken.

Rasch geduckt, eine Beinschere angebracht, die Brustplatte meines Gegners mit einem heftigen Fußtritt brechen.

Die Finger vorneweg gestreckt, tief in die Nasenlöcher des Nächsten fahren, sie weit aufreißen.

Den Schlag parieren, den Schwung eines weiteren Angreifers ausnützen, ihm das eigene Messer in den Oberschenkel treiben.

Vier meiner Gegner saßen oder lagen verletzt am Boden. Die anderen blickten mich unschlüssig an.

»*Ihr* verschwindet!«, rief ich ihnen zu. »Wir bleiben!«

Ich ahnte den Schlag von hinten, konnte ihn im letzten Moment durch eine Drehung zur Seite abschwächen. Camara Zaintz schrie auf.

Ein weiterer Gegner hatte sie getroffen, dieses feige Schwein, hatte sie womöglich verletzt!

Ich fuhr dem Angreifer mit der Handkante in den Bauch, knapp unterhalb der Brustplatte. Er und seine Kumpels sollten büßen ...

Ich tötete ihn und zwei andere, bevor ich in meiner Raserei innehielt.

Camara bat mich aufzuhören. Sie wirkte schwach, konnte kaum einen vernünftigen Gedanken in die seltsame geistige Verbindung, die zwischen uns bestand, setzen.

»Bring mich hoch in unsere Wohnung«, sagte sie müde und bohrte liebevoll einen Finger in mein linkes Ohr. Es kitzelte, es tat so gut.

Oh, wie ich sie liebte ...

Was sollte ich nur tun? Unruhig marschierte ich auf und ab, blieb von Zeit zu Zeit stehen und streichelte dann über Camaras verschwitzte Stirn.

Seit Stunden delirierte sie vor sich hin, ohne dass ich wusste, wie ich ihr helfen konnte. Die Wunde an ihrer Schulter hatte sich als oberflächlich entpuppt; aber scheinbar war etwas *in ihr* gebrochen. Auch wenn sie anderen gegenüber so überaus stark und unbesiegbar wirkte, so war ihr Körper doch sehr zart.

»Eli«, murmelte sie. Das erste Wort seit mehreren Stunden!

»Ja?« Ich eilte zu ihr, richtete ihr die Jacke unter dem Nacken zurecht.

»Du ... liebst mich doch?«

Ich küsste und herzte sie als Antwort. Sie und ich, wir waren eins. Nein – sogar mehr als das. Unsere gemeinsame Existenz war so groß, so großartig, dass sie jegliches räumliche Vorstellungsvermögen zu sprengen drohte.

»Alle anderen ... die ich hatte«, fuhr Camara stockend fort, »erloschen relativ bald. Sie waren ... Strohfeuer.« Sie spuckte Blut. »Du dagegen bist wie eine ... Sonne, an der man sich überfressen kann.«

»Ich bin *deine* Sonne, ich ...«

Mit einer schwachen Handbewegung hieß sie mich schweigen.

»Ich kann nicht mehr«, sagte sie. »Ich bin es satt. Ich bin *zu* satt.«

»Du darfst nicht so reden.« Ich träufelte meiner Geliebten Wasser in den Mund, küsste und liebkoste sie. »Du wirst bald wieder gesund sein, und dann werden wir das Leben genießen, bis ans Ende aller Tage.«

»Schlaf mit mir«, murmelte Camara schläfrig. »Ich möchte wissen, wie es ist.«

Ich zögerte. Niemals zuvor hatte sie gefordert, dass ich sie intim berührte.

»Es ist mein Wunsch, bevor ich ... bevor ich ...«

»Scht!« Ich legte ihr den Zeigefinger auf den Mund und kuschelte mich schließlich neben sie, so, wie sie es sonst immer bei mir getan hatte.

»Schlaf mit mir!«, forderte sie einmal mehr.

Camaras geschwächter, von Fieberschauern gezeichneter Körper erzitterte. Sie nestelte den Verschluss ihrer Hose auf, befreite sich von dem durchschwitzten Ding. Ich half ihr, fuhr ihr zögernd über die Schenkel.

Seltsam. Hier, im Zentrum weiblicher Hitze, fühlte *sie* sich kalt und leblos an.

Ich zog uns beide weiter aus und küsste Camara zärtlich.

Sie war noch Jungfrau. Ungeübt und ungeschickt, voll von Ängsten und Zweifeln.

Ich wollte von ihr ablassen, doch immer wieder zog sie mich zu ihr zurück. Sie wollte es so sehr ...

Irgendwann drang ich in sie ein. Sie nahm es hin, entspannte sich erst ganz allmählich. Schließlich begann sie leise zu stöhnen, ging im Rhythmus mit. Sie lächelte, genoss ihren Triumph, wurde heftiger und wilder, bewegte sich schließlich wie eine Wahnsinnige, brüllte ihre Lust in die Welt hinaus.

Ich wälzte mich von ihr herunter, verwirrt, von Camaras Leidenschaft überwältigt, küsste sie ein letztes Mal.

Es war vorbei.

Ihr Höhepunkt hatte sie zugleich getötet.

»Da sitzt einer!«, hörte ich eine Stimme in der Dunkelheit. Ein enger Lichtkegel erfasste mein Gesicht und blendete mich. Ich wandte mich ab, ohne Camaras kalte Hand loszulassen.

»Und sein Weib liegt daneben!«

Ein Mann fluchte. Dann hörte ich das Einrasten eines Geschosses in einer Waffe.

»Die Frau ist seit Tagen tot! Sieh dir all die Würmer und Maden an!«

»Der Kerl sieht auch nicht viel besser aus. Mann, wie der stinkt!«

»Sollen wir ihn mitnehmen oder erledigen?«

»Denk an die Prämien, Yarl! Wir haben schon schlimmer aussehende Typen im Rekrutierungsbüro abgeliefert und immer noch Geld mit ihnen gemacht.«

»Hast Recht, Pean.« Der Mann sicherte sein Gewehr. »Und was machen wir mit dem Leichnam? Bei den Behörden abladen?«

»Nein. Das bedeutet Verwaltungskram. Wir erledigen den Fall gleich hier.«

Mit einem brutalen Ruck wurde ich beiseitegezerrt. Ich wollte mich wehren, doch fehlte die Kraft.

»Camara!«, krächzte ich. Meine Kehle war ausgetrocknet, ich brachte kaum einen Laut hervor.

»Hörst du? Der stinkende Kotzbrocken will uns etwas sagen.«

»Das kann er bei den Jungs vom Rekrutierungsbüro genauso gut. Mach schon, bringen wir's hinter uns!«

Camaras Hand – sie entglitt mir. Die beiden Männer wollten uns trennen, unser Glück zerstören. Wie konnten sie es bloß wagen!

Ich trat mit meinem rechten Fuß zu, traf den einen Mann am Oberschenkel. Erschöpft fiel ich auf den Rücken zurück. Ich war müde und ausgelaugt. Trotz Zellaktivator.

»Scheißkerl!«, schimpfte der Getroffene und humpelte näher. Kurz blickte ich in das Profil genagelter Kunstplexstiefel, dann traf mich der Tritt im Gesicht. Haut platzte auf, Blut spritzte.

»Bring ihn bloß nicht um!«, sagte der andere in aller Gemütsruhe.

»Das nicht – aber er wird sich noch lange an mich erinnern.«

Erneut wurde ich getroffen, diesmal unter dem linken Arm. Flammen loderten rotgelb auf, knapp neben mir. Dort, wo Camara gelegen hatte. Die Frau, mit der ich die glücklichste Zeit meines Lebens verbracht hatte, verbrannte.

Ein letztes, verzweifeltes Mal wollte ich mich aufrichten, ihr zu Hilfe kommen, sie retten – dann traf mich der dritte Hieb, diesmal am Hinterkopf, und ich stürzte in die Dunkelheit.

Kapitel 13

Nein – dies war nicht der Tod.

Jonstar sank wie ein Stein hinab, sank immer tiefer in die gallertartige Flüssigkeit. Letzte, trübe Lichtstrahlen tänzelten durch die Dunkelheit und erreichten ihn, dann erlosch auch diese Sinneswahrnehmung.

Warum spürte er keine Kälte, warum zitterte er nicht?

Warum *starb* er nicht?

Irgendetwas umhüllte ihn; pumpte Sauerstoff durch seinen Körper und übernahm die Kontrolle über sein Dasein.

Müdigkeit und Lethargie fielen von ihm ab. Von irgendwoher gelangten neue Zuversicht und neuer Lebensgeist in seinen Geist. Jonstar bekam Wärme zugeführt, wie er sie seit vielen Jahren nicht mehr gespürt hatte.

Er sah wieder. Spuren von Licht, wie er sie in seinem fortgeschrittenen Alter niemals hätte wahrnehmen dürfen. Spuren von Schwebekörperchen, die dahintrieben und winzigste Reflexe erzeugten. Oder waren es feine Bläschen, die hochströmten? Lebte dort unten irgendetwas?

Das Bild eines Gefäßes, mit den vagen Umrissen einer Amphore, tauchte vor ihm auf. *Dinge* sprudelten überschäumend daraus hervor und nährten das Wasser des Sees; es waren solche, die in ihm die Assoziationen von *Leben* und *Intelligenz* bildeten.

Träumte er? Bewegte er sich in einem schmalen Bereich zwischen bewusster Existenz und Tod, fantasierte er? Sah er diese Dinge tatsächlich?

Es wurde heller, immer heller. Es trieb ihn nach oben.

Jonstar durchbrach die Oberfläche des Sees. Zähes Tropfenwerk spritzte behäbig beiseite, platschte in Zeitlupentempo auf die Wasseroberfläche zurück. Automatisch begann er sich zu bewegen, Wasser zu treten. Er schwamm zurück zum Uferrand.

Er vernahm Stöhnen, Wehklagen, Staunen, Gemurre. Greise, die wie er zum Sterben hierhergekommen waren, wichen panisch vor ihm zurück. Auch jene hinter der Absperrung reagierten verstört auf sein erneutes Auftauchen. Noch niemand, so ging die Legende, war jemals von einem Bad im See zurückgekehrt.

Jonstar erreichte das Ufer, zog sich ruckartig empor und streckte seinen Körper.

Kraft, so ungewohnt, dass er kaum wusste, wohin damit, durchströmte ihn. Mit einer blitzschnellen Handbewegung erhaschte er eine Fliege, fing sie, ließ sie eine Weile im Hohlraum zwischen den Fingern zornig vor sich hin brummen, bevor er sie wieder in die Freiheit entließ.

Er blickte an sich hinab. Der Körper glänzte vor Feuchtigkeit; er war derselbe geblieben. Optisch wirkte er welk und hinfällig.

»Ich leide an ... Wiedergeburt«, sagte Jonstar verwirrt. Die Worte hörten sich seltsam hohl an, als hätte sich ein pelziger Belag über seine Stimmbänder gelegt.

Was sollte er tun? Warum war er zurückgekehrt? Was wurde von ihm erwartet?

Mit hölzernen Schritten marschierte er zur Absperrung. Problemlos konnte er Nada in der Masse der Zuschauer ausmachen. Sie wirkte älter; tiefe Falten der Gram hatten sich in ihr Gesicht gegraben. Rötliche Schwitztränen tropften entlang der eingekerbten Haut hinab zum furchtsam vorgereckten Kinn.

»Ich lebe«, sagte er zu ihr, »und es geht mir gut. Ich habe das Gefühl, dass mir soeben die Gnade eines weiteren Lebens zuteilwurde.«

Von wem? Warum gerade er? Gab es eine Besonderheit an ihm, oder spielte das Schicksal mit ihm? Schicksal – beziehungsweise jene Macht, die dort unten im See im Halbschlaf lag und geringe Mengen ihrer selbst nach oben sprudeln ließ?

Er übersprang die Absperrung. Die Beobachter traten angstvoll zurück. Nada blieb stehen. Unsicher, unbeholfen, kam sie schließlich auf ihn zu.

Jonstar streckte den Arm aus, verschränkte seine Finger mit den ihren.

»Ich verstehe das nicht«, murmelte sie verwirrt.

»Ich auch nicht.« Er presste Nada an sich. Zögerlich gab sie nach, ließ sich von ihm liebkosen. So, wie er es mit dem kleinen, so fantasievollen und an allem interessierten Mädchen vor vielen, vielen Jahren getan hatte.

Sie weinte. War es Glück, Verzweiflung oder Erleichterung?

»Ich hab dich nicht mehr ernst genommen«, schluchzte Nada. »Ich hab alles vergessen, was du mich gelehrt hast. Ich hab *mich selbst* vergessen ...«

»Wir werden unsere Erinnerungen auffrischen«, sagte Jonstar und liebkoste die Frau.

Ein nie gekanntes Glücksgefühl wuchs in ihm. Eines, das nicht nur von ihm selbst ausging.

Ich war noch nicht bereit für den Tod, sagte sich Jonstar. *Das Ding im See spürte meine enge Beziehung zu Nada. Bevor es mir den Tod gewähren wollte, sollte ich mit meiner Enkelin ins Reine kommen.*

Vielleicht stimmte das, vielleicht brauchte er diese gedankliche Hilfskonstruktion, um angesichts des Wunders nicht den Verstand zu verlieren. Was spielte es letztendlich für eine Rolle, warum er noch lebte? Der Tod konnte warten.

»Du fühlst dich so kalt und feucht an«, meinte Nada. »Das Wasser will einfach nicht mehr von dir abtropfen.«

»Ich weiß.« Jonstar blickte an sich hinab, tastete über seinen alten Körper. »Dies ist kein Wasser, sondern ein Teil des Sees. Anscheinend eine Art Haut. Sie schützt mich vor dem Tod. Und sie redet ein wenig mit mir. Sie sagt, sie heiße Tyarez.«

Kapitel 14

Die Luft war erfüllt von giftigen Dämpfen. Nur langsam wurden sie vom schwach aufkommenden Wind zerteilt.

Kühlflüssigkeit schwappte über den Rand eines losgesprengten Flügelteils und versickerte im dunklen Boden. Kleine Seen übel riechender Ölmelasse bildeten sich am Ende jener Schneise, die sie mit der Raumlinse geschlagen hatten. Überall knisterte es, blank liegende, Strom führende Kabel bewegten sich träge.

»Ob der Absturz irgendwo registriert wurde?«, fragte Aizela. Mit einem Korb voll wichtiger technischer Gerätschaften sprang sie aus der Kanzel herab, landete neben Ohm Santarin auf dem Boden. Die internen Reparaturmechanismen ihrer Anzugpositronik arbeiteten derzeit an mehreren Schäden, die während des ruppigen Landemanövers verursacht wurden.

»Ich meine, dass wir gute Chancen haben«, sagte Ohm im Brustton der Überzeugung. Er hatte schon immer gut lügen können. »Die Einheiten der sadikschen Raumflotten haben sicherlich nichts mitbekommen. Sie konzentrierten sich auf die REVENGE. Für sie waren wir lediglich ein kurzer Reflex auf den Ortungsgeräten.«

»Und die Bodenortung?«, bohrte Aizela nach.

»Wir sind in nahezu unbesiedeltem Gebiet runtergegangen. Überwachungseinheiten sind hier spärlich gesät. Weder weckt das Gebiet irgendwelche Begehrlichkeiten bei möglichen Invasoren, noch besitzt es eine strategische Bedeutung.«

Sie glaubte ihm nicht. Aizela besaß, wie er während des Absturzes mit Verwunderung hatte feststellen müssen, eine gediegene taktische Ausbildung und handelte mit einer Kaltblütigkeit, die er bei weitem nicht aufbrachte.

»Wir sollten dennoch schauen, dass wir so schnell wie möglich von hier verschwinden«, fuhr Ohm fort. »In dem Gehöft dort vorne hat man wahrscheinlich Alarm geschlagen.«

Er legte mehrere Mikro-Thermitbomben aus. Auf Knopfdruck würden sie Metalle und Plaste bis zur Unkenntlichkeit miteinander verschmelzen.

»Haben wir alles?«, fragte er schließlich.

Aizela nickte. Ihr Schutzanzug zeigte bereits wieder mehr grüne als rote Lichter. Sie erhob sich mehrere Meter in die Höhe und raste davon, ohne auf ihn zu warten. Sie bewegte sich in Richtung jener Gebirgsausläufer, die sie überflogen hatten.

Ohm folgte ihr, hielt sich dabei wie seine Partnerin knapp über dem Erdboden. In einer Entfernung von mehreren Kilometern betätigte er die Fernzündung der Bomben. Seine Geräte zeigten heftige thermische Tätigkeit an; außer an den Messgeräten ließ sich durch nichts erkennen, welche Gewalten im Absturzbereich Metalle, Erdreich und Kunststoffe zu einer undefinierbaren Masse verschmolzen.

Nach mehr als einer Stunde Flugzeit gingen sie inmitten eines hochgebirgigen Felslabyrinths zu Boden. Sommerstürme peitschten Regen heran. Sie verbargen sich in einer halbwegs vor den Witterungsverhältnissen geschützten Kuhle.

Ohm öffnete das Helmvisier, atmete erleichtert tief durch. »Wir sind in Sicherheit!«, rief er Aizela zu. »Zumindest vorerst.«

Sie streifte den Helm ganz ab. Ein Windstoß fuhr ihr durchs Haar, wirbelte es durcheinander. Unwillig ließ sie den Bajonettverschluss der gläsernen Halbschale wieder einrasten. »Wir hatten mehr Glück als Verstand«, sagte sie schließlich.

»Es geht dabei auch um Schlamperei oder Desinteresse«, setzte ihr Ohm entgegen. »Viele Arkoniden auf Sadik leben aufgrund der planetenweiten Ausbeutung durch die da Tromin am Existenzminimum. Sie besitzen keinerlei Anreiz, ihre

Arbeit gut zu machen. Selbst wenn unser Aufprall bemerkt wurde, so werden die Überwachungstrupps lieber wegsehen, als ihren Pflichten nachzugehen.«

»Wären wir hier an der Macht, dann ...« Aizela brachte den Satz nicht zu Ende.

Ohm wusste um die Sehnsucht der da Onur. Jahrhundertelang war die Hoffnung aufrechterhalten worden, eines Tages ihr Lehen zurückzubekommen. Leute wie ihr Vater, der Patriarch Penzar, hatten die Verwandten während all der Jahre darauf eingeschworen, an das Unmögliche zu glauben. Der Khasurn hatte in relativer Armut auf Lepso gelebt, alle Fährnisse des dortigen Lebens auf sich genommen, um irgendwann den Moment erleben zu dürfen, da ihnen die Rehabilitierung gelang und sie endlich nach Sadik zurückkehren durften.

Der Moment war gekommen. Atlan da Gonozal, der Unsterbliche, bot ihnen die lang ersehnte Chance. Wenn alles so verlief, wie der Lordadmiral es erhoffte, würden sich im Khasurn jene schriftlichen Beweise finden, die auf den Betrug der da Tromin am arkonidischen Volk hinwiesen – und zugleich ihren Namen reinwuschen.

Sicherlich hatten Aizela, ihre Brüder und der Vater gewusst, dass diese Unterlagen existierten. Doch ohne die Rückendeckung eines starken Verbündeten, wie sie die USO und Atlan zweifellos bildeten, war es ihnen unmöglich erschienen, an die Dokumente heranzukommen.

»Was machen wir jetzt?«, fragte Aizela.

»Ich konnte während meines ersten Ausflugs in meine Heimat alte Kontakte erneuern«, antwortete Ohm. »Ich kenne Leute, die mir einen Gefallen schulden, an die wir uns wenden werden. Allerdings ...«

»Ja?«

»Wir verlieren dadurch einigen Kredit. Ich hatte gehofft, aus einer Position der Stärke Druck auf mögliche Partner ausüben zu können. Jetzt aber kommen wir als Bittsteller. Der Preis, den wir zahlen müssen, wird hoch ausfallen.«

»Darauf soll's nicht ankommen«, sagte die da Onur. »Wir müssen unbedingt in Erfahrung bringen, was mit Atlan geschehen ist.«

Die Worte ehrten Aizela. Ohm hätte erwartet, dass sie sich nicht weiter um den Lordadmiral scherte und stattdessen ihre persönlichen Interessen in den Vordergrund stellte.

»Worauf warten wir?«, fragte sie, schloss den Helm, erhob sich in die Luft.

Ja – worauf warteten sie noch?

Ohm hatte Angst davor, seiner Mutter ein weiteres Mal gegenüberzutreten.

Cymbals Gleiter landete am Nordhang des kleinen Hügels, hundert Kilometer südlich von Gantador. So, wie es Ohm verlangt hatte.

Dies hier war – scheinbar – unbewohntes Wüsten-Ödland. Siebzig Grad oder mehr herrschten tagsüber; in der Nacht kühlte es bis zum Gefrierpunkt ab. In den Felsen, die im Talbecken verteilt lagen, als hätte sie ein Riese willkürlich umhergeschleudert, begann es dann zu knistern und zu knacken. Manchmal platzte einer von ihnen mit einem Donnerschlag. Spitzes Steinwerk schoss explosionsartig in alle Richtungen davon, prallte gegen weitere Felsen, erzeugte eine einzigartige Geräuschkulisse – und Lebensgefahr für jene Raubechsen, die in diesem unwirtlichen Teil Sadiks zu überleben versuchten.

»Zwei Arkoniden steigen aus«, sagte Aizela. Eine Spionsonde übertrug die Bilder auf den Schirm ihres Multifunktionsarmbandes. »Ein fetter in einem aufgeblähten Schutzanzug und ein kleinwüchsiger. Spindeldürr, mit überlangen Armen.«

»Cymbal hat Erikon mitgebracht«, sagte Ohm nachdenklich.

»Was bedeutet das?«

»Dass man uns ernst nimmt. Erikon spielte eine nicht unbedeutende Rolle in jener Widerstandsbewegung, die vor Jahren die da Tromin stürzen wollte. Er war einer der wenigen, von denen es hieß, dass sie den Reinigungstruppen der Regierung entkommen seien.«

»Geht's ein bisschen genauer?«

»Nicht jetzt«, wich Ohm Santarin aus.

Solange es sich vermeiden ließ, wollte er nicht über die Jahre des passiven Widerstands, der darauffolgenden Revolution, des Kampfes der Bergarbeiter und seiner Mitarbeit bei der sogenannten ›Schattenregierung‹ sprechen. Selbst heute noch war er nicht in der Lage, die Grenzen zwischen jener Auseinandersetzung, die ein knappes Drittel der sadikschen Bevölkerung in den Bürgerkrieg gezerrt und gleichzeitig seinen persönlichen Werdegang nachhaltig beeinflusst hatte, zu ziehen. Der Tod des Vaters gehörte genauso dazu wie der Verrat Cymbals, ihre überstürzte Geschlechtsumwandlung und ihr von den da Tromin protegierter Aufstieg in eine leitende Position der Lipa-Minen.

»Die Gegend ist sicher«, sagte Aizela. »Wir können fliegen.«

Sie verließen ihr Versteck. Mithilfe der Flugaggregate schwebten sie in die Ebene hinab.

»Wird aber auch Zeit!«, rief Cymbal, scheinbar quietschvergnügt, als er sie kommen sah. »Ist eine unwirtliche Gegend, in die du uns gebeten hast.«

Ohm landete. »Dieser Ort besaß für uns einmal eine besondere Bedeutung«, sagte er. »Oder habt ihr das schon vergessen?«

Cymbal lächelte, bewegte sich schließlich schwerfällig und setzte sich in den Schatten eines überhängenden Felsens, mehr als fünfzig Meter entfernt. Er wusste wohl, dass er am kommenden Gespräch keinen Anteil nehmen sollte.

Erikon nickte Aizela höflich zu und stellte sich dann Ohm gegenüber. »In einer anderen Zeit, in einem anderen Leben und nur von kurzer Dauer hatten wir hier unsere Heimat«, sagte er und öffnete den Helm ein Stückchen. »Aber es war nicht der einzige Ort, an dem ich mich während der letzten Jahre verstecken musste.« Er kniff die Augen gegen die schmerzhaft blendende Sonne zusammen. Augenblicklich begann die Klimaanlage seines Anzugs schwerfällig zu brummen.

Der ehemalige Revolutionär hatte sich äußerlich kaum verändert. Er trug die blutrot leuchtende Narbe quer über sein Gesicht wie eine Auszeichnung. In der leeren rechten Augenhöhle sirrte eine fehlerhaft fokussierende Pupille wie ehedem hin und her.

»Warum hast du die Mikropositronik niemals austauschen lassen?«, fragte Ohm statt eines Grußes.

»Dieser ... Makel erinnert mich jeden Tag meines Lebens an die Schulden, die die da Tromin bei mir abzuleisten haben«, antwortete Erikon düster, um gleich darauf das Thema zu wechseln: »Bist du nur deshalb nach Sadik zurückgekehrt, um dich nach meinem persönlichen Befinden zu erkunden? Ich dachte, du hättest uns vergessen und dir stattdessen auf Lepso ein schönes Leben gemacht? Mir wurde zugetragen, dass du dich mit billigen arkonidischen Püppchen abgäbest und das Leben in vollen Zügen genössest? Dass du vergessen hättest, was wir uns schworen?«

Aizela, die sich – nicht zu Unrecht – persönlich angesprochen fühlte, trat vor, wollte dem Hageren ihre Meinung ins Gesicht sagen.

Ohm hielt sie zurück. »Überlassen Sie das *bitte* mir!«, sagte er mit Nachdruck. Aizela gehorchte, wenn auch nur mühsam beherrscht.

»Manches stimmt«, sagte er schließlich mit allem Nachdruck zu Erikon. »Ich bin davongelaufen. Ich habe mir eine neue Existenz aufgebaut und es mir gut gehen lassen. Ich wollte vergessen, was auf Sadik geschehen war. Ist es denn ein Wunder?« Er blickte bedeutungsvoll hinüber zu Cymbal. »Ich hatte es satt. Diesen Kampf gegen Windmühlen. All die Gewalt. Die Repressionen. Die Gedanken an die vielen Unschuldigen ...«

»Ein Bürgerkrieg erfordert Opfer.« Erikon verschränkte die Arme vor der Brust. »Das wussten wir, bevor wir den offenen Kampf suchten.«

»Und wohin haben sie uns gebracht, diese Opfer?«, fragte Ohm heftiger, als er es beabsichtigte. »Die da Tromin haben die Kinder der Revolution hinweggefegt, haben es die Überlebenden und deren Anverwandten spüren lassen, was es hieß, sich mit den Herren von Sadik einzulassen. Gantador und die anderen Minenstädte leiden heute mehr denn je unter Repressionen; auf den Erzschiffen herrschen Arbeitsbedingungen, die schlimmer als damals sind. Die da Tromin sitzen fest im Sattel ...«

»Das alles sind Momentaufnahmen«, unterbrach ihn Erikon. »Wir, die Unterdrückten, werden siegen.«

Unheiliges Feuer brannte in dem einen Auge des alten Revolutionärs. Er war schon immer ein Dogmatiker gewesen. Dazu noch ein begnadeter Redner, ein Aufhetzer, der die Menschenmassen in seinen Bann zwingen und ihren Zorn ventilieren konnte. Aber den Kopf hatten andere für ihn hinhalten müssen.

»Ich hätte niemals geglaubt, dass du noch mit Cymbal in Kontakt stehst«, sagte Ohm schließlich. »Er war es doch, der uns verraten hat.«

»Warum hast *du* ihn denn aufgesucht?«, stellte Erikon die Gegenfrage. »Jedermann weiß, dass er ein Wendehals ist und Kontakte nach allen Seiten hält.«

»Traust du ihm?«

»Genauso wenig wie du.« Erikon wandte sich ab, blickte an Ohm vorbei, auf das sich öffnende Tal hinaus. Eine Buckeleidechse zog in der Ferne vorbei. Groß wie ein Haus war sie, kräftig wie hundert Lastentiere und dumm wie ein Stein. »Bist du bloß hierhergekommen, um alte Erinnerungen aufzufrischen und dich über einen alten Revolutionär lustig zu machen? Oder bringst du mir Nachrichten, die von irgendeiner Bedeutung sind?«

Ohm atmete tief durch. »Ich habe nie sonderlich viel von dir gehalten, Erikon. Damals warst du ein Blender, ein Schönredner. Du führtest uns in den Kampf und hast falsche Hoffnungen erweckt. Bessere Taktiker wie mein Vater kamen gegen deine Wortgewandtheit nicht an. Hunderte Sadiker sind wegen dir gestorben ... Aber das tut jetzt alles nichts zur Sache.

Ich benötige deine Hilfe, und ich möchte dir ein Angebot unterbreiten.«

»Du bietest mir einen Pakt an?« Erikon lachte bitter. »Hast du etwa auf Lepso ein Vermögen gemacht, um nunmehr in deiner Generosität eine Söldnerarmee zu finanzieren, die die da Tromin hinwegfegen kann? Besitzt du Kampfraumschiffe, die du mir zur Verfügung stellen willst? Technisches Material? Waffen?«

»Dies alles und noch viel mehr. Ich kann dir die Unterstützung einer der stärksten Mächte der Milchstraße in Aussicht stellen.«

»Wer sollte sich gerade jetzt um das kleine Sadik kümmern?«

»Die legitimen Lehnsherren? Das Geschlecht der da Onur, das vor langer Zeit von den da Tromin vertrieben wurde?« Ohm schob Aizela neben sich.

»Eine da Onur ...« Erikon rieb sich nachdenklich über die Narbe und musterte die junge Frau von oben bis unten. »Ich kenne die alten Geschichten. Es ging um Ehre und Verrat. Ihr Khasurn spielte keine besonders vorteilhafte Rolle, edle Zhdopandel.«

»Es gibt Beweise, dass die da Tromin bereits vor elfhundert Jahren falsch gespielt haben«, fuhr Ohm rasch fort, bevor Aizela aufbrausen konnte. »Diese Beweise müssen im Khasurn unserer gemeinsamen Feinde versteckt sein. Finden wir die notwendigen Informationen, erhalten wir Rückendeckung durch die USO.«

»Was haben die Terraner mit Sadik zu tun?«, fragte Erikon voll Verachtung.

»Ich bin Arkonide, und ich bin ebenfalls USO-Mitglied«, erwiderte Ohm Santarin heftig. Er begegnete einem häufig gepflegten Vorurteil, dass die USO bloß den Terranern zu Nutzen war. »Und Lordadmiral Atlan steht dieser Organisation vor.«

»Ein Unsterblicher, mehr Larsafer als Arkonide. Verlangst du von mir, dass ich dem Wort des da Gonozal vertraue?«

»Ich verlange noch viel mehr von dir. Atlan befindet sich hier auf Sadik.«

Ohm hatte beschlossen, aufs Ganze zu gehen und jegliche Tarnung fallen zu lassen. Er beobachtete, wie Erikon zusammenzuckte, wie er den Kopf beiseiteneigte und zu überlegen begann. Mit seinem zweifelsohne scharfen Verstand setzte er sich mit der neuen Situation auseinander und wägte die Gelegenheiten ab, die sich für die seit langem angeschlagenen Revolutionskräfte auftaten.

Ohm verschwieg geflissentlich, dass der Lordadmiral längst tot sein mochte. »Atlan ist Gefangener der da Tromin«, fuhr er fort, »oder er ist auf der Flucht. Finden wir ihn und die notwendigen Unterlagen, um die da Onur zu entlasten, haben wir gewonnen. Wenn nicht ...«

»... verlieren wir alles. Zuerst selbstverständlich unser Leben.« Das erste Mal zeigte Erikon ein ehrlich gemeintes Lächeln.

Ein Pakt war schnell geschlossen. Sie zogen sich in einen der wenigen noch funktionsfähigen Bunker unter ihren Füßen zurück. Zu ihrer aller Überraschung ließ sich die Positronik ohne Schwierigkeiten reaktivieren und der Bau in passive Bereitschaft versetzen.

Während der nächsten Stunden landeten mehrere Gleiter. Alte Haudegen mit wettergegerbten Gesichtern, Veteranen der Revolution, entstiegen ihnen ebenso wie junge Frauen und Männer, denen die Unzufriedenheit über die herrschenden Zustände deutlich anzumerken war. Ohm hielt eine kurze Ansprache und verriet den Neuankömmlingen so viel wie unbedingt notwendig. Weitere Koordinationsaufgaben überließ er Erikon.

Überlebende der Revolutionskämpfe hatten sich während der Jahre über beide Kontinente Sadiks verstreut und unter Decknamen neue Existenzen aufgebaut. Manche von ihnen hatten der Idee eines Umsturzes längst den Rücken gekehrt, manche träumten nach wie vor davon. Erikon kannte sie alle. Er wusste, auf wen er sich verlassen und wer ihm hilfreich sein konnte. Namen wurden ausgetauscht, Funksprüche und Bildbotschaften gesendet, alte Widerstandsnester reaktiviert, neue Allianzen geschmiedet. Erikon webte ein neues, ein unsichtbares Netz. Niemand außer ihm wusste, wie dicht und wie haltbar es war.

»Wem können wir vertrauen?«, fragte Aizela in einer der kurzen Arbeitspausen.

»Niemandem«, antwortete Ohm müde. »Erikons Wille zur Zusammenarbeit reicht nur so weit, als er die da Tromin vom Thron stoßen möchte. Ihm schwebt seit jeher die Installierung eines Revolutionsrats auf Sadik vor, in dem er Primus inter Pares spielt. Er hegt Machtansprüche, die mit jenen der da Onur nicht vereinbar sind. Wir bilden bloß eine Zweckgemeinschaft auf Zeit; das muss uns stets bewusst bleiben.«

»Welche Rolle spielt Cymbal? Der Fette ist mir unheimlich. Er hält sich stets im Hintergrund, lacht viel, scheint die ganze Sache als Spiel anzusehen.«

»So ist es auch. Cymbal wird uns so lange unterstützen, wie er sieht, dass wir eine wirkliche Chance besitzen. Bemerkt er, dass die da Tromin Oberwasser behalten, wechselt er die Seite.«

»Wir hätten an Bord der REVENGE die Flucht ergreifen und die Streitkräfte der USO alarmieren sollen.« Aizela schüttelte erzürnt den Kopf. »Atlans Leute hätten alle Hebel in Bewegung gesetzt, um ihn zu befreien.«

»Hätten sie keinesfalls!«, widersprach Ohm. »Ein offener Angriff auf ehemaliges arkonidisches Kolonialgebiet verbietet sich von selbst. Der Lordadmiral selbst hätte es so nicht gewollt.«

Sie diskutierten über das Wenn und Aber, um Nervosität und Angst zu vertreiben. Ohm fühlte sich unwohl in seiner Haut. Schließlich hatte er die Initiative an sich gerissen und die Verantwortung für alles, was nun auf Sadik geschah, übernommen.

Hatte er denn eine Wahl gehabt? Er hatte eine schnelle Entscheidung fällen müssen. Nun aber, da er ausreichend

Abstand gefunden hatte, kamen ihm seine Ideen verrückt und hanebüchen vor.

Erikon betrat den kleinen Raum, der ihnen beiden zur Verfügung stand. »Der Angriffsbefehl auf die REVENGE ist tatsächlich im Khasurn der da Tromin gegeben worden«, sagte er gepresst. »Über das Schicksal des Prospektors Pattri ist nichts bekannt. Allerdings werden auf den Straßen der Hauptstadt Meotan verstärkte Patrouillen der Sicherheitskräfte bemerkt. Man sucht zweifelsohne nach jemandem.«

Ohm atmete erleichtert durch. Die Hoffnung, dass sich Atlan in Freiheit befand, gewann damit an Wahrscheinlichkeit.

»Dann wird es darauf ankommen, dass wir ihn früher als die da Tromin finden. Immerhin besitzen wir einen kleinen Vorteil.«

»Nämlich?« Erikon sah sich angewidert in dem staubigen Raum um, als hätte er gehofft, niemals mehr wieder hierher zurückkehren zu müssen.

»*Wir* wissen, dass es Atlan ist, der sich in der Maske des Eli Pattri bewegt. Gart da Tromin und seine Truppen haben keine Ahnung, auf welches Kaliber sie sich bei ihrer Suche einlassen. Sonst befänden sich längst die gesamten Streitkräfte des Planeten in Alarmbereitschaft.«

»Auch so wird es schwer genug«, gab Erikon zu bedenken. »Unsere Möglichkeiten sind beschränkt. Wir sollten uns vielleicht von vorneherein darauf konzentrieren, in den Khasurn der da Tromin vorzudringen und die ominösen Unterlagen über den angeblichen Betrug zu suchen. Diese Frau hier kann uns möglicherweise helfen.«

»*Diese Frau hier* wird keinen Finger rühren, wenn der Suche nach Atlan nicht höchste Priorität gewidmet wird.« Stolz stand Aizela da, vom Scheitel bis zur Sohle adligen Geschlechts. Plötzlich wirkte sie unnahbar, majestätisch, in höhere Sphären entrückt.

Ohm war niemals ein Anhänger altarkonidischer Traditionen gewesen. Dem feudalistischen System konnte man bei näherer Betrachtung nicht allzu viel abgewinnen. Nicht nur hier, auf seinem Heimatplaneten, war er auf Unterdrückung und Ausbeutung gestoßen. Eine kleine Gesellschaftskaste machte sich auf Kosten Ärmerer ein Leben in unglaublichem Luxus. Aber nun, da er Aizela betrachtete und ihre innere Kraft spürte, da wusste er, dass diese Frau zum Regieren erzogen worden war. Sie mochte überheblich und aufbrausend sein und ihre Launen nicht immer unter Kontrolle haben. Aber Gerechtigkeitsstreben und Anständigkeit gehörten ebenso zu ihr wie Nervenstärke und Intelligenz.

»Sie haben Recht, Zhdopandel«, sagte Erikon schließlich und erhob sich. »Wir werden weiterhin unser Möglichstes tun, um Atlans Aufenthaltsort ausfindig zu machen.« Er nickte kurz und verabschiedete sich.

Sie schwiegen lange, nachdem er gegangen war.

»Was tun wir jetzt?«, fragte Aizela schließlich. »Was *können* wir tun?«

»Nicht viel«, antwortete Ohm. »Wir müssen auf die Zuverlässigkeit der Revolutionäre vertrauen. Und darauf hoffen, dass sich Atlan auf die eine oder andere Weise bemerkbar macht. Unauffälligkeit ist ja nicht unbedingt sein Markenzeichen.«

Kapitel 15

Ich erwachte nach Tagen des Träumens. Von einem Moment zum nächsten waren die Erinnerungen wieder da.

Willkommen zurück, mentalstabilisierter Narr!, meinte der Extrasinn.

Ich dachte mit Grauen an jene Tage zurück, die ich im Bann von Camara Zaintz verbracht hatte, unfähig, einen selbstständigen Gedanken zu fassen.

Ich hatte gemacht, was sie wollte, hatte sie mit meiner psychischen Kraft gefüttert, sie an meiner mentalen Substanz Anteil nehmen lassen. Sie hatte gesaugt an mir, hatte sich ernährt, mir durch ihre körperliche Nähe genommen, was ich gewesen war.

Und schlussendlich war ich ihr Tod gewesen. Denn der Zellaktivator hatte meine Reserven immer und immer wieder aufgefüllt, sie mit geistiger Nahrung überreizt, bis sie an Übersättigung gestorben war.

Hatte ich denn tatsächlich mit Camara geschlafen und damit ihren Tod schlussendlich beschleunigt? Woher war sie gekommen? Welches Geheimnis steckte hinter ihren Mutantenfähigkeiten?

Der Extrasinn schwieg. Er spürte sehr wohl, wie sehr ich nun, da ich von jeglichen Einflüssen befreit war, unter meinen Erinnerungen litt. Antworten würde ich ohnehin nur von Gart da Tromin erhalten. Ich freute mich schon auf ein Wiedersehen.

»Aufstehen!«, schrie eine befehlsgewohnte Stimme.

Ein Lichtstrahl bohrte sich ins Dunkel. Irritiert blickte ich mich um. Wo war ich?

Frauen und Männer regten sich rings um mich. Wie ich blinzelten sie dem breit gebauten Mann entgegen, der von mehreren schwer bewaffneten Begleitern umringt wurde.

»Ihr seid freiwillig hierhergekommen«, sagte der kahle Mann, von leisen Protesten unterbrochen, »um im Dienst des edlen Geschlechts der da Tromin Krummperlen zu fördern.«

Eine Frau schrie entsetzt auf, ein paar andere weinten verzweifelt.

»Die Kräftigeren unter euch werden zum Tauchdienst abkommandiert, um den Pikast zu jagen«, fuhr der Mann fort und grinste hässlich.

Plötzlich herrschte Ruhe. Die anderen ringsum wussten anscheinend, welches Schicksal sie erwartete.

»Arbeitet gut und benehmt euch anständig«, fuhr der Glatzkopf fort. »Eure Verträge sind auf zwei Monate beschränkt. Ihr werdet gut entlohnt und könnt die Plantagen nach dieser Zeit als reiche Pinkel verlassen.«

Er drehte uns niemals den Rücken zu, während er den Raum verließ. Die Wachen hielten die Waffen entsichert in den Armbeugen, als auch sie sich zurückzogen.

Die Deckenbeleuchtung ging an. Ich blickte mich um. Rings um mich lagen und saßen Wesen, meist lemurischer Herkunft, auf verfaulten und zerfressenen Matratzen. Die Ausstattung war deprimierend einfach gehalten. Nirgendwo sah ich einen Hinweis auf Hochtechnologie, wie sie heutzutage auf zivilisierten Planeten üblich war.

»Ich habe noch niemals von einem Arbeiter gehört, der den Frondienst länger als drei Wochen überlebt hätte«, murmelte ein kleiner, nach Alkohol stinkender Halbarkonide mit dunklem Haar neben ihm. »Dieser Vertrag, den wir angeblich unterschrieben haben, ist gleichbedeutend mit einem Todesurteil.«

»Was sind Krummperlen? Was ist ein Pikast?«, fragte ich ihn.

Entgeistert starrte er mich an. »Du kannst nicht von hier sein, Mann!«, sagte er schließlich und spuckte neben sich aus. »Krummperlen werden zu Schmuck verarbeitet; der Pikast ist ein Raubtier, dessen luftgetrocknete Lungenhaut zu mehlartigem Pulver zermahlen wird. Die Kekse, die daraus zubereitet werden, nennt man *Galsam*.«

Ich kannte die Galsam, ich hatte sie bereits gegessen. Sie galten als eines der mächtigsten Aphrodisiaka der bekannten Milchstraße. Nicht zu Unrecht, wie ich wusste.

»Und der Pikast ist ...?«, hakte ich nach.

»Das fürchterlichste Raubtier der Weltmeere«, gab mir der Mann zur Antwort.

Er zitterte plötzlich, auf seiner Stirn bildeten sich dicke Schweißtropfen. Ich vermochte nicht zu sagen, ob er Angst empfand oder nach Alkohol gierte. Er drehte sich zur Seite, zog seinen Körper in eine Fötusstellung und gab bloß noch wirres Zeugs von sich.

Er war einer von vielen, die mit sich kämpften. Überall wurde geflucht, geschimpft und gejammert. Keiner meiner Leidensgenossen schien sich freiwillig hier zu befinden.

Ich ließ mich auf meine Liegestatt zurücksinken und versuchte, Ordnung in die Flut all jener Gedanken zu bringen, die so plötzlich zurückgekehrt waren.

Man hatte mich in einem verfallenen Wohnbau aufgegriffen und in dieses Lager verbracht. Dumpf erinnerte ich mich an Fragen, die ein schmieriger Ara-Arzt gestellt hatte; an den Marsch durch einen Desinfektionsschlauch – und an die Unterschrift, die ich, von der Hand eines Ertrusers gelenkt, geleistet hatte.

Zu meinem Glück hatte während der Untersuchungen niemand den eiförmigen Zellaktivator bemerkt, der mir in Camaras Gegenwart einmal mehr das Leben gerettet hatte. Nach wie vor befand er sich unter einer künstlichen Bauchspeckschicht versteckt, eingekapselt in einem Kunststoffkokon, der herkömmlichen Untersuchungen problemlos widerstand.

All die Arkoniden, Rumaler, Springer, Terraner oder Ferronen rings um mich waren hierher verschleppt worden. Sie waren Strandgut, wie man es bevorzugt in der Nähe von Raumschiffshäfen oder in Rauschgiftbars fand. Konnte man keine Aufenthaltsbewilligung oder gültigen Papiere vorweisen, wurde man rasch zur Beute zwielichtiger Kopfgeldjäger. Ebenso erging es Strafgefangenen, Sternenvagabunden, von Höhergestellten Denunzierten, geistig und körperlich Verkrüppelten. Außenseiter der Gesellschaft waren sie, die im Leistungssystem auf Sadik nichts verloren hatten und den da Tromin zum Ende ihres Lebens einen letzten Dienst erweisen mussten.

»Was ist, wenn wir uns weigern, nach den Perlen zu tauchen?«, fragte ein etwa 15-jähriger Knabe unweit von mir seinen ebenso alten Nachbarn. Dem einen fehlte eine Hand, der andere zeigte hässliche Verbrennungen im Gesicht. Beide trugen Tätowierungen auf dem nackten Oberkörper, wahrscheinlich die einer Jugendgang.

»Dann töten sie uns gleich«, sagte der Verbrannte. »So bleibt uns immer noch die Hoffnung, irgendwie zu überleben.«

»Hast du schon mal jemanden kennengelernt, der es geschafft hatte?«

»Gerüchteweise gibt's einen reichen Schnösel in Prinpau, der es geschafft hat. Verbirgt sich heute hinter Mauern, genießt seinen Reichtum, lässt niemand mehr an sich ran.« Er hustete. Sein ausgemergelter Leib erbebte.

Eine Schwangere erhob sich schwerfällig und torkelte in Richtung der Hygieneräumlichkeiten. Über den rechten Arm trug sie ein breites Tuch. An einem metallenen Begrenzungssteher blieb sie hängen; der Stoff riss ein Stückchen ein, öffnete den Blick auf einen metallen glänzenden Arm.

Was für ein seltsames Gebilde! Ich sah Teile eines übergroßen Multifunktionswerkzeuges, bevor sie sich hastig wieder vermummte. Eine deaktivierte Stromschiene war ebenso zu sehen wie eine aufgefädelte Reihe von handelsüblichen Flugfrässcheiben, die per Funksteuerimpuls gelenkt werden konnten; eine Säge hing am Metallarm, ein phallusähnlicher Steckaufsatz, ein winziger Bildschirm, ein seltsames Spreizinstrument und mehrere Bohrer, die mich unangenehm an altertümliche zahnärztliche Werkzeuge erinnerten. Seltsam. Sah so die Ausrüstung einer Assassinin aus?

Ich erhob mich und folgte der Frau. Sie zuckte zusammen, als sie mich kommen hörte, drängte sich scheu in eine Ecke des Waschraums.

»Keine Angst«, sagte ich leise, »ich wollte bloß sehen, ob du alleine zurechtkommst.«

Sie nickte und verdrückte sich in eine der Zellen, ohne mich dabei aus den Augen zu lassen.

Ich wartete geduldig vor ihrer Tür.

Es stank bestialisch. Die Sklavenhändler – um nichts anderes handelte es sich bei unseren Wärtern – scherten sich nicht einmal um die geringsten hygienischen Leistungen. Wir waren Vieh, das zusammengetrieben und verkauft wurde. Wen kümmerte es schon, wenn wir starben? Nachschub gab es immer.

Männer und Frauen benutzten die anderen Toiletten, während ich wartete. Sie betrachteten mich mit einer seltenen Mischung aus Misstrauen und Lethargie. Meine Oberbekleidung mochte abgenutzt und zerrissen sein; dennoch sah man ihr an, dass sie einmal aus wertvollem Tuch gewebt worden war.

Die Tür hinter mir öffnete sich quietschend. Die Frau kam langsam heraus, drückte sich an den Wänden entlang, die eine Hand an den Mund gepresst, als wollte sie einen Schrei vermeiden.

»Ich tu dir nichts«, sagte ich mit ruhiger, möglichst monotoner Stimmlage, ohne mich von der Stelle zu rühren und sie in weitere Panik zu versetzen. »Ich habe deine Hand bewundert …«

Sie lief an mir vorbei, huschte in den großen Schlafsaal zurück an jenen Platz, den sie bereits vorher eingenommen hatte. Die Rechte hing wie tot von ihrem Leib ab.

Der Arm ist desaktiviert, meinte der Extrasinn. *Die Sklavenhändler haben ihn sicherlich außer Funktion gesetzt, um keinerlei Risiko einzugehen.*

Ich fragte mich, welches Schicksal dazu geführt haben mochte, der Frau ein derart schreckliches metallenes Monster statt einer modernen Prothese an den Rumpf anzupfropfen. Längst schon hatte die moderne Medizin einen Standard erreicht, der es selbst bei schlimmsten körperlichen Deformationen erlaubte, Glieder fast perfekt zu ersetzen, wenn keine körpergerechte Nachzucht mehr möglich war.

Kannst du dir denn wirklich nicht vorstellen, wofür der Arm gut ist?, fragte der Extrasinn. Er sandte mir Bilder und Eindrücke. Solche, mit denen ich wirklich nicht gerechnet hatte.

Ein lautes, durchdringendes Alarmsignal weckte uns. Ich fühlte mich trotz der Umstände ausgeschlafen und war hellwach, als die Wächter kamen. Ungeschlachte, schwer bewaffnete Gestalten, die uns keine Zeit zum Denken ließen und uns vor sich her durch schwach beleuchtete Gänge trieben.

Kühle Morgenluft begrüßte uns. Sie brachte einen Hauch von Salz mit sich. Wir mussten uns in der Nähe des Ozeans befinden. An der Küste, die Camara Zaintz so gerne einmal gesehen hätte ...

Während über uns noch die Sterne blinkten und Kira, der riesige Mond, herabschien, ging im Osten die Sonne glutrot auf.

Beinahe Vollmond. Ich musste die Erinnerung an sechs oder sieben Tage meines Lebens verloren haben.

»Schneller!«, brüllte einer der Wächter, ein kompakter, breitschultriger Kerl mit mächtigem Vorbiss. »Beeilt euch, Gesindel!« Über unsere Köpfe hinweg schwang der Mann eine Neuropeitsche. Funken sprühten, als er eine Gebäudeecke traf.

Ich schwamm im Strom mit, achtete aber darauf, in der Nähe der Frau mit dem künstlichen Arm zu bleiben.

Narr!, sagte der Extrasinn. *Kümmere dich gefälligst um dein eigenes Schicksal. Du musst beobachten. Lernen. Die Lage analysieren. Stattdessen beschäftigst du dich damit, wie du die Frau schützen kannst.*

Wir stiegen in denselben Gleiter. Sie blickte mich an, erkannte mich wieder, blieb auf Distanz. Kaum dass ich mich an Bord befand, gingen die Landeklappen hoch, und wir erhoben uns zögernd in die Luft.

Eingezwängt standen wir da, in einem stinkenden, viel zu engen Laderaum, stießen bei jeder Bewegung gegeneinander.

Der Pilot machte sich einen Spaß daraus, seine Manöver bei ausgeschalteten Schwerkraftkompensatoren zu fliegen. Immer wieder ließ er das Transportschiff in Luftlöcher fallen. Dann wiederum zog er enge Kurven, in denen zwei oder mehr Gravos wirksam wurden und wir noch mehr aneinandergedrängt wurden. Ich tat mein Bestes, den Raum rings um die Hochschwangere frei zu halten. Verzweiflung war ihr ins Gesicht geschrieben. Mit ihrem einen Arm schaffte sie es kaum, den kugelrunden Bauch gegen die unberechenbaren Torkelbewegungen des Gleiters zu schützen.

»Halt dich an mir fest«, flüsterte ich ihr zu.

Sie zuckte vor mir zurück, zeigte mir ein Gesicht voll Hass, spuckte mich an und drängte sich schließlich mühselig zwischen zwei Arkoniden hindurch, weg von mir.

Eindeutiger geht's wohl nicht, sagte der Logiksektor, während ich mir ihren Auswurf von der Wange wischte. *Sie will nichts mit dir zu tun haben.*

Wir landeten. Dieselben Wärter empfingen uns. Wiederum trieben sie uns vor sich her, auf flache Baracken zu. Windböen pfiffen über uns hinweg. Sie brachten feinsten Sand mit sich, der sich augenblicklich in Haaren und Hautfalten festsetzte.

Erneut schallten Rufe über das weite Feld. Befehle, die einander teilweise widersprachen und zu weiterer Unsicherheit unter den Gefangenen führten. Ich kannte eine derartige Behandlung besser, als mir lieb war. Erstmals war ich ihr in diversen Heereskörpern auf der Erde begegnet. Egal, in welcher Zeitepoche ich mich auch befunden hatte, stets war es den Befehlshabern darum gegangen, unter dem Fußvolk nur ja keinen freien Gedanken aufkommen zu lassen und von vornherein die uneingeschränkte Herrschaft der Waffenträger zu etablieren.

Ein Topsider, wurde von einer Neuropeitsche an der Schulter getroffen. Ächzend sank er zusammen. Niemand kümmerte sich um ihn. Verluste waren offensichtlich bereits jetzt einkalkuliert.

Mehr als tausend Frauen und Männer waren hierher verbracht worden. Weitere Lastengleiter landeten in Minutenabständen auf abgesperrten Landeplätzen. Ich schätzte, dass es mindestens doppelt so viel Gefangene werden würden, bis die Baracken gefüllt waren.

Zwanzig Meter vor mir hatte die Hochschwangere größte Mühe, sich im Gedränge durchzusetzen. Sie wurde auf eines der äußeren Gebäude zugetrieben. Ich arbeitete mit härtester Ellbogentechnik, um ihr gegen den Strom anderer Gefangener folgen zu können.

Im Inneren jener Halle, in der ich mich schließlich wiederfand, reihte sich Liegestatt an Liegestatt. Unter den Matratzen zeigten sich hölzerne Sparren, die die Rahmen notdürftig zusammenhielten. Auf den Nachtkästchen waren verschlissene Laken und Bettzeug aufgetürmt. Sand reichte bis weit ins Innere des Gebäudes. Die Netze weißgliedriger Spinnen flatterten im Wind. Aus einer offen angebrachten Wasserleitung tröpfelte in Kopfhöhe trübes Wasser. Die Latrinen waren in einem miserablen Zustand, wie der Geruch, der von dort zu uns herwehte, bewies.

»In einer Stunde komme ich wieder!«, rief unser Freund mit der Neuropeitsche. Der Arkonide fuhr mit der Hand durch sein spärliches Haar. »Bis dahin ist das Gebäude vom Sand befreit, sind die Betten bezogen und ist ein Lagerrat gewählt, der meine Befehle entgegennimmt. Solltet ihr Lahmärsche innerhalb dieser großzügig bemessenen Zeitspanne nicht zurechtkommen, suche ich mir drei von euch aus, die es mit meinem Freund Oskar zu tun bekommen.« Er lachte laut und kurz und schwang seine Peitsche durch die Luft. »Ihr kennt Oskar nicht? Seht ihn euch an! Ich habe ihn nach einem Terraner benannt, den ich mit einem Hieb in zwei Hälften gespalten habe.«

Er zog durch und ließ »Oskar« durch die Luft schnalzen. Neuerlich sprühten Funken. Eine lange Spur zog sich über die Plastdecke dort, wo er getroffen hatte. Sand und Plastikgranulat regneten auf uns herab.

»Eine Stunde. Keinen Augenblick länger.«

Er verließ die Baracke und ließ das einzige Tor hinter sich zuschnappen. Trübes Licht fiel durch wenige Oberlichter in die Halle.

Das alles ist unmöglich in einer Stunde zu schaffen!, meinte der Extrasinn leidenschaftslos. *Sieh dir bloß diese willenlosen Gestalten an.*

Ich kümmerte mich nicht um die Vorbehalte des Logiksektors. Ich benötigte niemanden, der mir sagte, was möglich war und was nicht.

»Wir teilen uns die Arbeit!«, rief ich durch den Raum. »Ein Trupp reinigt die Baracke, der andere richtet die Betten her.«

»Was hast du hier zu befehlen, Fettwanst?« Ein rothaariger Mann mit starker Gesichtsbehaarung, wahrscheinlich ein Springer, fauchte mich an. »Der Sklaventreiber sucht einen Vorwand, um Blut fließen zu sehen. Was wir auch immer unternehmen – er wird ein paar Schuldige finden. Wir suchen uns ein paar der Schwächeren aus und schieben sie in den Vordergrund, damit es sie zuerst erwischt.«

Ich trat auf ihn zu, zog ihn an den Haaren zu Boden und versetzte ihm einen heftigen Tritt. Sein Gesicht flog beiseite; Blut tropfte zu Boden. »So, wie ich das sehe, zählst du nun zu den Schwächeren. Sollen wir dich also mit Oskar Bekanntschaft schließen lassen?«

Ein paar der Frauen und Männer lachten nervös. Die meisten jedoch schwiegen. Ich hatte zumindest ihre Aufmerksamkeit gewonnen und vielleicht auch ihren Respekt. Und das in Rekordzeit.

»Dort hinten lehnen die Statikbesen, Schaufeln und die Gleitbehälter.« Ich deutete auf jene Mitgefangenen, die sich an der rechten Seite der Baracke aufgereiht hatten. »Ihr fangt augenblicklich mit dem Kehren an. Von hinten nach vorne. Die Betten und Kästen werden angehoben, Matratzen und Bettzeug von einem weiteren Arbeitstrupp kräftig ausgeschüttelt. Sobald der Kehrtrupp vorbei ist, werden die Betten bezogen.«

Zögernd setzten sich die ersten Arkoniden, Terraner, Rumaler und Blues in Bewegung. Aus den Augenwinkeln beobachtete ich mit Interesse, dass sich die schwangere Frau in eine der vordersten Reihen der Arbeitswilligen eingliederte. Weitere folgten ihr, und als ich selbst bei den schwersten Handgriffen mit anpackte, übertrug sich endlich meine deutlich zur Schau gestellte Willenskraft auf sie.

Die Arbeitsteilung funktionierte anfänglich mehr schlecht als recht. Die Männer und Frauen kamen sich immer wieder in die Quere. Mehrmals musste ich mir in Erinnerung rufen, mit wem ich es zu tun hatte. Mit einfachen Leuten, die das Schicksal hierher verschlagen hatte und die keineswegs darauf vorbereitet gewesen waren.

Eine halbe Stunde verging, erst ein Drittel der Arbeit war getan. Aber neuer Mut erfasste die Gefangenen. Sie alle spürten plötzlich, was möglich war, wenn die einzelnen Zahnrädchen ineinandergriffen.

Ich huschte von einer Ecke zur anderen, fluchte, schimpfte, brachte manchem meiner Lagergenossen Handgriffe bei, die er niemals zuvor getätigt hatte.

Noch fünf Minuten, die Arbeit war fast erledigt. Die Begeisterung wuchs. So sehr, dass ich sie bremsen musste. Nichts und niemand würde unseren Sklaventreiber davon abhalten, Peitschenhiebe auszuteilen. Es kam lediglich darauf an, seinen Zorn zu ventilieren.

Die Stunde war um. Wir bezogen unsere Plätze, ordneten ein letztes Mal die Betten, stellten uns vor ihnen hin.

Das Tor öffnete sich.

Totenstille.

Der Peitschenschwinger trat herein, gefolgt von weiteren Wächtern. Mit dem Griff seiner Rute schlug er auf die offene Fläche der anderen Hand, immer und immer wieder.

Grenzenlose Überraschung zeichnete sich in seinem Gesicht ab. Wahrscheinlich wurde er das erste Mal damit konfrontiert, dass seine Forderungen etwas anderes als Angst oder Panik ausgelöst hatten.

»Nicht schlecht«, murmelte er, »nicht schlecht. Vielleicht seid ihr ja doch für etwas zu gebrauchen.« Er war die gesamte Länge der Baracke abmarschiert, kam nun wieder zurück. Ich sah ihm an, wie sehr es in ihm kochte. »Wo ist der Lagerrat?«, fragte er schließlich.

Ich trat vor, brüllte ein lautes »Hier!«

Er kam zu mir. Musterte mich von oben bis unten. Er reichte mir gerade mal bis zur Kinnspitze. Sein Haupthaar war ausgedünnt, die Pupillen seiner Augen verengt. Wahrscheinlich betäubte er sein erbärmliches Leben mit irgendwelchen Drogen.

»Ich wollte nicht nur *eine* Ansprechperson haben«, sagte er leise. »Der Verschleiß an organischem Material in dieser Gegend ist relativ hoch.«

»Wir konnten keine Einigung erzielen«, murmelte ich mit gespielter Betroffenheit. »Offen gesagt fand sich niemand außer mir, der sich diese Aufgabe zutraute.«

»Und du bist also der Einzige, der sich für mutig genug hält, um Ezio in die Augen zu blicken?«

Ezio hieß er also.

»So ist es.«

»Du willst dich mit mir messen, du Menschenschwein?« Er schlug zu, so plötzlich, dass selbst ich beinahe überrascht wurde, zu meinem Glück nur mit dem Stiel der Neuropeitsche. Ich ging mit dem Hieb mit, wich zur Seite, wandte Ezio den Rücken zu und ließ mich mit einem Schrei zu Boden gleiten.

»Du meinst, mir gleich zu sein? Auf ein und derselben Ebene mit mir verhandeln zu dürfen? Dir werd ich geben ...« Er prügelte mich, immer wieder, immer heftiger.

Ich deckte Brust und Gesicht ab und bot Ezio lediglich meinen Rücken als Ziel seines Zorns an. Dabei wälzte ich mich von einer Seite zur anderen, schrie und jammerte, während sich mein verlottertes Oberhemd endgültig zerlegte. Ich fühlte, wie sich Blut über meiner Kehrseite verteilte.

Zehn Schläge mit der auf »Schwach« eingestellten Neuropeitsche.

Dann hob er mich brutal auf die Beine und sah mich an. Seine Nasenöffnungen gingen wie die Nüstern eines wütenden Raubtieres auf und zu, immer wieder.

Ich hatte mir während des Sturzes die Lippe blutig gebissen. Nun hielt ich die Augen schreckhaft weit geöffnet, wimmerte und zitterte, während ich so tat, als könnte ich mich nicht mehr aus eigener Kraft auf den Beinen halten.

»Wenn du das überlebst, Kerl«, sagte Ezio, »wirst du mir morgen früh drei weitere Lagerräte nennen. Hast du mich verstanden?«

Ich nickte schwach, er ließ mich los. Ich drehte den Kopf beiseite und fiel schwer zu Boden.

Ezio verlor augenblicklich jegliches Interesse an mir. Er marschierte davon, der kleine Tross der Wachen hinter ihm her.

Ich wartete mehrere Minuten, nachdem das Tor von außen geschlossen worden war. Dann richtete ich mich auf, zog mir die Fetzen des Hemdes endgültig vom Leib und ließ mich verbinden. Manche der Schläge hatten lange Striemen auf meiner Haut hinterlassen.

»Das war ein großartiges Schauspiel!«, spendete mir jener Springer Beifall, der mir noch vor einer Stunde erklärt hatte, dass wir die Schwachen opfern mussten, um die Starken möglichst lange am Leben zu erhalten. Am liebsten hätte ich ihn geohrfeigt, als er mich umarmte.

Ich beobachtete die Schwangere. Hatte ich gehofft, dass sie nun mehr Vertrauen in mich zeigen würde, so wurde ich enttäuscht. Sie trug zwar ihren Teil zum im Entstehen begriffenen Gruppengefühl bei, hielt sich dabei aber stets im Hintergrund. Auch wurde sie von den meisten anderen Lagerinsassen geschnitten. Schließlich war ihr allzu deutlich anzusehen, dass sie für uns alle bald zur Belastung werden würde.

Keinen Augenblick lang hatte ich daran geglaubt, dass man uns einen ganzen Tag lang in Ruhe lassen würde. Immer wieder tauchten Wächtertrupps auf, schrien durcheinander und hieben willkürlich auf Wesen jedweder Art und jeglichen Geschlechts ein. Sie durchwühlten das Bettzeug, zerrissen uns die wenige Bekleidung, die wir am Leib trugen. Sie urinierten auf den frisch gekehrten Boden, zerschlugen Betten, setzten eine Kiste mit rasch in dunkle Winkel davonhuschenden Schlangen aus – kurzum: Sie unternahmen alles, damit wir sie zu hassen und zu fürchten lernten.

Dies ging weit über übliche Schikanen hinaus. Man wollte uns binnen kürzester Zeit alle Illusionen rauben und zu Sklaven formen. Nur wer völlig gebrochen war, würde aufhören, über sein Schicksal nachzudenken, und jedwede Befehle bedingungslos hinnehmen.

Nun – so weit würde ich es nicht kommen lassen.

Miguel de Cervantes hätte seine Freude an dir gehabt, mäkelte der Extrasinn. *Hat er etwa dich als Vorbild für seinen Don Quixote genommen? Du willst wieder einmal gegen Windmühlen ankämpfen, den großen Helden markieren, das System brechen und eine ganze Welt retten. Ganz abgesehen davon, dass ich in unserer derzeitigen Situation nicht den kleinsten Hoffnungsschimmer ausmachen kann, verlierst du das eigentliche Ziel aus den Augen.*

Die Tyarez. Nein, ich hatte sie nicht vergessen. Doch derzeit schienen sie und der ganze Problemkreis, der mit ihnen zusammenhing, so weit weg, dass ich sie ganz tief in mein Hinterstübchen weggesperrt hatte.

Trotz des schmerzenden Rückens lief ich während des ganzen Tages auf und ab, sprach meinen Schicksalsgenossen Mut zu und hielt dabei die Augen offen. Ich musste die Alphatierchen unter den Gefangenen aussieben und für meine Pläne begeistern.

Pläne? Ich wüsste nicht, dass wir welche hätten.

Wir werden welche haben, davon bin ich überzeugt, gab ich dem Extrasinn zur Antwort. *Zuallererst muss ich Genaueres darüber in Erfahrung bringen, was uns eigentlich erwartet.*

Krummperlen, so sagte man mir, entstammten dem Magen einer Tiefwasserpflanze namens *Haya*, die im Dunkel des ozeanischen Schelfabhangs tierischen Räubern nachsetzte.

Sie lockte sie mit ihren phosphoreszierenden Algenblättern an, versetzte sie dann mithilfe eines Kontaktgifts in Starre und fraß sie schließlich auf. Dabei lebte sie in seltsamer Symbiose mit einem stachelbewehrten Blähfisch, der sich in der Nähe ihres meist ausgestülpten Verdauungstrakts aufhielt und für die Pflanze Grätenteile in verdauliche Einzelportionen zerbrach.

»Man kann die Haya nicht züchten«, sagte eine narbengesichtige Arkonidin, die von Krämpfen geschüttelt wurde. »Sie wehrt sich verbissen dagegen, dass ihr die Krummperlen entnommen werden. Ist es einmal geschafft, so stirbt sie und der Blähfisch mit ihr.«

»Ihre Ableger lassen sich niemals verpflanzen«, ergänzte ihr Sitznachbar. »Auch die Großkopfeten, die sich mit Forschung und Gentechnik beschäftigen, sind niemals hinter ihre Geheimnisse gekommen.«

»Hayas sind gewaltige Kämpfer«, ergänzte ein Dritter, »und sie benehmen sich, als besäßen sie einen gut geschmierten Verstand. Den Krummperlen wiederum werden Heilkräfte zugeschrieben, die sie vor allem bei den Blues-Völkern besonders beliebt machen.«

»Erzählt mir über den Pikast«, forderte ich die jungen Zwillingsmädchen auf, die, obwohl arkonidischstämmiger Herkunft, schwarzes Naturhaar trugen.

»Während des größten Teils des Jahres bleiben sie in tiefen Gewässern«, sagte jenes Mädchen mit den Schuppenverwachsungen im Gesicht. Nur bei Vollmond, bei *Kirahim*, nähern sie sich dem Küstenbereich der alten Städte Somia, Penoin und Zyr.«

Ihre Schwester, deren Hüfte deformiert war, malte mit ihren Händen seltsame Zeichen in die Luft, wohl Sinnbilder eines archaischen Aberglaubens. »Dann benehmen sie sich wie toll und greifen alles an, was ihnen vor die Flossen kommt. Die Wissenschaftler sagen, dass sie nur dann ihre Atmung auf die verkümmerten Lungen umstellen. Sie pumpen gewaltige Mengen Sauerstoff und berauschen sich daran. Während dieser Tage des Vollmonds pflanzen sie sich fort und können – wenn man den richtigen Moment erwischt – getötet werden.«

Kirahim. Vollmond.

Ich hatte die Informationen in meinem Dossier noch an Bord der REVENGE überflogen. Niemals hätte ich gedacht, dass ein derartiges Naturschauspiel irgendeine Bedeutung während meines Aufenthalts auf Sadik erlangen würde.

Der Mond Kira, mit mehr als 6400 Kilometern Durchmesser nahezu halb so groß wie Sadik, übte gewaltigen Einfluss auf die Natur des Planeten aus. In erster Linie war der gewaltige Tidenhub von mehr als fünfundzwanzig Metern bei Vollmond aus den Informationswülsten meiner Unterlagen hervorgestochen. Das Wasser der Ozeane kam zu Kirahim mit zorniger, verheerender Kraft über das Festland und schwappte über die Küstengebiete hinweg. Mächtige Energieschirme mussten dann in Betrieb genommen werden, um die Meereswogen daran zu hindern, ins Landesinnere vorzudringen.

Auf Sadik existierten für die sonst so nüchternen Arkoniden ungewohnte Kulte und der Hang zum Aberglauben, wie ich soeben bei den Zwillingen festgestellt hatte. So beharrten die Väter der Gründerstädte Somia, Penoin und Zyr seit jeher darauf, ihren Schutz gegen die Fluten hinter gewaltigen Festungsmauern zu suchen, die eine Höhe von über 60 Metern erreichten. Mit seltsamem Stolz kämpften sie gegen die Unbilden der Witterung an und erbrachten Monat für Monat unglaubliche Opfer, um die Stützmauern zu erneuern.

Und ausgerechnet hier, in jenen stürmischen Gewässern, sollten wir Krummperlen suchen und gegen den Pikast antreten?

»Jedes achte Jahr kommt Kirahim besonders stark«, flüsterte mir eine Stimme hinter meinem Rücken zu. »Dann türmen sich die Wellen so hoch auf, dass sie über die Anlagen fast hinwegschwappen. Die Gemäuer werden in ihren Grundfesten erschüttert, alle Arkoniden müssen um ihr Leben zittern. Aber glaubst du, dass diese Narren aus den drei alten Städten wegziehen oder sie zumindest mit moderner Technologie schützen würden?«

Ich kannte die Stimme. Es war die der Hochschwangeren. Langsam drehte ich mich um. Sie war an mir vorbeimarschiert und drehte mir längst wieder den Rücken zu.

»Stimmt es, was sie gesagt hat?«, fragte ich die Zwillinge.

»Ja«, antwortete das Mädchen mit den Gesichtsentstellungen. Ängstlich blickte sie mich an. »Dieser besondere Kirahim beginnt übermorgen. Ist es ein Wunder, dass die da Tromin gerade jetzt derart viele von uns einfangen? Die Chance auf Pikast-Beute ist jetzt besonders groß.«

»Und das Risiko wohl ebenfalls.«

»Ja.«

Ich stand auf und bedankte mich bei meinen Gesprächspartnern.

»Sei vor der Schwangeren auf der Hut«, sagte ein alter Mann.

»Warum?«, fragte ich.

»Sie ist gezeichnet; siehst du denn nicht, welchen Beruf sie ausgeübt hat? Und sie wird uns alle zur Belastung werden.«

»Wir alle sind gezeichnet«, sagte ich so laut, dass man es in der ganzen Halle hören konnte. »Wir stehen diese Sache gemeinsam durch. Nur wenn wir zusammenhalten, haben wir eine Überlebenschance.«

Die Durchhalteparolen verhallten bereits am nächsten Tag weithin ungehört. Beim ersten Wassergang in unmittelbarer Küstennähe trieben zwei Frauen ab, knallten mit voller Wucht gegen Treibpfosten und starben. Einer der kräftigsten Männer meiner Gruppe verhedderte sich in einem Seil und strangulierte sich selbst.

»Was sollen wir mit einer solch erbärmlichen Ausrüstung anfangen?«, rief ich aus dem Wasser unseren sogenannten »Ausbildern« zu, die in Schwebegleitern weit über dem bewegten Wasser verharrten. Wellenkämme brachen, schlugen über mir zusammen, ich wurde von den Strömungen hin und her gerissen.

Höhnisches Gelächter antwortete mir; ein Strahlenschuss verdampfte dicht neben mir Wasser und raubte mir endgültig die Sicht.

Hastig beschleunigte ich nach unten hin weg.

Ich konnte und wollte nicht verstehen, warum man uns derart zusetzte. Warum besorgten sich die da Tromin nicht ein gut ausgebildetes Team an Tauchern? Die Kosten wären natürlich deutlich höher gewesen, der Gewinn wahrscheinlich aber auch.

Der Extrasinn schwieg. Auch er wusste keine Antworten auf all die Fragen, die mir durch den Kopf gingen.

Ich erreichte dreißig Meter Tiefe. Nur noch ein leichter Schimmer der Sonne Sadiks war zu erkennen. Sonst umgab mich Dunkelheit. Ich sank weiter hinab, achtete sorgfältig auf die wenigen funktionierenden Anzeigen meines alten und mehrfach geflickten Anzugs, der durch eine alte Positronik gesteuert wurde.

Lichtkegel stachen plötzlich aus der Schwärze hervor. Hunderte von ihnen waren es. Ich hatte den sandigen Boden erreicht. Die meisten meiner Leidensgenossen waren hier versammelt und bemühten sich verzweifelt, den Funkanweisungen der Ausbilder zu folgen.

Die Wächter machten sich einen Spaß daraus, jene zu bestrafen, die nicht schnell genug reagierten oder lernten. Sie entzogen dann den Schutzanzügen ihrer Opfer auf unbestimmte Zeit jegliche Energie. Die Bewegungsmotoren froren ein, die Sauerstoffzufuhr blieb aus, alle Lichter erloschen. Wenn man Glück hatte, blieb man wie angewurzelt auf dem Meeresgrund stehen. Wurde man jedoch von einem der hier so überfallartig auftretenden Strömungsgefälle erfasst, trieb man weiter hinab in die Dunkelheit und landete irgendwo zwischen rasiermesserscharfen Korallenbänken oder zwischen gewaltigen Quallenschwärmen.

»Hilfe! Ich werde ...«

Es knackte in der Verbindung; fürchterliche Geräusche, die wir heute bereits mehrmals gehört hatten, ertönten. Ein

Schutzanzug riss, Wasser drang ein, der in dieser Tiefe herrschende Druck zermalmte den Benutzer.

Längere Zeit schwiegen alle. Kein Scheinwerfer bewegte sich.

»Bleibt gefälligst in den Gruppeneinteilungen beisammen!«, schrie ich schließlich in mein Mikrofon. »Warnt euch gegenseitig vor den Gefahren, gebt euch Rückendeckung.« Ich musste sie wegreißen von all den Gedanken an den Tod, die sie nur noch mehr verunsichern würden.

Ich landete im Sand, versank augenblicklich mehrere Zentimeter tief. Der Schwerkraftgenerator zeigte wieder einmal eine Störung an. Mit mehr als fünf Gravos drückte mich die Anzugpositronik in den Schlick.

»Macht mit euren Übungen weiter, ihr Bastarde!«, tönte die verhasste Stimme Ezios über Funk. »Schon morgen beginnt der Ernst des Lebens. Bis dahin muss jeder Handgriff sitzen. Nehmt die Lanzen zur Hand, stecht mit ihnen auf die Dummys ein, deren Positionen euch die Positroniken angeben. Mindestens fünf von euch Kretins sind notwendig, um eine Haya so weit zu verwirren, dass sie ihren Magen öffnet und ihr den Wächterfisch aus dem Algendschungel herauslocken könnt ...«

Endlich sprach mein Anzug wieder an. Mühselig stapfte ich auf die nächstgelegene Gruppe zu. Mit schwerfälligen Bewegungen umrundeten meine Leidensgenossen soeben ein Unterwassergestrüpp, das angeblich einer Haya ähnelte. Ratlos stocherten sie mit langen, biegsamen Fühlern zwischen den Blättern umher, versuchten, gewisse Messpunkte, die von unseren Ausbildern vorgegeben wurden, zu treffen.

Ich hielt mich mit meinen Kommentaren von nun an vornehm zurück und beschränkte mich auf versteckte Gesten. Ezio hatte mich ohnehin auf seiner Abschussliste. Er schien nicht besonders erfreut darüber gewesen zu sein, dass ich seine gestrige Züchtigung so gut überstanden hatte.

Ein Marschbot stapfte an uns vorbei. In ihm saß ein Zweierteam, das als Kundschafter und zu unserer Unterstützung diente. An der Vorderseite des kugelförmigen Körpers stachen zwei Lanzen hervor, die die Hayas lähmen sollten. Die Marschbots mochten robuster und sicherer wirken; aber wenn sie einmal von Algententakeln umschlungen und ins Gestrüpp einer Haya gezogen wurden, standen die Chancen der Besatzungsmitglieder weitaus schlechter. Ohne unsere Hilfe würden sie sich niemals mehr befreien können. Das stark ätzende Kontaktgift der Wasserpflanze fraß sich selbst durch den gehärteten Stahl dieser Robotkörper.

Ich hatte mich gefragt, warum man uns während der Arbeit das Tragen von Schutzschirmen verweigerte. Bis ich geflüstert bekam, dass sowohl die Haya als auch der Pikast äußerst empfindlich auf jegliche Form der Energiezufuhr reagierten. Die Krummperlen verloren ihren Glanz und wurden schrumpelig, die Lungenhaut der Pikaste starb ab. Beide Produkte waren nach einer derartigen Behandlung nichts mehr wert.

Im Marschbot saß Ylve. Die Schwangere. Sie mühte sich redlich ab, mit ihrer einen Hand die Bewegungsmechanismen des metallenen Ungetüms zu steuern, während ihr Partner verzweifelt mit den beiden Lanzen umherruderte.

Ylve arbeitete ruhig und zeigte deutlich mehr Geschick als ihr Partner. Kurz blickte sie aus ihrer seitlichen Glaskuppel.

Erkannte sie mich?

Möglich. Sie schien kurz zu nicken, um sich dann wieder in die konzentrierte Betrachtung ihrer Hebel, Knöpfe und des Touch-Pads zu vertiefen.

Der Marschbot hinterließ tiefe Abdrücke im Sand, während er parallel zum Abhang entlangschwankte. Ich bedeutete einem Mitglied meiner Gruppe, seinen Fühler ein wenig auszufahren und während der Annäherung an die künstliche Haya möglichst ruhig zu bleiben.

Ein weiterer Hilferuf erscholl, um genauso schnell wie der vorherige abzubrechen. Ich biss die Zähne zusammen und konzentrierte mich auf das Training. Es würde ein sehr langer Tag werden.

Wir alle waren von Erschöpfung und Verzweiflung gezeichnet, als wir in die Wohnbaracke zurückgetrieben wurden.

Kaum jemand fand die Kraft, sich Salz und Schmutz vom Körper zu waschen. Aus allen Ecken und Enden drangen Klagelaute. Mir unbekannte Götter wurden angefleht. Eine Frau wandte sich zur Seite ihres Betts und erbrach auf den Boden. Gleich darauf legte sie sich wieder auf den Rücken und starrte lethargisch an die Decke.

Jede siebte oder achte Liegestatt würde heute frei bleiben. Der Blutzoll war enorm hoch gewesen. Obwohl die Ausbilder im Laufe des Tages ein Einsehen hatten und uns nicht mehr so stark forderten wie noch in den ersten Stunden, so waren doch die Gefahren immer größer und realitätsnäher geworden.

Ich sprach den Leuten Mut zu, wo ich nur konnte, aber auch ich fühlte mich trotz Zellaktivator erschöpft.

All die Hoffnung, die ich ihnen gestern gegeben hatte, war verschwunden, mit den Toten des heutigen Tages weggetrieben worden.

Jedermann schien zu glauben, dass es aus dieser Hölle keinen Ausweg gab.

Ylve lag auf dem Bett und hielt sich mit schmerzverzerrtem Gesicht den aufgeblähten Bauch. Die Frau machte Unglaubliches durch, ohne dass die Ausbilder und Wärter irgendein Erbarmen mit ihr zeigten.

Ich ging zu ihr, legte ihr ein feuchtes Tuch auf die Stirn.

Dankbar nickte sie mir zu, sagte aber kein Wort.

Ich wollte mich abwenden, anderen Leuten helfen, überlegte es mir schließlich anders.

»Ich hoffe, du begreifst mittlerweile, dass ich dir immer nur helfen wollte«, sagte ich. »Was auch immer man dir früher angetan hat – ich bin nicht dein Feind.«

»Was auch immer man mir angetan hat?«, echote sie schwach. »Weiß man es also bereits? Selbst hier, in diesem Vorhof zum Tod, in dem eigentlich alle gleich sein sollten, redet man über mich und meine ... Profession?«

»Die Funktion deines Arms war mir anfänglich nicht klar«, sagte ich mit aller Offenheit. »Ich habe mich aufklären lassen müssen.«

»Dass ich eine Hure für Wesen mit besonderen Neigungen bin?« Ylve zeigte ein Lächeln, von Resignation erfüllt. »Hat man dir auch erzählt, dass man mich gezwungen hat? Dass Händler, wie du einer warst, mir den Arm amputiert und mir diesen metallenen Klumpen drangesetzt und eine neuronale Vernetzung durchgeführt haben, sodass ich tatsächlich mehr Maschine als Frau bin? Auch wenn mein Arm desaktiviert wurde – Nerven und Denkvermögen werden nach wie vor durch mehrere winzige hypertoyktische Knotenpunkte im Rückgrat gesteuert. Ich werde von meinem künstlichen Ich gezwungen, sadomasochistische Spielarten als die einzig bestimmenden in meinem Sexualleben zu sehen.« Sie schüttelte den Kopf. »*Das* hat man dir sicherlich nicht erzählt – stimmt's?«

Ich schüttelte den Kopf. Mir fiel nichts ein, was ich auf die Anklage der Frau vorbringen konnte.

Sie redete weiter. Nüchtern, klar, als erzählte sie von einer dritten Person. Nichts erinnerte mehr an jene Ylve, die erschrocken vor mir davongelaufen war.

»Händler haben mich nach meiner Operation nach Sadik gebracht, Händler haben mich an einen da Tromin verkauft. Sie verdienten sich goldene Wänste an mir. Ich blieb zurück, musste diesem abartigen Wesen stets für seine Wahnanfälle zur Verfügung stehen. Dann ließ er sich schlagen oder schlug zu, nahm keinerlei Rücksicht auf mein Befinden. Ich war ja auch nichts, besaß keine Bedeutung, war lediglich maschinelles Tandwerk, das zufällig einen fleischlichen Körper besaß.«

Wie ein kleines, unschuldiges Mädchen steckte sie einen Finger in das kurz geschorene Haar und drehte sich eine Locke. Ihr Lächeln wirkte bezaubernd, ihre grünen Augen leuchteten. »Ich lernte, mich auf die Launen meines Herrn einzustellen. Ich lachte, wenn er es wollte, wurde zum Kleinkind, wenn er es befahl, herrschte mit aller Strenge über den da Tromin, wenn es ihm gefiel.« Ylve zeigte übergangslos ein ernstes, ein dämonisches Gesicht. Sie konnte ihre Mimik und ihre Körperhaltung tatsächlich derart perfekt steuern, dass mir grauste. »Irgendwann vergaß ich, wer ich einmal gewesen war. Ich verlor die Erinnerung an meine frühere Existenz. Verleugnete meinen wahren Namen. Wurde vollends zum Produkt eines anderen.« Sie schwieg, saß einfach nur da und weinte Krokodilstränen, während sie lachte. »Glaubst du also, dass du mir helfen kannst? Kannst du meine Erinnerungen an die Jahre im Khasurn der da Tromin tilgen und mir mein früheres Leben zurückgeben?«

Natürlich konnte ich das nicht. Kein Wesen würde die Narben, die so tief saßen, jemals heilen können.

»Du willst mir also sagen, dass dir längst alles egal geworden sei?«

»So ist es.« Sie lehnte sich zurück. Ihr Hosenrock rutschte nach oben und gab den Blick auf ihre nackten, geschwollenen Unterschenkel frei.

»Warum hast du nicht den Freitod gewählt?« Ich spürte, dass ich völlig unbefangen über derartige Dinge sprechen konnte. Es gab wohl nichts, was Ylve innerlich berühren konnte.

»Deswegen«, antwortete sie und rieb kreisförmig über ihren Bauch.

»Was bedeutet, dass du *doch noch* in der Lage bist, etwas zu empfinden.«

»Stimmt. Ein Gefühl ist in mir geblieben.«

Ich nickte ihr zu. Mutterinstinkte waren eine der stärksten Mächte des Universums. Nur in den seltensten Fällen wurden sie verleugnet. Ylve wollte ihr Kind zur Welt bringen. Egal, unter welchen Umständen. Dafür lebte sie weiter.

»Es ist das Kind des da Tromin«, flüsterte sie. »Er erkor mich zu der Auserwählten, die Ärzte platzierten seine Spermien in meinem Unterleib, behandelten und umsorgten mich, wie man es mit einer Zuchtstute macht. Ich war nicht die Mutter des Kindes, sondern lediglich jenes Wesen, das es austragen durfte.« Sie setzte sich mühsam auf. Der inaktive Metallarm erschwerte ihr jede Bewegung. »Aber meine Wächter wurden nachlässig. Ich nutzte eine Gelegenheit zur Flucht und verbarg mich in den Vorstädten Meotans vor den Truppen der da Tromin. Der Vater des Kindes in meinem Bauch muss verzweifelt nach mir gesucht haben. Doch ich war vorsichtig, trug Gesichtsmasken und verbarg den Kunstarm, so gut es ging. Eine Weile lang verkaufte ich meinen Körper auf dem freien Markt. Ich verdiente ausreichend. Es gab genügend Arkoniden, deren Triebe ich mit jenen Praktiken bediente, die ich beim da Tromin gelernt hatte. Doch irgendwann konnte ich meinen wachsenden Bauch nicht mehr verbergen, und die Geschäfte gingen schlechter.«

»Hast du dir niemals überlegt, dir das Kind nehmen zu lassen?«

»Eine Abtreibung?« Ylve lachte glockenhell. »Niemals!«

Die Abgründe der arkonidischen Seele taten sich vor mir auf. Dinge, die ich einfach nicht verstand, nicht verstehen wollte, beherrschten diese seltsame Frau.

»Irgendwann erwischten dich die Kopfjäger«, brachte ich die Geschichte zu einem logischen Ende. »Du stecktest in der Klemme. Du hättest dich als die Geliebte des da Tromin zu erkennen geben müssen und wärst zurück in deinen Elfenbeinturm gebracht worden.«

Ylve schüttelte den Kopf. »Falsch geraten, Händler. Denn ich meldete mich freiwillig für die Jagd nach Krummperlen und Pikasten. Ja, das hättest du dir nicht gedacht, wie? Wahrscheinlich bin ich die Einzige im Lager, die sich in die Gewalt dieser Monstren begeben hat. Und ahnst du, warum ich es tat?«

Es schmerzte mich zutiefst, den Gedanken auch nur zu formulieren. Aber ich ahnte, worauf sie hinauswollte. Es erschien so abartig, so krank – und in der verdrehten Art und Weise, in der sie zu denken gezwungen worden war, fast schon wieder brillant.

»Du bist hier im Sklavenlager eines da Tromin«, setzte ich also fort. »Vielleicht gehören diese Baracken sogar jenem, den du so sehr hasst. Du willst leben, um sein Kind in die Welt zu setzen. Es soll hier sterben oder als Sklave aufwachsen.«

»So ist es. Der Wunsch nach Rache ist alles, was mir geblieben ist.«

»Was bedeutet Moral für dich?«, fragte ich Ylve nach einer längeren Denkpause.

»Sie hat keinerlei Bedeutung. In meinem Leben haben Sitten und ethische Ansichten niemals existiert.« Sie summte eine Melodie, blickte in die Ferne, als wäre sie ganz weit weg.

»Aber du akzeptierst zumindest, dass andere Lebewesen über Moral nachdenken und nach ihr zu handeln versuchen?«

»Manche Narren tun dies sicherlich.«

Ich ignorierte das Zeichen der Zustimmung, das der Extrasinn zu Ylves Worten gab, und redete weiter: »Ist es denn tatsächlich Narretei, wenn man sich Gedanken über seine Umwelt macht und überlegt, wie man Dinge zum Besseren verändern kann?«

»Damit man dies tut, muss man an das ›Bessere‹ auch glauben können.«

»Sieh dich um, Ylve.« Ich deutete auf die Frauen und Männer, die erschöpft auf ihren Pritschen lagen. »Sie alle klammern sich an die Hoffnung, dieses Gefangenenlager zu überstehen. Sie wollen – im Gegensatz zu dir – überleben und eine neue Chance bekommen. Viele von ihnen schicken Stoßgebete an ihre Götter und schwören, alles in ihrem Leben viel besser zu machen, wenn sie die Möglichkeit dazu erhalten.«

»Und natürlich würden sie sich niemals an diese Schwüre halten«, fiel mir Ylve ins Wort.

»Viele wahrscheinlich nicht. Manche schon. Ich frage dich: Ist es nicht allein der Gedanke, der zählt? Der Wunsch, dieselben Fehler nicht noch einmal zu machen? Sie unterziehen ihre Moralvorstellungen einer Überprüfung, sie unterscheiden zwischen Gut und Böse, zwischen Versagen und Gelingen.«

»Das mag ja alles sein«, sagte Ylve mit deutlich abgekühltem Interesse an einer Diskussion. »Aber ich höre dich die ganze Zeit von anderen reden. Tatsache ist, dass mein Vermögen, für andere Wesen etwas zu empfinden, sehr eingeschränkt ist.« Sie kniff die Augen zusammen. »Es würde mich allerdings interessieren, warum *du* dir all diese Mühe gibst, ein paar verlorene Seelen zu retten, denen kein Hahn hinterherkräht, wenn sie nicht mehr sind?«

Seltsam. Sie benutzte, obwohl sie arkonidischer Herkunft war, eine terranische Redewendung, als wäre es das Selbstverständlichste auf der Welt. War dies ein Hinweis auf ihr Vorleben, auf ihre Herkunft?

»Ich war schon immer ein Samariter«, sagte ich.

»Du bist auf jeden Fall kein Schacherer oder Händler. Aber was bist du dann?« Ihr Blick wurde prüfend. »Bekanntermaßen kümmern sich heutzutage lediglich Priester und Unsterbliche um das Seelenheil Anderer.«

War es wirklich nur Zufall, dass sie mich durchschaute? War der Sittenverfall in der Milchstraße tatsächlich schon so weit fortgeschritten, dass sich niemand mehr um das Schicksal seiner Mitbürger sorgte?

»Sag endlich, was du willst«, forderte Ylve schließlich. »Ich bin müde und möchte mich ausruhen.«

»Du bist nicht müde!«, erwiderte ich wütend. »Dein Hass und dein Wunsch nach Rache wühlen in dir. Diese Gefühle sind so stark, dass sie alles andere übertünchen.«

»Herzlichen Dank für diese laienhafte Analyse«, sagte Ylve spöttisch. »Sollte ich mich für eine weitere Befragung nicht auf meiner Couch ausstrecken? Ist es das, was du eigentlich willst? Stehst du darauf, Schwangere zu vögeln?« Sie zeigte ein hässliches Lächeln. »Vielleicht ließe ich mich dafür herab ...«

Ich hatte die scharfe Entgegnung bereits auf den Lippen, als ich mich plötzlich daran erinnerte, was für bittere Erfahrungen die Frau in ihrem Leben bislang gemacht hatte. Für sie war ich bloß ein weiterer Mann, dem sie nicht vertrauen konnte. Ich sammelte meine Gedanken und beschloss, aufs Ganze zu gehen.

Nicht!, warnte mich der Extrasinn. *Du darfst dieser Frau unter keinen Umständen reinen Wein einschenken. Sie würde dich aus den billigsten Gründen verraten!*

Ich ignorierte den Logiksektor. Und verließ mich auf meine Intuition.

»Ich werde nicht zulassen, dass wir alle in diesen Baracken zugrunde gehen, weil es die da Tromin so wünschen«, sagte ich schließlich. »Und noch weniger werde ich es erlauben, dass du dein Kind für den Fehler eines anderen büßen lässt. Ob du es willst oder nicht – ich werde dich retten.«

Ylve lachte so laut, dass sich mehrere unserer Leidensgenossen umdrehten. »Du bist ja noch viel verrückter als ich«, kicherte sie. »Wie willst du denn unsere Flucht bewerkstelligen? Willst du die Wächter zu Tode argumentieren?«

»Du alleine hältst den Schlüssel zum Erfolg in der Hand beziehungsweise im Arm.«

»Du redest von diesem wertlosen Klumpen Metall?« Ylve deutete auf den Metallarm, den sie mit einem Tuch behelfsmäßig an ihren Rumpf gebunden hielt. Längst schon hatte sie darauf verzichtet, seinen Anblick vor den anderen Lagerinsassen geheim zu halten

»Ganz richtig. Mit seiner Hilfe, einem Batteriepack, Werkzeug und ein paar Tagen Zeit könnte ich Wunder bewirken.«

»Hat dich der Aufenthalt hier in den Wahnsinn getrieben?«

»Mitnichten. Ich besitze gewisse Kenntnisse der Feinmechanik. Darüber hinaus habe ich so meine Erfahrungen, wie man mit Sklaventreibern umgehen muss.«

Sie musterte mich, plötzlich nachdenklich geworden. »Irgend etwas Besonderes ist an dir. Etwas, das ich nicht einzuschätzen vermag.«

»Du glaubst doch, hinter Masken sehen zu können, nicht wahr?« Ich wollte, dass sie selbst erahnte, wem sie gegenübersaß. »Du hast den da Tromin durchschaut. Du hast das kleine, hilflose Kind gesehen, das er hinter einer Fassade aus Grausamkeit versteckte. Willst du deine Künste nicht auch an mir versuchen?«

Ich reckte meinen Körper, legte die bucklige »Eli-Pattri-Haltung« ab, die ich bislang gepflegt hatte, und reckte das Kinn energisch vor.

Sie starrte mich an; erschreckt und verwirrt.

»Wenn ich nicht wüsste, dass ...« Sie streckte zögernd die Linke aus, tastete suchend über mein zerrissenes Hemd.

»Ein Zellaktivator lässt sich gut verbergen, wenn man es will«, sagte ich leise.

Ylve zog die Hand so rasch zurück, als geriete sie in Gefahr, von einer giftigen Schlange gebissen zu werden. Ich hatte es tatsächlich geschafft, sie zu überraschen.

Kapitel 16

Jonstar lebte lange. Die Tyarez-Haut schenkte ihm Jahrhunderte. Er sah Nada, ihre Kinder und deren Kindeskinder sterben. Er fand Weisheit und verlor den Respekt vor dem Leben. Er gewann ihn zurück und begann, sein Nichtsterbenkönnen zu hassen. Alle Gefühle nutzten sich ab, besaßen schließlich nur noch einen Abklatsch früherer Intensität.

Die Tyarez-Haut umschloss ihn fest, ließ sich niemals mehr ablösen. Sie lernte von ihm, er lernte von ihr. Sie durchpumpte ihn mit dieser grässlichen Kraft, die niemals mehr enden wollte.

Das Volk zollte ihm jeden Respekt, den er sich nur wünschte, und er verachtete es dafür. Denn eigentlich wollte er nichts anderes, als dazuzugehören.

»Wie alt willst du werden?«, fragte ihn ein kleiner Junge mit leuchtenden Augen, der ihm auf der Straße begegnete. Nur die Kinder wagten es noch, mit ihm zu reden. Alle anderen wichen ihm aus. Ehrfürchtig verneigten sie sich vor ihm, blickten stets zu Boden und sprachen, wenn überhaupt, nur noch in der dritten Person von und mit ihm.

»Ich wollte, ich wäre längst gestorben«, antwortete Jonstar mit Mund, Stimmbändern, Gaumen und Resonanzkörper, die alle von der Haut des Tyarez überzogen waren. »Die Ewigkeit ist es nicht wert, sie abzuwarten.«

»Du sagst aber seltsame Sachen. Wird man seltsam, wenn man so alt ist wie du?«

»Ich sehe die Dinge anders.« Jonstar seufzte tief. »Es macht keinen Spaß, alleine so alt zu werden.«

»Warum gehst du dann nicht zu der Anderen?«

»Zur *Anderen*?« Jonstar blieb abrupt stehen. »Wen meinst du damit?«

»Wusstest du das nicht?« Der Junge pfiff eine kleine Melodie, während er vergnügt davonhüpfte. »Eine Frau ist in der Nähe des Ewigen Sees aufgetaucht, die wie du eine Haut trägt.«

Kapitel 17

»Es läuft besser, als ich dachte«, sagte Ohm Santarin.

»Lass dich nicht täuschen.« Aizela räkelte sich auf der schmalen Couch ihres Privatbereiches. Sie bot selbst in dem plumpen Anzug ein Bild der Verlockung dar. »Das Anfangsmoment eines so großen Vorhabens wie das einer Revolution ist meist sehr stark, wenn die Unzufriedenheit groß ist. Das Geheimnis des Erfolgs liegt allerdings darin, das Volk so weit zu motivieren, dass es wirklich bereit ist, für eine Veränderung alles zu geben.«

»Du redest so, als hättest du dich dein Leben lang auf diese Tage vorbereitet.« Aizela und er duzten sich seit mehreren Tagen. Auch wenn der Standesunterschied zwischen der Adligen und dem einfachen Agenten groß blieb, so schaffte das gemeinsame Vorhaben doch enge Vertrautheit.

»Vater und alle, die jemals dem Khasurn vorstanden, sorgten dafür, dass die schandhaften Taten der da Tromin niemals in Vergessenheit gerieten. Wir wurden taktisch geschult und darauf konditioniert, den Umsturz auf Sadik mit allen Mitteln herbeizuführen.«

»Aber Geld und Einfluss haben nie gereicht?«

»So ist es.« Sie stand auf und drehte sich von ihm weg, als schämte sie sich.

Nun – auch ihre Kehrseite bot einen netten Anblick.

Ohm aktivierte den Bildschirm und betrachtete die Liste ihrer Agenten. Das Heer der Informationszubringer wurde immer größer – und damit auch die Gefahr, entdeckt zu werden. Sicherlich wusste man im Haus der da Tromin bereits, dass Unheil auf sie zukam. Die Kunst bestand darin, den Feind über die wahre Stärke der Revolutionsbewegung im Ungewissen zu lassen. Was bedeutete, dass außer Erikon und ihnen beiden niemand in alle Pläne eingeweiht werden durfte.

Und dann war da natürlich noch Cymbal ...

Er war der große Unsicherheitsfaktor. Am liebsten hätte Ohm den fetten Mann, der eigentlich seine Mutter war, augenblicklich liquidiert. Irgendetwas hielt ihn allerdings davon ab. Auf eine perverse Art und Weise bereitete ihm das Spiel mit der Gefahr Freude. Würde Cymbal neuerlich zum Verräter werden? Würde er ihm dann endlich einen Grund geben, ihn zu töten?

»Was sagt die USO?«, fragte Aizela. Sie war aufgestanden und beugte sich nun interessiert über seine Schulter.

»Decaree hält sich vorerst noch zurück, auch wenn ihre Nervosität stündlich zunimmt«, antwortete Ohm. »Tipa Riordan hat ebenfalls zugesagt, ruhig zu bleiben. Hätten wir nicht über dunkle Kanäle die Informationen über den rätselhaften Tod dieser Camara Zaintz in die Hände bekommen, hätten die beiden Damen längst ihre Schiffsflotten in Bewegung gesetzt.«

»Steht es tatsächlich fest, dass Atlan da Gonozal mit der Kleinen geschlafen hat?«

Ohm blickte die junge Adlige an. Blitzte etwa Eifersucht in ihren Augen auf?

»Zweifelsfrei. Die DNA-Proben haben es bewiesen.«

»Und die da Tromin ahnen nach wie vor nicht, wer Eli Pattri wirklich ist?«

»Nein.« Ohm grinste. »Es sind nicht allzu viele Vergleichsproben des Lordadmirals im Umlauf.«

»Wohin mag er verschwunden sein? Warum hat er mit Camara geschlafen? Warum haben die beiden in dieser trostlosen Umgebung gehaust? Ich verstehe das alles nicht ...«

»Antworten kann uns wohl nur Atlan selbst geben. Wir müssen uns vorerst darauf konzentrieren, die Leute zu identifizieren, die ihn aus dem Rohbau entführt haben. Leider sind die Zeugenaussagen alle nicht sonderlich aussagekräftig.«

Ohm fuhr mit den Fingern über das Touchpad und öffnete ein weiteres Datenbild. Es zeigte einen Aufriss des Khasurn der da Tromin. Der trichterförmige Bau war, wie sie mittlerweile wussten, mehr als 1500 Jahre alt. Reparaturarbeiten und Umbauten hatten hundertfach stattgefunden, wie Ohm anhand farbiger Markierungen feststellen konnte. Die Unterlagen darüber waren ihnen von bestechlichen Stadtbaubeamten zugespielt worden. »Du weißt also wirklich nicht, wo wir die Unterlagen über die Tyarez und den Verrat der da Tromin finden?«

»In ihrem Khasurn, wie ich bereits sagte. Mehr war meinem Vater nicht bekannt, mehr konnte er mir nicht mitteilen.«

»Du hast also geblufft? Den Lordadmiral angelogen, als du meintest, den genauen Standort zu kennen?«

»Hätte er mich denn sonst hierher mitgenommen?« Aizela lächelte spöttisch.

Ohm zuckte mit den Schultern. »Im Grunde genommen spielt es keine Rolle. Die Aufgabe, der wir uns stellen, wird dadurch nicht schwerer oder leichter. Doch zurück zum Khasurn: Es gibt lediglich zwei Bereiche, die während all der Jahre unverändert geblieben sind. Das zwölfte Stockwerk – es ist für die jeweilige Frau des Patriarchen reserviert – und Teile des fünfunddreißigsten. Dort residiert Gart da Tromin höchstpersönlich. Wo, glaubst du also, haben wir die besten Aussichten, die Unterlagen über den Verrat seiner Sippe zu finden?«

»Was ist mit dem Kellerbereich?« Aizela schien von seiner Theorie nicht überzeugt. »Gewöhnlich spielt sich mehr als ein Drittel allen Geschehens in einem Patriarchenhaus unterirdisch ab. Auch unser Khasurn auf Lepso reicht tief hinab in den Boden. Keller, Bunker, Geheimlager, speziell geschützte Sicherheitsbereiche, Fluchtgänge – dies alles ist meist in keinem Bauplan verzeichnet und unterliegt auch keiner Kontrolle durch Bauämter.«

»Das ist der Unsicherheitsfaktor in meiner Theorie«, gestand Ohm ein. »Vorerst wissen wir nicht, ob Gart da Tromin über die Unterlagen und den Betrug seiner Sippe Bescheid weiß. Vielleicht sind die alten Geschichten in Vergessenheit geraten, vielleicht ist der Datenträger, auf dem die Beweise abgespeichert sind, längst verrottet. Wir werden nicht umhinkommen, den Patriarchen intensiv zu befragen.«

»Zählt eine ... intensive Befragung zum Standardverfahren der Agenten der USO?«

»Keineswegs; es gibt für derartige Fälle kein Standardverfahren. In einer Situation wie dieser sind wir angehalten, nach eigenem Ermessen zu entscheiden.« Ohm Santarin log neuerlich. Er war erst vor kurzem in die Agentenriege der United Stars Organisation aufgenommen worden und hatte keinerlei Ahnung, wie er vorzugehen hatte. Aber all ihre Diskussionen waren und blieben Makulatur, solange die Parameter für den Sturz der da Tromin nicht sorgfältig ausgerichtet worden waren. Und diese hießen nach wie vor: die latente Unzufriedenheit der Bevölkerung auf Sadik für die eigenen Zwecke zu nutzen, eine bewaffnete Revolution zu initiieren und Atlan zu finden.

»Ich glaube, dass wir das niemals schaffen werden«, sagte Ohm leise. »Die Zeit ist zu knapp, die Unsicherheiten zu groß.

»Oftmals reicht ein einziger Schneeball, um eine Lawine ins Rollen zu bringen.« Aizela lächelte. »Was hältst du davon, ein Symbol für den Widerstand zu verbreiten?«

»Ich verstehe nicht ...«

»Wir Arkoniden benötigen Bilder, an die wir uns klammern und an denen wir uns aufrichten. Wir werden den Sadikern ein solches Zeichen geben. Es muss auf beiden Kontinenten sichtbar sein, es muss sich in die Köpfe der Bevölkerung einbrennen. Jede Hauswand soll damit beschmiert werden. Es soll über Holovid gesendet werden, in Werbebotschaften auftauchen, im Gespräch der Arkoniden hochgehalten werden.«

»Wozu dieser Aufwand?«

»Lass mich ausreden, Ohm! – Jeder, der das Symbol sieht oder hört, muss es mit etwas Positivem assoziieren. Mit Änderung, mit Umschwung, mit frischem Wind. Du wirst sehen, dass solch ein Ding zum Selbstläufer wird. Jugendliche sehen es als cool an und verbreiten es weiter. Ebenso die Unterdrückten, politisch Verfolgte, wirtschaftlich Benachteiligte, geschäftliche Gegner der da Tromin – wenn eine Botschaft genügend Aussagekraft besitzt, verbreitet sie sich binnen weniger Tage um den gesamten Planeten.«

»Hast du das ebenfalls in deinem Revolutionsunterricht gelehrt bekommen?«

Sie nickte kühl. »Mein Vater, Penzar da Onur, hat diese Idee vor vielen Jahren entwickelt. Ich bin von ihrem Erfolg überzeugt.«

»Dann weißt du auch sicherlich schon, wie dieses Symbol aussehen soll?«

»So ist es.« Mit einem Fingernagel kritzelte sie über den Touchscreen und ließ die Schrift holografisch in den Raum projizieren.

»Ich verstehe nicht ...«

»Mein Vater war weise und vorausschauend, aber er benutzte mich auch. Es war ihm von vornherein klar, dass ich seine Speerspitze sein würde, wenn er jemals die Gelegenheit hätte, gegen die da Tromin anzugehen. Er ließ mich Aizela nennen. ›Hoffnung‹ oder ›Optimismus‹. Dargestellt in einem altarkonidischen Bild. Ich werde für jenes Symbol stehen, das die Widerstandsbewegung von nun an verbreitet.«

Kapitel 18

Gart da Tromin schaltete alle Schirme zu, über die er verfügte. Spionkameras schwirrten in allen Teilen Sadiks aus. Bilder erwachten zum Leben, Tausende von ihnen. Sie zeigten ihm, wie es auf seiner Welt zuging. Wie sich die Armen um ein Stückchen Fleisch stritten, wie sich einfache Bürger um sozialen Aufstieg stritten, wie sich Angehörige seiner Familie um Pfründe und seine Gunst stritten.

Sie alle machen im Prinzip dasselbe, dachte Gart. *Sie tanzen. Wie Insekten scharen sie sich ums Licht, streben nach etwas Höherem, meist Unerreichbarem*.

So, wie auch er es tat. Er suchte nach Anerkennung in jenem Haufen zerstrittener Patriarchen, die das Imperium der Arkoniden auf die eine oder andere Weise zur alten Größe zurückführen wollten.

Die Zeit für Veränderungen war reif, wie Gart wusste. Er hatte nicht umsonst die arkonidische Geschichte ausgiebig studiert; das Auf und Ab, die Bürgerkriege, die Kämpfe gegen Invasoren und auch gegen Aufständische, die aus den eigenen Reihen stammten.

Wenn man es genau betrachtete, ließen sich zyklische Entwicklungskurven aus all den Daten und Statistiken herauslesen, die ihm zur Verfügung standen. Die Lehre, die er aus der Geschichte des Großen Imperiums gezogen hatte, war: Von Zeit zu Zeit eröffneten sich Möglichkeiten für durchsetzungsfähige Potentaten, das Schicksal nach eigenem Willen zu formen. Diese »Fenster« boten demjenigen, der ausreichend Mut aufbrachte und willens war, gegen Behäbigkeit und Dekadenz anzugehen, ungeahnte Möglichkeiten.

Perry Rhodan, der Sohn einer verloren gegangenen Kolonie des arkonidischen Reiches namens Larsaf III, hatte eine dieser Chancen ergriffen. Aber er war an der Hälfte des Weges stehen geblieben. Statt dem Imperium seinen Stempel aufzudrücken, hatte er die Dinge schleifen lassen und auf »Zusammenarbeit« mit den anderen Großmächten der Milchstraße sowie dem Arkoniden Atlan gesetzt.

Und was hatte der Unsterbliche nun davon, tausend Jahre danach? Das sogenannte Große Imperium existierte nicht mehr, und die imperialistischen terranischen Beutezüge hatten zu einer innerlichen Entkräftung geführt. Die Zentralgalaktische Union, das Imperium Dabrifa, die Piraten Tipa Riordans, die Wissenschaftler, der Carsualsche Bund, die Nomaden, die Fracowitz-Systemstaaten – sie alle machten Rhodan mehr Ärger, als ihm lieb war.

Die Augen einer interessierten – und schadensfrohen – Öffentlichkeit waren auf dieses Auseinandertreiben der terranischen Kolonialreiche gerichtet. Und niemand achtete indes auf eine kleine Welt wie Sadik, die heimlich, still und leise eine wirtschaftliche wie politische Hausmacht aufbaute. Riesige Erzabbauschiffe grasten Planeten im Milchstraßenzentrum ab. Auf vielen Wirtschaftswelten jonglierten Broker im Auftrag der da Tromin erfolgreich mit Aktien und sicherten sich Einfluss auf Kernbereiche der verarbeitenden Industrie in weiten Bereichen arkonidischer Einflusssphären. Minderheitsbeteiligungen an Handelsflotten der Springer waren ebenso Bestandteil der sadikschen Gemischtwarenhandlung wie gut vermarktete und hochpreisige Eigenprodukte.

Gart da Tromin berauschte sich an den vielen kleinen Bildern vor ihm, die ein seltsames Mosaik an Eindrücken ergaben. Er vermochte sie zu deuten und aus ihnen Trends abzulesen wie kaum ein anderer. Lediglich der legendäre Homer G. Adams war ihm in zweifacher Beziehung voraus. Erstens besaß er ein phänomenales Zahlengedächtnis, das nicht nur hinter vorgehaltener Hand als Ausdruck einer Mutantenfähigkeit definiert wurde. Zweitens war der Terraner im Besitz eines lebensverlängernden Zellaktivators.

Gart da Tromin ballte die Hände zu Fäusten.

Er war vor kurzem 95 Arkonjahre alt geworden und stand damit in der Mitte seines Lebens. Wenn er die Künste moderner Medizin bis zum Letzten ausreizte, würde er noch als Zweihundertjähriger dem Khasurn vorstehen.

Rund hundert Jahre blieben ihm also.

Was bedeutete diese Lebensspanne schon im Vergleich zu jener eines biologisch Unsterblichen?

Wenn ihm doch das Schicksal eines dieser Zellaktivator-Eier zugestanden hätte! Gart wusste, dass er die mit der Langlebigkeit verbundenen Möglichkeiten weitaus besser nützen würde als all jene anderen, die die Milchstraße mit ihrer Existenz belästigten.

Er beendete die Übertragungen aus allen Teilen Sadiks. Dunkelheit umhüllte ihn. Sie half ihm beim Nachdenken.

Neben der Sicht auf das große Bild mussten auch viele Dinge im Kleinen berücksichtigt werden. So durfte er unter keinen Umständen die Kontrolle über den Khasurn verlieren. Sein Sohn Ziabad drängte in letzter Zeit viel zu energisch auf mehr Verantwortung in der Leitung der da trominschen Familiengeschäfte. Er hängte seine Nase tief in Dinge, die ihn nichts angingen.

»Benötigst du etwas?«

Gart vernahm unwillig den schleichenden Schritt seiner Frau Anelle. Sie näherte sich ihm, obwohl er heute keinerlei Lust verspürte, sich ihr zu widmen.

Sie aktivierte künstliche Glühwürmchen, die sie in willkürlich gesteuerten Bahnen umkreisten. Ihr hochtoupiertes Haar wurde von einer Art Heiligenschein umkränzt, wie ihn mehrere Kulturen der Milchstraße als Sinnbild der Unschuld kannten. Das weiße Beinkleid war bis weit nach oben geschlitzt. Muskulöse Oberschenkel drängten bei jedem Schritt ins Freie.

Sie ist aufregend wie eh und je!, dachte sich der Patriarch. *Und sie besitzt ein unnachahmliches Geschick, all ihre körperlichen Vorteile raffiniert ins Rampenlicht zu rücken.*

Anelle war heran. Eine Stirnfranse fiel ihr neckisch ins Gesicht; der lumineszierend leuchtende Mund strahlte Verlangen aus. Lasziv bewegte sie ihre Hüften hin und her, während der Oberkörper scheinbar ruhig blieb. »Brauchst du etwas?«, wiederholte sie, ohne Ungeduld zu zeigen.

»Leiste mir ein wenig Gesellschaft«, forderte Gart sie schließlich auf.

»Soll ich mich ausziehen?«, fragte Anelle.

»Nein«, antwortete er, auch wenn sein Körper das Gegenteil verlangte.

Anelle ließ sich ihm zu Füßen nieder und streichelte mit ihren langen Krallen über seine Innenschenkel. »Hast du Sorgen?«, fragte sie.

»Es sind in letzter Zeit einige Dinge schiefgegangen.« Gart nahm ihr schmales Kinn zwischen seine Finger und tastete über die weiche, noch so junge Haut. »Ich spüre Unruhe, die sich über das Land legt. Irgendwelche übergeschnappten Revoluzzer werden aktiv.«

»Nimmst du sie ernst?«

»Genauso ernst wie bei ihren letzten Attacken. Es reicht, ein wenig Unruhe in ihren Reihen zu schüren, mir ein paar Leute zu erkaufen und schließlich Exempel zu statuieren. Im Grunde genommen müsste ich diesen Spinnern dankbar sein, dass sie meinen Bodentruppen und meinem Geheimdienst ein wenig Bewegung verschaffen.«

»Dann ärgerst du dich vielleicht über diesen Prospektor, der dir entkommen ist? Oder ist es gar der Verlust der Vampirschlampe, der dir zu schaffen macht?«

Klang da etwa Schadenfreude in Anelles Stimme mit? »Ulja, dieser Kretin, trägt Schuld«, sagte Gart, heftiger, als er sich vorgenommen hatte. »Seine stümperhaft vorbereiteten Fallen schnappten nicht zu. Ich hätte meinen Neffen schon viel früher beseitigen sollen.«

»Hast du ihn getötet oder ihn der Wirkung seiner Rauschgifte überlassen?«

»Das war nicht mehr notwendig, meine Teure. Zumindest habe ich erkannt, dass es nicht immer ratsam ist, sich mit Speichelleckern wie Ulja zu umgeben.«

»Vielleicht solltest du anfangen, anderen Mitgliedern deiner Familie mehr zu vertrauen? Verantwortung, die auf mehrere Schultern verteilt ist, lässt sich besser tragen.« Anelle fuhr mit ihren sanften Krallen immer höher an seinen Oberschenkeln hinauf.

»Du meinst, ich solle mich mit Ziabad arrangieren?«

»Er ist klug, er besitzt Weitsicht, er versteht genug von den Geschäften ...«

»... und du schläfst mit ihm.«

Anelle ließ sich trotz seines Vorwurfs nicht aus der Ruhe bringen, kraulte ihn einfach weiter, als unterhielten sie sich über das Wetter. »... und ich schlafe mit ihm«, bestätigte sie das, was Gart längst mithilfe seiner Spionsonden in Erfahrung gebracht hatte. »Ich tue es, um mehr über seine Einstellung und seinen Charakter zu erfahren.«

»Ich meinte, mehrere Male den Ausdruck höchster Lust in deinem Gesicht gesehen zu haben, während er dich begattete. Täuschtest du dies alles vor, bloß, um seinen Charakter zu testen?«

»In meinem früheren Leben war ich Schauspielerin – hast du das schon vergessen? Ich spielte meine Rolle für ihn und für deine kleinen mechanischen Spione, die ich stets um mich weiß.«

Gart seufzte. »Was willst du wirklich, Anelle? Uns alle vergiften und irgendwann selbst die Macht über den Khasurn übernehmen? Du bist zu intelligent, um derartige Gedanken zu hegen. Es wird dir und auch deinem jüngeren Liebhaber niemals gelingen, all jene Fallstricke und Gruben zu erkennen, die ich für euch beide vorbereitet habe.«

»Tsts«, machte Anelle. Sie leckte sich über ihre Lippen, presste den Kopf sanft gegen seinen Unterleib. Gart spürte, wie sich sein Glied aufrichtete. »Ziabad ist und bleibt dein genetischer Klon. Du solltest Nutzen aus seinen Fähigkeiten ziehen. In vielen Dingen denkt er so wie du, auch wenn du es nicht glauben magst. Ich kann ihn darüber hinaus in deinem Sinn beeinflussen, wenn du es willst.«

»Du hast noch niemals etwas unternommen, ohne dir eine Belohnung zu versprechen.« Gart unterdrückte ein Stöhnen. »Und manchmal scheint mir, dass du immer bekommst, was du willst.«

»So soll es sein.« Anelle löste geschickt den Haftfaden seiner Hose und begann, sein Glied zu massieren und schließlich zu küssen. »Schließlich bin ich eine Frau. Ich halte das Heft in der Hand«, sagte sie und drückte sanft zu.

Gart gab sich ihr hin, in dem Bewusstsein, dass sie Recht hatte.

Kapitel 19

War mein gestriges Gespräch umsonst gewesen?

Ylve hatte mich bald nach meiner riskanten Eröffnung gebeten, sie in Ruhe zu lassen. Sie wollte über mich und meine Forderungen nachdenken. Die ganze lange Nacht hindurch hatte ich gehofft, dass sie zu mir kommen und mir ihr Einverständnis zur Zusammenarbeit geben würde.

Umsonst.

Ein neuer Morgen brach an, der Weckalarm hallte durch den Raum, und die Wächter mit Ezio an der Spitze stürmten herein. Sie trieben uns vor sich her auf die wartenden Gleiter zu. Es blieb keine Zeit zum Nachdenken. Heute, so wussten wir, begann die Ernte. Für eine Vielzahl von uns würde dieser Tag der letzte sein.

Der Wellengang an der Küste war deutlich höher als gestern. Ich blickte nach oben. Kira zeigte in der Morgendämmerung sein volles Gesicht, und Kirahim unter uns war bereits in vollem Gange. Wellenberge, so hoch wie Wohnbauten, prallten gegen von altertümlichen Steinmauern verstärkte Ufer. Der Lärm war ohrenbetäubend.

Ein seltsames Zeichen war an mehreren Stellen übermannsgroß in das Mauerwerk gefräst worden. Es bedeutete »Aizela«.

»Hoffnung.«

Seltsam ...

Mir blieb keine Zeit, länger über das Symbol nachzudenken. Obwohl ich nicht abergläubisch war, deutete ich es als gutes Omen und sah, dass es meinen Mitgefangenen nicht anders erging.

In einem der wenigen verhältnismäßig ruhigen Momente wurden wir alle von den Transportgleitern ins Wasser hinabgelassen. Panische Schreie gellten trotzdem über den Funk. Wild kochendes Wasser verschlang uns und riss uns in die Tiefe.

Strömungen zogen und zerrten an mir. Ein Mann trieb ab. Seine Steuerungselemente setzten aus. Er überschlug sich mehrmals und verschwand schließlich aus meinem Blickfeld. Für geraume Zeit hörte ich seine panikerfüllte Stimme über den internen Funk. Irgendwann verstummte sie.

»Kontakt«, sagte ich, als ich als Erster den zerklüfteten und steil abfallenden Felsboden des Schelfs berührte. Binnen weniger Sekunden erhielt ich Bestätigungen von allen Leuten meines Teams, das ich mir noch gestern zusammengestellt hatte. Unweit von uns befanden sich weitere Zehnergruppen.

»Wir gehen so vor, wie wir es besprochen haben«, sagte ich meinen Kameraden. »Kontrolliertes Risiko. Jeder steht für den anderen ein. Wir halten uns gegenseitig den Rücken frei. Wir sind ein Team – habt ihr mich verstanden?«

»Wir sind ein Team«, wiederholten die Männer und Frauen matt.

»Also los! Beschaffen wir den freundlichen Herrschaften in den Gleitern ein schönes Stück Krummperle, dann haben wir für heute Ruhe.«

Ich betrachtete das Ortungsbild, das mir den möglichen Standort einer Haya unweit von hier anzeigte. Vorsichtig marschierte ich den steilen Schräghang entlang. Wir befanden uns in einer Tiefe von 65 Metern. Schwärme kleinerer Fische duckten sich zwischen skurrile Korallengebilde, um dem Wassersturm zu entgehen, gegen den unsere Bewegungsmotoren mit aller Kraft ankämpften. Sie ließen sich nicht einmal durch das Licht unserer Scheinwerfer aus ihren Verstecken verscheuchen.

Eine Frau hinter mir rutschte in Zeitlupentempo auf dem glitschigen Untergrund weg. Ich griff nach hinten, hielt sie am kugelförmigen Helm fest. Ich konnte spüren, wie ihre Aggregate bockten. Gemeinsam schafften wir es schließlich, sie in einen strömungsfreien Bereich dieses wilden Unterwasserlandes zu bringen.

Wir schnauften kräftig durch, bevor wir uns wieder auf den Weg machten. Einmal mehr verfluchte ich unsere Wächter und die da Tromin.

Möglicherweise legen die Herrscher über Sadik gar keinen gesteigerten Wert darauf, die Krummperlen zu ernten?, spekulierte der Extrasinn. *Vielleicht suchen sie lediglich nach einer Möglichkeit, den sogenannten ›Abschaum‹ von ihren Straßen zu verbannen und so das Angenehme mit dem Nützlichen zu verbinden?*

So oder ähnlich würde es wohl sein. Ich beschloss, vorerst keinen weiteren Gedanken an die Motivation, die hinter derart arkonidenverachtenden Maßnahmen steckte, zu verschwenden. Hier und jetzt ging es um Leben und Tod.

Ein leises »Pling« erklang. So etwas wie Jagdfieber erwachte in mir. Vor uns musste sich tatsächlich eine Haya befinden!

»Ruhig jetzt!«, ordnete ich an. »Wir nähern uns wie besprochen von mehreren Seiten. Haltet eure Stechgeräte bereit. Denkt an die gestrigen Übungen. Kein übereiltes Vorgehen.«

Immer und immer wieder betete ich meinen kampfunerfahrenen Partnern vor, was sie zu tun und zu lassen hatten. Ich konnte bloß hoffen, dass sie die wichtigsten Verhaltensmaßnahmen verinnerlicht hatten, wenn wir zuschlugen.

Die Haya war ein wahres Monstrum. Ihre breiten Algenblätter zuckten empfindlich in die Höhe, als sie von mehreren Lichtstrahlen erfasst wurden. Aus der Mitte des Blattgewirrs wuchs eine warzig wirkende Kürbisfrucht, deren Leib in unregelmäßigem Rhythmus pulsierte. Im Inneren konnte man einen schwarzen Klumpen erahnen. Die Krummperle.

Wir teilten uns auf. Selbst jene Frau, deren Anzug immer wieder Aussetzer hatte, stemmte sich tapfer gegen die Wirbel und Ströme, während sie seitlich von mir auf die Haya zuwanderte.

Ein Algenfühler schnellte überraschend auf mich zu. Ich war zu langsam, um auszuweichen. Ich stach mit meinem harpunenartigen Gerät zu, zielte auf die Innenseite des Blattes.

Daneben.

Das Blatt legte sich klebrig um meinen Fuß, zog mich mit ruckartigen Bewegungen zum Inneren der Haya heran. »Bleibt auf euren Positionen!«, befahl ich den anderen Mitgliedern meiner Gruppe. Erneut stach ich zu, versuchte, genau die Mitteländerung des wie ein Baumblatt aufgebauten Grünwerks zu erwischen. Dort, so hatten wir gelehrt bekommen, liefen die Nervenzentren der Haya entlang.

Getroffen! Das Blatt löste sich von mir, noch bevor ich das Gleichgewicht verlor, und rollte sich ein. Ich zog mich augenblicklich ein Stückchen zurück.

»Habt ihr gesehen, wie es geht?«, fragte ich in die Runde. Ich konnte lediglich hoffen, dass meine Partner im tranfunzligen Licht mehrerer kleiner Scheinwerfer mein Kampfmanöver mitbekommen hatten. »Nur nicht die Nerven verlieren, immer wieder zustechen. Irgendwann trefft ihr mit Sicherheit. Und jetzt konzentriert euch auf den Angriff.«

Ich ließ ihnen Zeit, alle Vorgehensweisen ein letztes Mal gedanklich durchzugehen. Dann gab ich das Angriffskommando.

Zehn Harpunengeräte stachen gleichzeitig zu, griffen die Haya von allen Seiten an. Drei Blätter rollten sich auf, weitere sieben wehrten sich erbittert gegen uns. Von nun an blieb mir keine Zeit mehr, mich um die Erfolge der anderen zu kümmern. Immer wieder hieb ich auf neue Algenblätter ein, behielt dabei den kürbisförmigen Magen der Pflanze in den Augen und suchte zugleich nach dem Blähfisch, der sich mit Sicherheit hier irgendwo verbarg.

Ein Angstschrei ertönte. Ich blickte auf, sah, wie jene Frau mit dem stotternden Antrieb von zwei Blättern zugleich gepackt wurde. Ich durfte mich jetzt nicht um sie kümmern, durfte mich unter keinen Umständen ablenken lassen!

»Ruhig bleiben«, sagte ich ihr mit monotoner Stimme über Funk, »und gezielt zustechen.«

Ihre Atmung wurde hörbar ruhiger, ihre Bewegungen zielgerichteter. Mit Erfolg stach sie einem der Blattfühler in die Mittelästelung, gleich darauf dem zweiten – und kam frei.

Im selben Moment wurde meine Aufmerksamkeit auf einen kleinen dunklen Fleck gelenkt, der in der Nähe des Haya-Magens hochtrieb.

»Soll das etwa der Blähfisch sein?«, fragte jemand mit spürbarer Erleichterung in der Stimme. »Wenn ich nicht in dieser Konservendose steckte, würde ich ihn totspucken ...«

Der Blähfisch wirkte in der Tat klein und zeigte eine putzige, an ein Clownsgesicht erinnernde Körperzeichnung. Unruhig flosselte er hin und her, als wüsste er nicht, ob er die Haya verlassen sollte oder nicht.

»Nicht zu nahe heran«, warnte ich die Mitglieder meiner Gruppe. »Wir wissen viel zu wenig über ihn ...«

Der Fisch blähte sich blitzschnell auf. Erreichte eine Größe von einem halben Meter, wurde zu einem Monstrum von Mannesgröße. Und das bei dem in dieser Tiefe herrschenden Wasserdruck! Rasiermesserscharfe Stacheln wuchsen allseits aus seinem Leib, glitzerten bedrohlich selbst im Restlicht wirr umherstreifender Scheinwerferkegel.

»Zurück!«, rief ich.

Ein Wellenfuß zog plötzlich über uns hinweg, riss vier meiner Leute von den Beinen. Ich stieß mich ab, ignorierte die Gefahr, die von der Haya ausging, ließ mich über eingerollte Algenblätter hinweg auf die Unglücklichen zutreiben. Ich packte zwei der Männer an den Beinen und zog sie mit mir in Sicherheit. Die beiden anderen trudelten davon. Fluchend kämpften sie mithilfe ihrer Stabilisatoren gegen die Kräfte des Wassers an, ohne dass ich ihnen helfen konnte. Zu schnell entfernten sie sich, zu sehr war ich mit eigenen Problemen beschäftigt.

Weitere Panikschreie ertönten über den Funk. Ich drehte mich um. Der Blähfisch stieß einen dünnen Strahl rauchiger Flüssigkeit aus dem After. In dünnen Schwaden verteilte sie sich über der Haya und hängte sich zwischen die Blätter, allen Strömungseinflüssen zum Trotz. Einer der weggetriebenen Männer senkte sich soeben in dieses Dunkel, von Algenblättern hinabgezogen. Seine Steuerungsmotoren kamen gegen die Kraft der Haya nicht an, zumal er panisch strampelte und keine koordinierten Bewegungen zusammenbrachte.

»Wir greifen wieder an«, befahl ich, »und zwar *jetzt!*«

Nein, rief der Extrasinn, *du riskierst zu viel!*

Unter anderen Umständen hätte ich auf den Logiksektor gehört. Aber ich war nicht bereit, der Haya-Pflanze auch nur ein einziges Mitglied meiner Truppe zu opfern.

Zu siebt begannen wir die zweite Attacke. Mit dem Mut der Verzweiflung stachen meine Mitstreiter auf die Pflanzenblätter ein, während ich es mit dem Blähfisch aufnahm. Mit weit vorgerecktem Harpunenstab trieb ich auf ihn zu, wich dem Angriff eines einzelnen Haya-Blattes aus, stach dem schwerfällig wirkenden Fisch in den Leib.

Noch mehr der dunklen Flüssigkeit – Blut? – drang aus seinem Körper. Er rotierte um die eigene Achse und stieß dabei einen dünnen, sirenenhaften Ton aus, der selbst durch das Wasser gut geleitet und an meine Außenmikrofone übertragen wurde.

Meine Lanze stak im Leib des Fisches; unerbittlich hielt ich am Griff fest, ließ mich hin und her beuteln, durch das Pflanzendickicht ziehen und trieb ihm dabei die Spitze tiefer und tiefer in die Hülle.

Plötzlich hatte ich die Haut und die dünne Fleischschicht durchdrungen, stieß deutlich spürbar in Leerraum.

Immer wütender und unkoordinierter wurden die Bewegungen meines Gegners. Er zischte auf mich zu, wollte sich mit seinen spitzen Stacheln unter Drehbewegungen an mich drücken, meinen Schutzanzug ähnlich einer Raspel aufreiben. Mithilfe des Harpunengeräts hielt ich den Abstand, dank der einigermaßen funktionierenden Steuerungsmotoren brachte ich uns ein gutes Stück weg von der Haya.

Der Blähfisch öffnete das Maul, zeigte einmal mehr sein Clownsgesicht, um mich unvermittelt ein weiteres, letztes Mal zu attackieren. Er drängte mich hinab zum korallenbedeckten Boden, widerstand sekundenlang den mechanischen Antriebskräften meines Anzugs. Messerscharfe Spitzen von kristallin geformten Korallenstöcken drohten den Schutzanzug – und mich! – aufzureißen. Ich wich im letzten Moment beiseite und ließ den Harpunenstab los; der Blähfisch bohrte sich mit unvermuteter Wucht ins Korallenbett – und zerplatzte.

Es geschah unglaublich schnell. Eine riesige Luftblase drang hoch zur Oberfläche, die Fetzen des so harmlos erscheinenden Fisches trieben rings um mich, silberglänzende Haken spritzten nach allen Richtungen weg.

Ich schaltete den Antrieb des Anzugs auf Volllast und schwamm den messerscharfen Kristallsplittern davon.

Du hast – wie immer – mehr Glück als Verstand, bemerkte der Extrasinn.

Jubelgeschrei brandete aus mehreren Kehlen auf. Ich drehte mich um und richtete meine Scheinwerfer auf die Haya aus.

Blattwerk trieb, von den Strömungen davongewirbelt, in die Tiefen des Ozeans hinab. Um den kelchförmigen Magen des Gewächses schwammen zwei meiner Leute. Einer stach soeben seitlich hinein, zerfetzte diese letzte Schutzbastion der Krummperle, zog sie vorsichtig hervor und reckte sie triumphierend in die Höhe.

Wir hatten es geschafft, wir hatten geerntet.

Und wir hatten, wie ich befriedigt feststellte, kein einziges Mitglied des Trupps verloren.

»Sechzehn Krummperlen wurden heute geborgen«, brüllte Ezio durch die Baracke. »Eine außerordentlich schlechte Ausbeute, selbst für Kretins wie euch.« Er ließ seine Neuropeitsche durch die Luft zischen. »Wenn es morgen nicht besser läuft, werdet ihr in der folgenden Nacht, statt zu schlafen, ein verschärftes Training absolvieren.«

Kaum jemand hörte ihm zu. Überall sah ich hängende Köpfe. Mein Trupp war der einzig komplett gebliebene. Die Baracke war bloß noch zu zwei Dritteln gefüllt. In den anderen Hallen war der Blutzoll sogar noch höher ausgefallen. Wen sollten die Drohungen des Sklaventreibers also beeindrucken? Wir alle, die Überlebenden, hatten während der letzten Tage dem Tod dutzendfach ins Auge geblickt.

So wie auch gestern kümmerte sich kaum einer meiner Mitgefangenen um notwendige Hygiene, um die Versorgung kleiner Schürfwunden, die man sich an den Gelenken der steifen Anzüge unweigerlich zuzog, oder um vernünftige Nahrungsaufnahme. Resignation herrschte allerorts. Wer konnte schon wissen, ob er die morgige Arbeitsschicht überleben würde? Man erwartete deutlich mehr Pikaste, die sich dem Rausch der Vermehrung hingaben.

Mein Zellaktivator pumpte beruhigende Impulse durch meinen Körper, während ich den Arkoniden, Menschen oder Blues der Baracke half, wo ich nur konnte.

Immer wieder ging ich die Bettreihen ab, betrachtete die vielen Plätze, die leer geblieben waren. Mit manchen der Opfer hatte ich kein einziges Wort gewechselt, andere hatten ihre Lebensgeschichten in wenigen Sätzen vor mir ausgebreitet.

Als Unsterblicher war ich ohnehin dem Fluch ausgesetzt, gute Freunde rings um mich sterben zu sehen. Erinnerungen kamen hoch, ließen sich nur schwer bändigen. Ich hatte diese ständigen Begegnungen mit der Dunkelheit satt, so satt ...

»Reden wir«, sagte Ylve kurz angebunden, als ich bei ihr angelangt war. Sie gehörte einer Gruppe an, die bei der Ernte nicht so viel Glück gehabt hatte. Sechs Arkoniden waren während des Kampfes gegen die Haya gestorben; nur sie, das Zwillingspärchen und ein Plophoser lebten noch.

»Du siehst so aus, als wäre es mit dem Kind bald so weit.«

»In drei Tagen«, meinte sie, als könnte sie den Zeitpunkt der Geburt ganz genau abschätzen. »Aber bis dahin ...«

»Ja?«

»Ich halte Moral nach wie vor für eine Geisteshaltung, die sich nicht jedermann leisten kann«, fuhr sie leise fort. »Aber vielleicht kannst du mir eine Möglichkeit anbieten, meine Rachegelüste auf eine andere Art und Weise zu stillen?«

»Die Chance, zu entkommen, ist denkbar gering«, gab ich ehrlich zur Antwort. »Aber mit deiner Unterstützung haben wir zumindest eine.«

Ylve zögerte kurz und sagte schließlich, freundlich lächelnd: »Einverstanden. Mein Arm gehört dir. Mach ihn zum Arm meiner Rache.«

Kapitel 20

Jonstar lernte Ketelle kennen, die erste Tyarez-Frau. Sie war von beeindruckender Statur. Trotz ihres hohen Alters hatte sie sich Würde und Anstand bewahrt. Mit klaren Augen sah sie auf ihn, den weitaus Älteren, hinab.

»Ich stürzte in den See wie du«, erzählte sie. »*Etwas* nahm mich auf. Es trank aus meinen Erinnerungen, liebkoste meine Gedanken. Ich hatte den Eindruck, in ein Behältnis voll überbordenden Lebens zu blicken. Dort drin ruhten Hoffnung und Liebe und Gier und Leidenschaft und hundert andere Dinge, Eigenschaften, Gefühle. Immer wieder blubberten kleine Blasen aus dem Gefäß nach oben. Einer dieser Tropfen fand mich, füllte mich aus. Er verband sich mit der Flüssigkeit des Sees, die nie und nimmer Wasser alleine sein kann, und ummantelte mich ...«

Ketelle schilderte ihr Untertauchen und das Zusammenwachsen mit dem Tyarez aus einer anderen Sicht als er – und doch trafen sie sich in ihren Beschreibungen in mancher Hinsicht. *Die Augen einer Frau*, so dachte sich Jonstar, *sehen anders.*

Von nun an blieben sie zusammen. Gemeinsam überlebten sie viele Generationen ihres Volkes und beobachteten beunruhigt, wie sie trotz der Nüchternheit ihrer Landsleute immer weiter in die Höhen göttlicher Wesen gerückt wurden.

»Du wirst sehen, dass sich das ändern wird«, beruhigte ihn Ketelle. »Irgendwann wird es mehr von uns geben. Der See – beziehungsweise das, was in ihm steckt – wird weitere Tyarez ausformen. Eines Tages werden wir eine eigene Bevölkerungsgruppe bilden. Möglicherweise werden Jüngere zu uns stoßen. Vielleicht suchen sich dann die Tyarez selbst ihre Symbionten. Letztendlich sind wir bloß alte Narren, denen das Verlangen nach Weiterentwicklung längst abhandengekommen ist. Aber wenn ein Tyarez mit einem pfiffigen Forschungsgeist zusammentrifft, wird sich vieles ändern.«

Jonstar sollte es nicht mehr erleben. Irgendwann wurde seine Tyarez-Haut welk und faserte von ihm ab. Wie Hautschuppen sanken die gelblich-transparenten Teilchen zu Boden, zerfielen dort zu Staub.

Achthundert vom Schicksal geschenkte Jahre war er über heimatlichen Boden gewandert und hatte den Tyarez mit seinem Wissen gefüttert. Sollte er für die Verlängerung seines Lebens dankbar sein, oder sollte er fluchen? Was hatte ihm die geschenkte Zeit gebracht?

Ketelle stützte ihn, während sie zum See hinabschlenderten. Tausende Neugierige waren zusammengekommen. Sie standen hinter der alten Absperrung Spalier, während er sich wie schon einmal zuvor nach vorne beugte und sein Spiegelbild in der Oberfläche des Gewässers betrachtete.

»War dies alles umsonst?«, fragte Jonstar verbittert. Ein letzter, wie Papier knisternder Lappen der Tyarez-Haut schwebte sanft ins »Wasser«. »Habe ich so lange leben müssen, um nichts zu lernen?«

»Nein«, sagte Ketelle, die um so viel weiser als er war und einen schier unerschöpflichen Einblick in das Wesen aller Dinge besaß. »Der Tyarez hat dich umhüllt, um dich und unser Volk kennenzulernen. Vielleicht war es ein gegenseitiges Abtasten?« Sie lächelte ihn an, streichelte ihm sanft über die Wangen. »Tauch hinein, umarme die Dunkelheit und gib dem See die Erfahrungen, die aus eurem gemeinsamen Leben erwachsen sind. Du bist der Samen, der Stammvater. Aus deinem Wissen wird eine neue Generation von Tyarez-Wesen heranwachsen.«

Ketelle zog die Hand zurück, drückte ihn ein letztes Mal fest an sich. Er wandte sich wieder dem See zu. Die Fluten teilten sich, er blickte hinab in die Unendlichkeit. Jonstar ließ sich fallen, gab sich dem Vergessen anheim.

Es war wunderschön.

Kapitel 21

Der Plan war gefasst. Ich wusste, was zu tun war.

Aber ich benötigte rund zwanzig Stunden und ein wenig Glück, um all meine Vorhaben in die Tat umzusetzen. Das Material, das ich brauchte, war nicht so ohne Weiteres zu beschaffen.

Ein weiterer Arbeitstag brach an. Die Trupps wurden neu zusammengesetzt. Beunruhigt beobachtete ich, wie Ylve mit schmerzverzerrtem Gesicht ihren Bauch vor sich hertrug. Ezio und seine Wächter nahmen keinerlei Rücksicht auf ihren Zustand. Starb sie, starb auch das Kind, und niemand würde sich darum scheren.

Immerhin teilte man sie mir zu. Mit ein wenig Glück konnte ich sie aus der heutigen Jagd heraushalten. Sie litt Schmerzen. Mochten noch so viele Nervenverbindungen gekappt und durch gesteuerte Mechanismen ersetzt worden sein – Ylve war immer noch eine Arkonidin.

Die Morgensonne warf kraftlose Strahlen über das Meer. Kira, der Mond, bestimmte den Himmel. Er wirkte heute so groß und so nahe, als würde er jeden Moment auf uns herabstürzen.

Gewaltige Wassermassen leckten über die grauen Mauern der drei Alten Städte. Gischtende Brecher stiegen hoch und höher, wuchsen über Minuten hinweg an, entwickelten dabei einen gurgelnden Ton, der meinen Körper zum Vibrieren brachte.

Auch den Gleiterpiloten war sichtlich mulmig zumute. Sie mussten zwischen den Wellenbergen hinabmanövrieren, um uns einigermaßen sicher ins Wasser zu bringen. Die Gebirge aus Wasser mochten in einem Abstand von einem Kilometer oder mehr herannahen – die Geschwindigkeit, mit der sie reisten, wirkte erschreckend.

Die miserablen Schutzanzüge, die uns zur Verfügung standen, würden dem Druck und der Gewalt zusammenfallender Riesenwellen keinesfalls widerstehen. Wenn die Welle gegen die Steinwände prallte, mussten wir uns bereits tief im Wasser befinden.

»Jetzt!«, brüllte einer unserer Peiniger.

»Nein«, antwortete ich, »noch nicht! Es ist zu früh!«

Der Wächter duldete keinen Widerspruch. Zornig zielte er mit dem Kolben seiner Waffe gegen mein Gesicht. Ich wich in der Enge des Gleiters aus, so gut ich konnte. Der Kolben streifte über die Kante des Schutzanzugs und meine Schläfe, schürfte mir die Haut auf. Es war mir egal; ich musste Zeit gewinnen. Wenige Sekunden entschieden über das Wohl und Wehe meiner Leute.

Ich stolperte, ließ mich zu Boden fallen, versperrte den Ausstieg und zählte bis zehn, bis ich meine angebliche Benommenheit abgeschüttelt hatte.

»Du springst jetzt, du stinkendes Aas!«, brüllte der Schläger mit entsicherter Waffe.

Ich blickte mich um. Links und rechts vom Gleiter erhoben sich Wellenberge von apokalyptischen Ausmaßen. Sie verdunkelten allmählich die Sicht auf alles andere.

Lediglich in weiter Ferne konnte ich ein Stück der Steinmauer erahnen, auf der sich weitere Aizela-Schriftsymbole befanden.

Ja, dies war der richtige Moment. Ich ließ mich aus dem Fluggleiter rollen, schob den Helm in die Halsnabe und erwartete den Aufprall auf das relativ ruhige Wasser.

Ich durchbrach die Oberfläche. Augenblicklich startete ich die Steuerungsmotoren und drängte weiter nach unten, zwischen den unsichtbaren Wellenfüßen hinab.

Eine Art Ruhepol existierte hier, der dem Auge eines Hurrikans ähnelte. Ich und meine Partner mussten dieses überlebenswichtige »Vakuum« zwischen den einzelnen Wellenbergen nutzen, um den Grund des Ozeans rechtzeitig zu erreichen.

Ich wartete in einer Tiefe von etwa zehn Metern, winkte und trieb meine Leute an mir vorbei; dann tauchte ich hinter ihnen hinab, so schnell es meine Schubdüsen zuließen.

Ein vernarbter Körper wurde für wenige Momente von einem Scheinwerferkegel erfasst. Links von uns und vielleicht nochmals zwanzig Meter tiefer trieb er dahin. Lediglich Teile seines gewaltigen Körpers wurden sichtbar. Er schien zu verharren, als warte er auf etwas.

Auf uns?

»Ein Pikast!«, rief eine Frau panisch über Funk.

»Ruhig bleiben!«, mahnte ich. »Er hat kein Interesse an uns. Seht doch, wie er atmet; offenbar stellt er gerade seine Atmung von Kiemen auf Lunge um. Wir haben keine Zeit, ihm auszuweichen. Wir müssen so schnell wie möglich runter zum Meeresgrund, sonst erwischen uns die Wellen.«

Ich schob mich zwischen meine Begleiter, winkte ihnen, mir zu folgen. Für einen Moment schien es, als würden sie mir nicht vertrauen. Endlich folgten sie und ließen sich so wie ich unter höchstem Energieeinsatz in das dunkle Ungewisse hinabsteuern. Immer stärker rissen und zerrten Strömungen an mir. So gut wie möglich passte ich mich den unsichtbaren Gewalten an.

80 Meter Tiefe. Dann 90. Schließlich 100.

Von Riffkristallen überbackener Boden tauchte vor mir auf.

Ich sichtete einen schrägen Kamin, eine Art Hohlraum. Mein Scheinwerfer zeichnete schillernde Reflexe. Der relative Schutz dieses Lochs hatte Tausende Tiefseefische angezogen. »Dorthin!«, rief ich und steuerte auf den Eingang zu. Kaum noch kamen meine Energiepaks gegen die Gewalten an, die die weit über uns zusammenbrechenden Wellenberge auslösten. Ich fuchtelte mit den Händen umher, vertrieb einen Teil der abstrus geformten Fische, zwängte mich an anderen vorbei. Hinein ins Dunkel der Höhle, meine Gefährten knapp hinter mir wissend. Ylve und ihr Begleiter staksten im Marschbot durch den Eingang. Sie zerstörten große Mengen der Kristallflächen, passten aber schließlich hindurch.

Bald war das Ende des natürlich geformten Einschlusses erreicht. Meterlange Muränen warteten hier. Sie entblößten ihre spitzen Zähne und wandten uns kräftige Schwanzflossen zu. Ich pikte einen von ihnen mit meiner Harpune, dann den nächsten. Mit blitzschnellen Bewegungen wanden sich die Biester hin und her. Einer schlug mich vor die Brust. Der Anzug schützte mich; hätte das Tier ein wenig höher gezielt und mein Gesichtsfeld aus gehärtetem Glas getroffen, wäre es möglicherweise vorbei mit mir gewesen.

Ein Sog begann von hinten zu wirken. Wütend und unwiderstehlich fühlte er sich an. »Helft mir!«, forderte ich von meinen Leidensgenossen. Mühselig kamen mehrere von ihnen an meine Seite, stachen nun so wie ich auf die Aale ein. Wir mussten die Tiere vertreiben, ihren geschützten Lebensraum erobern, um zumindest die nächsten Minuten zu überstehen.

Widerwillig wichen sie zur Seite, wollten keineswegs in die Hölle der entfesselten Wassermassen hinaus. Wir hielten uns an Korallenstämmen fest, klammerten uns aneinander, widerstanden der immer stärker werdenden Sogwirkung, stachen auf alles ein, was sich rings um uns bewegte.

Endlich zog der erste Aal an mir vorbei. Drei Meter war er wohl lang. Bald folgten ihm die anderen, und plötzlich hatten wir die Höhle für uns alleine.

»Festhalten!«, rief ich über Funk. Es wäre nicht notwendig gewesen. Jeder klammerte sich an den Felskanten der Höhle und an den verspreizten Gliedern des Marschbots fest, während draußen, in der Schwärze, unglaubliche Gewalten endgültig ihre Wirkung entfalteten.

Ich hätte schwören können, eine riesige Luftblase zu sehen, die irgendwie von der Oberfläche hierher hinabgepresst worden war. Trotz des ungeheuren Drucks, entgegen allen physikalischen Gesetzen.

Aber hier, in dieser Hölle, erschien nichts unmöglich. Wasserberge, die eine Höhe von sechzig und mehr Metern erreichten und im Ozean mindestens ebenso tief hinabreichten, sorgten für Gegebenheiten, wie ich sie noch niemals erlebt hatte.

Die unterschiedlichsten Fische wirbelten an uns vorbei. Dann Reste eines Wracks. Schließlich Felsen, die wie Murmeln umherkollerten.

Plötzlich war es vorbei.

Ich löste mich von der Höhlenwand, schüttelte die entstandene Verkrampfung aus meinen Muskeln.

»Alles in Ordnung?«, fragte ich in die Runde.

Ich erhielt neun Bestätigungen. Wie durch ein Wunder hatten wir alle überlebt – bis zum nächsten großen Wellensturz.

Zwei Stunden lang saßen wir untätig in unserem Versteck. Ich maß die Abstände zwischen dem Kommen der Riesenwellen, analysierte Strömungsrichtungen sowie das Verhalten der Meerestiere, um mich schließlich mit anderen Gruppen in Verbindung zu setzen. Innerhalb des Bereichs unserer Funkreichweite hatten es gerade mal drei andere Zehnergruppen geschafft, sich in dieser entfesselten Wasserwelt festzusetzen. Wir tauschten Erfahrungen aus und ignorierten dabei das Gefluche und Geschimpfe Ezios und anderer Sklaventreiber. Nun, da es um den Galsam aus dem Leib der Pikaste ging, den anscheinend wertvollsten Stoff, den es hier im Ozean zu »ernten« gab, würden sie sich hüten, uns zu töten. Dies mochte erst danach geschehen.

Und wenn wir es wagten, uns abzusetzen? Einfach das Weite suchten und in eine beliebige Richtung flohen?

Die Anzüge können mit Sicherheit geortet werden, mahnte der Extrasinn. *Außerdem nehmen Ezio und seine Kollegen, wie du weißt, Einfluss auf die Positroniken eurer Schutzanzüge.*

»Wir haben ungefähr fünfzehn Minuten, in denen wir uns relativ frei durchs Wasser bewegen können. Dann noch zwei Minuten, in denen ein Überleben irgendwie möglich scheint. Schließlich fünf Minuten absolutes Chaos. Und der Kreislauf beginnt von vorne.« Ich verschwieg, dass es sich bei meinen

Angaben um Mittelwerte handelte. Die Wellen rasten in unterschiedlichen Abständen heran.

»Man erwartet von uns, dass wir heute einen Pikast erlegen«, fuhr ich fort. »Wir haben eines dieser Monstren in einer Tiefe von fünfzig Metern gesichtet. Er scheint gegen die Gewalten des Sturms bestehen zu können und ist, so hoffe ich, noch an Ort und Stelle. Der Aufstieg kostet uns zirka drei Minuten. Fürs Anlegen der Treibanker und eine möglichst starke Beeinträchtigung der Kampfkraft unseres Gegners bleiben fünf Minuten. Dann sinken wir wieder hinab, hoffen, dass alle Stricke halten und warten auf die nächste Ruhephase. Wir informieren den Lastengleiter, zünden die Ballons, tauchen in der nächsten Ruhephase zur Wasseroberfläche hinauf und vertrauen darauf, dass unsere Freunde rasch genug schalten.«

Niemand sagte ein Wort. Der Zeitplan war äußerst eng bemessen. Es gab unzählige Unwägbarkeiten, über die wir nicht einmal wagten nachzudenken.

Ich sah zu Ylve, deren Marschbot uns mehrmals das Leben gerettet hatte. Ohne die Hilfestellung durch den metallenen Riesen hätten wir uns auch im Inneren der Höhle nicht halten können.

Die Frau war verschwitzt, ihr Gesicht blass. Immer wieder zuckte sie wie unter Schmerzen zusammen. Dennoch nickte sie mir zu und verzog den Mund zu einem schiefen Lächeln.

»Los geht's!«, schrie ich und setzte mich in Bewegung. In der Ortung hatte ich die Signale zweier weiterer Zehnergruppen, die uns zu Hilfe kommen würden.

Die Anzeigen meiner Energiereserven zeigten 55 Prozent. Ausreichend, um diesen Kampf zu beginnen.

Mein untrügliches Gedächtnis wies mir den Weg zu jenem Standort, an dem wir den Pikast während unseres Abstiegs gesichtet hatten. Wenn das Tier, dessen Größe wir nur erahnen konnten, mittlerweile seinen Standort gewechselt hatte, würden wir unverrichteter Dinge nach unten zurückkehren und über eine neue Taktik grübeln müssen.

»Kontakt!«, rief mir jemand zu.

Ein einzelner Scheinwerfer stach nach oben, leuchtete eine warzenübersäte Fläche aus, die in ihren Dimensionen jener eines früheren terranischen Meerestankers entsprach. Immer mehr Lichtkegel kamen hinzu. Sie tasteten über den Pikast, ohne Anfang und Ende des Leibs genau bestimmen zu können.

Das Tier ist mindestens 150 Meter lang und wohl genau so breit. Selbst der Extrasinn schien beeindruckt zu sein.

Drei Minuten waren um. Wir lagen im Zeitplan. Nun begann die Phase größter Ruhe im Wasser, die allerdings noch immer durch häufige Wirbel und scheinbaren Druckabfall gekennzeichnet wurde.

»Er pumpt sich nach wie vor auf!«, sagte ich, keineswegs sicher. »Wir greifen *jetzt* an. Haltet eure Pflöcke bereit!«

Die fleischige Masse füllte nach oben hin mein gesamtes Blickfeld aus. Ich erkannte Details in der Haut des Riesen. Risse, Schlünde, schwartige Hautfetzen, die hin und her schwankten, hässliche Narben. Myriaden von kleinen Fischen hatten sich mit ihren Mündern am Fleisch festgesaugt. Symbionten, die vielleicht die Haut säuberten und sich dafür am Blut des Pikast nähren durften.

Wo war vorne, wo war hinten? Ich konnte es nicht sagen. Es erschien mir in diesen Momenten auch einerlei.

Das Tier »atmete« aus, die Haut des Pikast kam mir immer näher.

Ich nahm den ersten Pflock aus der Halterung in meinem Gurt, faltete ihn mit zwei Handgriffen zu seiner maximalen Länge von zwei Metern aus, bohrte ihn mit aller Gewalt in den Leib unseres Opfers und zündete im selben Moment die winzige Sprengladung in der Spitze der Waffe. Ein faustgroßes Loch entstand in der Haut des Pikast. Metallene Dornen verspreizten sich nach allen Seiten hin. Eine Betäubungsdroge spritzte ebenfalls in seinen Leib, erreichte möglicherweise gut durchblutetes Fleisch, um das Tier in seinen Reflexen *irgendwie* zu beeinflussen.

Der Pikast zeigte keinerlei Reaktion. Er akzeptierte die neue Narbe. Sie hatte für ihn wohl ähnliche Bedeutung wie ein Haar, das einem Arkoniden ausgerissen wurde.

Meine Gefährten taten es mir nun gleich. Stück für Stück rammten wir die Pflöcke in die Haut des Pikast, achteten dabei auf möglichst große Abstände.

Auch von den anderen beiden Trupps, die fünfzig und hundert Meter von uns entfernt ihre Arbeit verrichteten, erhielten wir positive Signale.

Sollte es denn tatsächlich so einfach sein? Hatten wir den Pikast in einem schwachen Moment erwischt, oder waren alle Darstellungen, die mir bislang zu Ohren gekommen waren, blanke Übertreibung gewesen?

»Fünf Minuten noch«, gab ich über Funk durch. »Jedermann verwendet einen letzten Pflock, dann tauchen wir wieder ab.«

Überschlagsmäßig berechnete ich, dass wir mittlerweile mehr als 150 der Haftpflöcke verankert hatten. Vielleicht reichte das Gift, um den Pikast in seinen Reaktionen zu beeinträchtigen?

Tatsächlich.

Seine Atmung verlief langsamer, stockender. Die Haut dehnte sich nicht mehr jene zehn Meter aus, wie wir es bislang gewohnt waren, sondern bestenfalls um die Hälfte.

Ich stieß dem Pikast meinen fünften Pflock in die Haut. Eine weitere, kaum spürbare Explosion, noch mehr Gift.

»Rückzug!«, ordnete ich an. »Erst, wenn wir in Sicherheit sind, zünden wir die Treibanker.«

Der Befehl kam für manche meiner Gefährten Sekunden zu spät. Der Pikast zeigte eine irrwitzig rasche Zuckbewegung. Er traf vier meiner Gefährten und tötete sie augenblicklich. Wir anderen wurden durch den Wasserschwall hinabgewirbelt, auf eine weitere Fläche zu, die wir angesichts unseres Jagdfiebers nicht bemerkt hatten.

Ein zweiter Pikast näherte sich, wollte sich mit ›unserem‹ Exemplar vereinen.

Das war kein Atemholen, meinte der Extrasinn. *Das Tier hat durch seine Bewegungen einen Artgenossen zur Paarung angelockt.*

Die Leiber der beiden Riesen näherten sich immer weiter an. Sie wollten sich reiben, möglicherweise irgendwelchen Liebesritualen folgen. Noch zierte sich das eben hinzugekommene Tier, auf dessen Haut ich gelandet war. Es brummte und vibrierte, zuckte vor der Berührung seines Artgenossen zurück und ging wieder auf Abstand.

Wohin sollte ich mich wenden? Links und rechts von mir bot sich im Scheinwerferlicht der Blick auf unendlich breit und lang scheinende Ebenen zernarbter Landschaft. Ich drückte die Antriebsdüsen auf Höchstleistung und nahm *irgendeine* Richtung.

Fünfzig Meter glitt ich so dahin, ohne irgendein Ende der beiden Pikaste unter- sowie oberhalb von mir erkennen zu können. Und schon näherten sich die beiden Tiere wieder an. Ihre Häute sandten unangenehme Vibrationen durchs Wasser, die von meinen Steuergyroskopen kaum mehr ausgeglichen werden konnten.

Da!

Ein Ende der beiden Tiere kam in Sicht. Ich befand mich offenbar in der Nähe herzförmiger Abrundungen, die schließlich in einen lang gezogenem Schweif mündeten. Die Pikaste ähnelten, wie ich nun vermuten konnte, flachen Rochen.

Würde ich es schaffen?

Nein!, meldete sich der Extrasinn nach langer Zeit wieder zu Wort.

Sehr hilfreich.

Was tun? Wohin?

Die Körper senkten sich aufeinander, verfielen in immer stärker werdende Zuckungen.

Sollte ich versuchen, mich in einer der Längsrillen der Haut zu verbergen?

Zu schmal, meinte der Logiksektor lapidar.

Nur wenige Sekunden blieben mir; rings um mich waren bloß noch Fleisch und Gewebe, die aufeinander zustrebten.

Dort! Wenige Meter voraus, eine mehrere Meter breite, runde Öffnung, in deren Mitte ein kegelförmiger Hautaufsatz thronte. Konnte ich es schaffen, wenn ich mich dort einrollte?

Tu es nicht!

Diesmal hielt ich mich nicht an den Ratschlag des Extrasinns. Es blieb auch keine Zeit mehr dazu. Ein letzter Energiestoß aus den stotternden Energiepaks trieb mich in die Öffnung; ich rollte mich zusammen, wand meinen Leib gegen den Widerstand des steifen Schutzanzugs um den Spitzkegel. Wenige Augenblicke später prallten die Riesenkörper aufeinander. Ungeheure Wassermassen wurden verdrängt; für einen Moment befand ich mich in einem Raum, in dem die Naturgesetze außer Kraft gesetzt waren. Schmatzend sogen sich die Leiber der Pikaste immer mehr, immer fester aneinander, rieben sich, trennten sich. Ein Vakuum entstand, dann ein Sog, der mich nach draußen reißen würde. Ich klammerte mich mit aller Kraft an Hautunebenheiten fest.

Mein Scheinwerfer erfasste den Leib des anderen Pikast. Er besaß eine ähnliche Narbe wie die meine. Beide strebten aufeinander zu.

Narben?, fragte der Logiksektor. *Hast du noch immer nicht verstanden?*

Nein.

Erst als sich der Spitzkegel, um den ich mich klammerte, erweiterte und mit ungeheurer Wucht eine Fontäne sämiger Flüssigkeit ausstieß, wurde mir alles klar.

Die beiden Pikaste tanzten miteinander im Liebesrausch, während rings um sie die Urgewalten eines ungebändigten Ozeans zusammenschlugen. Und ich ritt währenddessen auf dem Geschlechtsorgan des männlichen Tiers.

Irgendwann endete der sexuelle Akt, der immer heftiger geworden war. Die beiden Tiere hatten sich aneinander geschlungen und sich gegenseitig blutende Wunden zugefügt.

Die Pikaste waren keine aggressiven und mörderischen Gegner. Ihre Masse und Größe, ihre Gleichgültigkeit jeglicher Beeinträchtigung durch andere Wesen gegenüber, ließen sie in den Augen der hier ansässigen Arkoniden als Monstren erscheinen. In Wirklichkeit folgten sie bloß ihren natürlichen Trieben.

Die Tiere trennten sich endgültig voneinander, trieben in entgegengesetzte Richtungen davon. Sie wirkten erschöpft und gleichgültig.

»Hört mich jemand?«, fragte ich über Funk, während ich klebrigen weißen Schaum von meinem Anzug streifte und den Leib »meines« Pikast aus einer Höhe von etwa fünfzig Metern begutachtete. Die Pflöcke waren biegsam. Viele von ihnen staken nach wie vor im Leib des Weibchens.

Konnte ich sie zünden?

Nein. Mir blieb nicht genügend Zeit dazu, um ausreichend viele zu aktivieren.

»Hier«, hörte ich eine männliche Stimme; wenige Augenblicke später erhielt ich die Bestätigung Ylves aus dem Marschbot.

Sechs von dreißig meiner Mitstreiter hatten im Rausch des Pikast-Liebesspiels schlussendlich überlebt.

Ich war es leid, alles erschien mir in diesen Momenten schrecklich sinnlos.

»Habt ihr das Monster?«, fragte Ezio.

»Hast du nicht mitbekommen, was hier passiert ist?«, schrie ich ins Mikro des Funkgerätes.

Ezio antwortete nicht. Entweder wollte mir der Sklaventreiber keine Antwort geben, oder aber die Funkverbindung zur Oberfläche war durch Auswirkungen der herrschenden Bedingungen erneut unterbrochen worden.

Einmal mehr wurde mir die Aussichtslosigkeit unserer Situation bewusst. Wir befanden uns im größten Gefängnis, das man sich nur vorstellen konnte, und hatten dennoch keine Chance, zu entrinnen. Ezio würde uns nicht an die Oberfläche lassen, solange wir nicht einen der Pikaste erlegt hatten.

Die nächste Welle naht!, informierte mich der Extrasinn.

Ich musste wieder hinab, mich irgendwo festkrallen.

»Wir treffen uns in der Höhle!«, sagte ich und tauchte selbst hinab.

Ich kam rechtzeitig an, bevor ein neuer Sturm losbrach. Drei müde Gestalten erwarteten mich dort, ebenso wie der Marschbot, dessen rechter Arm abgerissen war. In der Kopfkonsole, in der Ylve und ihr namenloser Mitstreiter saßen, gingen die Lichter aus und an. Ein einfacher elektrischer Schaden schien den Personenroboter zum Teil außer Gefecht gesetzt zu haben.

Wir besprachen uns leise, während der Wassersturm draußen tobte. Alle hatten wir ein Stoßgebet auf den Lippen, als wir uns schließlich wieder hinauswagten.

»Wir zünden so viele Pflöcke so schnell wie möglich«, kommandierte ich. »Die Zündung muss aus einer Entfernung von fünfzig Metern oder weniger erfolgen.«

Dann kehrten wir zu unserer riesigen Beute zurück. Ich ortete immer mehr Signalimpulse der zündbereiten Pflöcke.

»Verteilt euch!«, befahl ich und gab Anweisungen, wer wohin am Leib des dröge dahintreibenden Pikast steuern sollte.

Ich zündete den ersten Pflock. Explosionsartig stieß ein hochverdichtetes Luftgemisch aus dem Stiel nach hinten weg, wurde in einen speziellen Sack gepumpt, der selbst unter den hiesigen Druckbedingungen für Auftrieb sorgte.

Zwei, dann drei der Pflöcke explodierten, zerrten kaum an dem Giganten. Der nächste funktionierte nicht, vier weitere sprangen an, dann folgte wieder ein Rohrkrepierer. 45 der Treibanker brachte ich selbst zur Zündung, knapp 150 waren es insgesamt.

Leichter Auftrieb zerrte am Pikast. Das riesige Geschöpf wirkte irritiert, aber stark genug, um den Treibankern zu widerstehen. Vorerst. Denn sobald das Tier anfing, Höhe zu gewinnen, würde sich das Volumen der Luftpolster vergrößern und den Auftrieb verstärken, bis der Pikast schließlich hilflos an der Wasseroberfläche treiben würde.

Sieben Minuten waren vergangen; ich durfte den Zeitfaktor keinesfalls außer Acht lassen.

»Komm schon!«, flüsterte ich, und ich hörte meine wenigen übrig gebliebenen Begleiter Ähnliches murmeln.

Endlich zog es den Pikast nach oben, immer schneller. Er begann nun, sich zu wehren; immer verzweifelter, immer heftiger, immer intensiver. Sein Schicksal war besiegelt.

»Er kommt«, sagte ich auf der Funkfrequenz unserer Wächter, »er gehört euch. Und jetzt holt uns gefälligst ab.«

Ich hieß meine letzten verbliebenen Begleiter, den Weg nach oben zu suchen. Die Jagd war beendet. Es blieb den Wächtern ausreichend Zeit, uns in Sicherheit zu bringen. Wir mussten uns darauf verlassen, dass sie gierig genug waren, um uns aufzunehmen. Auch morgen, so wussten sie, war noch ein guter Tag für die Jagd. Sie behielten hoffentlich einen weiteren Prämiengewinn im Auge.

Ein Etwas trudelte an mir vorbei. Es war einmal ein Arkonide gewesen. Ich konnte in diesem zusammengebackenen Etwas aus Kunststoff, Fleisch und Metall nichts Arkonoides mehr sehen.

»Dank dir, mein Freund«, murmelte ich bei ausgeschaltetem Funkgerät. Ich griff nach dem Klumpen, tastete ihn ab, suchte nach allem, was ich brauchen und aus dem Konvolut lösen konnte. Schließlich war mein Werk vollendet. Ich folgte den Überlebenden nach oben.

Erschöpfung und Verzweiflung, wie ich sie selten zuvor gespürt hatte, übermannten mich. Dieses anmutige und gleichmütige Tier namens Pikast, dessen Rasse auf Sadik wohl schon seit Jahrhunderttausenden durch die Ozeane jagte und dessen Großartigkeit mir erst allmählich bewusst wurde, würde sterben. Wir durften leben.

Für einen weiteren Tag.

»Ich habe alles«, flüsterte ich Ylve zu.

Wir hatten uns nahe den Latrinen verabredet. Es stank wie immer erbärmlich, aber dieser abgedunkelte Winkel war vom

Tor her nicht einsehbar. Bei einer Überprüfung, wie sie während der letzten beiden Nächte immer wieder vorgekommen war, hätten wir ein paar Sekunden, um all die Dinge wieder zu verstecken, die ich mühsam zusammengetragen hatte.

Ich hieß Ylve, sich auf ein ausgebreitetes Tuch zu setzen und es sich so bequem wie möglich zu machen. Dann griff ich mit einem weiteren Stoffrest in das Kloakenloch und brachte jene Dinge hervor, die ich dort mithilfe eines Klebebandstreifens aus meinen Anzugbeständen versteckt hatte.

»Wir haben, wenn alles gut geht, eine Stunde Zeit«, sagte ich zur Schwangeren. »Ich gebe dir ein Schmerzmittel, das bald zu wirken beginnen wird. Ich war mal Geburtshelfer … auf Lepso, bei einer Ara, aber das muss in einem anderen Leben gewesen sein.«

Oder in einem anderen Lager, und es liegt gerade mal …

Vielen Dank, Logiksektor, und zu Ylve gewandt: »Mag sein, dass du Schmerzen verspürst.«

»Glaube ich nicht«, erwiderte Ylve. »Du weißt, ich kann nichts empfinden«

»... zumindest glaubst du das, Mädchen. Ich bin mir allerdings sicher, dass viele Nervenrezeptoren noch arbeiten. Solche, von denen du nicht einmal eine Ahnung hast, dass sie existieren.«

Ylve erwiderte nichts. Sie schluckte die beiden Tabletten, die ich ihr reichte und die ebenfalls aus den Beständen meines Anzugs stammten.

Ich griff nach dem metallenen Arm, dachte mich in die Vielzahl seiner Funktionen, erschauderte. Mit diesem Ding konnte man anderen unglaubliche Schmerzen zufügen – und manchen Wesen ebenso unglaubliche Wonnen bereiten.

Ich folgte den offen liegenden Verbindungsgestängen, den Metallschnüren und Führungsrollen, den winzigen Motoren, suchte nach den energetischen Knotenpunkten. Das Zupfen an einem Faden im Beugegelenk brachte einen als Kralle ausgearbeiteten Finger dazu, sich zu krümmen. Hinter dem Gelenk entdeckte ich den Platz, der für das Notfall-Energiepak reserviert war. Die Steuerung des Arms konnte von hier aus mithilfe eines Reserveaggregats von außen aktiviert und damit zum Leben erweckt werden. Selbstverständlich hatte man das Teil entfernt, als Ylve hierher gebracht worden war, und gleichzeitig einen Teil der peripheren Umgebung beschädigt.

Ich beobachtete die junge Frau. Sie verdrehte die Augen, glitt allmählich in einen ohnmachtähnlichen Schlaf. Ich tastete nach Herzschlag und Puls. Ihr und dem Kind schien es gut zu gehen. Ich legte die »Panikpille« neben mich, mit deren Hilfe die Sklaven während ihrer Unterwasserarbeit in einen Zustand erhöhter Leistungsfähigkeit gebracht werden konnten. Im Fall des Falles würde ich sie damit in die Realität zurückholen.

Ich betrachtete Kleinteile, Werkzeug und das Energiepak; all jene Dinge, die ich zusammengestohlen hatte.

Natürlich wurden wir jeden Morgen und jeden Abend gefilzt. Aber die Wärter arbeiteten schlampig. Sie machten vor gewissen Körperöffnungen halt, und sie hatten auch nicht auf jenen Schwerverletzten geachtet, dessen Körper ich für den Transport der wichtigsten Fundstücke verwendet hatte.

Der Arkonide war mittlerweile verstorben und lag in einem Leichensack neben dem Eingang. Er hatte mir unendlich Leid getan und das schlechte Gewissen plagte mich, weil ich ihn für meine Zwecke missbraucht hatte. Aber meine Gefühle mussten hintanstehen, wollte ich den Überlebenden eine Chance geben, das Lager heil zu verlassen.

Das Energiepak war zu groß für die Öffnung in der Armbeuge. Ich hatte damit gerechnet. Ich suchte nach den Anschlüssen und verband die Kontakte mithilfe mehrerer Metalldrähte. Wiederum half mir Klebeband, um abzuisolieren und das Aggregat außen am Arm zu fixieren.

Es war eine behelfsmäßige Konstruktion, für die mich die Innung der Positroniktechniker an den Galgen gebracht hätte; aber sie würde, so hoffte ich, zumindest für eine gewisse Zeitspanne die Funktion des Arms gewährleisten.

Noch getraute ich mich nicht, den Aktivierungsvorgang zu initiieren. Da befanden sich zu viele Schmorspuren, die auf Gewaltanwendung hinwiesen.

Ich ließ die mechanischen Teile außer Acht und kümmerte mich um die »Anschlüsse« am Armstummel. Hier setzte die hypertoyktische Verbindung an und machte Ylve zum Teil einer Maschine. Dünnste Fäden verbanden sich zu Strängen, die wiederum, so ahnte ich, zu Nervenknoten in Ylves Nackenbereich führten.

Der Frau war unfassbares Leid angetan worden. Wenn das stimmte, was sie sagte – und es gab keinen Grund, ihr zu misstrauen –, übermittelten diese künstlichen Nervenstränge völlig falsche Signale an ihr Gehirn. Dasselbe geschah natürlich auch in umgekehrter Richtung.

Konnte ich diese feinen und feinsten Verbindungen einfach kappen? Wie würde Ylve darauf reagieren?

Ich entschied mich dagegen. Die körperlichen und seelischen Konsequenzen schienen unabwägbar.

Also blieb mir nur, mich um die mechanischen Gegebenheiten zu kümmern. Ich begutachtete die Zerstörungen im Kunstarm, die irgendein Bastard angerichtet hatte, und tat mein Bestes, um im Rahmen meiner bescheidenen Möglichkeiten Reparaturarbeiten durchzuführen. Eine Messerklinge, Metalldraht, schnell erhitzende Metallpaste und viel Geduld konnten manchmal Wunder wirken, selbst in einem Zeitalter monströs leistungsstarker Positroniktechnologie.

Unsere Zeit läuft ab, meldete sich der Extrasinn zu Wort. *In den nächsten fünf oder zehn Minuten müssen wir mit einer Kontrolle rechnen.*

Ich zwang mich zur Ruhe. Nur noch wenige Handgriffe, dann war meine Arbeit abgeschlossen. Ich raffte das Werkzeug zusammen, steckte es in einem Sack zurück in die Kloake und trug Ylve zu ihrer Liegestatt. Die Panikpille ersparte ich ihr. Sie würde ohnehin in den nächsten Minuten wieder zu sich kommen. Schließlich schlüpfte ich unter die Decke des nächstgelegenen Bettes.

Ich sah mich um. Niemand hatte bemerkt, was in der Baracke vor sich gegangen war. Lediglich dreißig meiner Gefährten befanden sich noch am Leben. Sie alle schliefen tief. Selbst ich fühlte mich trotz der belebenden Impulse, die der Zellaktivator durch meinen Leib jagte, unglaublich müde.

Zwei hässlich lachende Wärter stampften in die Baracke, ein gutes Dutzend weiterer wartete mit den Waffen im Anschlag in der Nähe des Tores.

Die beiden vordersten machten ausreichend Lärm, um meine Gefährten aus dem Schlaf zu reißen, pöbelten einen meiner Landsleute an, zogen ihm die dünne Decke vom Leib und schlugen wüst auf ihn ein. Sie verhöhnten und quälten ihn, bis Blut floss.

Ruhig bleiben!, warnte mich der Extrasinn. *Du hast bereits genügend Aufmerksamkeit erregt. Deine Führungsqualitäten sind Ezio und Konsorten keinesfalls verborgen geblieben.*

Ich wusste das, verdammt noch mal! Wenn ich jetzt aufstand und meinem Kameraden, einem blutjungen Burschen, zu Hilfe eilte, würde ich meine Pläne zunichte machen; aber konnte ich zulassen, dass ihn die Wärter zu Tode prügelten?

Endlich ließen sie von ihm ab und kehrten um.

Die plötzliche Stille in der Baracke wurde lediglich vom Stöhnen des zusammengeschlagenen Opfers unterbrochen. Ich zählte bis zehn, bevor ich aufstand und dem Jungen zu Hilfe kam. Ylve, verwirrt und kaum zu koordinierten Bewegungen fähig, half mir ungelenk, die blutenden Wunden zu stillen und die Schmerzen seiner Prellungen mit kaltem Wasser zu lindern. Alle anderen Kameraden blieben in den Betten; die meisten waren bereits wieder eingeschlafen. Ich konnte es ihnen nicht verübeln.

»Sie alle werden büßen«, murmelte ich, »die da Tromin genauso wie diese Söldner. Es wird Konsequenzen geben, wie sie die Milchstraße noch niemals erlebt hat.«

»Hast du denn erreicht, was du wolltest?«, fragte mich Ylve. Ihren Metallarm hielt sie wie zu Beginn unserer Bekanntschaft unter schmutzigen Tüchern verborgen.

»Ja«, flüsterte ich zurück. »Sobald hier alles wieder ruhig ist, setze ich die Dinge in Bewegung.«

Du betrügst dich selbst, meinte der Extrasinn. *Du gibst Versprechen ab, ohne zu wissen, ob der Arm denn aktiviert werden kann.*

Unbarmherzige Logik sprach aus meinem lebenslangen Begleiter. Manchmal hasste ich ihn dafür.

Kapitel 22

Aizela. Hoffnung.

Allerorts war das Zeichen zu sehen, obwohl erst wenige Tage seit dem Beginn der neuen Aktivitäten der Widerstandskämpfer vergangen waren.

»Du bist dir darüber im Klaren, wofür du stehst?«, fragte Ohm Santarin. Er marschierte neben der stolzen Arkonidin her. In aller Offenheit zeigte sie sich der Bevölkerung kleinerer Städte und rief zum passiven Widerstand gegen die Machthaber auf, ohne dass es die lokalen Behörden wagten, persönlich oder mithilfe von Roboteinheiten einzugreifen.

»Ja«, antwortete Aizela schlicht. »Ich sagte dir schon mehrmals, dass ich von meinem Vater für diese Aufgabe konditioniert worden bin.« Sie schüttelte ihr Haar und fuhr leise fort: »Wir pflegten nicht immer das beste Verhältnis. Penzar da Onur war für mich eine Gestalt, die weit oben auf einem Sockel stand und befahl, was zu geschehen hatte. Er sorgte dafür, dass ich stets *das Richtige* tat. Aber meist handelte es sich um das *für ihn* Richtige. Meine eigenen Wünsche und Bedürfnisse ließ er außer Acht.« Sie seufzte. »Er war mir und den anderen Familienangehörigen ein halsstarriger Despot, den Untergebenen auf Lepso ein unfreundlicher und unangenehmer Zeitgenosse. Erst vor kurzem erfuhr ich, welche finanziellen Opfer der Khasurn auf sich nehmen musste, damit ich jene Ausbildung genoss, die mir hier von Nutzen ist ...«

Aizelas Schritt wirkte graziös. Huldvoll grüßte sie nach links und rechts, fasste einem vielleicht fünfjährigen Mädchen mit rotblondem Haar prüfend unter das Kinn und küsste es schließlich auf die Stirn. Die Mutter, die das Kind hielt, zeigte Tränen der Erregung. Wahrscheinlich konnte sie sich selbst nicht erklären, wieso.

»Vater meinte stets, dass die kleinen Dörfer und Städte, in denen die Ausbeutung der Bevölkerung besonders arg betrieben würde, jene Gebiete seien, die ich als Erste erobern sollte. Druck, so meinte er, entstand stets von ganz unten.«

Die da Onur strahlte Selbstbewusstsein, Charme, Unbeugsamkeit, Stärke und Hoffnung aus. Wo immer sie auftrat, hinterließ sie bleibenden Eindruck. Niemand schien sich ihrem Einfluss entziehen zu können. Auch Ohm nicht.

»Alles ist Psychologie«, sagte Aizela, während sie den versammelten Arkoniden des kleinen, verstaubten Nests zuwinkte und schließlich in den wartenden Gleiter stieg. »Ich bin eine Arkonidin und Adlige, allerdings mit einer besonderen Ausbildung. Ein jeder Schritt ist angelernt, eine jede Geste tausendfach geübt. Die Stimme. Die Haltung des Kopfes. Der Blick. Das Knicken eines Fingers. Selbst der Halt meines Haars besitzt eine Bedeutung.« Plötzlich fiel alles von ihr ab, die Illusion erlosch. »Ich bin die Kreatur meines Vaters. Ich *weiß*, dass ich Sadik für die da Onur zurückerobern werde. Es ist mir vorherbestimmt.«

Sie starteten.

»Wirst du bei mir bleiben, wenn es geschafft ist?«, fragte Aizela mit der Stimme eines Mädchens, das verzweifelt nach Halt suchte.

»Ich ... weiß es noch nicht.« Ohm wandte sich ab, blickte auf das weite und flache Land seiner Heimat hinab.

Er log. Er wusste ganz genau, was er antworten würde.

»Es ist, als hätten wir eine Lawine ausgelöst«, sagte Erikon. »In den ländlichen Bereichen redet man bloß noch über Aizela. Über die Hoffnung, dass alles besser werden würde. Gart da Tromins Beliebtheitsgrad ist auf einem Tiefpunkt angelangt. Jedermann, der dieses Weib gesehen hat oder ihm gar begegnete, kann sich vor Begeisterung kaum mehr einkriegen.«

»Ich höre die Worte aus deinem Mund kommen, stelle aber keine wahre Begeisterung fest«, sagte Ohm Santarin misstrauisch. »Vertraust du Aizela etwa nicht?«

»Sie ist Adlige«, sagte Erikon kühl. »Die da Onur ist in ähnlichen Sphären aufgewachsen wie die jetzigen Machthaber. Ich hoffte auf eine Revolution, die von der Basis her erfolgt; wo jedermann sagen kann, was er will. Wo Beschlüsse nach basisdemokratischen Diskussionen fallen ...«

Du armer, armseliger Sozialromantiker, dachte Ohm, während Erikon seine Träume weiter vor ihm ausbreitete. *Wie konnte ich jemals auf dich und deinesgleichen hereinfallen! Du sprichst von Gleichheit und Brüderlichkeit und verlierst dabei jeglichen Bezug zur Realität. Überall, wo Arkoniden zu Hause sind, regiert die starke Hand. Das Volk braucht seine Helden, seine Anführer, seine Ikonen.*

Was hatte ihm seine Illusionen geraubt? Der langjährige Aufenthalt auf Lepso? Die Erfahrung mehrerer Jahre in einem der kompliziertesten Gesellschaftsgefüge der bekannten Milchstraße?

Nein. So einfach durfte er es sich nicht machen ...

»Nachricht vom USO-Satelliten!«, meldete Aizela mit seltsamer Stimme über Funk an sein Multifunktionsarmband. Sie hatte sich in ihre gemeinsame Bunkerbasis zurückgezogen, um ein paar Stunden auszuruhen.

»Gibt's was Besonderes?«, fragte Ohm beunruhigt. »Will Decaree nicht länger warten und angreifen?«

»Mehr oder weniger«, sagte Aizela. Sie wirkte wie ein kleines Mädchen. Ratlos und verletzlich, aber auch unendlich erleichtert.

»Der Satellit hat eine Nachricht aufgefangen, die von Atlan stammt. Der Lordadmiral lebt! Er befahl das Eingreifen der USO-Truppen während der nächsten Stunde. Der Krieg beginnt.«

Ohm Santarin stürmte ins Quartier und riss der Arkonidin das ausgedruckte Gesprächsprotokoll aus der Hand. Hastig las er es durch, schüttelte ungläubig den Kopf.

»Ich brauche sofort eine Standleitung zu Tipa und Decaree«, forderte er von der Lagerpositronik.

»Das ist doch Wahnsinn!«, sagte Aizela. »Damit gefährden wir unsere Deckung. Die Truppen der da Tromin kreisen unseren Standort ohnehin bereits ein.«

»Wir benötigen augenblicklich dieses Gespräch!«, fuhr Ohm sie wütend an. »Ein offenes Eingreifen der USO würde den üblichen Reflex aller arkonfreundlichen Regierungen mit sich bringen. Terra würde sich aufseiten der USO wiederfinden, und wir hätten jenen politischen Flächenbrand, den wir unbedingt vermeiden wollten. Ich kann mir nicht vorstellen, dass dies im Sinne Atlans ist. *Wir* müssen mit diesem Problem fertig werden.«

»Lies, was Atlan über seine Situation erzählt!«, forderte Aizela. »Er erwähnt seine eigene, sicherlich verzweifelte Situation nur ganz am Rande. Es geht ihm lediglich um seine Mitgefangenen. Ohne rasches Eingreifen der USO, so fürchtet er, wird das Blutvergießen in diesem Lager zum Tod aller Gefangenen führen.«

»Atlan hat nichts von den Entwicklungen der letzten Tage mitbekommen, Aizela! Er weiß nichts vom Stimmungsumschwung, den du bewirkt hast. Er hat keine Ahnung, dass es eine Alternative zu seinem Befehl gibt.«

»Du willst also den Befehl deines Vorgesetzten infrage stellen?«

»Um des Friedens in der Milchstraße willen – ja!« Ohm fühlte sich in eine Rolle gedrängt, der er sich kaum mehr gewachsen fühlte. Warum fällte er eine Entscheidung, die ihm nicht zustand? Warum wagte er es, die Erfahrungen und Befehle eines Zehntausendjährigen infrage zu stellen?

Weil ich weiß, dass ich Recht habe!, beantwortete er sich selbst die Frage. Entschlossen aktivierte er die Verbindung zum USO-Satelliten und ging auf Standleitung.

Aizela atmete tief durch, wandte sich ab, starrte die nackte Wand an.

»Vertrau mir«, bat Ohm sie inständig. »Ich werde dafür sorgen, dass du diesen Thron zurückerhältst, nach dem sich deine Familie so sehr sehnt.«

Sie schwiegen, während die Verbindung über mehrere Umleitungsroutinen aufgebaut wurde.

»Sag einmal – hast du eine Ahnung, wie Atlan es geschafft hat, die USO zu kontaktieren?«, fragte Ohm schließlich, um das unangenehme Schweigen zu brechen.

»Auf den Bildern dieser Aufnahmepositronik ist nicht allzu viel zu erkennen«, sagte Aizela ohne besonderes Interesse. »Wenn es nicht zu abstrus wäre, würde ich behaupten, dass er während des Gesprächs einen ausgebrannten Robotarm an sein Gesicht hält.«

Kapitel 23

Gart da Tromin wütete durch die Privaträumlichkeiten des Familien-Khasurn. Die Schiffe einer beunruhigend großen Flotte, so war ihm zugetragen worden, tauchten wie Phantome im Sadik-System auf und verbreiteten Unruhe. Sie schienen den Einheiten der Wachflotte zumindest ebenbürtig zu sein, ließen sich aber niemals auf ein Feuergefecht ein. Sie wollten lediglich Aufmerksamkeit erregen und von anderen Dingen ablenken.

Andere Dinge ...

Auf Sadik selbst lief alles aus dem Ruder. Militärkommandanten, Stadtoberhäupter und regionale Verwaltungsleiter leisteten versteckten Widerstand. Sie wurden von jenem Phänomen in den Bann gezogen, dessen Bezeichnung »Aizela« alles oder nichts bedeuten konnte.

»Ihr treibt mir stichprobenartig weitere hundert Frauen und Männer zusammen!«, befahl Gart. »Alt oder jung, Arbeiter oder Adligenspross – ihr quetscht sie aus; zieht ihnen die Wahrheit aus der Nase.«

Mehrere Generäle und Admiräle nickten ihm hoffärtig von mehreren Bildschirmen zu. Lakaien waren sie, wusste Gart. Nachplapperer und Mitläufer, deren Existenzen von seinem guten Willen abhingen. Um die Loyalität dieser Arkoniden brauchte er sich keine Sorgen zu machen. Wenn die da Tromin fielen, war auch ihr Schicksal besiegelt.

»Wer oder was ist diese Aizela?«, fuhr er schließlich fort. »Ist sie bloß ein Symbol, ein hübsches Püppchen, das man an die Spitze dieser lächerlichen Revolutionsbewegung gesetzt hat? Dann will ich wissen, warum all unsere Präventionsmaßnahmen, die sonst immer so wundervoll gegriffen haben, diesmal fehlschlagen. Sucht und findet jene Überlebenden, die am letzten geplanten Putsch beteiligt gewesen waren. Vielleicht wissen sie etwas. Und holt mir diesen fetten Umoperierten herbei – wie hieß er noch mal? Cymbal? –, der uns schon einmal so gute Dienste geleistet hat.«

Stakkatoartig gab Gart seine Befehle, ging in all seinen Anweisungen weit ins Detail. Es war nicht die erste Regierungskrise, die er durchzumachen hatte. Er würde auch diese überleben.

Sein Khasurn besaß ausreichend Erfahrung im Umgang mit Revoluzzern – und vor allem die notwendige Ellbogentechnik.

»Du siehst erschöpft aus«, sagte Anelle. Sie griff ihm an den Kopf, rieb ihre wunderbar geformten Brüste an seinem Rücken und massierte seine Schläfen ...

»Lass das!«, herrschte er sie an. »Spar dir die Lüsternheiten gefälligst für einen deiner Liebhaber auf. Ich bin gerade damit beschäftigt, den Khasurn und damit auch deinen Hals zu retten.«

Anelle wich langsam vor Gart zurück und schenkte ihm ein zuckersüßes Lächeln. »Du wirst die Krise meistern; so wie alle zuvor.«

»Und wenn nicht, wirst du dein Geschick und deine Verführungskünste zweifellos am Sieger ausprobieren.«

»Ich bin eine schwache Frau, die nehmen muss, was sich anbietet«, sagte sie lächelnd. »Es ist schwer, sich ganz alleine durch diese düstere Welt zu bewegen.« Anelle zog ein Glimmholz aus einem platinveredelten Etui, zündete die Endstücke an, zerbrach das Holz in der Mitte und schob sie sich vorsichtig in die Nase.

Der aufsteigende Rauch, so wusste Gart, würde sie in Ekstase versetzen. Irgendwo in den weiten Hallen des Khasurn würde sie sich ein Opfer für ihre Gelüste suchen und den Bemitleidenswerten während der nächsten Stunden missbrauchen.

»Du tötest dich allmählich mit diesem Zeug«, sagte Gart. »Irgendwann wird dein Herz nicht mehr mitmachen.«

»Kannst du dir ein schöneres Ende vorstellen?« Anelle reckte ihr Becken obszön vor und ließ es langsam kreisen.

»Es gibt noch andere Dinge, die mich interessieren«, entgegnete Gart.

»Die Erweiterung deiner Macht, noch mehr Reichtum und die Unsterblichkeit.« Sie blickte ihn verächtlich an. »Willst du nicht einmal einen Moment innehalten und das Leben genießen, wie es ist?« Neuerlich warf sie ihm einen feurigen Blick zu.

»Ich frage mich, warum ich dich bis jetzt am Leben ließ.« Nachdenklich ließ Gart die Finger über jene Berührungstasten kreisen, die die Sicherheitswachen herbeirufen würden.

»Weil du mich brauchst«, antwortete Anelle. »Du hast mich um dich, um wenigstens einen Hauch jenes Lebens zu spüren, das dir für immer verweigert bleiben wird. Sex ist und bleibt für dich eine mechanische Triebabfuhr, die ich dir wie auf Knopfdruck erfülle. Aber wenn du wissen willst, was es bedeutet, dabei zu empfinden, dann beobachtest du mich bei meinen nächtlichen Umtrieben.« Sie zog die nahezu abgebrannten Stäbchenhälften aus der Nase, atmete tief durch, drehte sich um und marschierte davon. »Wenn du mich verhaften lassen willst, dann tu es *jetzt*, mein teurer Gemahl.«

Gart ließ sie gehen. Irgendwann würde er ihrer überdrüssig werden. Jetzt aber hatte er Aufgaben im Kopf, die seiner vollen Konzentration bedurften.

Ein Bericht, der soeben auf seinem Schreibtisch landete, informierte ihn über den Fluchtversuch mehrerer hundert Sklaven aus einer der Barackensiedlungen der Pikast-Fabriken. So, wie es aussah, näherte sich die Revolution auf Sadik einem ersten Höhepunkt.

Kapitel 24

Verbeulte Gleiter schossen kreuz und quer über den Barackenhof. Sie feuerten lange Energiegarben ab, töteten ein gutes Dutzend unserer Wächter, bevor diese ihre Überraschung überwanden und sich zurückzogen.

»Das sind nie und nimmer USO-Truppen!«, sagte Ylve an meiner Seite.

Sie hatte Recht. Ich hatte keine Ahnung, was hier vor sich ging. Die kurz geraffte Antwort, die ich während der frühen Morgenstunden vom USO-Satelliten übermittelt bekommen hatte, bestand gerade mal aus sechs Wörtern: »Befehl den Umständen entsprechend abgeändert. Ohm.«

Wie hatte es der junge Narr bloß wagen können, sich gegen meine Order zu stellen? Um auf Sadik aufzuräumen, benötigten wir mehr als ein paar lumpige Privatgleiter, die ein kleines Feuerwerk veranstalteten. Hier mussten andere Kaliber her, um ein Reinemachen im großen Stil in Gang zu setzen.

Immerhin wissen wir nun, dass Ohm und damit wohl auch die Besatzung der REVENGE nach deiner geplanten Gefangennahme entkommen sind.

Was änderte das daran, dass er meine Befehle missachtete?

Vielleicht hat er Dinge in Erfahrung gebracht, die wir aufgrund unserer tagelangen Isolation nicht wissen konnten? Vielleicht kennt er einen besseren Ausweg? Einen, der nicht gleich die ganze Galaxis in Aufruhr versetzt?

Dann musste er schon sehr, sehr gut sein, dieser junge, etwas verweichlicht wirkende Arkonide.

Denkst du ab und zu an jenen ebenso jungen Terraner, der das gesamte arkonidische Reich auf den Kopf gestellt und sein eigenes Volk hochgebracht hat?

Wie konnte ich das jemals vergessen? Auch wenn Perry Rhodan längst zum Freund geworden war, saß der Stachel tief. Dieser »junge Terraner« hatte mithilfe eines winzigen arkonidischen Beiboots und einer gehörigen Portion Frechheit die politischen Gegebenheiten in der Milchstraße auf den Kopf gestellt.

Ich duckte mich an die Wand der Baracke und ignorierte tunlichst den Sand, der gegen meinen Körper prasselte.

»Was machen wir jetzt?« Ylve presste sich eng an mich. Ihr Körper fühlte sich glühend warm an, ihr Kunstarm kalt wie Eis. Hinter ihr kauerten wie an einer Perlenschnur aufgereiht die weiteren Mitgefangenen unserer Baracke. Sie alle blickten verwirrt und wussten nicht, wie ihnen geschah.

»Einer der Gleiter wird uns abholen; davon bin ich überzeugt!«, rief ich ihnen mit einer Sicherheit zu, die ich keinesfalls verspürte.

Weitere Schüsse fielen. Das Hauptgebäude unserer Wächter ging in Flammen auf. Ein Schutzschirm, der sich eben erst aufbauen wollte, sank augenblicklich in sich zusammen.

In mehreren Ecken des Lagers wurde noch Widerstand gegen die kleine Gleiterflotte geleistet. Ich hatte kein Auge für diese Teilaspekte der Schlacht. Viel bedeutsamer erschien mir, dass die Lagertruppen in den nächsten Minuten Unterstützung von außen erhalten würden. Der Überfall konnte nicht unbeobachtet geblieben sein.

Eines der Schiffe landete. Ein Mann und eine Frau ließen sich in der Schleuse blicken, vom Glimmen ihrer Schutzschirme eingehüllt. Ohm Santarin und Aizela da Onur. Sie wurden von mehreren Kameradrohnen umlagert, die nicht nur die Umgebung des Gleiters ablichteten. Warum, bei Tran-Atlan, ließen sie sich während des Befreiungskampfs filmen?

Propaganda ist stets ein Teil der Schlacht, meinte der Extrasinn. *Du solltest das selbst am besten wissen.*

»Dorthin!«, befahl ich Ylve und den vor Angst schlotternden Mitgefangenen hinter ihr. »Lauft, so rasch ihr könnt – dann seid ihr in Sicherheit.«

Ich trat aus dem zweifelhaften Schutz der Barackenwand, blickte mich um, stieß die Schwangere schließlich vorwärts, auf den Gleiter zu. Zögernd folgten ihr die anderen. Sie schienen kaum begreifen zu können, was rings um sie geschah.

Ein Wutschrei erklang.

Ezio hatte sich uns von hinten genähert. Er schwang seine auf Höchstleistung glühende Neuropeitsche.

Der Wächter lachte. In seinen Augen waren Irrsinn und Angst zu sehen. Eine Mischung, wie ich sie gefährlicher kaum kannte.

Ich lief auf ihn zu, ignorierte die warnenden Rufe Ohms und Aizelas. Die beiden konnten nicht auf den wahnsinnigen Wächter feuern, ohne mich oder das Leben meiner Kameraden zu gefährden.

Die Neuropeitsche zuckte herab. Ich warf mich zu Boden, rollte mich zur Seite, kam wieder hoch, stürmte weiter. Das Ding konnte eine tödliche Waffe sein. Ezio war nicht gerade der geschickteste Peitschenschwinger – da hatte ich früher während meiner Zeit unter den Barbaren auf Larsaf III andere Talente erlebt. Er holte zu weit aus, ließ sich zwischen den Hieben zu viel Zeit, darin lag meine Chance. Ich musste ihn erreichen, bevor er wiederholt zuschlagen konnte. Zischend fuhren die Metallbänder über mich hinweg. Dann war ich an Ezio heran und rammte ihm den Kopf in den Bauch.

Er ächzte und stolperte nach hinten weg. Vom Schwung mitgerissen landete ich auf ihm.

Dagor!, drängte mein Extrasinn.

Ich war zu wütend, um auf ihn zu hören. Alles in mir drängte danach, ihm eine Lektion zu erteilen. Die Peitsche war seiner Hand entglitten. Wir wälzten uns auf dem Boden. Im Vollbesitz meiner Kräfte hätte ich unseren Foltermeister mit eins zwei Dagor-Griffen schnell besiegt. Aufgrund seiner Massigkeit wirkte er plump und steif, doch war er zäh und sehr stark.

Ich aber war ein Wrack. Ein Geist, dessen Reaktionen nicht mehr ausreichend auf den völlig erschöpften Körper weitergegeben werden konnten. Ezio traf mein Kinn; meine Zähne knirschten. Mit einem Tritt erwischte er mein Schienbein. Er hieb in meinen Magen, traf den gepolsterten Zellaktivator; wunderte sich, rieb seine schmerzende Hand.

Ich vergaß mich. Besinnungslos vor Wut drosch ich auf ihn ein, schlug ihm ein paar Zähne aus, brach sein Nasenbein. In einem unaufmerksamen Moment trat er mir mit dem Knie in meine Weichteile. Ich war für wenige Sekunden außer Gefecht gesetzt. Ezio bekam einen Holzkeil in die Finger und hämmerte ihn hart an meine Schläfe, dass ich die Besinnung verlor.

»Und jetzt weg von hier!«, sagte Ohms Stimme von unendlich weit entfernt. Ezios Körper wurde von meinem gewälzt. Ylve zog ihren metallenen Arm aus dem Rücken des Wärters. Sie hatte ihn mit einem ihrer Werkzeuge erstochen.

Ich ließ mich stützen, geriet in das Feld einer Antigravtrage und wurde zum wartenden Gleiter transportiert.

Flammen loderten und flackerten hochzüngelnd. Das Camp der Pikast-Jäger wurde aufgelöst. Niemals mehr würde hier jemand leiden müssen.

Kapitel 25

»Wer ist diese Aizela?«, fragte Ziabad da Tromin. Kleine Bohrer senkten sich von mehreren Seiten herab und stachen in die Narben des entblößten Leibs des Folteropfers.

»Ich ... weiß es nicht«, stöhnte Cymbal.

»Natürlich weißt du es.« Ziabad lächelte kalt. »Du warst uns schon einmal dienlich, mein Bester. Hast du das etwa vergessen? Die Gegend, in der du dein jämmerliches Leben verbringst, war stets ein Hort der Revolution. Dort geschieht nichts, ohne dass du Wind davon bekommst.«

»Ich weiß nichts ...«

Ziabad ließ ein Mittel in den Körper des Dicken leiten, das sein Schmerzempfinden verstärken würde.

»Es ist mir rätselhaft, warum eine fette Qualle wie du mentalstabilisiert sein sollte. Aber um ehrlich zu sein, empfinde ich keinerlei Bedauern. Schmerz ist ein treuer Gefährte meines Lebens – wusstest du das? Manchmal gebe ich, manchmal nehme ich.«

Gart da Tromin sah seinem »Sohn« für ein paar Minuten bei dessen Arbeit zu und wandte sich schließlich ab. Ziabad mochte sein genetischer Klon sein; schlussendlich war er aber ein schrecklicher Fehlversuch geblieben. Auch auf diese Art und Weise war es ihm nicht gelungen, Unsterblichkeit zu erlangen. Niemals, so wusste Gart heute, würde dieses Wesen sein Nachfolger als Patriarch des Khasurn werden.

Gart trank eine Tasse dunklen und bitteren K'amanas. Dann analysierte er die beunruhigenden Berichte, die aus allen Ecken und Enden Sadiks bei ihm eintrudelten. Es stand schlecht um die Sache der da Tromin. Aizela eroberte den Planeten im Sturm. Einem Virus gleich breitete sich dieses Gift namens Hoffnung auf seinem Planeten aus. Truppen liefen scharenweise zum Feind über oder leisteten keinen Widerstand, wenn irgendwelche Bauerntölpel die Kasernen stürmten. Selbst hier, in seiner Heimatstadt, waren die Vorboten des Gegners bereits angelangt. Und sie trugen nicht nur den Namen Aizela auf den Lippen, sondern auch den des unsterblichen Atlan da Gonozal.

Nach geraumer Zeit gesellte sich Ziabad zu ihm.

»Hast du etwas herausgefunden?«, fragte Gart seinen Sohn.

»Er wollte nicht reden.« Ziabad wischte sich Blut von den Ärmeln seines blütenweißen Anzugs. »Er ist mir entglitten. So wie alle anderen zuvor. Sie wollen einfach nichts sagen.«

»Du hast nichts?!« Gart schüttelte verwundert den Kopf. »*Gar* nichts?«

»Nein.« Ziabads unsteter Blick glitt über ihn. »In den letzten Augenblicken seines Lebens sagte der Fette lediglich, dass er eine schwere Schuld abzutragen hätte. Er starb lächelnd, stell dir vor! Ich wollte, ich hätte ihn schon früher kennengelernt. Wir beide hätten sicherlich einen Haufen Freude aneinander gehabt ...«

»Du kannst gehen«, sagte Gart angewidert. »Und lass die Sauerei in deinem ... Spielzimmer gefälligst wegräumen.«

Ziabad verneigte sich, entblößte die Narben am Halsbereich, die ihm eine frühere Gespielin zugefügt hatte, und verließ schließlich sein Arbeitszimmer.

Gart fühlte sich plötzlich alleine. So, wie er es zeitlebens gewesen war. Die Last einer ganzen Welt legte sich schwer auf seine Schultern.

Kapitel 26

Umjubelt von Hunderttausenden, zogen wir in die Planetenhauptstadt Meotan ein. Die Maske des Eli Pattri musste ein letztes Mal herhalten. Auch wenn die Widerstandsbewegung Atlans Namen vor sich hertrug, wollte ich dennoch nicht, dass meine Einmischung offiziellen Charakter bekam. Der kommende Machtwechsel würde dem labilen politischen Gleichgewicht in dieser Sternenregion ohnehin weitere Brisanz verleihen. Dabrifa und der Carsualsche Bund, vielleicht auch die Zentralgalaktische Union, würden der neuen Planetenregierung ihre Aufwartung machen und die üblichen Ränke schmieden. Aizela würde es schwer haben, ihren tödlichen Umarmungen zu entgehen. Ich hatte diese Spielchen oft genug mitgemacht, um zu wissen, wie viel schmutzige Wäsche dabei gewaschen wurde.

»Du fühlst dich also bereit, die Verantwortung zu übernehmen?«, fragte ich die da Onur.

Stolz stand sie im Fond des oben offenen Gleiters und winkte den enthusiasmierten Massen zu. »Ich wurde dafür ausgebildet«, sagte sie.

»Du weichst einer direkten Antwort aus.«

Sie zeigte ein strahlendes Lächeln, das von Dutzenden Kameras eingefangen wurde. »Sadik ist mein Schicksal. Immer gewesen. Der Khasurn der da Onur wird aus der Isolation auf Lepso gerissen und in neuem Glanz erstrahlen. Was spielt es da für eine Rolle, wie ich mich fühle?«

»Ohm Santarin könnte dich lieben, wenn du es wolltest. Ich merke, wie gut ihr euch versteht. Wir alle verdanken ihm viel. Er hat eine Entscheidung getroffen, die ihn bei der USO zweifelsfrei für höhere Aufgaben qualifiziert. Aber er ist unstet. Es täte ihm gut, eine gleich starke Partnerin neben sich zu haben. Nicht ein in Watte verpacktes Püppchen, das von einem Elfenbeinturm aus über ein Volk herrscht. Er sucht eine Frau. Keine Ikone.«

»Wir haben über dieses Thema bereits gesprochen.« Aizela winkte ein letztes Mal, schloss die verdunkelte Kuppel des niedrig fliegenden Gleiters und ließ sich neben mir in einen Formenergiesessel plumpsen. »Unsere Ansichten über eine gemeinsame Zukunft gehen leider weit auseinander. Es ist so, wie du sagst. Sadik wäre ihm zu wenig Heimat. Ich wäre ihm zu wenig Frau.«

Aus der so selbstbewusst wirkenden Frauengestalt wurde übergangslos ein kleines, gut duftendes Häufchen Elend. »Ich weiß nicht, wie ich es schaffen soll, Atlan, ich weiß es wirklich nicht. Natürlich wurde ich auf mein Schicksal vorbereitet; aber nun, da es wirklich so weit ist ... Ich habe keine Ahnung, wie ich mit der Verantwortung umgehen soll.« Sie deutete auf Unterlagen, die vor uns ausgebreitet lagen. »Sieh dir dies bloß an! All diese Schweinereien der da Tromin konnten wir binnen kurzer Zeit ans Tageslicht bringen, und das ist wohl erst die Spitze des Eisbergs. Meine Lebenszeit wird nicht ausreichen, um die Schäden auch nur zu beseitigen, die angerichtet wurden, geschweige denn, etwas Neues aufzubauen.«

»Sadik ist reich, die Flotten sind gut ausgestattet. Es existiert eine gute Infrastruktur.«

»... dies alles beruhte bloß auf der Ausbeutung breiter Schichten der Bevölkerung. Mit der Heimkehr der da Onur wird sich vieles ändern müssen und für manche nicht nur zum Guten.«

»Ich biete dir meine volle Unterstützung an«, versprach ich Aizela.

»Solche, die von den Terranern kommt?«, fragte sie heftig. »Nein danke – darauf kann ich verzichten!«

»Die USO wird dir helfen, wenn du es denn willst. Es wird keine Gegenleistung verlangt.« Ich zuckte mit den Schultern. »Wir arbeiten weder für die Erde noch gegen Arkon. Glaubst du mir, wenn ich sage, dass mir eine geeinte Milchstraße vorschwebt? Ein Völkerbund, in dem selbst der Kleinste noch seine Meinung äußern darf?«

Sie blickte mir prüfend in die Augen. »Ja, ich glaube dir. Du bist ein hoffnungsloserer Narr, als ich ursprünglich befürchtete.« Sie wechselte das Thema. »Wie geht es deinen Verletzungen?«

»Ein, zwei Tage Ruhe noch, und ich kann wieder über das Eis steppen, wenn mir danach ist.«

»Was ist mit dieser Schwangeren? Ylve heißt sie, nicht wahr?«

»Sie hat gestern entbunden. Einen Jungen.« Ich verschwieg, dass der Vater dem Geschlecht der da Tromin angehörte. »Sie fühlt sich noch schwach, auch das Kind ist nicht sonderlich gesund. Aber beide werden durchkommen.«

»Das freut mich zu hören. Hat sie vor, mit dir zu gehen? Sadik den Rücken zu kehren?«

»Ich glaube kaum, dass sie hierbleiben will. Sie erzählte mir schreckliche Dinge, die sie durchmachen musste.«

»Die neue Regierung Sadiks wird ihren Fall vor Gericht bringen und sie zweifelsfrei entschädigen. Ihre psychischen Narben können ebenfalls behandelt werden.«

»Ich glaube nicht, dass sie dazu bereit ist.«

Ich drehte mich zur Seite und blickte aus dem Gleiterfenster. Ylves Fall lag mir schwer im Magen – und doch war sie bloß das geringste aller Probleme, mit denen Aizela in der nächsten Zeit konfrontiert werden würde. Die junge Frau benötigte wirklich alle Unterstützung der Welt.

»Wir sind da«, sagte sie schließlich.

»Ja. Ich kenne diesen Ort bereits.«

Wir stiegen aus. Schwer bewaffnete Revolutionsgarden warteten auf uns und sicherten den Weg zum Khasurn der da Tromin. Ihre Präsenz hatte lediglich psychologischen Charakter.

Vor dem Eingang des Gebäudes wartete Gart da Tromin, umringt und bewacht von weiteren Männern der Revolution. Sie hatten den Turm ohne Widerstand erobern können. Selbst die engsten Vertrauten und die persönliche Leibstandarte des absoluten Herrschers über Sadik waren nicht bereit gewesen, sich auf einen letzten Kampf einzulassen.

Gart hatte an Gewicht verloren, seitdem ich ihm das letzte Mal gegenübergestanden hatte.

»Eli Pattri«, sagte er, ohne Aizela eines Blickes zu würdigen. »Ein bedeutungsloser Patriarch, ein Vagabund des Weltalls, besiegte also das Geschlecht der da Tromin.« Stocksteif stand er da, den Blick an mir vorbei ins Leere gerichtet.

»Nicht ich war es«, sagte ich leise.

»Wer dann?« Er schüttelte den Kopf. Seine Gesichtszüge drohten ihm zu entgleisen. »Ich verstehe es nicht! Warum jetzt? Warum hier? Was habe ich falsch gemacht?« Seine Schultern fielen kraftlos nach vorne. Plötzlich wirkte er um Jahrzehnte gealtert.

»Manchmal genügt ein Wort. Eine Geste. Eine einzige Person, die den Stein ins Rollen bringt.«

»Sie beleidigen meine Intelligenz, Eli Pattri. Worte alleine haben keinen Wert. Ich bin mir sicher, dass Sie mit besonderen Hilfsmitteln agierten. Waren es Mutanten, die Ihnen zur Seite standen? Gerätschaften zur Massensuggestion? Die Unterstützung Dabrifas?«

Ich zuckte mit den Schultern. Jegliche Diskussion erschien mir plötzlich sinnlos. Gart da Tromin wollte die Wahrheit nicht hören. Er würde sie nicht verstehen.

»Darf ich Ihnen Ihre designierte Nachfolgerin Aizela vorstellen?« Ich trat der Form halber einen Schritt zurück.

»Mit welchem Recht maßen Sie sich an, über Sadik und seine Lehensgebiete bestimmen zu dürfen?«, brauste der da Tromin auf. »Unsere politischen Verbündeten auf Arkon werden diesen Putsch nicht dulden. So rasch, wie Sie aufgestiegen sind, werden Sie auch wieder hinweggewischt werden.«

»Das glaube ich kaum, Patriarch«, sagte Aizela kühl. Kurz blickte sie auf eine Botschaft, die auf ihrem Multifunktions-Armband aufblinkte. »Meine Rechte sind weitaus älter als die Ihren. Niemand wird meine Legitimation anzweifeln.«

»Ich verstehe nicht ...«

»Ich bin Aizela aus dem Geschlecht der da Onur. Ich entstamme jenem Khasurn, den Ihre Vorfahren durch Intrigen und gemeinen Betrug von Sadik vertrieben haben. Dessen Name ungerechtfertigt Schimpf und Schande ertragen musste. Weil die da Tromin sie um ihre Rechte betrogen haben.«

Mit jedem Wort schien sie zu wachsen, immer weiter aus sich herauszugehen, während Gart die Worte wie Peitschenhiebe hinnahm.

»Lächerlich!«, sagte er leise. »Die da Onur wurden des Verrats gegen Arkon überführt. Die Rolle der da Tromin ist über alle Zweifel erhaben ...«

Er flüsterte nur noch, blickte sich wie ein in die Ecke getriebenes Tier nach allen Seiten um.

»Es gibt Beweise für den Verrat Ihres sauberen Geschlechts«, fuhr Aizela fort. »Sie befinden sich hier, in diesem Khasurn.«

Gart da Tromin wirkte nun völlig überrascht, öffnete den Mund, als wollte er etwas erwidern, schloss ihn gleich darauf wieder.

Ohm Santarin trat gemeinsam mit Erikon aus dem Prunktor des Gebäudes. Er grinste müde und wedelte mit einem altertümlichen sechseckigen Datenträger. »Wie du vermutetest, At... Eli Pattri. Die Unterlagen über die größten Schweinereien, die diese feinen Pinkel in den letzten Jahrhunderten begangen haben, waren in den Räumlichkeiten seiner Frau versteckt – und dies nicht einmal gut getarnt. Ich habe eine Kopie gezogen und die Originale sowie dieses arkonidische Wrack sicherstellen lassen.«

Er winkte drei Männer vorbei. Einer von ihnen steuerte über eine Antigraveinheit mehrere fein säuberlich beschriftete Metallkisten. Die beiden anderen schleppten eine Frau in ihrer Mitte ins Freie. Ihr verlebtes Gesicht war von Gier und Ekstase gezeichnet. Speichel tropfte aus ihrem Mund, die Augen waren verdreht. Die hageren Hände umkrampften Schmuck und Edelsteine. War dies tatsächlich Anelle, die dritte Ehefrau des Patriarchen?

»Wie könnt ihr es wagen ...« Gart stürzte nach vorn, wurde jedoch augenblicklich von einem Schutzfeld abgebremst. Erikon grinste ihn an. Sein Kunstauge rotierte in der Fassung.

Der alte Revolutionär genoss sichtlich das Gefühl, über den einstmals mächtigsten Mann eines kleinen Sternenreichs verfügen zu können.

»Wollten Sie eben Ihre Frau schützen, Patriarch?« Aizela tat ebenfalls einen Schritt nach vorne. »Oder ging es Ihnen eher um die Unterlagen, die wir sicherstellen konnten? Bergen sie tatsächlich all jene schmutzigen Geheimnisse Ihres ach so feinen Geschlechts?« Sie nickte Ohm zu. »Bringt ihn weg. Gewährt ihm alle Rechte, die einem Zhdopandel zustehen. Soll er diese Privilegien nützen, solange seine Schuld noch nicht durch ein ordentliches Gerichtsverfahren auf Celkar bewiesen ist.«

Celkar ... jener Planet im einstmals Großen Imperium, auf dem Recht gesprochen wurde. Auch heute noch, lange nach dem Zerfall des Reichs, galten Richtersprüche, die dort getätigt wurden, als verbindlich.

»Ist alles dokumentiert?«, fragte Aizela, während Gart da Tromin, ohne Widerstand zu leisten, abtransportiert wurde. »Reichen die Beweise?«

»Ja.« Ohm nickte. »Wir haben während der Durchsuchung des Khasurn keinen Fehler begangen.« Er blickte Aizela an. »Wir haben die Dokumente über den Betrug an den da Onur sichergestellt. Gart muss sich derart sicher gefühlt haben, dass er ganz auf Schutzmaßnahmen verzichtete.«

»Hochmut. Eitelkeit. Präpotenz. Cäsarenwahn. Die Psychoanalytiker hätten ihre wahre Freude mit Gart da Tromin.«

»Denselben Spaß werden die Richter in der *Arena der Gerechtigkeit* mit ihm haben«, sagte Aizela da Onur. Sie hielt ihre Lippen fest aufeinandergepresst und atmete schwer. Nun, da die Begegnung mit dem da Tromin vorüber war, überkam sie die Bedeutung des Augenblicks mit voller Wucht.

»Sagt mir endlich, mit welchen Waffen ihr gekämpft habt!«, rief Gart, während er in einen gepanzerten Gleiter gebracht wurde. »Ich bitte euch – verratet mir das Geheimnis!«

Ich drehte mich um. »Es war die Hoffnung, die dich zu Fall brachte, Gart da Tromin«, sagte ich. »Die Hoffnung der Sadiker auf ein besseres Leben.«

»Lügner!«, schrie er zurück. »Es kann niemals so einfach gewesen sein ...«

Die Gleitertür fiel in die Fassung und schnitt dem Patriarchen das Wort ab. Die da Tromin waren Geschichte.

Kapitel 27

Pinter war der 91. Tyarez-Träger. Er hatte keine Ahnung, warum ihn der See ausgesucht und ihm eine Lebensverlängerung geschenkt hatte.

Er nahm es hin. Stoisch und ohne viel Worte darum zu machen. So, wie er es immer gehalten hatte.

Die Haut war neugierig, das spürte er. Sie versuchte Einfluss auf ihn zu nehmen, wenn er die alte Handwerksfabrik aufsuchte, in der er viel Zeit verbracht hatte.

Seine arthritische Hand bewegte sich dank einer sanften Lenkung durch den Tyarez recht gut. Er fertigte Werkstücke, die von seltener Eleganz und hoher Praktikabilität waren. Von den anderen seines Volkes wurde er bewundert und geschätzt. Immer länger wurde die Schlange derjenigen, die »Dinge« von ihm haben wollten.

Dinge ...

Gegenstände, die das tägliche Leben erheblich erleichterten. Solche, die von unbegreiflicher Qualität waren.

»Es ist die Haut, die mich führt«, betonte Pinter immer wieder. Er legte keinen gesteigerten Wert auf Lob und Ehre.

Noch niemals zuvor hatte sich ein Tyarez seinem Träger derart intensiv mitgeteilt. Allen anderen hatten sie lediglich ein hohes Alter garantiert und dabei scheinbar Wissen abgezogen, um für den See zu lernen. Ein langer, ein langwieriger Prozess der gegenseitigen Beschnupperung schien noch lange nicht zu Ende zu sein.

Bis ...

Pinter schlief und träumte von jugendlichen Abenteuern, als er die Stimme erstmals hörte.

Ich finde, dass wir uns gut ergänzen, flüsterte ein Etwas in seinen Gedanken.

Pinter schlug die Augen auf, suchte seine Hütte nach dem unsichtbaren Gesprächspartner ab.

Ich glaube, dass wir unsere Zusammenarbeit verstärken sollten.

Die Stimme saß *in ihm!* Die ... die Haut sprach zu ihm!

Beruhige dich, Pinter. Es ist alles in Ordnung.

Warum hast du nie ... warum habt ihr so selten Kontakt mit uns aufgenommen? Er stand auf, bekämpfte den Schwindel, der ihn packte, und erleichterte sich auf der Toilette. Dann betrachtete er sein Ebenbild im schlierendurchzogenen Spiegel. Dasselbe alte, faltige Gesicht blickte ihn an. Wässrig wirkende Haut überzog es.

Die Zeit war nicht reif dafür. Aber jetzt, so habe ich für die Tyarez beschlossen, werden sich die Dinge ändern.

Ich verstehe nicht ...

Ihr besitzt großartige Ideen. Euer Geist ist rein und unschuldig. Ihr wärt dazu berufen, Weisheit und Vernunft auf anderen Welten zu verbreiten.

Pinter lachte sein Ebenbild im Spiegel an. *Dazu reicht unser Geschick nicht. Wir sind's zufrieden in der Heimat.*

Wir könnten euch die handwerklichen Talente geben und euch zu Künstlern in jedem Bereich machen. All eure Theorien, die ihr seit Jahrtausenden ausbildet, rückten plötzlich in Griffweite. Denk zum Beispiel an das geistige Konstrukt der Falttechnik, das ihr schon vor langer Zeit zur Perfektion entwickelt habt, ohne eine Anwendung zu wagen. Aber wir, die Tyarez, könnten euch vieles ermöglichen!

Die Falttechniken ...

Wissen, irgendwo geparkt und in seiner praktischen Anwendung unendlich weit entfernt. Und die Tyarez würden ihnen helfen, ihre Arme führen, wenn sie sich an die Konstruktion machten?

So ist es, Pinter. Es hat wohl niemals eine bessere und vernünftigere Symbiose als jene zwischen den Tyarez und den Gavivis gegeben.

ZWEITES BUCH

Frustriert verwirbelte Artemio Hoffins das Holobild Camouflages. Nach wie vor zeigte die 3-D-Grafik große Lücken. Räume, Hallen, Flächen und Transportfalten – sie alle wurden vom Gegner verschoben und verändert.

Er ließ sich in seinen Stuhl fallen. Ein Roboter reichte ihm ein Glas, halb gefüllt mit terranischem Likör, dessen harzigrauchigen Geschmack er besonders schätzte.

»Verluste?«, fragte er ins Akustikfeld.

»Sechs Mann«, antwortete ein Offizier der – ehemaligen – Schwarzen Garde. »Dazu eine knappe Hundertschaft an Kampfrobotern.«

»Rückzug bis zu Sammelpunkt Drei!«, ordnete Hoffins an. »Markiert die Wege und lasst Spürandroiden zurück. Sie sollen wie gehabt die Veränderungen der Räumlichkeiten anmessen und weiterhin am Gesamtplan arbeiten.«

Der Offizier bestätigte stramm und unterbrach die Verbindung.

Artemio nippte am Likör. Die Hitze wärmte seinen Magen. Hitze, die er in dieser kalten Umgebung dringend nötig hatte.

»Du musst Geduld haben«, mahnte er sich im Selbstgespräch. »Es kann nicht mehr allzu lange dauern.«

Der Widerstand, den ihm Corus entgegenbrachte, wurde geringer. Auch wenn es sich bloß um Marginalien handelte, so maßen die unbestechlichen Positroniken doch eine zunehmende Fehleranzahl in den Szenarien des gegnerischen Strategen an.

Er würde diese Nuss knacken, dessen war sich Artemio Hoffins sicher. Es gab allerdings Faktoren, die einen *Gesamterfolg* noch verhindern konnten. Immerhin hatte er sich gruß- und kommentarlos aus den Diensten des Imperators Shalmon Kirte Dabrifa davongemacht. Er kannte den Herrscher über mehrere hundert Sternensysteme gut genug, um zu wissen, dass er damit sein Todesurteil unterzeichnet hatte.

Na und?, fragte er sich leichthin.

Was nutzten dem Imperator seine Heerscharen, beeindruckenden strategischen Fähigkeiten und die relative Unsterblichkeit? Er würde bald über Möglichkeiten verfügen, die ihn als ebenbürtig erscheinen ließen. Die Falttechniken der Tyarez, die seinen Truppen während der letzten Wochen das Leben schwer gemacht hatten, würden ihn gottgleich auf einen Thron hieven.

Hatte er die USO mit Atlan an der Spitze zu fürchten?

Wohl kaum. Der Lordadmiral hatte zwar, neuesten Berichten zufolge, Lepso überlebt und war mit unbekanntem Ziel verschwunden. Doch nach seinem Start mit dem Tyarez-Schiff vom Raumhafen Pynko Taebellu war die letzte Spur erloschen. Niemand außer ihm und seinen Leuten wusste, wo sich Camouflage befand.

Camouflage. Die Zuflucht eines der seltsamsten Völker, denen Artemio jemals begegnet war.

Er trank aus, stellte das Glas beiseite, erhob sich und rückte die altgewohnte Uniform zurecht. Opryn da Onur wartete auf ihn. Es war nicht immer einfach, sich mit dem Verrückten zu einigen, zumal er in mancherlei Hinsicht ein durchaus ebenbürtiger Verhandlungspartner war.

Doch was brachte das sich Sorgen? Was spielten sechs oder zehn Tote pro Tag für eine Rolle im Vergleich zum Gewinn, den er und die Überlebenden einstreichen würden?

Alles Unwohlsein fiel endgültig von ihm ab. Die Gedanken an das, was sein würde, ließen ihn beschwingt in die Zukunft blicken.

Opryn da Onur war ein Mann von teigiger, untrainierter Gestalt. Sein schütteres Haar war straff nach hinten gekämmt, die Hakennase stach wie eine einsame Felsnadel aus einem flachen und breiten Gesicht hervor. Die dünne Tyarez-Hautschicht verstärkte den optischen Eindruck eines Pyknikers, der allerdings keinerlei Ansätze zur Heiterkeit zeigte.

»Corus ist ein starker Mann«, sagte Artemio Hoffins.

»Er ist *störrisch*«, verbesserte Opryn, während er Nüsse aus einer Schale in seinen Mund schaufelte. »Er will einfach nicht einsehen, dass die Tyarez ihre Überlebenstaktiken zeitgemäß anpassen müssen.«

Artemio schwieg. Im Grunde genommen war es einerlei, was die Männer aus dem Geschlecht der da Onur voneinander hielten. Wichtig für ihn war lediglich, dass drei von vier Überlebenden aus einer lange vergangenen Epoche daran interessiert waren, im Konzert der Mächtigen der Milchstraße laut mitzuspielen.

Unglücklicherweise wehrte sich ausgerechnet der Befehlshaber von Camouflage gegen dieses Vorhaben. Corus hatte sich eingeigelt, in einem schwer zugänglichen Teil des – Schiffs? Raumkörpers? Planetoiden? Felsbrockens? – Zuflucht gefunden. Von dort aus steuerte er den Widerstand Camouflages gegen die gut geschulten Männer der Schwarzen Garde, die Hoffins die Treue geschworen hatten.

»Wie wird es weitergehen, wenn du Corus getötet hast?«, fragte Opryn da Onur mit glänzenden Augen. »Sollen wir Camouflage in den Leerraum zwischen den Sterneninseln steuern und von dort aus einen Eroberungsfeldzug vorbereiten? Oder willst du augenblicklich einen der bedeutenderen Planeten wie Arkon oder Drorah ansteuern, um sie zu vernichten, um eine Kostprobe unserer Macht zu bieten?«

»Das werden wir an Ort und Stelle entscheiden«, antwortete Hoffins mit aller gebotenen Vorsicht. »Vielleicht ist es ratsam, wenn ich mir zuallererst eine der ruhenden Tyarez-Häute überstülpe?«

Opryn nickte zögernd. »Du hast Recht. Diese ... Verbindung würde dir notwendiges Wissen geben. Wissen, mit dessen Hilfe wir die Situation auf Camouflage umso schneller in den Griff bekommen.«

Der da Onur schüttelte den Kopf. Die Tyarez-Haut kräuselte sich. Für einen Moment sah es so aus, als würde sie dem alten Arkoniden vom Leib rutschen.

Offenbar funktioniert die Symbiose der beiden Körperteile nicht mehr einwandfrei, dachte Artemio Hoffins. *Wahrscheinlich muss Opryn gewaltige Mengen an Nahrung zu sich nehmen, um die körperlichen und geistigen Defizite, unter denen er leidet, irgendwie auszugleichen.*

»Wo bleibst du, Bruder?«, fragte eine schwache, heisere Stimme aus dem Nebenraum.

»Ich bin bald bei euch«, antwortete Opryn, während er sich weiterhin an den Nüssen gütlich tat. »Schlaft noch ein wenig.«

Schlafen ...

Die beiden anderen da Onur, die Opryns Kurs unterstützten, waren nur noch Schatten ihrer selbst. Meist träumten sie mit offenen Augen vor sich hin oder blieben an Medogeräten angeschlossen, die sie unentwegt mit dringend notwendiger Energie versorgten. Kerstayn und Difinit besaßen in Artemios Plänen keinerlei Bedeutung. Er würde sie bei der erstbesten Gelegenheit beseitigen, während Opryn noch eine Zeit lang von Nutzen sein mochte.

Er rief sich zur Ruhe. Zuvorderst musste er Corus' letzte Bastionen zu Fall bringen.

»Wir machen Fortschritte«, berichtete er Opryn. »Langsam, aber stetig. Die äußeren Bereiche von Camouflage sind zu siebzig Prozent von meinen Trupps besetzt. Corus besitzt nicht mehr allzu viele Möglichkeiten, um jene Energie zu ersetzen, die wir ihm durch unsere Sabotageakte nehmen. Bald wird er klein beigeben müssen.«

Eine stetige Zufuhr von Energie aus dem vierdimensionalen Einstein-Raum bildete die einzige Schwachstelle der Falttechnik. Höherdimensionale Schirme, die die Schwarze Garde mühselig über das Netz der einzelnen Falten legte, beraubten ihren Gegner nach und nach all seiner Möglichkeiten, Materie aus dem Umfeld Camouflages aufzunehmen und in verwendbare Energie umzuwandeln.

»Wäre Corus in der Lage, seine Landsleute zu töten?«, fragte Artemio. »Würde er die Tyarez-Häute beseitigen, sobald er sich seiner Niederlage bewusst wird?«

»Niemals!«, antwortete Opryn im Brustton der Überzeugung. »Leben ist für ihn das höchste Gut. Wahrscheinlich würde er dich selbst auf seinem Totenbett noch von seinen seltsamen Moralvorstellungen zu überzeugen versuchen.«

Moralvorstellungen, die du selbst auch einmal hattest!, dachte Hoffins.

»Meine Truppen sind müde und verdienen ein paar Stunden Pause«, wechselte er das Thema. »Währenddessen sind lediglich Spür- und Sabotageroboter in Camouflage unterwegs. Ihre Beschränktheit macht sie zu leichten Gegnern für Corus; doch immerhin verhindern wir, dass er zur Ruhe kommt und vielleicht die Hintergründe unserer Pläne erkennt.«

»Würde ihm das denn noch etwas nützen?« Opryn griff wieder in die Nussschale.

»Nein. Er zögerte sein Schicksal lediglich um ein paar Tage hinaus.«

Camouflage würde ihm in die Hände fallen, so oder so. Das Schicksal der letzten Zuflucht der Tyarez war besiegelt. Und dann sollte sich die Milchstraße vor ihm in Acht nehmen.

Kapitel 28

Ohm Santarin betrat mit aufreizender Lässigkeit die Zentrale der REVENGE. Der Triumph auf Sadik, der zweifelsohne zu einem guten Teil ihm zu verdanken war, hatte ihm einen allzu großen Schub an Selbstsicherheit gegeben. Ich würde ihn beizeiten zurechtstutzen müssen. Arroganz und Übermut waren Untugenden, die ich ganz und gar nicht schätzte – und die ein Agentenleben enorm verkürzen konnten.

»Wie lange noch?«, fragte er mich, während er eine akonische Dolmusfrucht in seinen Mund steckte.

»Tipa Riordan muss sich bereits im Anflug befinden.« Ich deutete auf Zippo Gull, der in Berechnungen vertieft war. Er verglich soeben raumspezifische Kenndaten miteinander.

Die alte Hexe war wahrscheinlich längst vor Ort, spielte totes Mäuschen und ließ mich in meinem Saft schmoren. Warum sie Perry Rhodan zu ihrem Lieblingsunsterblichen und mich im Gegensatz dazu zum persönlichen Reibebaum erkoren hatte, war mir nach wie vor unklar.

»Warum beharrst du so sehr darauf, dass die USO nicht in die Jagd nach Artemio Hoffins mit hineingezogen werden darf?« Vorsichtig entkernte Ohm Santarin die Dolmus. In der sonst so wohlschmeckenden Frucht befanden sich manchmal bösartige Krankheitserreger.

»Ich möchte einen offiziellen Charakter dieser Aktion so weit wie möglich vermeiden. Imperator Dabrifa ist äußerst gereizt, wie wir anhand aktueller Bulletins unserer Agenten wissen. Artemio Hoffins und Teile der Schwarzen Garde dürften ihn hintergangen haben.« Ich löschte die Datenholos aus und lehnte mich zurück. Mein Stuhl begann augenblicklich, die angespannten Nackenpartien zu massieren. »Ich begrüße diese Situation – einerseits. Denn damit ist ein milchstraßenübergreifender Konflikt, der die Terraner, Arkoniden oder Blues umfasst, wenig wahrscheinlich. Dabrifa weiß vermutlich gar nicht, hinter was Artemio Hoffins her ist und wie weit sein Verrat eigentlich reicht.« Elektrische Schläge durchpulsten meine Nieren- und Leberbereiche. Zahlreiche Blessuren, die ich auf Sadik erlitten hatte, bedurften trotz des Zellaktivators fachkundiger Nachbehandlung. »Andererseits würde eine Umgruppierung großer Flottenteile der USO mehr Aufmerksamkeit auf sich ziehen, als mir lieb ist. Und ich will keineswegs, dass Dabrifa dank mir Camouflage doch noch entdeckt.«

»Was wiederum bedeutet, dass du den Piraten Tipa Riordans eine größere Geschicklichkeit in der Tarnung zutraust als den Truppeneinheiten unserer eigenen Organisation?« Ohm grinste vergnügt, bevor er die Kerne der Dolmus im Abfallkonverter beseitigte.

»Ja, du neunmalkluger Nachwuchsagent!«, fuhr ich ihn an, löste mich von meinem Kommandopult und verließ die Zentrale. Trampelten denn die terranischen Barbaren nicht schon genug auf meinen Nerven herum? Musste ich mir auch noch die Frechheiten meiner eigenen Landsleute gefallen lassen?

Tipa Riordan erschien schließlich doch noch mit fünfzig ihrer Piratenpötte. Ihr hässliches Antlitz lächelte mir übermannsgroß vom Panoramaschirm entgegen. Ich konnte jedes Barthaar, jede Warze, jedes Furunkel und jede Hautunreinheit bis ins Detail erkennen.

»Tut mir Leid wegen der Verspätung, mein Junge, aber ich hatte noch etwas Dringendes in meinem Schlafzimmer zu erledigen«, sagte sie vergnügt und zwinkerte mir zu. »Ich hoffe, du verstehst?«

»Nur allzu gut. Richte deinem armen Opfer meine Beileidsbekundungen aus.«

»Das sogenannte Opfer hat jeden Moment genossen, du uncharmantes Ungetüm!« Tipas Gesicht lief rot an; jeden Moment konnte sie mit einer Schimpfkanonade loslegen.

»Wir sollten den Austausch von Nettigkeiten auf einen späteren Zeitpunkt verlegen«, sagte ich barsch. »Mir ist daran gelegen, Camouflage so schnell wie möglich zu erreichen.«

Augenblicklich war die Piratin bei der Sache. »Ich habe deinen kurzen Bericht interessiert zur Kenntnis genommen«, sagte sie. »Du kannst auf mich und meine Jungs zählen. Allerdings ...«

»Ja?«

»Es wäre äußerst schlecht für meinen Ruf, würde ich auf eine Belohnung verzichten. Mein Erster Wesir besitzt eine sehr gute Spürnase, wie du weißt. Er meinte, du würdest dich aus Dankbarkeit meinen Mitarbeitern und mir gegenüber in großem Rahmen erkenntlich erweisen.«

»Nochmals schöne Grüße an Kampt Ruyten. Ihr beide seid in der Tat ein feines Pärchen.« Ich mochte den Kerl, der ein gutes Geschäft im wahrsten Sinne des Wortes erschnüffeln konnte. Doch hier und jetzt würde mir seine Fähigkeit teuer zu stehen kommen.

»Was willst du mir also anbieten?«, bohrte Tipa Riordan nach.

Ich errichtete ein Schallfeld, das den Rest der Besatzung von meiner Unterhaltung ausschloss. »Du hast Ruhe vor jeglicher Verfolgung während der nächsten zehn Jahre, vorausgesetzt, du bedienst dich bei deinen Raubüberfällen nicht an terranischen Einrichtungen oder jenen der USO.«

»Weiter?«

»Ich stelle dich und deine ... Piraten für alle Untaten der Vergangenheit straffrei. Intergalaktische Gerichtshöfe mögen das zwar anders beurteilen – aber für die Agenten der USO sind deine Unterlagen von nun an weiß wie die Unschuld, die du nicht mehr besitzt.«

»Bis jetzt habe ich bloß Angebote vernommen, die ohnehin erst zählen, wenn man mich erwischt – und damit ist nicht zu rechnen. Willst du nicht noch etwas drauflegen, was mein Herz wirklich erfreut?«

»Geld?«, fragte ich zähneknirschend. »Güter? Logistische Unterstützung bei der Aufbesserung deiner maroden Piratenschiffe?«

»Vielleicht ein bisschen von alledem«, gab Tipa Riordan lächelnd zur Antwort. Sie fläzte sich in ein Sofa und überkreuzte ihre dürren Beine. »Lass uns noch ein wenig ins Detail gehen ...«

Wir näherten uns mit aller gebotenen Vorsicht jenen Koordinaten, die wir aus den Unterlagen der da Tromin transkribiert hatten. Hier musste sich Camouflage befinden. Meine Augen tränten, mein Herz schlug schneller als gewohnt.

Soeben war der 3. Mai 3102 angebrochen. Bislang hatte ich jeglichen Gedanken, dass wir zu spät kommen könnten, weit von mir geschoben. Doch nun, im Moment der Wahrheit, packten mich Ängste. Ängste, einen falschen Weg genommen zu haben.

Artemio Hoffins besaß einen Vorsprung von nahezu zwei Monaten. Am 7. März des Jahres hatte er aufgrund meiner Unvorsichtigkeit das letzte Tyarez-Schiff auf Lepso ausfindig gemacht und war mit Opryn da Onur in Richtung Camouflage aufgebrochen. Meine Karten waren denkbar schlecht – und dennoch wollte ich mich von den aufkeimenden Gefühlen der Resignation unter keinen Umständen verunsichern lassen.

»Ich habe nichts in der passiven Ortung«, sagte Zippo Gull nach geraumer Zeit. »Abgesehen von einem Asteroidenschwarm, dessen größtes Exemplar kaum mehr als fünfzig Meter misst, ist der Raum hier so leer wie mein Konto.« Er nahm den Daten-Kopfhörer ab und sah mich ausdruckslos an.

»Wie sieht es im Inneren des Schwarms aus? Hält sich Camouflage vielleicht dort verborgen?«

»Nein. Die Asteroiden treiben wild durcheinander und beeinflussen sich in ihren Schwerefeldern gegenseitig. Dort ist mit Sicherheit kein Platz für ein einigermaßen großes Objekt.«

Wir befanden uns in einer sternenarmen Region im Einflussbereich des Solaren Imperiums. Die nächstgelegene Sonne stand knapp eineinhalb Lichtjahre entfernt, die Dichte an Himmelskörpern war bemerkenswert gering. Nirgendwo waren Besonderheiten zu orten. Keine Schwarzen Löcher, keine Pulsare, keine Mehrfachsternsysteme. Möglicherweise hatte dieser Aspekt die Tyarez zur Auswahl ihres Rückzugsgebiets bewogen.

Die Distanz zur Erde betrug 13.486 Lichtjahre. In einer relativen Nähe von 99 Lichtjahren befand sich das Baddon-System, dessen lebensfreundlicher Planet Stiftermann III seit mehreren Jahrzehnten zu einem Stützpunkt der Solaren Flotte ausgebaut wurde. Auch die Arkoniden unterhielten nahe der Riesensonne Cyreia einen kleinen Beobachtungsposten, während sich weder Dabrifa noch Blues noch Zentralgalaktische Union um diesen Bereich der Milchstraße scherten.

Wo aber versteckte sich »Camouflage«?

Die Bezeichnung, höchstwahrscheinlich eine Übersetzung aus der Tyarez-Sprache, wies überdeutlich auf Tarnung und Täuschung hin. Die Hautgeschöpfe mussten in dieser Beziehung meisterliche Eigenschaften entwickelt haben. Ihre letztmalige Erwähnung in den Geschichtsbüchern der Milchstraße datierte schließlich mehrere Jahrhunderte zurück. Seitdem hatten sie als verschollen gegolten, um schließlich vor wenigen Wochen meine Unterstützung und jene des Arkonidengeschlechts der da Onur zu suchen.

»Spurenrückverfolgung anlaufen lassen!«, wies ich Zippo Gull an. »Arbeite mit allem, was der REVENGE zur Verfügung steht. Such nach Restwärmespuren, nach Hinweisen auf Strukturrisse oder vor kurzem erfolgten Transitionen. Passive und aktive Ortung, soweit es möglich ist.«

Der Terraner zwinkerte heftig, schien widersprechen zu wollen, akzeptierte schließlich meine Anweisung. Er tat sich schwer mit mir. Nur zu deutlich war ihm anzumerken, dass er sich nun, nach überstandenem Abenteuer auf Sadik, allein Tipa Riordan verpflichtet fühlte. Doch solange sich die Piratin, die sich mit ihrer Flotte erneut verspätete, nicht vor Ort befand, würde er mir gehorchen müssen.

»Wir werden damit selbst sichtbar«, gab auch Ohm Santarin zu bedenken. »Sollten sich Gardisten herumtreiben, haben sie uns ab nun als bunte Leuchtkleckse in der Ortung.«

»Meinetwegen!« Ich stand auf. Unruhe packte mich. »Vom verstorbenen Patriarchen der da Onur, Penzar, wissen wir, dass es zerstrittene Parteien innerhalb der Gruppe der Hautträger gibt. Und unsere Sympathien liegen eindeutig *nicht* bei Opryn; jenem Mann, mit dem Artemio Hoffins höchstwahrscheinlich kollaboriert.« Ein kugelrunder Flugrobot offerierte mir eine Schüssel mit arkonidischen Süßwaren. Ich verscheuchte ihn mit einer Handbewegung. »Vielleicht machen wir Artemio auf uns aufmerksam. Und der wird in seiner derzeitigen Situation eine offene Konfrontation tunlichst vermeiden, vor allem, wenn er Tipa Riordans kleiner Flotte ansichtig wird – sofern die Piratin doch noch auftaucht.« Verärgert schüttelte ich den Kopf. Die alte Fregatte hatte ihren Spaß mit mir. Sie wusste, wie sehr ich Unpünktlichkeit hasste. »Schließlich muss Hoffins damit rechnen, von seinem bisherigen Arbeitgeber, Imperator Dabrifa, verfolgt zu werden.« Wieder näherte sich der kleine Flugroboter, ich vertrieb ihn. »Andererseits könnten wir jene Tyarez, die Camouflage gegen Opryn da Onur verteidigen, auf unsere Präsenz hinweisen.«

»Das sind sehr vage Gedankenspiele«, warf mir Ohm Santarin vor. »Da passt vieles nicht zusammen.«

»Was schlägst du stattdessen vor? Durch den Raum zu treiben, Däumchen zu drehen und auf ein Wunder zu hoffen? Wir müssen annehmen, dass die Tarnung Camouflages nahezu perfekt ist. Vielleicht verbergen sich die Tyarez in einer Raumfalte, vielleicht in einem Zeitfeld.« Ich dachte an Forschungsarbeiten, die auf Terra zu diesem Thema begonnen hatten, vermied es aber, weiterreichende Überlegungen anzustellen.

»Ortungsabteilung arbeitet«, meldete Zippo Gull den Vollzug meiner Anweisungen. Er war angespannt. »Wenn irgendjemand im Umkreis von fünfzig Lichtminuten während der letzten vierundzwanzig Stunden laut gefurzt hat, dann wissen wir es in Kürze. Und bis dahin sitzen wir hier auf dem Präsentierteller.«

Ich ging ein weiteres Mal die Berechnungen durch, die wir angestellt hatten. Jahrhundertealte Daten waren in modernen Positroniksystemen analysiert und aufbereitet worden. Die Bewegungen der einzelnen Planeten zueinander hatten wir ebenso ins Kalkül gezogen wie die Eigendrehung der Milchstraße.

Alles war richtig. Von der Transkription über die Dateneingabe bis hin zur letzten Auswertungsroutine.

Verärgert wischte ich mit der Hand durch das Holobild. Es erlosch, ließ mich mit meinen düsteren Gedanken allein.

»Wir sollten das Unternehmen abbrechen«, sagte Ohm Santarin. Müdigkeit und Niedergeschlagenheit machten sich in seinem Gesicht breit.

Er hatte es gut, denn er durfte seine Gefühle deutlich zur Schau stellen. Ein Unsterblicher hingegen musste stets Hoffnung und Glauben an einen Erfolg verbreiten, durfte niemals aufgeben oder Schwarzmalerei betreiben.

»Hab Geduld«, sagte ich. »Die Unterlagen, die wir auf Sadik gefunden haben, waren echt. Sie entstammen definitiv dem einundzwanzigsten Jahrhundert terranischer Zeitrechnung.«

»Und wenn sie bereits damals von den da Tromin verfälscht worden sind?« Ohm hieb verbittert mit der Faust auf die Lehne seines Sessels. »Waren all die Mühen auf Sadik etwa umsonst?«

»Das auf keinen Fall.« Ich lächelte. »Immerhin konnten wir die da Onur rehabilitieren. Und mit Aizela haben wir die richtige Frau an die Schalthebel der Macht gesetzt. Nennst du das etwa ›umsonst‹?«

»So habe ich es nicht gemeint.« Ohm Santarin stand auf, begann unruhig durch die Kommandozentrale zu gehen.

»Wie geht es Ylve?«, fragte ich ihn.

»Gut. Sie fühlt sich nach der Entbindung noch etwas schwach, ist aber gesund, genauso wie ihr Baby. Sie hat übrigens mehrmals nach dir gefragt.«

Ich zog den Kopf ein. Während der letzten vierundzwanzig Stunden hatte ich keine Zeit gefunden, mich um die vom Schicksal so sehr gebeutelte Frau zu kümmern.

Vielleicht würde es mir guttun, Ablenkung von meinen Sorgen zu finden? Unsere Mission stand zwar auf des Messers Schneide – aber derzeit konnte ich nichts, absolut nichts tun, um die Dinge irgendwie zu beeinflussen.

»Du übernimmst das Kommando«, befahl ich Ohm Santarin. »Sollte sich etwas an der Situation ändern, erreichst du mich in der Krankenstation.«

Der junge Arkonide lächelte mir kurz zu, bevor er an seinem Arbeitsplatz ein Holo öffnete und mehrere Datenkolonnen durch einen Suchraster laufen ließ. Es handelte sich um jene Daten, die ich selbst erst vor kurzem zum x-ten Mal überprüft hatte.

Ich stand auf, verließ die Kommandozentrale, tat die paar Schritte zur kleinen, aber gut ausgestatteten Krankenstation.

Drei menschenähnliche Robotschwestern hatten sich um eine blasse, von den Anstrengungen gezeichnete Ylve geschart.

»Dir geht es gut?«, fragte ich unbeholfen.

»Die letzten Stunden waren anstrengender als alles davor.« Das Lächeln wollte ihr nicht so recht gelingen.

»Wo ist das Kind?«

»Nebenan. Gaumarol durchläuft soeben die üblichen Durchleuchtungsroutinen.«

»Gaumarol?«

»Ja.« Sie wollte sichtlich keine weiteren Erklärungen abgeben.

»Warum möchtest du unbedingt an Bord der REVENGE bleiben? An Bord der DREADFUL Tipa Riordans würden sich richtige Ärzte um dich kümmern.«

»Ich fühle mich in deiner Nähe am sichersten.« Ylve sagte es mit einem Selbstverständnis, das keinen Spielraum für Interpretationen ließ.

»Für mich ist die ... Arbeit noch lange nicht zu Ende. Die Geschehnisse auf Sadik waren lediglich das Vorspiel zu dem, was nun kommen soll.«

»Die Suche nach Camouflage. Ich weiß.«

Die ehemalige Prostituierte nahm alles mit erstaunlicher Gelassenheit hin. Selbst als ich mich auf Sadik als Atlan da Gonozal zu erkennen gegeben hatte, schien sie nicht sonderlich überrascht gewesen zu sein.

»Ich war damit einverstanden, dass die Niederkunft hier an Bord der REVENGE erfolgte«, sagte ich. »Ich konnte deine Beweggründe irgendwie nachvollziehen und wollte deine psychische Belastung nicht noch weiter steigern.«

»Welche psychische Belastung?«

Sie spielte ihre Rolle gut. *Zu* gut. Und genau das ließ sie unglaubwürdig erscheinen.

»Du bist von nun an für dein Kind verantwortlich. Du wirst dich damit auseinandersetzen müssen. Einerlei, ob du den Vater hasstest ...«

»Das Thema ist für mich erledigt.«

»Was soll mit Gaumarol geschehen? Was soll mit *dir* geschehen?«

»Ich werde das Kind zur Adoption freigeben. Und ich werde, sobald es geht, in meinen alten Beruf zurückkehren.«

»Das kann doch nicht dein Ernst sein!« Ich starrte Ylve an, konnte es nicht fassen. »Die USO wird für dich und dein Kind aufkommen. Wir finanzieren deine Umschulung. Wir sorgen für psychotherapeutische Behandlung. Die besten Ärzte der Milchstraße werden sich um deinen Arm kümmern. Ich persönlich garantiere dafür, dass ...«

»Gib dir keine Mühe, Atlan.« Sie richtete sich auf. »Die Dinge, die ich gesehen und erlebt habe, werden für immer in mir bleiben. Einzig eine *Hypno-Behandlung* könnte Abhilfe leisten.«

Sie spuckte das Wort voller Verachtung aus. Ich verstand sie. Kaum ein Intelligenzwesen mochte es, wenn von Fachleuten im Kopf und an der Gedächtnisleistung herumgedoktert wurde.

Wir blickten uns an und schwiegen. Eine lange Pause entstand, während wir beide unseren eigenen Gedanken nachhingen.

»Was willst du *wirklich?*«, fragte ich schließlich. »Was erwartest du von mir?«

Eine steile Zornesfalte erschien auf Ylves Stirn, verschwand gleich darauf wieder hinter ihrer Maske aus Gleichgültigkeit. »Du magst zehntausend und mehr Jahre an Lebenserfahrung besitzen – aber das typisch männliche Gehabe wirst du wahrscheinlich niemals ablegen. Ich möchte nicht, dass du irgendetwas für mich in die Wege leitest oder tust. Auf Mitleid kann ich gut und gerne verzichten ...«

»Ich helfe dir nicht aus Mitleid!«, unterbrach ich Ylve. »Ich möchte dich unterstützen, weil du es dir verdient hast.«

»Du bist ein merkwürdiger Mann«, sagte sie kopfschüttelnd. »Die Zeit sollte dich gelehrt haben, dass es Zeitverschwendung ist und bleibt, Einzelnen zu helfen. Du solltest lieber daran arbeiten, die Gesellschaft und die Systeme zu ändern. Solange arkonidische Patriarchen Frauen als ihr Eigentum ansehen, solange manche von uns als Freiwild gelten, hast du *gar nichts* bewirkt!«

Ylves Stimme klang monoton, fast einschläfernd – und stand damit in starkem Kontrast zum gewichtigen Inhalt ihrer Vorwürfe.

Was sollte ich ihr antworten?

Dass ich mich nicht um alles kümmern konnte? Dass es mir wichtiger war, meinen Einfluss auf politischer und militärischer Ebene einzubringen, und dass ich kaum einmal Zeit fand, mich um gesellschaftliche Probleme zu kümmern? Würde das etwa glaubwürdig wirken?

»Ich tue alles, was in meiner Macht steht ...«

»Ein Lippenbekenntnis. Eine Phrase. Mehr hast du nicht drauf?« Sie zeigte ein erschreckend leeres Lächeln, schürte unbegründete Wut in mir.

»Sobald dieses Abenteuer überstanden ist, werde ich mich um deine Anliegen kümmern«, fuhr ich mit größtmöglicher

Bestimmtheit fort. »Wenn du mir versprichst, die Entscheidung über deine persönlichen Angelegenheiten bis dahin aufzuschieben.«

Sie starrte mich an. Durchdringend, schmerzend intensiv.

»Einverstanden«, sagte sie nach langer Pause. »Erledige deinen ... Auftrag. Dann reden wir weiter. Aber wag es ja nicht, mich von hier wegschaffen zu wollen.«

Ich überlegte kurz, atmete schließlich tief durch, trat näher und streichelte Ylve sanft über die Haare.

Unter anderen Umständen hätte ich mich nicht gegen die körperliche Anziehung gewehrt, die sie auf mich ausstrahlte. Doch die Zeiten erschienen mir viel zu bewegt, um über Bindungen oder intensive Liebschaften nachzudenken. Irgendwann, so sagte ich mir, würden die Sorgen nachlassen und die Völker der Milchstraße einen Entwicklungssprung nehmen, der es mir erlauben würde, kürzerzutreten. Und dann ...

»Wir haben etwas entdeckt!«, krächzte Ohm Santarin aufgeregt über die schiffsinterne Sprechverbindung. »Du wirst in der Zentrale gebraucht, Atlan!«

Ich nickte Ylve kurz zu und hastete davon. Jetzt ging es um Dinge von ganz anderen Dimensionen.

Ein Alarmsignal gellte durch die REVENGE, die Schutzschirme fuhren hoch.

Keine Sekunde zu früh. Alles durchdringende Kälte griff nach dem Schiff.

Kapitel 29

Die Zusammenarbeit zwischen Tyarez und Gavivis funktionierte ausgezeichnet.

Nur widerwillig hatte Trashewiu das Überschlüpfen des Hautwesens akzeptiert, unter großen Vorbehalten war er bereit gewesen, dem Plan seines ... Symbionten zuzustimmen.

Doch jetzt, da das ungemein schlanke Objekt, der gemeinsam errichtete Raumschiffsprototyp, in die Höhe stieg und den Boden des Heimatplaneten hinter sich ließ, fühlte er nichts als Triumph und Freude.

Es läuft alles nach Wunsch, teilte er seinem Tyarez-Partner Zoim gedanklich mit.

Unsere beiden Völker haben in perfekter Zusammenarbeit jeden einzelnen Handgriff geplant und durchgeführt, antwortete das Hautwesen. *Es* musste *funktionieren.*

Der Tyarez besaß, wie alle seines Volkes, ein bemerkenswertes Maß an Selbstsicherheit und Optimismus. Er schien sich an keinerlei Grenzen gebunden zu fühlen.

Die Gavivis hingegen dachten anders. Zu lange waren sie Einschränkungen unterlegen, zu lange hatten sie sich in körperlicher Beziehung als minderwertig empfunden.

»Wie weit wollen wir fliegen?«, fragte er Zoim laut.

Ich schlage einen Orientierungsflug innerhalb des Planetensystems vor. Die Messgeräte werden dann all jene Daten erfassen und bestätigen, über die ihr bislang bloß theoretische Erkenntnisse besitzt.

Dass dieser erste bemannte Raumflug ein Erfolg sein würde, stand bereits jetzt fest. Die ersten Ergebnisse trafen ein. Der Weltraum besaß exakt jene ... Konsistenz, die sie in gedanklichen Modellen vor Ewigkeiten errechnet hatten. Temperatur, Massedichte, Hintergrundstrahlung, Vakuumenergie, thermodynamische Prinzipien – dies alles hatten sie richtig vorhergesagt.

Wie, so sinnierte Trashewiu, erarbeiteten sich andere Völker, die es zweifelsohne in dieser Galaxis gab, dieses Wissen? Waren sie mit denselben Geistesgaben gesegnet wie die Gavivis, oder unterlagen sie ähnlichen Mankos wie jene, die die Tyarez für sie ausglichen?

Es war müßig, darüber zu spekulieren. Dieser erste Flug durch das System diente lediglich der Orientierung. Die gewonnenen Erkenntnisse würden den Weg für andere bereiten und zur stückweisen Eroberung des Weltraums führen.

Erobern ... was für ein seltsames Wort!

Bei unvorsichtiger Verwendung implizierte es aggressives Verhalten, das seine Vorväter gezeigt hatten, als sie sich über die anderen, einfacher gestrickten Geschöpfe der Heimat erhoben.

Trashewiu blickte hinaus ins All, betrachtete die Längs- und Heckfalten seines Schiffs.

Sie sind wunderschön, gab ihm Zoim zu verstehen. *So einfach konstruiert, so simpel gebaut, so leicht in der Handhabung.*

»Es bedurfte keines besonders großen Aufwands, eures handwerklichen Einsatzes und unseres Wissens, wie man der Entropie ein Schnippchen schlagen kann.«

Ich habe dieses Gedankenmodell nie ganz verstanden ...

»Es ist weniger eine Sache des *Verstehens* als eine der *Anwendung*«, erklärte Trashewiu das Offensichtliche. Geduldig und vielleicht zum hundertsten Mal. »Wir erzeugen ein in sich geschlossenes System mit präzis definierten Koordinaten, das von der räumlichen Umgebung strikt getrennt bleibt. Bevorzugt ist es ein dreidimensionales, wobei die dritte Dimension so schmal, so marginal gehalten ist, dass sie ohne Energiezufuhr keine Rolle spielt. Erst durch gesteuerte Umwandlung von Energie, die uns sprichwörtlich überall zur Verfügung steht, ›dampfen‹ wir die dritte Dimension auf. Dadurch erschaffen wir Räumlichkeit, dadurch erzeugen wir kinetischen Antrieb, der uns in höherdimensionale Räume katapultiert.«

Zoim schwieg, verstand offenbar wiederum nicht, worauf Trashewiu hinauswollte. Unbeirrt fuhr der Gavivi fort: »Thermodynamische Energie kann aus jeglicher Form von Materie entnommen werden, die uns umgibt. Im Leerraum reicht uns die scheinbar unbedeutende Dichte von einem Wasserstoff-Atom pro Kubikmeter, um das Faltsystem unseres Schiffs anzutreiben; schließlich können wir mithilfe der Zapfaggregate den energetischen Tankvorgang in nahezu beliebig große Räume ausdehnen ...«

Er spürte, dass der Tyarez nicht bereit war, seinen Ausführungen zu folgen. Zu gerne hätte er noch über den Dritten Lehrsatz der Entropie, den Druck von Strahlungsfeldern und deren Nutzen sowie über die Rolle der Dunklen Energie gesprochen. Dies alles waren scheinbar leicht zu überblickende Dinge, die sein Verstand genauso deutlich erfasste wie die 5-D-Notation des mathelogischen Energie-Impuls-Tensors. Aber sein Symbiont konnte die gedanklichen Bilder, die er erzeugte, einfach nicht erfassen.

Ja. Gavivis und Tyarez ergänzten sich hervorragend. Was der eine an Intellekt zu bieten hatte, verstand der andere, in Taten umzusetzen.

Aber wirklich verstehen würden sie einander wohl niemals.

Trashewiu landete sein Schiff vorsichtig auf dem dafür vorgesehen Feld. Er achtete darauf, der Umgebung nicht allzu viel Materie/Energie zu entziehen. Einige Bäume starben ab, Gräser rings um den Landeplatz zerbröselten zu Staub; ein Lamiu, das irgendwie die Schutzbarrieren überwunden hatte, verendete. Sonst ging alles glatt.

Ein weiterer gezielter Energiebeschaffungsschub sorgte dafür, dass er sich aus der Nahezu-Zweidimensionalität des Schiffs befreien konnte. Er glitt aus dem Schiff hervor, dessen Falten so schmal waren, dass man sie gegen das Licht der Sonne kaum erkennen konnte, und betrat den heimatlichen Boden.

Gavivis winkten ihm mit ihren Brustarmen zu, ließen ihn und seinen Symbionten hochleben. Allen voraus ging Cardio, die Leiterin des Raumfahrtprogramms und eine gute Freundin Trashewius. Sie umarmten sich und rieben die Finger aneinander.

»Du weißt, was das bedeutet?«, fragte sie ihn, nachdem die erste Aufregung abgeklungen war.

»Es gibt für uns keinerlei Grenzen mehr. Ein paar Optimierungen der technischen Zapfsysteme sind durchaus noch möglich. Dann können wir uns daranmachen, die nächstgelegenen Sternsysteme zu erkunden und nach ›Nachbarn‹ Ausschau zu halten.«

»Ob sie sich so friedfertig verhalten, wie wir annehmen?«, fragte Cardio. »Wenn ich Flora und Fauna unserer Heimat beobachte, kommen mir Zweifel.«

»Wer auch immer es geschafft hat, sich vom Boden seines Planeten ins Weltall zu erheben, muss jegliche Aggressivität hinter sich gelassen haben«, behauptete Trashewiu. »Es ergäbe sonst einfach keinen Sinn.«

So war es.

Friedliche Koexistenz war das erklärte Ziel gewesen, das Gavivis und Tyarez gemeinsam erreicht hatten. Ein wenig Zeit noch, und sie würden in der Weite des Weltalls auf andere Völker stoßen, die gleich ihnen dachten und handelten. Wunderbare Jahre würden anbrechen. Solche, die der Erforschung und Umsetzung aller ihrer Ideen gewidmet waren; des kulturellen Austauschs und der gegenseitigen geistigen Befruchtung.

Ihnen stand der Himmel offen. Daran zweifelten weder Gavivis noch Tyarez.

Kapitel 30

Der von der Schiffspositronik blitzschnell errichtete Paratronschirm schützte uns vor einem Feld aus Kälte, das, wenn man den Messinstrumenten glauben wollte, *unter* dem absoluten Nullpunkt von minus 273,15 Grad Celsius lag.

»Unmöglich!«, behauptete Ohm Santarin. Er blies sich wärmende Luft in die Hände, als wäre er ohne Handschuhe durch einen Schneesturm marschiert. Zippo Gull indes sammelte Störungsmeldungen – und die wenigen glaubwürdigen Daten, die über die ungewöhnliche Attacke Camouflages verfügbar waren.

War *es denn eine Attacke gewesen?*, zweifelte mein Logiksektor. *Erinner dich an den Start des Tyarez-Schiffes und an das Experiment auf dem Planeten der Wissenschaftler. Beide Male konnten wir dieselbe Kälte anmessen, als die Technik der Tyarez zur Entfaltung kam.*

»Entfaltung« war das richtige Stichwort. Denn nur wenige Lichtminuten vor uns passierte Erstaunliches. Etwas, das sich nur schwer in Worte fassen ließ.

Ein Asteroid, nicht einmal der größte jenes Schwarms, war von strahlend weißem Licht umkränzt. Ein Spalt tat sich am Rand des Gesteinsbrockens auf. Er gewährte Einblick in eine Welt, wie sie seltsamer nicht sein konnte.

Dünne Materiescheibchen klappten aus der Lücke hervor. Sie strahlten jene Kälte aus, vor der unsere Messgeräte kapituliert hatten. Sie stülpten sich nach allen Richtungen, ohne sich dabei in irgendeiner Weise zu behindern. Die Felder kollidierten niemals, trotz der stetig wachsenden Komplexität des Gebildes. Manchmal fanden sie zu größeren Einheiten zueinander, aus denen weitere Scheibchen zu entspringen schienen.

»Als ob ein geübter Kartenspieler sein Blatt blitzschnell durchmischte und gleich wieder neu sortierte«, sagte Ohm beeindruckt.

Dieser Vergleich traf es nur zum Teil. Ich dachte an die terranische Kunst des Origami. Papier, mit äußerster Kunstfertigkeit gefaltet, zeigte traditionell Objekte wie den Kranich, der wiederum in einigen Mythologien für Leben, Weisheit und das Alter gegolten hatte ...

Du schweifst wieder einmal ab!, mahnte mich der Extrasinn.

Camouflage »fraß« mittlerweile den Asteroiden scheibchenweise auf. Anders ausgedrückt: Was sich bislang als willkürlich geformter Gesteinsbrocken gezeigt hatte, wurde nun in einem atemberaubenden Vorgang zu einer kunstvoll stilisierten Welt mit zigtausend Ebenen in unterschiedlichen Ausdehnungen. Immer größer wurde Camouflage, erreichte bald ein Ausmaß von mehreren hundert Metern. Es durchdrang die anderen Asteroiden, nahm sie scheinbar in sein System auf und bildete weitere Scheiben.

»In manchen Bereichen Camouflages enden allmählich die Entfaltungsbewegungen«, meldete Zippo Gull unbeeindruckt. »Andere Teile dieses Dings gruppieren sich weiterhin blitzschnell um.«

»Als gäbe es tote und noch von Leben erfüllte Bereiche«, sagte Ohm Santarin.

»Lassen sich Temperaturunterschiede erkennen? Sind die ruhigen Gebiete anders geartet als jene, die sich weiterhin ständig umfalten?«

»Die Messgeräte sind kaum in der Lage, Daten aufzufangen«, antwortete Zippo Gull. »Soll ich Sonden ausschicken?«

»Tu das! Ich glaube zwar nicht, dass wir viel Erfolg damit haben werden, aber wir sollten nichts unversucht lassen.«

Der terranische Pilot setzte drei winzige Satelliten aus. Sie steuerten selbsttätig in Richtung Camouflages.

Einer versagte bereits nach wenigen Sekunden; seine Substanz wurde grau, überzog sich mit einem kristallinen Muster – und verschwand plötzlich aus der Ortung.

»Als wäre er niemals da gewesen«, sagte Ohm Santarin mit tränenden Augen.

Die beiden anderen Satelliten trieben weiter, im Gegensatz zum verschwundenen Teil durch hochkomplexe Paratronschirme geschützt.

Wir warteten angespannt, während sich die Messsonden mit hoher Geschwindigkeit dem ehemaligen Asteroidenschwarm näherten. Selbstständige Bremskorrekturen ließen den einen in einer Entfernung von nicht ganz hundert Kilometern zum Zielobjekt abbremsen, während der letzte Satellit direkt auf Camouflage zusteuerte.

»Die Daten, die ich hereinbekomme, sind unbrauchbar«, sagte Zippo Gull. »Die Schwankungsbreiten der Ergebnisse sind viel zu groß, um irgendeine Aussagekraft zu besitzen. Und jetzt ...«

Ich sah es selbst. Jener Satellit, der sich am weitesten in Richtung Camouflage vorgewagt hatte, ließ ein paar schmutzigbräunliche Schlieren auf der Übertragung seiner Kamerabilder erkennen. Dann brach die Verbindung ab.

»Als wäre er von einer dieser Flächen absorbiert worden«, sagte ich, während ich mögliche Szenarien durchdachte. »Vielleicht ist er in eine andere Dimension geglitten; eventuell in eine höher gelagerte?«

»In eine Hyperraum-Tasche?«, hakte Ohm Santarin nach. »Immerhin sagt die Theorie, dass es so etwas geben muss.«

Ich wollte mich vorerst nicht auf derartige Spekulationen einlassen. Wichtiger erschien mir momentan, die Bedeutung der verschiedenartigen Bewegungsmuster Camouflages zu erkennen.

Die Assoziation ergibt sich von selbst, meinte der Logiksektor. *Die ruhigeren Ebenen wirken wie tot, wie abgestorben. Die anderen hingegen lebendig. Als würde dort die Aufnahme und Verarbeitung von Energie ausreichend funktionieren.*

Es mochte genauso gut umgekehrt sein. Vielleicht entsprachen die ständigen Faltvorgänge einer Fehlfunktion der Tyarez-Station?

Ich war gut beraten, in diesem Fall auf meine innere Logikstimme zu hören. Sie verarbeitete und deutete die wenigen Daten auf einer Ebene meines Unterbewusstseins, die viel besser als mein normales Denken funktionierte.

»Der Asteroidenschwarm ist nun ganz von Camouflage absorbiert«, sagte Ohm Santarin. »Die Faltvorgänge halten weiterhin punktuell an und scheinen noch für längere Zeit nicht zur Ruhe zu kommen.«

»Ich hätte einen Deutungsvorschlag«, sagte ich leise. »Möglicherweise entsprechen die ruhigen Zonen jenen, die Artemio Hoffins in Besitz genommen hat. Sie machen, wenn ich das richtig sehe, ungefähr siebzig Prozent des Gesamtvolumens aus. Die restlichen Gebiete werden von jemandem gegen die Eindringlinge verteidigt. Je rascher die Faltvorgänge aufeinanderfolgen, desto heftiger der Widerstand ...«

»Eine schöne Theorie«, unterbrach mich Ohm Santarin respektlos. »Wo aber befindet sich die Schwarze Garde? Wo sind ihre Schiffe versteckt, wo ist ihr Chef?«

»Was aber ist, wenn wir es hier nicht mit einer Ausdehnung auf eine fünfte oder sechste Raumkomponente zu tun haben – sondern mit einer Reduktion auf lediglich drei statt vier?«

Fragende, verständnislose Blicke trafen mich. Kein Wunder. Ich begab mich soeben auf ein Parkett, auf dem ich mich selbst äußerst unsicher fühlte. Die Frage nach dimensionaler Räumlichkeit war einer der am heißesten umstrittenen moderner Astrophysik. Sprachen Wissenschaftler wie Waringer von n-dimensionalen Möglichkeiten, so beteten ganze Heerscharen kritisch-konservativer und fantasieloser Kontrahenten altehrwürdige Lehrmeinungen herunter, die über die Existenz des Hyperraums nicht hinausgingen.

Warum, so sinnierte ich, sollte es nicht auch so etwas wie eine räumliche Reduktion geben, hinab auf eine Ebene, in der dennoch Materie – und damit Leben – existieren konnte? Würde der Energiebedarf in diesem vage angedachten Bereich denn nicht auch wesentlich geringer ausfallen und damit leichter beschaffbar sein?

Es blieb keine Zeit, meinen Kameraden diese Gedanken mitzuteilen. Ein unerwartetes Fenster, eine Zutrittsmöglichkeit zu Camouflage, hatte sich aufgetan. Diese Gelegenheit mussten wir nutzen.

»Raumlinse bereitmachen!«, ordnete ich an. »Ohm, du kommst mit mir.«

Mein junger Landsmann schien überrascht zu sein, nickte aber ohne zu zögern.

»Wohin, zur Hölle, wollt ihr?« Zippo Gull schüttelte verständnislos den Kopf. »Wenn ihr euer Leben riskieren wollt, ist das eure Sache. Aber die Chefin hätte sicherlich was gegen einen überhasteten Kommandoeinsatz.«

»Du brauchst dir um uns keine Sorgen zu machen«, beruhigte ich den Terraner. »Ich weiß ganz genau, auf was ich mich da einlasse.«

»Dessen bin ich mir bewusst, Lordadmiral, und da sehe ich auch nicht das Problem«, entgegnete Zippo. »Heikel wird es erst, wenn ich Tipa melden muss, wieder eine Raumlinse verloren zu haben. Bei materiellen Verlusten wird die Chefin gnadenlos gemein.«

Er schwieg und fixierte mich mit einem derart säuerlichen Gesicht, dass ich im ersten Moment nicht wusste, ob er seine Worte ernst meinte.

»Wir werden dieses Risiko wohl eingehen müssen«, sagte ich, mühsam beherrscht. Ich blickte in eine der allgegenwärtigen Kameras. »Fürs Protokoll: Ich bestehe ausdrücklich darauf, die Raumlinse für die Annäherung an Camouflage zu nützen. Jede Schramme ... wird durch die USO abgegolten werden.«

Zippo Gull starrte mich weiterhin an, als hätte er nichts anderes erwartet. »*Jetzt* kannst du das Ding haben, Lordadmiral.«

Ich musste Ohm Santarin mit beiden Händen zurückhalten, bevor er sich auf den Terraner stürzen konnte. Seine geradlinige arkonidische Mentalität ließ ihn den herben Humor nicht erkennen, der sich hinter dem blasierten Gehabe Zippo Gulls verbarg.

Ich schob den Agenten vor mir her, während ich die Funktionstüchtigkeit meines Schutzanzugs und der Ausrüstung überprüfte. Ohm, der sich rasch wieder beruhigte, tat es mir schließlich gleich.

»Hast du dir jemals überlegt, die Seiten zu wechseln?«, fragte ich Zippo Gull, bevor wir die Zentrale verließen. »In den Reihen der USO wäre sicherlich noch Platz für einen erfahrenen Raumpiloten.«

Jetzt hatte ich *ihn* überrascht. Er schien im Zweifel, was er von meinem Angebot zu halten hatte.

»Kein Interesse«, antwortete er nach einer kurzen Denkpause. »Bei deinem Verein vergeht einem ja der ganze Spaß an der Raumfahrt. Den ganzen Tag lang dieses Kommissgehabe und dann auch noch starre Befehlsstrukturen ... Nein danke! Die Lebensaussichten sind auf beiden Seiten annähernd gleich, aber die Chefin zahlt mehr. Da bleibe ich lieber Freiberufler.«

»Warum maßt du dir derart schnell ein Urteil an? Vielleicht geht es dir bei der USO besser, und du kannst dich mehr einbringen als bei diesem unstrukturierten Haufen verkommener Halsabschneider, der von einem zahnlosen Besen angeführt wird? Immerhin können wir dir eine gewisse Rechtssicherheit bieten, die du bei den Piraten sicherlich nicht hast.«

»Blödsinn!«, schnaubte Zippo Gull. »Viele USO-Aktionen laufen in ebenso rechtsfreiem Raum ab wie die unseren.«

»Dir fehlt der Vergleich«, beharrte ich auf meinem Standpunkt. Der junge Schnösel ärgerte mich. Ich bot Zippo eine Riesenchance, und er wollte nicht einmal darüber nachdenken!

»Ich weiß ganz genau, wovon ich rede, Lordadmiral!« Der Terraner grinste mich plötzlich an. »Denn um der Wahrheit die Ehre zu geben, haben mich Tipa Riordans Agenten von der USO abgeworben.«

Ich drehte mich um und marschierte davon. Ich wusste, wann ich verloren hatte.

Ich würde ein Wörtchen mit den zuständigen Herrschaften meiner Rekrutierungsbüros sprechen. Es ging nicht an, dass die Zugehörigkeit zu Tipa Riordans Piraten mehr zählte als die Mitarbeit bei der USO.

Ich hoffe, dass wir zu diesem Gespräch jemals Gelegenheit haben werden, meinte der Extrasinn.

Ich warf einen letzten Blick auf den Panoramaschirm der Zentrale. Die Falt»manöver« in manchen Bereichen Camouflages waren nach wie vor im Gange.

»Ich verliere die Kontrolle!«, schrie Ohm Santarin. Krampfhaft klammerte er sich an den Steuerungsarmen fest und bemühte sich vergeblich, die Raumlinse auf Kurs zu halten.

Die Faltflächen wurden groß und größer. Sie schienen uns magisch anzuziehen. Das weiße Licht, das von ihnen ausging, strahlte unglaubliche Intensität aus. Trotz der mehrfach gestaffelten Schutzschirme, die sich um unser kleines Schiff schmiegten, spürten wir ein unangenehmes Rütteln – und eine jegliches Denken zersetzende Kälte.

Wir müssen umkehren!, verlangte der Extrasinn. *Deine Theorien sind falsch.*

»Nein!«, sagte ich laut und kümmerte mich weiter um die Abschirmung. Ich forderte zusätzliche Energie an, die zu Lasten des Antriebs gehen würde. Wir mussten die Schirme unter allen Umständen halten.

Wenn es denn einen Schutz gegen die unbekannten Phänomene gab, dann lag er in der Höherdimensionalität der Paratrons begründet.

»Wenn wir in den nächsten Sekunden nicht rückwärts rudern, gibt es kein Entkommen mehr«, rief mir Ohm über ständig lauter werdendes Knistern hinweg zu, das aus der Wandung unserer Raumlinse zu kommen schien.

Ich ignorierte die Störgeräusche. Hier prallten unterschiedliche energetische Gewalten aufeinander. Wenn sich meine Vermutungen bewahrheiteten, würde sich die Situation bald wieder beruhigen.

Angst war in Ohms Augen zu lesen. Gegen einen körperlich präsenten Gegner anzutreten war die eine Sache. Sich dem Unbekannten anzuvertrauen und sich auf die Gunst des Schicksals zu verlassen eine ganz andere.

»Wir bleiben auf Kurs!«, befahl ich mit Nachdruck. »Wichtig ist und bleibt, dass wir unsere Abschirmung aufrechterhalten.«

Ohm Santarin griff in die Steuerung, als wollte er die Raumlinse herumreißen, hielt schließlich inne. »Na schön!«, rief er mir halb ängstlich, halb wütend zu. »Du weißt sicherlich, worauf du dich einlässt.«

Nein. Ich wusste es nicht. Ich legte die ganze Hoffnung in meine Intuition.

Ein Sog entstand. Er war an keinem Messgerät abzulesen, wurde jedoch von Sekunde zu Sekunde deutlicher spürbar. *Etwas* zog uns auf eine der breitesten Faltebenen zu. In irrwitzigem Tempo gingen dort Entfaltungen vor sich. Kristallin wirkende Blöcke entstanden, verwirbelten, wurden gleich darauf zu planen Flächen, die sich endlos weit zu erstrecken schienen.

Ich fühlte mich hinab- und hineingepresst. Von Dampfwalzen plattgemacht, durch winzige Perforationslöcher in einen Raum gequetscht, wie Masse, die durch eine Raspel gedrückt wurde, um schlussendlich aus Myriaden von atomaren Bestandteilen wieder zu einem Ganzen zusammengesetzt zu werden.

Die Landung in Camouflage erfolgt im Ansatz wie ein Transmittertransport, dachte der Logiksektor. *Dein genetischer Imprint wird in Nullzeit durch ein unbekanntes Medium versetzt; allerdings kommst du nicht auf der anderen Seite des Mediums wieder heraus, sondern bleibst darin stecken.*

Landung? Ich verstand nicht. Wir waren doch noch immer unterwegs ...

Ich blinzelte gegen violettes Licht, das aus dem Boden drang. Die Raumlinse parkte auf einer eisglatten Fläche. Darüber war Schwärze, von keinem Sternbild durchbrochen. Unweit von unserem Schiff lag jene Ortungssonde, die vor uns in Camouflage aufgegangen war. In Entfernungen, die ich nicht abschätzen konnte, befanden sich weitere Objekte. Kugelrunde, eiförmige, walzenförmige. Raumschiffe, die irgendwann hier gestrandet waren.

»Ist das eine Art Friedhof?«, fragte mich Ohm. Er hatte den Schock der Landung bemerkenswert gut überstanden.

»Die wichtigere Frage lautet eher, *was wir sind*.«

Der Boden der Raumlinse war auffallend nah; ebenso die Decke. Meine Hände wirkten wie dünne Striche, deren Vertikalbewegungen kaum wahrnehmbar blieben.

Ich schüttelte meine geistige Benommenheit ab und testete mit wenigen Handgriffen die Betriebstüchtigkeit der Raumlinse – und erzielte kaum ein Ergebnis. Die Rechenkerne der Positroniken sprachen an, ebenso die Luftaufbereitung, die Neutralisatoren und die Notbeleuchtung. Der Rest unseres Gefährts war energetisch tot.

Ich stemmte mich hoch, kroch durch den schmalen Schlauch des Steuerraums nach hinten und öffnete per Hand die einzige Schleuse der Linse. Ein leises Zischen ertönte, ein Druckausgleich fand statt.

»Atembare Luft«, sagte Ohm, der sich hinter mir aus der Schleuse stemmte und blinzelnd auf sein Armband-Multigerät starrte. Es funktionierte völlig normal, wie auch mein Anzug volle Betriebsbereitschaft meldete.

»Wir haben Atmosphäre und Gravitation«, fuhr mein Partner fort. »Eine keimfreie, sterile Umgebung. Ungewohnt hohe Konzentration an Edelgasen. Die Lebensbedingungen wären akzeptabel; solange wir uns nicht über Wochen hinaus in Camouflage aufhalten. Wir könnten die Helme öffnen.«

Mein junger Landsmann nahm die geänderten Umstände mit erstaunlicher Gelassenheit hin. Er sagte kein Wort zur veränderten optischen Wahrnehmung, der wir unterlagen. Auch wunderte er sich nicht darüber, dass wir ohne einen Ruck hier gelandet waren, dass ein Teil der Gerätschaften ordnungsgemäß funktionierte, dass wir eine atembare Atmosphäre vorfanden ...

Realitätsverweigerung, meinte der Extrasinn. *Er steht unter Schock und filtert diejenigen Eindrücke weg, die ihm nicht ins geänderte Weltbild passen.*

Das mochte sein. Ich tat gut daran, ihn vorerst nicht aus seinem »Tagtraum« zu wecken.

Ich ging ein paar Schritte. Die optisch spiegelglatte Ebene bot ausreichend Halt. Erst jetzt bemerkte ich das leise Knistern und Klappern, das mir über die Außenmikrofone zugetragen wurde. Es schwoll plötzlich an, wurde zu einem Geräuschorkan.

»Achtung!«, warnte mich Ohm. Er deutete nach oben, warf sich gleichzeitig beiseite, rutschte unter die Raumlinse.

Ich folgte seinen Blicken.

Eine Faltebene, messerscharf, so lang und so breit wie das Landefeld eines Ultraschlachtschiffes, fiel, sich mehrfach drehend, auf uns zu. Unsere verzerrten, in die Länge gezogenen Spiegelbilder wurden für einen Moment sichtbar – dann traf die Fläche in rechtem Winkel auf. Ein markerschütterndes Geräusch erklang. Wir wurden entzweigeschnitten.

Kapitel 31

Destin fand keine Worte für die Enttäuschung, die er erlebt hatte.

Wohin auch immer sie geflogen waren und sich zu erkennen gegeben hatten, waren sie nach dem Hintergrund ihrer Reisen, nach Bewaffnung und nach der Herkunft ihrer Technik gefragt worden.

Niemand wollte ihre friedfertigen Absichten akzeptieren. Überall brachte man ihnen Misstrauen, manchmal auch offen gezeigten Abscheu entgegen.

»Wirklich? Ihr wollt unsere Freunde werden und Wissen austauschen?«, fragte ein einbeiniger Avoide zynisch. »Was hätten wir davon, Geheimnisse zu verraten? Ich schlage vor, dass ihr uns sagt, was wir über diese Falttechnik wissen wollen. Dann lassen wir euch leben.« Er ließ seine breiten Schnabelhälften belustigt aufeinanderklappen. »Oder auch nicht.«

Destin floh ein weiteres Mal, nutzte die antriebstechnische Überlegenheit seines Schiffs aus, um viele Lichtjahre entfernt einen neuen Versuch zur Kontaktaufnahme mit Außergavischen zu wagen.

Eigennutz. Rücksichtslosigkeit. Eroberungslust. Intrigantentum. Heimtücke. Blindwütiger Hass. Sein Wort- und Erfahrungsschatz erfuhr eine unglaubliche, bislang undenkbare Erweiterung, der man in der Heimat bloß mit Entsetzen begegnen würde.

Die Sterneninsel, von manchen als Debara Hamtar, von anderen als Apsuhol bezeichnet, beheimatete fast ausnahmslos kriegerische Völker, die einander die Schädel oder den jeweiligen Sitz ihres Denkvermögens einzuschlagen trachteten. Waren die Bewohner der Spiralgalaxis bis auf wenige

Ausnahmen entartet? Herrschten in anderen Bereichen der Lokalen Gruppe lebenswertere Zustände?

Destin nahm lange, anstrengende Reisen auf sich, um die sogenannte Zweite Insel, oft auch Karahol genannt, zu erforschen. Doch nichts schien hier anders zu sein. Auch in dieser Sterneninsel trugen Zweiarmige ihren Zwist mit Andersartigen aus, richteten ihre Wut aber auch gegen Brudervölker.

Destin dehnte seine Suche weiter und weiter aus. Er wusste, dass in der Heimat bereits ein Mythos entstanden war, der seine unstillbare Sehnsucht nach dem Gepriesenen Land zum Inhalt hatte.

Die sonst so agnostisch denkenden Gavivis entwickelten aufgrund der Berichte, die er mithilfe winziger Faltsplitter versandte, Gedankentheoreme, deren pseudoreligiöser Inhalt immer mehr in den Vordergrund trat.

Es ist an der Zeit, dass wir in die Heimat zurückkehren, mahnte ihn eines Tages Suwjush, sein Tyarez. *Unser beider Lebenszeit ist beinahe aufgebraucht.*

»Diesen Sternenarm noch!«, bat Destin. Er streckte seinen Arm aus und deutete auf das Abbild einer mehrere hunderttausend Sonnenmassen umfassenden Region in der Zwerggalaxis Fornax. Weder er noch sein symbiotischer Partner konnten das Zittern der Finger unterdrücken.

Nein!, teilte ihm Suwjush mit aller Entschiedenheit mit. *Mehr als tausenddreihundert Jahre sind seit Beginn unserer Suche vergangen. Wenn du den Boden deiner Heimat noch einmal betreten willst, müssen wir* jetzt *umkehren.*

Destin zögerte kurz – und gab schließlich nach. Er fühlte sich unendlich müde.

Er hatte so viele schöne Dinge gesehen. Wunder, die die Schöpfung hervorgebracht hatte. Sternenriffe, Schwarze Löcher und Wasserstoffwolken, in denen Leben soeben erst am Entstehen war. Kataklysmische Sternenballungen, die von innen her pulsierten. Wandelsterne, die einander umtanzten und auffraßen. Kosmische Regionen voll Kraft und Imposanz, deren hochintensive Strahlungsfelder selbst die Instrumente seines Faltschiffes zu gefährden drohten ...

Doch die Enttäuschung, keine gleich gesinnten Partner gefunden zu haben, wirkte ungleich heftiger in ihm nach. Die Gavivis und Tyarez waren möglicherweise eine Entartung des Lebens; zu friedlich und zu naiv, um in diesem ständigen Kampf, der vom kleinsten Quant bis hin zu den größten Galaxien vorzuherrschen schien, mitspielen zu können.

Die Rückreise dauerte lange, und sie fraß nahezu die letzten Kraftreserven auf. Ständig musste er Nahrung zu sich nehmen, die Tyarez-Haut pflegen und massieren. Es blieb keine Zeit, sich ausreichend über die aktuelle politische Situation in der heimatlichen Galaxis zu informieren, bevor er zur Landung ansetzte.

Umso größer war der Schock, als das Faltschiff den Boden der Heimat berührte. Denn weißhaarige Zweiarmige hatten Flaggen mit sinn- und bedeutungslosen Symbolen in den Boden des Planeten gerammt. Sie meinten, ihn damit in Besitz genommen zu haben. Die Gavivis hingegen, seine Freunde und Brüder, sie blieben wie vom Erdboden verschluckt.

Kapitel 32

Die Kantenfalte fiel durch mich hindurch, prallte in einem nahezu rechten Winkel auf, kippte schließlich zur Seite und legte sich wie eine Dampfschicht über den Boden, auf dem ich stand.

Ein schmerzhafter Stich war mir durch den Leib gefahren. So kurz, dass ich bereits jetzt nicht mehr davon ausging, dass er tatsächlich passiert war. Mein Logiksektor hatte das Ereignis aufgezeichnet und bewies mir, dass ich keinem Trugbild zum Opfer gefallen war.

»Was war das?«, fragte Ohm Santarin. Langsam richtete er sich auf und betrachtete dabei jeden einzelnen Finger seines Handschuhs, als könne er nicht glauben, noch in einem Stück zu sein.

»Wir wurden Teil eines Faltvorgangs oder sind es immer noch. Die Geschehnisse, die wir von außen beobachteten, finden nach wie vor statt, können uns auf dieser Energieebene allerdings nichts anhaben.«

»Gibt's auch eine wissenschaftliche Erklärung für dieses Phänomen?«

»Nein.« Ich grinste ihn an. »Akzeptieren wir, dass in Camouflage alles passieren kann. Nichts ist wirklich.«

»Das sind nicht unbedingt die Worte, die ich hören wollte.«

»Aber sie entsprechen der Wahrheit. Wer auch immer die Tyarez in Wirklichkeit sind – sie alleine können uns technische Informationen über die Falttechniken liefern.«

Wollen wir das denn überhaupt?, fragte der Extrasinn provokant.

»Dann sollten wir uns auf die Suche nach den Hautwesen machen«, unterbrach Ohm mein kurzes internes Zwiegespräch.

»Gerne.« Ich drehte mich im Kreis. »In welche Richtung sollen wir uns denn bewegen?«

Nirgendwo war ein Ende der Ebene in Sicht, auch wenn eine deutliche Abgrenzung zum Schwarz oberhalb von uns gegeben war. Doch die Horizontlinie konnte sich, so sagte mir mein Gefühl, mehrere *Lichtsekunden* entfernt befinden.

»Wir orientieren uns am besten an den anderen Raumschiffen«, meinte Ohm grübelnd. »Vielleicht finden wir dort Hinweise.«

»Einverstanden.« Ich deutete willkürlich auf einen Kugelraumer, der so klein wie eine Murmel auf der glatten Ebene lag. Die Entfernung betrug fünfzig oder mehr Kilometer. Den Messgeräten war in dieser Hinsicht nicht zu trauen.

»Wir verwenden die Flugaggregate«, wies ich Ohm an. Die Positronik zeigte hundertprozentige Einsatzbereitschaft. Ich erhob mich von der Spiegelfläche.

Fehler!, warnte mich der Extrasinn – allerdings um den Bruchteil einer Sekunde zu spät.

Eiseskälte umfing mich, der Antischwerkraft-Regler setzte abrupt aus, der Energiepegel meines Anzugs sank rapide nach unten, fing sich bei vierzig Prozent. Völlig unvorbereitet stürzte ich aus einer Höhe von bloß einem Meter zu Boden. Schmerz durchzuckte mein rechtes Bein, als ich aufprallte. Es fühlte sich wie ein Fremdkörper, wie ein gefrorener Metallklumpen an.

»Alles in Ordnung?«, fragte Ohm Santarin.

Ich richtete mich auf, belastete versuchsweise beide Füße.

»Es geht.« Die Medo-Einheit der Anzugpositronik war bereits an der Arbeit. Sie versteifte die Anzugelemente vom Knie abwärts und schuf derart ein Stützkorsett für das verletzte Sprunggelenk.

Ich aktivierte das Flugaggregat zu einer weiteren Probe. Es sprach an, setzte wenige Sekunden später wieder aus.

»Wir müssen wohl zu Fuß gehen. Auf unsere Technik ist hier wenig Verlass.«

Ohm Santarin betrachtete mich prüfend, nickte schließlich und marschierte vorneweg.

Ich stolperte hinterher. Die Medo-Einheit spritzte mir ein schmerzstillendes Mittel in die Venen, dessen Wirkung augenblicklich einsetzte. Ohm *ahnte* es, ich *wusste* es: Das Sprunggelenk meines rechten Beins war zumindest angeknackst. Die Voraussetzungen für einen erfolgreichen Abschluss unserer Mission hatten sich weiter verschlechtert.

Wir näherten uns dem havarierten Kugelraumer mit erstaunlicher Geschwindigkeit. Als hätten wir Siebenmeilenstiefel an. Oder unterlag auch die Zeit gewissen Zerreffekten? Hatten wir das Einstein-Kontinuum endgültig verlassen?

»Das ist kein Schiffstyp, wie wir ihn kennen«, sagte ich, nachdem ich einen der acht Ovalteller der Landestützen umrundet hatte. »Weder Arkoniden noch Terraner docken sechs kreuz und quer führende Ringwulste an ihre Raumer an.«

Ich senkte den Kopf. Ein längerer Blick nach oben bereitete mir physische Schmerzen. Ich *wusste*, dass das Raumschiff kugelrund war – und doch wirkte es optisch flach wie eine Scheibe.

»Das dürfte der Eingang sein«, vermutete Ohm Santarin.

Er deutete nach oben. Ein rechteckiges Schleusentor zeichnete sich in der weißgrauen Struktur der Schiffsaußenhaut ab. Es befand sich vielleicht zehn Meter oberhalb unseres Standorts.

Seltsam.

Das Licht, das aus dem Boden zu dringen schien, erzeugte keinerlei Schatten. Nur die in unregelmäßigen Abständen auf uns herabkippenden Faltflächen produzierten für mehrere Augenblicke seltsame Dunkelflächen.

»Da kommen wir ohne Flugaggregate nicht ran«, sagte ich. Die Fläche des Schiffs wirkte auffällig glatt, sah man von kleinen Einschüssen ab, die auf Treffer durch winzige Asteroiden hinwiesen. Möglicherweise stand der Kugelraumer schon seit Jahrhunderten hier und wartete auf die Rückkehr seiner Besatzung, die sich irgendwo zwischen den Faltflächen verloren hatte.

»Soll ich es riskieren?«, fragte mich Ohm und deutete auf die Flugsteuerdüsen seines Anzugs.

Ich winkte ab. Das Risiko erschien mir als zu groß. »Ich glaube nicht, dass dort drin noch irgendwer oder irgendetwas lebt; Tyarez sind es gewiss nicht. Es handelte sich wohl um Gäste, die wie wir ihre Neugierde nicht bezwingen konnten und auf Camouflage eine Havarie erlitten.«

»Macht es denn einen Sinn, wenn wir von einem Schiff zum anderen wandern und nach Spuren suchen, von denen wir nicht einmal wissen, wie sie aussehen könnten?« Zweifel an meiner Vorgehensweise klangen in Ohms Stimme durch. »Diese Umgebung ist so fremdartig wie ihre Erbauer.«

»Du schätzt die Hautwesen falsch ein«, sagte ich. »Ihre arkonidischen Symbiosepartner halten sie fest in einem körperlichen Leben verankert. Und es muss gute Grunde geben, warum Zewayn meine Hilfe oder die der USO gesucht hat. Vor allem frage ich mich, warum er dies ausgerechnet auf Lepso und nicht auf Terra oder einem ruhigeren USO-Stützpunkt tat.« Ich drehte mich im Kreis, sah, wie eine weitere Spiegelfalte auf unsere Ebene herabgestürzt kam. Weit entfernt schlug sie auf, irrlichterte kurz, verschmolz mit dem »Boden«.

»Wir werden so deutlich wie möglich auf uns aufmerksam machen«, sagte ich schließlich und atmete tief durch. »Wer auch immer mich hierher bestellt hat – er weiß noch nicht, dass ich angekommen bin.«

Bevor Ohm irgendetwas unternehmen konnte, zog ich meinen Strahler, richtete ihn auf die Bodenfläche und feuerte im Impulstakt.

»Nein!«, schrie mein Partner entsetzt, wollte sich auf mich werfen, mir die Waffe aus der Hand schlagen.

Der Spiegelboden brach ein. Tiefe, graue Spalten taten sich auf und erlaubten den Blick auf das, was sich darunter befand.

Es war schrecklich, mit einem arkonidischen Verstand nicht zu erfassen. Ohm schrie. Ich schrie. Und der Extrasinn verfiel in Stasis. So standen wir da, unfähig, uns zu bewegen, während die Faltfläche bis zum Horizont hin aufriss.

Ein irrlichterndes Feld, eine weitere Falte, näherte sich uns von *unterhalb*. Sie wirbelte umher, sandte stroboskopische Blitze aus, schien wegbrechende Splitter in sich aufzunehmen. Das Ding wuchs und wuchs, wurde immer bedrohlicher. Dieses Teil würde nicht durch uns hindurchgleiten, dessen war ich mir plötzlich sicher. Es würde uns ... würde uns ...

Es erreichte mich, durchschnitt meinen Körper von unten nach oben, sog mich in sich auf. Ich schrie meinen Schmerz hinaus, während wir ins Nichts davontrudelten.

Kapitel 33

Corus da Onur war erschöpft. Die Müdigkeit hatte eine derart schmerzhafte Intensität erreicht, dass er den Tod als eine Erleichterung angesehen hätte, wenn er denn gekommen wäre.

Sonda, sein Tyarez, hielt ihn erbarmungslos am Leben.

Du darfst nicht aufgeben, flüsterte er. *Hilfe wird kommen. Es muss so sein.*

Nein. Sonda wollte ihn mithilfe von Trugbildern und Versprechungen bei der Stange halten. Sein Optimismus beruhte auf keinerlei Grundlage. Zewayn hatte versagt und sein Leben gelassen.

Umso schlimmer erschien ihm, dass Opryn und die beiden anderen Verräter Unterstützung erhalten hatten. Hilfe von Wesen, die skrupellos und zu allem fähig waren; die von der Gier getrieben wurden, die Technik der Tyarez in Besitz zu nehmen und sich eine der Häute des Schlafreservoirs überzustreifen.

Roboter der sogenannten ›Schwarzen Garde‹ drangen in die noch unter seiner Kontrolle stehenden Tiefenfalten Camouflages vor. Sie konnten ihm lediglich Nadelstiche versetzen, ohne großen Schaden anzurichten. Aber sie banden seine Aufmerksamkeit. Und das war es wohl, was Opryn und sein Verbündeter Artemio Hoffins im Sinn hatten.

Iss!, forderte ihn Sonda auf. *Du musst unbedingt bei Kräften bleiben.*

Längst schon führte sich Corus keine herkömmliche Nahrung mehr zu. Er trank und aß über seinen Haut-Symbionten gefilterte und auf seinen Metabolismus abgestimmte Energie.

Was an ihm war noch arkonoid? War er denn noch ein Wesen mit eigenem Willen, oder erfüllte er lediglich die Wünsche seiner Haut? Hatte Opryn denn vielleicht Recht mit seinen Forderungen? War es rechtens, das grässliche Asyl in Camouflage aufzugeben, in die Öffentlichkeit der Milchstraße zu treten und gewisse Begehrlichkeiten zu wecken? Verdienten sie nach so langer Zeit der Isolation nicht ein klein wenig Bequemlichkeit und Zufriedenheit?

Reiß dich zusammen!

Sonda konnte ein strenger, ein manchmal auch herrischer Symbiosepartner sein. Aber wahrscheinlich war es ausgerechnet dieser für einen Tyarez ungewöhnliche Hang zur Disziplin, der ihre Partnerschaft nach wie vor funktionieren ließ.

Wenn er daran dachte, welche geistige Entwicklung die meisten anderen Namenlosen während der letzten Jahrzehnte durchgemacht hatten ... Einzig Zewayn war ihm Bruder, Freund und Vertrauter geblieben. Er hatte sich geopfert, hatte sich an Corus und den anderen vorbei durch die Außenfalten geschmuggelt, um Hilfe zu holen. Und dabei höchstwahrscheinlich sein Leben gelassen. Was auch immer auf Lepso vor sich gegangen war: Er würde wohl nicht mehr zurückkommen. Opryn, sein erbittertster Feind, hingegen lebte.

Aus den wenigen Informationen, die er während der Verteidigungsschlacht aus den Gesprächen der Gardisten herausgefiltert hatte, ging hervor, dass Atlan, der ehemalige Imperator aus dem Geschlecht der da Gonozal, nicht wusste, was hier in Camouflage vor sich ging. Vielleicht hatte er auf Lepso ein paar Basisinformationen über den vermeintlichen Betrug der acht Namenlosen erhalten. Vielleicht wusste er um die Existenz der Tyarez und dieser letzten Zuflucht ihres Volkes. Aber sicherlich mangelte es ihm am Wissen um die Koordinaten dieses Verstecks.

Mithilfe von Sonda zerstörte er mehrere Spürroboter und schickte andere in die Irre. Dieses Spiel ließ sich mehrmals wiederholen – bis die Maschinen die Struktur der jeweiligen Faltebene durchschauten und sie mithilfe der Schwarzen Garde in Besitz nahmen. Immer mehr Teile Camouflages fielen aus. Immer weniger Energie stand ihm zur Verfügung. Immer größer wurde seine Verzweiflung.

Erneut fühlte Corus einen belebenden Energieschock. Sonda gab keine Ruhe, würde ihn bis zum letzten Augenblick für den Abwehrkampf fit halten.

Draußen tat sich etwas. Ein Schiff erschien. Eine kleinere Einheit, wohl von minderer Bedeutung. Sie suchte nach dem Versteck, tastete mithilfe primitiver Ortungsgeräte blindlings umher.

Es gibt nach wie vor Hoffnung!, ließ ihn Sonda kurz angebunden wissen. *Es handelt sich um das Schiff eines Außenstehenden. Wenn es Gardisten wären, würden sie sich mithilfe von Opryn den Zutritt zu den äußeren Faltebenen erzwingen.*

Corus konnte sich dieser Logik nicht entziehen. Opryn hatte Artemio Hoffins und seine Soldaten hierher gebracht, um sich mit ihrer Hilfe der Kernfalten zu bemächtigen. Jener sensiblen Bereiche Camouflages, die er, Corus, seit jeher gegen Angriffe aller Art verteidigte.

Das Schiff tastete suchend umher, als wüsste es, dass hier etwas existierte, ohne den Standort genau bestimmen zu können.

Corus beschloss, das Risiko einzugehen und Camouflage nach außen hin zu entfalten. Vielleicht ließ sich auch ein Extraschub an dringend benötigter Energie tanken? Kurz entschlossen schob er die Tarnung beiseite, stülpte das Innere nach außen. Drei Milliarden Falten kamen zum Vorschein.

Nur noch drei Milliarden.

Vor gar nicht allzu langer Zeit waren es zehnmal so viel gewesen.

In einem komplizierten Rechenvorgang, den Sonda in präzis geführte Handgriffe umwandelte, gelang es Corus, mehrere hundert der äußeren Faltebenen zurückzuerobern. Die von fünfdimensionalen Schutzschirmen in ungesunder Starre gehaltenen Teile Camouflages kollabierten, krachten gegeneinander, zerstörten Teile des Maschinenparks seiner Gegner.

Er schämte sich für die Genugtuung, die er empfand. Möglicherweise vernichtete er soeben Leben. Sonda stand, so wie alle seines Volkes, einem gewaltsam herbeigeführten Tod mit größten Vorbehalten und Unverständnis gegenüber.

Das einzelne Raumschiff schleuste eine kleinere Einheit aus. Es beschleunigte auf Camouflage zu und wurde nach kurzer Zeit von der Landefalte angezogen. Der Pilot hatte, wie Corus registrierte, keinerlei Ahnung, wie er sich im Übergang zu den Faltdimensionen verhalten sollte. Er setzte sein Schiff äußerst unsanft auf der zugewiesenen Fläche auf und verharrte schließlich für lange Zeit, um sich an die veränderte Umgebung anzupassen.

Corus lächelte. Genau so war es ihm und den anderen Namenlosen gegangen, als sie in Camouflage angekommen waren. Die Verwirrung hatte alle ihre Sinne erfasst. Die Geruchlosigkeit war schrecklich gewesen, ebenso die »Plattheit« der Umgebung. Alles hatte sich kalt und tot angefühlt, das Gefühl für Distanzen war verloren gegangen ...

Zweibeiner entstiegen dem winzigen Raumschiff; beide trugen Schriftkennungen, die auf USO-Angehörige schließen ließen. Sie tasteten vorsichtig umher und warfen sich schreckhaft zu Boden, als sich eine heimkehrende Außenfalte in das Landefeld integrierte.

»Ist das etwa Atlan?«, fragte sich Corus mit steigender Erregung. Konnte es denn wahr sein? War dies der arkonidische Unsterbliche, auf den Sonda und er ihre ganze Hoffnung setzten?

»Die Statur des einen könnte passen«, sagte er laut, als stünde der getreue Zewayn neben ihm.

Warum nahmen die beiden ihre Helme nicht ab? Durch die beschichteten Visiere konnte Corus nichts erkennen. Die in den Bodenfalten verborgenen Beobachtungssysteme versagten.

Corus dachte nach. Er musste auf die Funkkomponenten zugreifen und die interne Unterhaltung der beiden Wesen belauschen. Vielleicht gelang es ihm, die technischen Leistungsparameter der schwarzgardistischen Funkgeräte anzuwenden? Dennoch würde es einige Zeit in Anspruch nehmen, bis er die positronische Technik der beiden Unbekannten analysiert hatte.

Zeit, die er nicht hatte. Denn soeben formierten sich seine Gegner, um einen weiteren Angriff auf seine letzten Bastionen zu lancieren. Die drei gegnerischen Schiffe spuckten Hundert- und Tausendschaften an Robotern aus. Sie rasten dahin, wechselten geschickt von einer eroberten Falte zur nächsten, changierten mit erschreckender Geschicklichkeit durch die unterschiedlichsten Ebenen seiner Verteidigung.

Dahinter folgten die Gardisten selbst. Finster dreinblickende Gestalten, gehüllt in Schutzschilde, deren energetische Kennungen stetigem Wechsel unterlagen. Sie blieben unangreifbar für Corus, konnten nicht manipuliert werden. Er musste sie in Labyrinthe und Fallen locken, um sie dort in ermüdenden Einzelduellen gegen die Positronik auszuschalten.

Corus erschrak.

Der Zuzug an Gardisten schien nicht enden zu wollen. So viele von ihnen hatte er niemals zuvor zu Gesicht bekommen.

Er begriff: Dies war der Generalangriff. Die letzte Schlacht. Seine Gegner meinten, ihn sturmreif geschossen zu haben und ihn heute endgültig zu Boden zwingen zu können.

Sonda ließ ihn Tränen der Trauer weinen. Nach den Prinzipien der Tyarez verdiente selbst das unwerteste Leben Respekt und durfte nicht vernichtet werden. Dass sie es dennoch taten, brachte die symbiotische Einheit in eine moralische Zwickmühle, die mehr als alles andere an den Kräften zehrte.

Corus erinnerte sich an die beiden Wesen, die desorientiert über die zugewiesene Landefalte stolperten. Er hatte nunmehr keine Zeit, sich um sie zu kümmern. Er beschloss, sie vorerst in Quarantäne zu nehmen und danach über ihr Schicksal zu entscheiden. Wenn es denn ein Danach gab ...

Kapitel 34

Suwjush und Destin analysierten und kopierten das Aussehen jenes Schiffstyps, der in der Heimat hauptsächlich vertreten war. Sie landeten unbehelligt und etwas abseits von jenem schrecklich leeren und toten Platz, den die Usurpatoren »Raumfeld« nannten. Sie sandten eine Kennung aus, die irgendwelche Warentransporte zum Inhalt hatte. Niemand beachtete den Faltraumer, der nunmehr in Form einer Kugel existierte.

Zu groß war die Aufregung der sogenannten ›Arkoniden‹. Schließlich hatten sie eine Welt entdeckt, die ihrer Meinung nach augenblicklich zur Besiedlung freigegeben werden musste.

Da Onur und da Tromin, so nannten sich die Mitglieder der Führungselite. Sie waren einander nicht grün, sie stritten Tag für Tag um Marginalien – während Destin verzweifelt Ausschau nach seinen Landsleuten hielt.

Wo waren sie? Waren sie von den arkonidischen Eroberern deportiert oder gar getötet worden? Waren sie beide etwa die Letzten ihrer jeweiligen Völker?

Unmöglich!

Die Tyarez und die Gavivis mochten nicht allzu viel vom Kampf verstehen, und ihre moralischen Vorstellungen waren von schrecklicher Naivität geprägt, wie Destin während seiner langen Reisen zu akzeptieren gelernt hatte. Aber die Angehörigen beider Völker waren nicht *dumm!* Sie mussten sich irgendwo verborgen, einen Weg gefunden haben, um die Arkoniden tunlichst von sich fernzuhalten.

Ihr Tod nahte mit Riesenschritten. Der Hautkörper des Tyarez wurde spröde und rissig. Gewebeklumpen fielen von Destin ab und gaben die Sicht auf das verfaulende Fleisch des Gavivi frei.

Der körperliche Schmerz war kaum noch zu ertragen; Stunde für Stunde, Tag für Tag vernebelte er ihrer beider Bewusstseine. Und dennoch suchten sie von ihrem geparkten Schiff aus mit allen zur Verfügung stehenden technischen Hilfsmitteln den Heimatplaneten ab. Nirgendwo waren mehr Häuser und Gebäude der Gavivis zu finden, und den See der Tyarez hatte man ... hatte man ...

»Lepso« nannte man ihre Heimat.

Was für eine banale Bezeichnung für etwas, das keinen Namen erhalten durfte! Die sakrosankte Bedeutung der *Heimat* wurde mit jedem Schritt und jeder Handlung, die die Arkoniden taten, beschmutzt. Nichts schien sie aufhalten zu können. Sie errichteten seltsame Kelchbauten, rodeten wunderbares Land, nahmen Ozean, Berge, Ebenen und Dschungelgegenden in Besitz.

Und wozu? Um ihre Großkotzigkeit zu zeigen.

Das Verständnis der Arkoniden von Pracht und Schönheit stand demjenigen der Gavivis diametral entgegen. Es umfasste Umgestaltung und Künstlichkeit, während die Ausgewogenheit zwischen Pflanzen, Tieren und Intelligenzwesen brutal gestört wurde.

Einen Mond lang hielt Destin seinen hinfälligen Körper am Leben.

Wenn er nicht gerade kleine Faltschirme über die Oberfläche der Heimat gleiten ließ, um nach seinen Landsleuten zu suchen, diktierte er die Geschichte seines Lebens in die Aufnahmegeräte des Schiffs. Die Gavivis, so sie noch existierten, sollten erfahren, dass sie im Weltraum und auf anderen Planeten nichts zu suchen hatten. Dass ihre Illusionen von Frieden und Zusammenarbeit mit anderen Völkern Schimären bleiben würden.

»... die Gavivis und die Tyarez sind schlecht beraten, wenn sie den Kontakt zu anderen Intelligenzwesen suchen«, schloss Destin. »Sie werden betrogen, ausgenützt und beraubt werden.« Er atmete tief durch. »Befolgt meinen Rat und bleibt stets in euren Verstecken.«

Suwjush zerbröckelte mit den letzten Worten, fiel wie matschiges Pappmaché von ihm ab. Destins letzter Gedanke galt der Freiheit, die er niemals gefunden hatte. Dann starb auch er.

Das Schiff hingegen blieb bestehen, während ringsum ein weiterer Raumhafen aus dem Boden gestampft wurde.

Kapitel 35

Die kleinere Falte saugte uns auf, zog uns von unserem bisherigen Standort fort. Ich musste die Augen schließen. Lichtreflexe fanden ihren Weg durch die Abschirmung meines Schutzanzugs, bohrten sich *hinter* meine Sehnerven ...

Irgendwann endete der Transport. Wir landeten, wurden erneut emporgehoben, wurden von einer Falte zur nächsten »weitergereicht«.

Meine Beine versagten mir den Dienst, genauso wie die Stützstruktur des Anzugs. Ich fiel zu Boden, konnte den Schmerzschrei nicht unterdrücken. Das verletzte Sprunggelenk wurde einmal mehr in Mitleidenschaft gezogen.

Ohm Santarin schob sich aus einem Nebel roter und weißer Pünktchen. Er richtete meinen Oberkörper auf und schob die Beine in eine Ruhelage. Ein leises Zischen verdeutlichte, dass er seine Anzugpositronik an die meine koppelte.

»Das sieht schlecht aus«, hörte ich nach einer Weile seine Stimme. »Dein Anzug zeigt immer mehr Fehlfunktionen. Und wir müssen dein Bein behandeln.«

»Ein ... Schmerzmittel reicht.« Ich wollte mich aufrichten. Meine Kräfte reichten nicht aus.

»Tut es eben *nicht*. Ich werde dich ausziehen.«

»Auf keinen Fall!«, keuchte ich.

Ich löste den Kontakt, hieb um mich, drehte meinen Kopf beiseite, wollte wegkriechen. Was hatte Ohm mit mir vor? Wollte er mich etwa töten? Mir den Zellaktivator nehmen? Zusehen, wie ich an Altersschwäche starb?

Halt gefälligst still!, mahnte mich der Extrasinn. *Ohm will nur dein Bestes.*

Ich kroch weiter, zog mich mit der Kraft meiner Finger weg von meinem Feind.

Plötzlich durchschaute ich Ohm. Hinter der Maske eines Biedermanns verbarg sich ein ganz anderer. Mein Erzfeind. Perry Rhodan. Der Terraner, der mich bereits einmal bei einem *Wettkriechen* um eine Nasenlänge geschlagen hatte ...

Das Helmvisier schnappte ohne mein Dazutun in die Höhe. Kalte Luft drang in meine Lungen. Ich hustete, spuckte Auswurf zur Seite, robbte weiter.

»Deine Anzugpositronik dreht durch«, hörte ich Rhodans Stimme so nah und doch so fern. »Sie hat dir ein Aufputschmittel vermischt mit Halluzinogenen gespritzt; noch dazu war der Sauerstoffgehalt deines Luftvorrats viel zu gering.«

Ich drehte mich auf den Rücken, starrte Perry Rhodan in die Augen. Er fummelte an den Verschlüssen meines Oberteils umher. Wollte er mich entkleiden und mit bloßen Händen erwürgen? Ich hob die Hände, um ihn abzuwehren, ließ sie gleich wieder kichernd fallen.

Was geschah mit mir? Wo war ich? Warum tat mein Bein derart weh?

Der Mann – Rhodan? Santarin? – schälte mich aus dem Anzug, schleifte mich ein Stückchen weiter, ließ mich sachte zu Boden gleiten. Ich spürte einen Einstich im Bereich der rechten Hüfte, wollte mich ein letztes Mal aufrichten – und schlief ein.

»Alles wieder in Ordnung?«

»Es geht so weit.« Ich stemmte mich hoch und schüttelte den Kopf. Er fühlte sich schwer und dennoch leer an.

»Du warst mehrere Stunden lang weggetreten«, erklärte Ohm Santarin. Er schob mir ein bitter schmeckendes Zungenpflaster in den Mundwinkel. Es versorgte mich mit einem dringend notwendigen Vitaminschub. Der Zellaktivator auf meiner Brust pulsierte heftig. »Eine Zeit lang machte ich mir ziemliche Sorgen um dich. Die Medoversorgung deines Anzugs drehte durch. Offenbar waren die ständigen Wechselwirkungen zwischen Falttechnik und Positronik zu viel für die internen Systeme. Statt Schmerzmittel hast du einen intravenösen Cocktail aus Aufputschmittel, Antihistaminika und hochprozentigem Alkohol gespritzt bekommen. Ohne den Zellaktivator hätte dein Herz schlappgemacht.«

Und ohne die rasche Hilfe meines Partners ebenso, ergänzte ich in Gedanken. *Ohm hat bemerkenswert schnell geschaltet. Die Sorge, dass er mit der Situation in Camouflage nicht umgehen könnte, ist wohl mehr als unbegründet.*

»Danke«, sagte ich knapp und nickte ihm zu. »Was ist mit dem Anzug?«

»Ich lasse ihn mithilfe meiner Software neu ›hochfahren‹. Derzeit laufen die Routinen der Selbstanalyse. Wenn alles glattgeht, kannst du ihn in einigen Stunden wieder benützen.«

Ich schlug mit den Armen um mich. Es hatte sicherlich nicht mehr als zehn Grad Celsius. Die Unterwäsche besaß zwar eingearbeitete Thermofelder, aber nach meinem mehrstündigen Zwangsschlaf benötigte mein Metabolismus sicherlich einige Zeit, bis er wieder auf Touren kam.

»Hast du mittlerweile rausgefunden, wohin wir gebracht wurden? Oder sind wir einem willkürlichen Vorgang erlegen?«

Ich sah mich um. Diese Faltebene war wesentlich schmäler und kleiner bemessen als die vorherige. Sie war rhomboid geformt, der Horizont so kurz, dass ich meinte, bloß drei oder vier Schritte tun zu können, bevor ich in einen Abgrund aus grauem Nichts stürzen würde.

»Es handelt sich um eine Art Warteraum«, antwortete Ohm. »Anfänglich dachte ich, dass diese winzige Ebene genauso glatt wäre wie jene, auf der wir gelandet waren. Bis ...«

»Ja?«

»Bis ich die optischen Verzerrungseffekte in Betracht zog.« Er nahm meine rechte Hand und führte sie über den Boden.

Ich vermochte keine Unebenheit zu sehen – aber sehr wohl zu spüren.

Da befanden sich Erhebungen. Flache Trittbretter, die, mit ein wenig Fantasie, eine Serie von Steuerungselementen darstellten.

»Ich habe ein wenig herumexperimentiert.« Ohm trat vorsichtig mit dem linken, dann mit dem rechten Fuß auf. Ein kleiner Schritt zur Seite – und neben mir schob sich aus dem Boden eine Art Kästchen.

»Ich konnte einen Wasserspender aktivieren. Weiterhin seltsam geformte sanitäre Anlagen, eine Art Translator und so etwas wie einen Lageplan.«

»Tatsächlich?« Ich stützte mich an meinem Landsmann hoch. Augenblicklich begann mein verletztes Bein zu kribbeln. Nur mühsam konnte ich den Schmerzschrei unterdrücken.

»Du solltest den Fuß so wenig wie möglich belasten«, sagte Ohm. »Meine Anzugdiagnostik meint, dass das Außenband ruptiert ist.«

Ich beugte mich nach vorne. Der Knöchel war geschwollen. Mein Partner hatte eine Schicht Heilcreme aufgetragen und ein transparentes Band um die verletzte, blauschwarz gefärbte Stelle gewickelt.

Ich musste warten und hoffen, dass die Reparaturroutinen des Anzugs ansprachen. In ein steifes Korsett gepackt, würde ich mich leidlich gut bewegen können.

Mit Ohms Hilfe humpelte ich vorwärts, auf ein schmales, irrlichterndes Kästchen zu, das nach einer raschen Schrittfolge des jungen Arkoniden aus dem Boden wuchs.

Ein Durcheinander an Faltflächen erschien in einem Holofeld knapp oberhalb des Kästchens. Die Darstellung wirkte perspektivisch verzerrt wie all die anderen Dinge, denen wir in Camouflage bisher begegnet waren. Ich griff mit den Fingern in das dreidimensionale Feld, berührte eine der Faltflächen, zog meine Hand vorsichtig wieder zurück.

Das Objekt folgte mir wie magisch angezogen. Es glimmerte und leuchtete, teilte sich wiederum in Myriaden weiterer Teilflächen ...

»Camouflage muss riesengroß sein«, sagte Ohm ehrfürchtig. »Wenn unser unbekannter Freund nicht gefunden werden will, sehe ich keine Chance, ihn in den Falten jemals zu entdecken.«

»Warum hat er uns hierher gebracht?«, sinnierte ich. »Was wollte er uns damit sagen? Gibt es vielleicht einen Ausgang, wiederum nach *unten*, und erwartet er, dass wir ihn benutzen?«

»Es gibt mehrere Millionen Kombinationen der Befehlfelder.« Ohm zeigte mir die Reliefaufnahme der Bodenstruktur, die seine Positronik virtuell aufbereitet hatte.

Ich verstand. In diesem »Raum« befanden sich mehr als dreißig Felder. Mein Partner hatte mehr oder weniger zufällig die einfachsten Kombinationen entdeckt. Wenn der Kode, den wir benötigten, um aus diesem Raum zu gelangen, zehn- oder mehrstellig war, würden wir eine halbe Ewigkeit benötigen, um uns zu befreien.

»Warum erfolgt die Befehlsgebung eigentlich über die Füße?«, fragte Ohm.

»Du vergisst, dass die acht Namenlosen keineswegs die Erbauer Camouflages sind. Wahrscheinlich ist die Steuerung der Falten auf die Bedürfnisse und körperlichen Eigenheiten der ursprünglichen Benutzer abgestimmt.«

Mit Ohms Hilfe trat ich an den Rand der Falte. Vorsichtig tastete ich mich vor, wollte das verletzte rechte Bein darüber hinausschieben. Augenblicklich stieß ich auf unsichtbaren Widerstand, der umso größer wurde, je fester ich gegen die Grenze drückte.

»Du solltest dich schonen!«, sagte mein Partner.

Ich trat zurück, inspizierte ein weiteres Mal die Leere des Faltenraums.

Sahen alle »Räume« an Bord Camouflages aus wie dieser? Konnte ich mich an ein Leben hier gewöhnen? Welche Geheimnisse steckten hinter den Tyarez, warum hatten sie sich in ein derart nüchtern wirkendes Asyl zurückgezogen?

Ich betrachtete meinen Anzug. Endlos lange Kommandozeilen ratterten über die Spiegelung des Visiers. Die Selbstreparatur würde noch eine Weile dauern.

Der Strahler stak im Oberschenkelhalfter. Sollten wir ein Experiment mithilfe der Waffe versuchen?

Unter keinen Umständen!, mahnte der Extrasinn. *Ihr beide unterliegt einer Art Test. Wer auch immer euch festhält – er hätte euch längst beseitigen können.*

Noch bevor ich die Situation im Zwiegespräch mit dem Logiksektor analysieren konnte, kam eine weitere Falte von oben herab getrudelt. Sie erschien anders als all jene, denen wir bislang »begegnet« waren. Ihre Kanten wirkten ausgefranst und porös. Der dunkelrote Lichterschein, der von der Fläche ausging, beunruhigte mich. Irgendetwas befand sich darin, was nicht so war, wie es sein sollte.

Die Falte überschlug sich, wie bereits mehrmals beobachtet, bevor sie zwischen Ohm und mir in den Boden tauchte und mit ihm verschmolz. Eine humanoide Figur wuchs aus ihr hervor. Sie blieb in Embryo-Haltung auf dem Boden liegen. Zitternd, verletzt, kaum noch bei Sinnen.

Ohm tat einen Schritt zurück, zog seine Waffe und richtete sie auf den Unbekannten.

»Lass das! Ich glaube, wir haben unseren Mann gefunden.«

Der Tyarez-Träger wandte mir sein Gesicht zu. Der Arkonide war uralt; seine Bewegungen schwerfällig.

Und in seinen blutunterlaufenen Augen erblickte ich winzige, rasend rotierende Faltflächen.

Kapitel 36

Artemio Hoffins musste sich, mehr, als ihm lieb war, auf die Hilfe Opryn da Onurs verlassen. Eine Unterstützung durch den Hautträger blieb unerlässlich. Die Strategiesteuerung des letzten Sturmangriffs bedurfte besonderen Wissens um die Faltflächen Camouflages.

Lange genug hatte er sich bemüht, den Technikansatz der Tyarez zu verstehen. Zumindest ansatzweise war es ihm gelungen, die Theorie der um eine räumliche Dimension gekürzte Existenzdarstellung zu akzeptieren.

In den Faltwelten, deren jede einzelne ein eigenes Universum darstellte, war der Energiebedarf wesentlich geringer als in jenem Universum, das Artemio als das seine kannte. Die physikalischen Grundkräfte wie Gravitation oder elektromagnetische Wechselwirkung unterlagen in Camouflage gänzlich anderen Voraussetzungen. Auch das Licht als sichtbarer Ausdruck elektromagnetischer Strahlung erforderte in dieser entrückten Welt eine Neubewertung, ebenso wie Zeit und deren Messung. Dementsprechend schlecht funktionierte herkömmliche Technik. Erst wenn sie durch höherdimensionale Abschirmung geschützt waren, konnte man einigermaßen zufriedenstellende Ergebnisse mit den Positroniken erzielen.

Staunend hatte der desertierte Anführer der Schwarzen Garde die holografischen Aufbereitungen Opryn da Onurs verfolgt, die ihm die Funktionsweise der Falttechniken vermitteln sollten. Die Aufzeichnungen, die er den wenigen Wissenschaftlern seiner Truppen weitergereicht hatte, hatten nicht in verständliche Sprache umgewandelt werden können. Offenbar erforderte es besonderer geistiger Fähigkeiten, um die theoretischen Erkenntnisse in praktische Anwendungen umzusetzen. Und insgeheim vermutete Artemio, dass selbst die Tyarez-Häute bloß Verwalter eines Erfahrungsschatzes waren, den sie *irgendwann* von *irgendwem* übertragen bekommen hatten.

Seine Gedanken kehrten in die Gegenwart zurück. Er musste den Kampf gegen Corus da Onur beenden. Immer, wenn er sich in die Kabinenflucht seines Kriegsraumers zurückzog und für wenige Stunden zu unruhigem Schlaf fand, träumte er von der lebensverlängernden Wirkung, die er als Teil der Symbiose mit einer Tyarez-Haut geschenkt bekam. Er hatte keinerlei Zweifel daran, dass er es schaffen würde, ein Hautwesen kraft seiner psychischen Stärke zu unterdrücken. Schließlich hatte er ein Ziel, eine Vision vor Augen. Eine Vision, die er Imperator Dabrifa verdankte. Der Herrscher über Hunderte Welten hatte ihm den Weg gewiesen, den er gehen musste.

»Deine Robot-Armeen scheinen es diesmal zu schaffen«, sagte Opryn da Onur. »Sie dringen allmählich in die innersten Bereiche Camouflages vor und sorgen für erhebliche Unruhe. Irgendwann werden Corus' Verteidigungslinien nachgeben, die Faltebenen inaktiv werden und die Energieversorgung zusammenbrechen.«

»So war es auch geplant.« Artemio Hoffins rief die neuesten Meldungen der Schwarzen Gardisten ab und baute sie in das Schlachtbild ein.

Erneut musste Opryn ihm zur Hand gehen. Camouflage mochte äußerlich einem kristallinen Objekt entsprechen. Tatsächlich aber waren die einzelnen Bewegungsebenen viel zu komplex, um ohne die Unterstützung eines Hautträgers visuell und räumlich erfasst werden zu können.

»Warum ist es dir und deinen beiden ... Kollegen nicht gelungen, Camouflage alleine zu erobern? Warum steht Corus an den Schalthebeln der Macht und nicht du?« Artemio war sich bewusst, welche Brisanz diese Frage barg. Doch angesichts der psychischen Ausgelaugtheit, der Opryn unterlag, würde es ihm ein Leichtes sein, Heimtücke oder Verrat im Ansatz zu erkennen.

»Corus und ich sind uns sehr ähnlich«, gab der Hautträger mit seltener Offenheit zur Antwort. »Als wir, die acht Namenlosen, die Leitung Camouflages übernahmen, war jedem von uns ein bestimmter Aufgabenbereich zugeordnet. Corus sollte die interne Struktur der Zuflucht verwalten, ich hingegen die ›Außenverteidigung‹.« Opryn da Onur brach kurz ab, öffnete den Mund, zögerte, als müsste er mit seinem Symbionten ringen, um mit seiner Rede fortfahren zu können. Schließlich sagte er: »Die Tyarez sind einerseits schwache Geschöpfe. Sie sind kaum dazu in der Lage, sich selbst zu verteidigen. Eine moralische Wertung zwischen Richtig und Falsch gelingt ihnen meist nicht. Sie verlassen sich all zu gerne auf das Urteilsvermögen anderer. Irgendwann kristallisierte sich heraus, dass Corus' und Zewayns Ansichten romantisch verklärt waren und auf ewigem Stillhalten basierten. Dies konnten ich und einige meiner Partner nicht mehr länger akzeptieren. Also forderten wir eine strategische Änderung. In den Traumfalten nahe der Steuerzentrale warten, wie du weißt, mehrere hundert Tyarez darauf, wiedererweckt zu werden. Wenn wir passende Symbiosepartner für sie fänden, würden sie selbst steuern und entscheiden können, welchen Einfluss sie auf die Geschehnisse in der Milchstraße nehmen wollten.«

Artemio Hoffins nickte und unterdrückte ein Lächeln. Opryn schwebte tatsächlich in einem Graubereich zwischen Unvernunft und Wahnsinn. Eintausend Jahre, die er gemeinsam mit der Tyarez-Haut verbracht hatte – Stunde für Stunde, Jahrzehnt für Jahrzehnt – hatten seinen Verstand und wahrscheinlich auch den seines Symbionten beeinträchtigt.

Corus da Onur war wohl der Einzige, der sich nach wie vor auf den ursprünglichen Auftrag besann. Er war in dieser Geschichte der »Gute«. Opryn und seine beiden schwachsinnigen Partner hingegen hatten längst vergessen, dass Camouflage die letzte Zuflucht eines leidgeplagten Volkes darstellte. Sie hatten ihren Verwandten, Zewayn, verfolgt und getötet. Jenen da Onur, der Unterstützung von einer der wichtigsten moralischen Instanzen dieser Milchstraße erbitten wollte. Ihm, Artemio, war es zu verdanken, dass Lordadmiral Atlan kein sonderlich großer Auftritt beschieden gewesen war. Und damit hatte er das Gewand des »Bösen« übergezogen.

Diesmal unterdrückte Artemio Hoffins sein Grinsen nicht. Er kam mit der Rolle des Antagonisten ausgezeichnet zurecht.

»Er gibt nach!«, sagte Opryn aufgeregt. Er hatte sich nicht mehr unter Kontrolle, litt immer wieder unter unkontrollierten Gefühlsausbrüchen.

Artemio Hoffins beobachtete über energetisch gut abgeschirmte Kameradrohnen, wie seine Robot-Armeen eine der größeren Faltflächen unter Beschuss nahmen. Der Boden löste sich auf und zerfiel in Myriaden von Splittern. Die winzigen Teilchen strebten aufeinander zu, tanzten durch eine allumfassende Schwärze.

Die Roboter ließen nicht locker; sie feuerten auf jeden Kristallisierungspunkt des Flitterregens. Das Leuchten der Teilchen nahm ab. Sie verbrannten nicht. Lediglich die energetische Kennung, die sie in sich trugen, verging. Kristalline Schlackebatzen fanden schließlich zueinander. Sie folgten ihrem ursprünglichen Programm, vereinten sich erneut zu einer Fläche. Diese jedoch war unbelebt und glänzte nur noch matt. Weitere Faltebenen, die in unbestimmbarer Entfernung vorbeitrudelten, mieden sie von nun an.

Gardisten kamen angerückt. Mit aller gegebenen Vorsicht und im Schutz schwerer Schutzschirme staksten sie über den weißgrauen Untergrund. Mehrmals schon waren sie hereingelegt worden. Das scheinbar ›tote‹ Faltmaterial war erwacht, hatte sie eingefasst und richtiggehend aufgefressen. Körperteile grässlich verunstalteter Soldaten waren aufgetaucht.

Der Tyarez von Corus da Onur, wusste Artemio, hatte zwischenzeitlich längst seine Unschuld verloren. Um seine schlafenden Artgenossen und den innersten Faltbereich Camouflages zu schützen, griff er selbst zu sehr drastischen Mitteln.

Das haben Kriege so an sich, dachte Artemio Hoffins mit einer gewissen Häme. *Die Grenzen verschwimmen. Es eskaliert ...*

»Dies war eine der wichtigsten Flächen«, triumphierte Opryn da Onur.

Er wies auf ein neues Holobild und markierte einen virtuellen Weg, der weit ins Innere Camouflages führte. »Egal, wie sehr und wie viel Corus seine Verteidigungslinien nun noch umsortiert – entlang dieses Bereiches können wir bis in die Kernzone vorstoßen.«

Artemio Hoffins blickte auf die Uhr des Multifunktionsgerätes an seinem linken Unterarm. Die Anzeige schwankte derzeit in einem erträglichen Toleranzbereich von zehn Prozent, wie er wusste. »Die Schlacht dauert nun schon mehr als zwölf Stunden«, sagte er. »Wir haben Corus keine Ruhepause gegönnt, ihn von mehreren Seiten kommend angegriffen. Jetzt gilt's. Ich setze von nun an meine Garde an vorderster Front ein.«

Opryn da Onur blinzelte nervös. »Es wird viele Tote geben«, sagte er schließlich. »Corus' Widerstandskraft ist noch nicht vollends gebrochen.«

»Ich weiß. Aber wir müssen den Druck auf unseren Gegner aufrechterhalten, wollen wir ein möglichst befriedigendes Ende herbeiführen. Es besteht die Gefahr, dass Corus die schlafenden Tyarez-Häute opfert, wenn er sich seiner Situation bewusst wird. Er darf nicht die Zeit finden, über diese Option auch nur *nachzudenken*.«

Opryn stimmte ihm zögernd nickend zu. Artemio erteilte über Funk den notwendigen Befehl an seine Gardisten. Mit ruhiger Entschlossenheit, so, wie es Artemio von ihnen erwartete, ließen sie sich von einer Transportfalte zur nächstgelegenen Ebene tragen.

Das Tor zur Zitadelle des Gegners stand weit offen. Es lag an ihnen, diese letzte Bastion zu erobern.

Kapitel 37

Die Gavivis zogen es vor, eine Maske der Schwäche aufzusetzen. Als harmlos erscheinende Tierchen traten sie den Usurpatoren der Heimat entgegen, um ihren Charakter kennenzulernen. Immerhin bestand die Chance, dass die »Arkoniden« friedfertig und offen für die Lebensart des Volkes waren. Ihrem Instinkt folgend, warnten sie einen ihrer obersten Vertreter gar vor Gefahren, die im natürlichen Dschungel der Heimat drohten, und retteten ihm damit das Leben. Shukkirah war sein Name. Shukkirah da Onur.

Der Arkonide schien dankbar zu sein, und er ließ sich von der Harmlosigkeit der vermeintlichen Tierchen täuschen. Er gab ihnen sogar jenen Namen, den sie seit Ewigkeiten für sich selbst beanspruchten. »Gavivi« bedeutete schließlich nichts anderes als »Denkendes Wesen«. Die Gavivis studierten die Weißhaarigen. Sie erwiesen sich als selbstsüchtig, ignorant und blasiert. Sie achteten weder die Geschöpfe der heimischen Tierwelt noch sich selbst. Kabale und Heimtücke waren an der Tagesordnung. In ihrer Ignoranz blickten die Arkoniden über die einfachen Siedlungen des gavivischen Volkes hinweg, hielten sie für erbärmliche Behausungen halbintelligenter Primitiver.

»Was sollen wir bloß tun?«, fragte Frauz, einer der Ratsältesten, jene, die trotz ihrer Ängste in der Nähe des Sees und des Landeplatzes der Arkoniden verblieben waren. »Wir können uns den Zuzüglern nicht zu erkennen geben. Sie werden uns vernichten oder versklaven. Ihr Expansionsdrang ist zu ausgeprägt, um sie vom Vorhaben, die Heimat für ihre Bedürfnisse zu adaptieren, abhalten zu können.«

»Wir werden uns zurückziehen«, sagte Klamph, einer der bedeutendsten Psychologen des Volkes. »In die Wüstengegenden oder in die Sümpfe.«

»Die Arkoniden werden uns folgen«, rief eine Stimme aus dem Rund der kleinen unterirdischen Versammlungshalle. »Wenn nicht heute, dann in den nächsten Jahren. Sie sprechen von riesigen Siedlungen. Von Zerstörungen und Rodungen.«

»Ihr Metabolismus ist nicht für alle Bereiche der Heimat geeignet«, widersprach Klamph, während Frauz an den Rand der kleinen Bühne zurücktrat. »Die Wüsten werden uns für immer und ewig gehören. Darüber hinaus sind ihre Sinne zu stumpf, sie selbst zu dumm, um uns als Intelligenzwesen zu erkennen.«

»Die Arkoniden sind gekommen, um zu bleiben«, meldete sich Actusyn, einer der bekanntesten Tyarez-Träger, zu Wort. »Ihr glaubt vielleicht, diese Besucher aus dem All aussitzen zu können. Doch denkt an die Berichte, die uns Destin/Suwjusch von seinen Reisen hat zukommen lassen. Die Rotäugigen betreiben eine äußerst aggressive Expansionspolitik, die sie vor nichts und niemandem haltmachen lässt. In wenigen Jahren werden sie den Lebensraum der Gavivis so sehr eingeschränkt haben, dass wir keine Luft mehr zum Atmen haben.«

»So weit wird es nicht kommen«, sagte Klamph im Brustton der Überzeugung. »*Wir* werden die Heimat umformen. Mithilfe der Tyarez sollte es uns gelingen, die Lebensbedingungen noch drastischer zu gestalten, als sie es ohnehin schon sind. Unser Metabolismus verträgt Veränderungen. Jener der Arkoniden nicht. Hitzezonen werden an Kältebereiche angrenzen. Wir werden Krankheitsträger und Viren in die Wohnhäuser der Arkoniden bringen, tektonische Linien anzapfen, Vulkanausbrüche forcieren, sprich: ihnen Hindernisse in den Weg legen, wo es nur geht.«

Manch ein Gavivi zischte und stöhnte leise. Frauz fasste das Unbehagen in Worte: »Wir gefährden damit das Leben der Arkoniden. Möglicherweise töten wir sogar manch einen von ihnen.«

Klamph blickte fragend in die Menge. »Was ist es uns wert, die Heimat wiederzugewinnen? Wie viel sind wir bereit, dafür zu bezahlen?«

Stille kehrte ein. Sie alle mussten diese ungewöhnlichen Gedanken des Psychologen erst einmal verinnerlichen. Klamph sprach niedere Instinkte an, die seit ihrer Intelligenzwerdung verborgen geblieben waren. Mussten sie nun darauf zurückgreifen? Würde der Weg des passiven Widerstandes ihre Psyche verändern, sie derart umformen, dass sie genauso wurden wie die meisten Lebewesen dieser Galaxis?

»Wir Tyarez-Träger sind mit dieser Entscheidung nicht einverstanden«, meldete sich Actusyn neuerlich zu Wort. »Wir fordern die Gavivis auf, mit uns die Heimat zu verlassen und anderswo Asyl zu suchen.«

Ein Raunen ging durch die Halle. Unruhig wurden Brustarme geschwenkt oder mit den Beinen auf den Boden gestampft.

»Wir werden unsere Heimat niemals verlassen«, erwiderte Klamph schließlich. »Die Gavivis könnten woanders nicht überleben.«

Ein Großteil der Zuhörer signalisierte Zustimmung. Einige wenige schwiegen nachdenklich. Das Volk war gespalten. Die zu erwartenden Diskussionen würden sie in ihrer Gesamtheit auf eine harte Belastungsprobe stellen.

Wenn Frauz die Reaktionen der Tyarez-Träger richtig beurteilte, war der heutige Tag ein Wendepunkt ihrer gemeinsamen Geschichte. Eine Ära ging zu Ende. Traurig wandte er sich ab und verließ die Halle. Nichts würde so bleiben, wie es einmal gewesen war. Und Schuld trugen die Arkoniden.

Kapitel 38

Der Hautträger war am Ende seiner Kräfte. Ich half ihm auf die Beine. Die glasiert wirkende Körperschicht des Symbionten fühlte sich spröde und trocken an. Er sonderte einen seltsamen Mief ab, den ich nicht richtig einordnen konnte. Eine Art Modergeruch.

»Du bist ... Corus da Onur?«, fragte ich.

Der Tyarez-Arkonide hob verwundert den Kopf. Es tat mir weh, in seine verunstalteten Augen blicken zu müssen. Die winzigen Faltelemente, die ich darin sah, rotierten mit enormer Geschwindigkeit und schienen sich dabei immer tiefer in die Iris zu bohren. Schmerzte ihn dieser Vorgang denn nicht?

»Ich habe mich, soweit es mit den wenigen vorhandenen Unterlagen möglich war, mit den acht Namenlosen beschäftigt«, erklärte ich ihm. »Du, Zewayn und Opryn wurden stets als die beherrschenden Mitglieder dieser Seitenlinie der da Onur bezeichnet.«

»Du musst Atlan sein«, murmelte Corus, während er sich schwer auf meine Schulter stützte. Die Erleichterung war ihm anzumerken. »Ich musste lange Zeit auf dich warten. *Zu* lange ...«

Die Beine versagten ihm die Dienste. Er rutschte weg. Ich unterdrückte den Schmerzschrei, als ich sein Gewicht auffing und mein verletztes Bein belastet wurde.

Ohm Santarin sprang mir zu Hilfe. Unbeholfen betteten wir Corus auf den nackten Boden. Er benötigte dringend ärztliche Behandlung. Aber was wussten wir schon, wie diese beiden in Symbiose lebenden Wesen auf Pharmazeutika reagierten?

»Zewayn ist ... tot?«, fragte er mich.

»Ja.« Für Sentimentalitäten blieb nun keine Zeit.

Corus atmete tief durch. Es rasselte deutlich hörbar in seiner Lunge. »Ich musste damit rechnen. Aber die Hoffnung stirbt bekanntlich zuletzt, nicht wahr?« Er versuchte ein Lächeln. Es misslang ihm gründlich.

»Wir können später über alte Familiengeschichten plaudern«, sagte ich, während Ohm mithilfe seiner Anzugpositronik einen Gesundheitsstatus des da Onur erhob. »Zuerst muss ich wissen, was in Camouflage geschieht. Ist Artemio Hoffins hier, der Anführer der Schwarzen Garde des Imperators Dabrifa? Ist er derjenige, der dir so zusetzt? Was sucht er, und wird er tatsächlich von Opryn da Onur protegiert?«

»Du weißt von diesem frevelhaften Bündnis?« Corus hustete angestrengt. Blut trat aus seinen Augenwinkeln und verteilte sich unter der Tyarez-Haut über die eingefallenen Wangen. Er bot einen bedauernswerten Anblick.

»Ich konnte mir einiges zusammenreimen. Aber noch fehlen mir die wichtigsten Informationen.«

Ohm nickte zögernd, was ich erleichtert zur Kenntnis nahm. Corus war schwach und kaum noch in der Lage, Herr über seinen Körper zu bleiben. Die Erstdiagnose meines Partners bestätigte aber, dass seine Verletzungen nicht lebensbedrohlich waren.

»Wirst du mir helfen?«, fragte Corus. »Kannst du Opryn und Artemio Hoffins Einhalt gebieten?«

»Vor Camouflage müsste mittlerweile eine kleine Schiffsarmada aufgezogen sein, die auf mein Kommando hört. Es handelt sich um hervorragende Raumsoldaten.« Es fiel mir zwar schwer, Tipa Riordans Mannen derart zu loben; aber schlussendlich gehörten die Piraten zu den bestausgebildeten Spezialisten, wenn es darum ging, das Enterbeil zu schwingen.

»Es kommt nicht auf die Kampfeskraft alleine an«, sagte Corus da Onur. »Es gilt, die strategischen Knotenpunkte Camouflages unter allen Umständen zu halten. Und diese Aufgabe wird wohl dir und deinem Begleiter zukommen. Für deine Männer gibt es so rasch kein Durchbrechen. Diese

Schwarze Garde umschließt den inneren Kern der Asylwelt. Ihr beide wart der letzte ›Transport‹, den ich zu mir durchschmuggeln konnte. Wenn die Gardisten es bis zur Steuerzentrale schaffen, ist alles verloren. Sie drehen mir damit die Energiezufuhr ab und bringen Camouflage zum Erliegen. Und wenn sie die Traumfalten in ihren Besitz nehmen, erreicht Artemio Hoffins wohl sein deklariertes Ziel.«

»Die Traumfalten?«

Die drehenden Teilchen in Corus' Augen kamen zum Stillstand. Als überlegte er, was er verraten durfte. Doch wem gegenüber, fragte ich mich, fühlte er sich verantwortlich? Sich selbst und seiner Haut? Oder gab es noch eine übergeordnete Instanz, an deren Willen er sich orientieren musste?

»Unweit von hier schlafen dreihundertzweiundzwanzig Tyarez«, murmelte er. »Abgesehen von mir und den anderen Überlebenden der acht Namenlosen handelt es sich um die Letzten ihres Volkes. Sie liegen in einer Art Stasis und träumen. Wenn Artemio Hoffins eine der geschwächten Häute über sich stülpt, wird er ihr vom ersten Moment an seinen Willen aufzwingen können.« Er holte tief Luft. »Er gewinnt damit extreme Langlebigkeit – und enormes Wissen über die Vergangenheit.«

»Haben wir denn die Zeit, damit du mir mehr darüber erzählst? Solltest du nicht in deiner Zentrale sitzen und Abwehrmaßnahmen ergreifen?«

Corus lachte trocken. »Räumliche Wechsel spielen in Camouflage keine Rolle. Das solltest du mittlerweile wissen.« Leiser Vorwurf klang in seiner Stimme mit. »Wir werden auf dieser Falte bleiben, keinen Schritt tun und dennoch binnen kurzem in die Steuerzentrale gelangen – wenn ich es denn will. Und was die Abwehr der Schwarzen Garde betrifft, so erachte ich es als notwendig, dir die Geschichte Camouflages zu erzählen. Ich bin ohnehin stets dank der Augenfalten mit Camouflage verbunden. Während ich mit dir rede, kämpfe ich an dreizehn Fronten gegen unsere gemeinsamen Feinde.«

Kapitel 39

Tyarez und Gavivis drifteten immer weiter auseinander. Ihre Meinungen, wie mit den Arkoniden umzugehen war, standen sich diametral gegenüber. Die Häute wollten anderswo Ruhe finden; die Gavivis suchten währenddessen Rückzugsgebiete auf heimatlichem Boden. Gegenden, die den unerwünschten Zuwanderern zu unwirtlich erschienen, für die anspruchslosen Ureinwohner jedoch nach wie vor akzeptable Lebensverhältnisse boten.

In einem letzten gemeinsamen Kraftakt wurden so viel Tyarez-Häute wie möglich aus dem See geborgen und in speziell hergerichtete Behältnisse gebettet.

Sind sie schon am Leben, oder benötigen sie einen Träger, über den sie sich stülpen können, um damit ein eigenständiges Bewusstsein zu erlangen?, fragte sich Frauz. *Wir wissen so wenig über sie und müssen uns stets auf die Auskünfte jener verlassen, die mit den Tyarez in Symbiose leben.*

In aller Heimlichkeit wurde ein ganz besonderes Faltschiff errichtet. Es besaß Myriaden von Flächen und bot so viel Platz, wie auf der Oberfläche des heimatlichen Planeten zur Verfügung stand. Die Hautwesen würden sich über Jahrhunderte hinweg dank ihrer ausgeprägten Gestaltungskraft austoben können, ohne dass sie Langeweile empfanden.

Dreißig Gavivis fanden sich schließlich dazu bereit, das riesige Gebilde in den Weltraum hinauszusteuern. Sie würden sich auf die Suche nach einer neuen Heimat machen. Nach einem Planeten, dessen Bevölkerung ähnlich geartet war wie sie.

Frauz wusste, dass die Tyarez Träumen nachhingen. Ihrer beider Symbiose war perfekt gewesen. Jede neue Verbindung konnte bloß ein müder Abklatsch dessen werden, was gavivische Hautträger zu fühlen, zu sehen, zu spüren und zu leisten imstande gewesen waren.

Als der Tag des Abschieds nahte, wurde lediglich eine einfache Zeremonie abgehalten. Niemandem war zum Feiern zumute. Halbherzig versprach man sich, einen losen Kontakt zu halten. Die schlafenden Häute wurden an Bord gebracht und in einer speziell gesicherten Falte versenkt. Die dreißig Gavivis verabschiedeten sich von ihren Angehörigen, ohne Rührung zu zeigen. Manch einer von ihnen wirkte unsicher, in inneren Auseinandersetzungen verhangen. In ihnen prallten unterschiedliche Meinungen aufeinander. Sie opferten sich für das Allgemeinwohl zweier Völker.

Frauz sagte seiner einzigen Tochter Tchaun Lebewohl. Sie umarmte ihn, streichelte ihm dabei über die Hand. Erstmals in seinem Leben fühlte er Abscheu, als er das Nass ihres Tyarez-Partners auf seiner Haut spürte.

»Komm wieder, sobald du kannst«, bat er sie eindringlich.

»Sobald ich kann«, wiederholte sie monoton. Ihre Augen zuckten nervös. Schließlich löste sich Tchaun von ihm und marschierte auf die wartende Faltfläche zu, ohne sich noch einmal umzudrehen.

Frauz und die anderen Angehörigen begaben sich in ausreichende Entfernung, um dem Kältephänomen zu entgehen. Das Schiff startete in der Verkleidung eines arkonidischen Kugelraumers, fädelte sich wunschgemäß in einen Leitkurs der Rotaugen ein und verschwand irgendwo zwischen den Sternen.

Frauz schob das Gefühl der Angst, der Unzufriedenheit und der Verzweiflung beiseite. Er musste Klamph und den anderen Psychologen helfen. Es galt, den Rückzug der angeblich tierischen Gavivis glaubhaft umzusetzen. Gerüchte mussten erklügelt und in Umlauf gebracht werden. Sobald man das Volk in Sicherheit gebracht hatte, würde man die Lebensbedingungen der Arkoniden gezielt verschlechtern. Die da Onur und die da Tromin sollten die Heimat so rasch wie möglich wieder verlassen. Lepso durfte niemals so werden, wie es sich die Arkoniden vorstellten. Wenn Klamph Recht behielt, hatten sie bereits in wenigen Jahren wieder genug und würden weiterziehen. Wie Heuschrecken.

Ein letztes Bindeglied zwischen den Völkern der Gavivis und der Tyarez blieb zurück; der gut getarnte Faltraumer des verstorbenen Symbiose-Duos Destin/Suwjush parkte unauffällig auf einem kleinen Raumhafen der Arkoniden. Niemand kümmerte sich um ihn, solange die Gebühren pünktlich bezahlt wurden.

Tchaun steuerte Camouflage in eine stationäre Umlaufbahn um den neu entdeckten Planeten. Erste Vermessungen klangen vielversprechend. Vielleicht würde man nach all den Jahren und Jahrzehnten hier fündig.

Hybridwesen, deren riesige Hautlappen teilweise pflanzlicher und teilweise tierischer Herkunft zu sein schienen, staksten durch das Sumpfwasser einer von heftigen Niederschlägen geprägten Welt. Ihre Augen wirkten wach und hochintelligent. Gemächlich kauten sie an weißen Blättern.

Interessante Geschöpfe, meinte Tchauns Tyarez, der sich den Namen Gafeed gegeben hatte. *Sie erinnern mich sehr an euch in jungen Jahren.*

Tchaun konnte den Vergleich nicht nachvollziehen. Äußerlich ähnelten sich Gavivis und diese Hybridgeschöpfe keineswegs. Ihr Partner setzte, wie sie immer wieder erstaunt feststellte, gänzlich andere Maßstäbe an.

»Wir werden landen und diese Wesen eine Weile vor Ort beobachten«, sagte Tchaun schließlich laut zu den anderen drei Gavivis, die in der Faltzentrale Camouflages derzeit Dienst taten. »Wenn die Tyarez meinen, einen Versuch wagen zu wollen, werden wir eine der schlafenden Häute wecken und über ein Hybridwesen stülpen.«

Mithilfe mehrerer Falten, die man als Energiebremsen verwendete, landete ihr Schiff sanft auf der exotischen Welt. Schmetterlingsartige Geschöpfe saugten sich augenblicklich auf der Außenhaut Camouflages fest, der man vorsorglich mithilfe von knapp tausend Faltflächen das Aussehen eines riesigen, unregelmäßigen Gesteinsbrockens gab.

Tchauns Herz schlug kräftiger als sonst. Wenn sie Glück hatten und sich die Hybriden als geeignet für eine Symbiose mit den Tyarez erwiesen, konnten sie und die anderen Gavivis in einem Beiboot die Rückreise zur Heimat antreten.

Möglicherweise lebte ihr Vater noch? Vielleicht vermochte sie ihr halbherzig abgegebenes Versprechen einzulösen?

Der Tyarez umwickelte vorsichtig die Hinterläufe des Umbryrs, wie sich die Hybriden in ihrer einfachen Sprache nannten. Langsam und geduldig zog sich das Hautwesen weiter hinauf, umfasste Vorderleib und Schulter, erreichte schließlich den von Hornwarzen besetzten Kopf.

Der Umbryr zeigte keinerlei Reaktion. Er nahm den ungewohnten körperlichen Kontakt hin, ohne sich daran zu stören oder Zeichen der Panik zu setzen.

Tchaun und die meisten anderen Gavivis beobachteten gespannt das Zusammenwachsen der beiden Lebewesen. Aufgeregt wurden Arme in der Luft geschwenkt. Ein Pärchen tanzte bereits erleichtert über den glatten Boden der Kommandofalte.

»Wir haben es geschafft!«, rief irgendwer im Hintergrund der Steuerzentrale. »Die neue Heimat ist gefunden.«

»Nur nicht so vorschnell!«, mahnte Tchaun. »Wir müssen mehrere Tage lang beobachten, bevor wir unseren Versuch auf weitere Testkandidaten ausdehnen. Vorsicht sollte in Bezug auf die Häute an erster Stelle stehen.«

Sie hasste es, die ausgelassene Stimmung zu zerstören. Doch ihr Tyarez Gafeed war ein ewiger Zweifler. Seine pessimistische Geisteshaltung hatte im Laufe der Jahre auf sie abgefärbt.

Stunden vergingen, während sie den einzelgängerischen Umbryr verfolgten. Langsam stapfte er durch die Marsche und Sümpfe seiner Heimat, stets verfolgt von winzigen Beobachtungsfalten.

»Das gefällt mir nicht«, sagte Tchaun, während sich das riesige Geschöpf eine Böschung hinaufmühte. »Als wolle sich der Tyarez vom Symbionten lösen.«

So war es in der Tat. Die Haut kräuselte sich am Hals und an den Beinen des Umbryrs. Dort war ihre bislang gesunde Oberfläche wund und nässend.

Das Wesen macht sie krank!, behauptete Gafeed. *Wir müssen augenblicklich etwas unternehmen.*

Sie kamen zu spät. Der Tyarez verschwand allmählich von der Oberfläche des Riesengeschöpfes. Es schien Tchaun, als würde die Haut ins Innere gezogen und – verspeist werden.

Schockiert standen sie alle in der Faltzentrale umher. Hilflos mussten sie zusehen, wie der Umbryr den Tyarez in sich einsickern ließ und schließlich in einer Art photosynthetischem Vorgang zerlegte. Grauer Staub war alles, was von der Haut übrig blieb, während der Wirt einen genussvollen Grunzer von sich gab.

»Das Experiment ist gescheitert«, sagte Tchaun traurig. »Es bleibt uns nichts anderes übrig, als weiter nach einer neuen Heimat zu suchen.«

Frauz verstarb, verbittert vom endlosen Versteckspielen, während sich die Gavivis in die Kavernen unterhalb der Sahin-Wüste zurückzogen.

Tchaun begrub irgendwann ihre Hoffnungen auf eine Rückkehr. Obwohl ihr Gafeed mehrere hundert Jahre zusätzlichen Lebens schenkte, war auch ihr nicht das Glück eines Erfolgs beschieden.

Ein loser Kontakt zwischen Gavivis und Tyarez blieb über Jahrtausende hinweg erhalten. Immer wieder reisten kleinere Falteinheiten, die von Camouflage abgetrennt worden waren, zur alten Heimat zurück. Einerseits, um den sukzessiven Rückzug der Gavivis zu beobachten. Andererseits, um den ehemals Verbündeten von weiteren Fehlschlägen zu berichten – und um neue Hautträger zu bitten, die Camouflage ordnungsgemäß bedienen konnten.

Immer geringer wurde die Zahl jener, die sich bereit erklärten, an Bord des Generationenschiffs zu leben. Immer größer war die trennende Kluft. Alle Gemeinsamkeiten verloren irgendwann ihre Bedeutung, wurden zu Erinnerungen, die wiederum zu tradierten Werten ohne jeglichen Sinn verschwammen.

»So geht es nicht weiter!«, klagte Voina eines Tages seinem Tyarez. »Hunderttausende Welten haben meine Vorgänger und ich abgeklappert. Stets auf der Suche nach einem Volk, das ähnlich wie die Gavivis *funktioniert*. Immer seid ihr enttäuscht worden. Ihr müsst euch damit abfinden, dass diese derart komplexe Symbiose nur deshalb funktioniert hat, weil wir *zusammengewachsen* sind. Ihr könnt euch nicht einfach auf neue Partner setzen und darauf vertrauen, dass die Chemie augenblicklich stimmt. Ein gemeinsamer Reifeprozess mag lange Zeit in Anspruch nehmen, wird aber ein ungleich besseres Ergebnis bringen.«

Es genügt oftmals ein kurzer Körperkontakt, um zu wissen, ob eine gemeinsame Basis da ist oder nicht, hielt ihm Drakis entgegen. *Wir müssen es einfach weiterhin versuchen.*

»Nein!«, sagte Voina bestimmend. »Es ist endgültig vorbei. Ich bin müde. Meine Kameraden sind müde. Wir lenken Camouflage an einen Ort, an dem man euch niemals wiederfinden wird. Und damit endet unsere Zusammenarbeit.«

Der Tyarez schwieg. Schockiert, keines vernünftigen Gedankens mehr fähig.

Seine Gedanken, die seit dem Beginn ihres Zusammenlebens wie ein Rauschen im Hintergrund mitgeklungen hatten, verkamen zu einem leisen Stöhnen und verstummten schließlich vollends.

Voina ließ sich in eine der Traumfalten hinabtransportieren. Er betrachtete die schlafenden Tyarez. Sie wussten nicht, dass hier und jetzt über ihr Schicksal entschieden wurde. Ihre Körper, leicht grünlich gefärbte Geleebatzen, pulsierten ruhig und regelmäßig in vorgeformten Ruheflächen. In gewisser Weise waren sie wie Babys. Unschuldig und rein. Erst durch den Kontakt mit einem anderen Lebewesen würde ihr kollektives Wissen erweckt werden.

Voina stützte sich an einer Wartungsfläche ab. Ihn schwindelte. Das Gewicht der Entscheidung lastete schwer auf ihm. War er zu weit gegangen?

Nein.

Die Gavivis hatten eine vernünftige Entscheidung getroffen. Sie mussten sich von den Tyarez emanzipieren und wieder lernen, mit ihren beschränkten Fähigkeiten alleine zurechtzukommen. Die Empfindlichkeiten der Tyarez durften sie nicht für alle Zeiten daran hindern, den Arkoniden auf der ihnen eigenen Weise entgegenzutreten. Ihr Plan, wie mit den Rotaugen und anderen Intelligenzen umzugehen war, die seit geraumer Zeit ihre Heimat überschwemmten, nahm allmählich konkrete Formen an. Die Hilfe jedes einzelnen Gavivi wurde nunmehr gebraucht. Camouflage durfte in ihren Überlegungen keine Rolle mehr spielen.

Eines Tages drehte Quinrill durch.

Er war der letzte Gavivi Camouflages. Ein alter, von vielen Gebrechen geplagter Mann, dessen arthritischer Arm nahezu unbrauchbar nach vorne wegstand.

Sumbarn hatte die Aufgabe übernommen, dem Alten als Tyarez-Partner beizustehen und die wenigen notwendigen Wartungsarbeiten an der Faltstadt durchzuführen. Er leitete den Körper Quinrills, soweit es ihm möglich war. Doch der Geist des Gavivi war schwach. Mit ihm konnte man keine neuen Projekte in Angriff nehmen.

Trotz der Schwäche des Alten gelang es Sumbarn nicht, ihn an Bord Camouflages zu halten. Quinrill riss eine der Falten an sich, löste sich aus der Hülle des riesigen Gebildes und raste ziellos in den Weltraum hinaus. Er zeigte all die schlechten Eigenschaften, die sich die Gavivis während der letzten Generationen angeeignet hatten.

Die Arkoniden und weitere Völker hatten sie infiziert, hatten sie aggressiver werden lassen und zu Geschöpfen gemacht, die sich nicht mehr viel von den anderen der Sterneninsel unterschieden.

»Wir müssen zurück nach Camouflage!«, bat Sumbarn inständig. »Die Tyarez sterben, wenn ihre Schlafanlagen in den Traumfalten nicht regelmäßig gewartet werden.«

»Das können andere übernehmen«, brabbelte der Alte und lachte irre. »Ich habe genug von dir, von der Stadt, von der ewigen Stille in diesem eiskalten Gefängnis. Ich will zurück, ich will ...«

Seine Gedanken verloren sich; beschäftigten sich mit der Heimat, mit einer alten Liebe und Kindern, die er niemals gehabt hatte, weil er eine Tyarez-Haut auf seinem Körper trug.

Sumbarn wandte all seine Kraft auf, um die Kontrolle über Quinrills Leib zu gewinnen. Umsonst. In ihm brannte die Flamme des Wahnsinns grell auf. Keine Schmeichelei verfing, kein rationaler Gedanke, kein Bitten und Flehen.

Die Reisefalte torkelte durchs All, zog sich auf Geheiß Quinrills in die Länge, um gleich darauf kompakt und milliardenfach so schnell wie das Licht den Weltraum zu durchmessen. Völlig willkürlich änderte der Alte die Parameter. Er saugte Unmengen von Energie an und verbrannte sie in einem Fanal, das weithin anzumessen war. Dann wieder ließ er die Falte gefährlich nahe an eine Riesensonne herantreiben und erstickte sie mit Kälte. Zwischendurch lag er in einem katatonischen Wachschlaf auf dem Boden der gefährlich knirschenden Faltebene.

Der Tod spielte in Sumbarns Überlegungen seit jeher eine untergeordnete Rolle. Aber der Gedanke an all die unbelebten Tyarez, die in Camouflage unbeaufsichtigt in einer Stasis lagen, bereitete ihm schier unerträgliche Schmerzen.

Sie begegneten einem primitiv anmutenden Raumschiff, das schlecht getarnt durch das Weltall schlich. Aus einer Laune heraus beschloss Quinrill, Kontakt aufzunehmen. Mit irrem Lachen begegnete er den arkonoiden Wesen und forderte sie auf, an Bord zu kommen.

Erneut konnte sich Sumbarn nicht gegen seinen Symbiosepartner durchsetzen. Ein Trupp sogenannter Akonen wurde über eine winzige Transportfalte herangekarrt. Sobald sich die schwer bewaffneten Zweiarmigen von ihrer Überraschung erholt hatten, forderten sie Quinrill auf, ihnen die Technik der Reisefalte zu erklären. Der Alte kniete nieder und weinte, brabbelte Unverständliches, bat um Gnade und darum, endlich »befreit zu werden«.

»Wovon sollen wir dich befreien?«, fragte der finster dreinblickende Anführer des Soldatentrupps.

»Von meiner Haut!«, schluchzte Quinrill. »Sie soll mich endlich in Ruhe lassen.«

Schockiert musste Sumbarn zur Kenntnis nehmen, dass ganz allein er es gewesen war, der seinen Symbiosepartner in den Wahnsinn getrieben hatte! Unbemerkt hatten sich seine Gedanken der Besorgnis über die Zukunft der Gavivis wie ein düsterer Schatten über Quinrill gelegt, seinen Geist überlagert und ihn schließlich in seinen derzeitigen Bewusstseinszustand getrieben.

»Wir helfen dir gerne«, sagte der Akone. »Du musst uns allerdings deine Unterstützung zusichern.«

»Ich tue alles, was du willst.« Der Gavivi rieb sich am Boden, als könnte er ihn, Sumbarn, dadurch abkratzen. »Wenn du mir bloß dieses widerliche Ding vom Leib schaffst.«

Eine Frau betrat die Falte. Sie stammte zweifelsfrei vom Volk der Akonen ab; doch eine düstere Beinote umgab sie. Ein Hauch von schwerlich unterdrücktem Hass, der von besonderen Kräften im Zaum gehalten wurde.

Eine Telepathin oder gar eine Hypno!, dachte Sumbarn panisch. *Sie schleicht sich in unsere Gedanken und beeinflusst uns.*

Es waren seine vorerst letzten freien Gedanken. Die Frau forderte ihn unmissverständlich auf, sich vom Leib Quinrills zu lösen und sich einen neuen Partner zu suchen. Er musste gehorchen. Verließ Quinrill. Kroch mühevoll über den Faltboden auf die Frau zu. Stülpte sich über sie. Vollzog den neuen Symbiose-Pakt.

Die Akonin schmeckte nach Schmerz und Blut. Ihr Geist war unendlich stark. Augenblicklich fühlte er sich unterjocht, von der Mutantin in Beschlag genommen.

In einem scheinbar bis in alle Ewigkeiten währenden Albtraum verriet er die Geheimnisse ihrer Symbiose-Fähigkeiten. Er erzählte über Camouflage, gab die galaktische Position der letzten Zuflucht preis und bot sich an, die Akonin, die dem Báalol-Kult huldigte, hinzubringen.

»Ich danke euch«, wiederholte Quinrill währenddessen immer wieder, »ich danke euch! Ich bin frei, frei, frei ...«

Ein akonischer Soldat richtete auf Geheiß der Báalol-Frau seine Waffe auf den Gavivi und tötete ihn, ohne das Gesicht zu verziehen.

Der Geruch verschmorten Fleischs ließ Sumbarn für einen Moment die Kontrolle über seinen Geist zurückgewinnen. Der Tod des Alten ließ ihn triumphieren. Nicht, weil er sich von seinem ehemaligen Partner verraten gefühlt hätte – nein! Viel wichtiger erschien ihm, dass der Mann aus dem Volk der Gavivis trotz seines Wahnsinns einen wesentlich besseren Einblick in die Funktionsweise der Falttechniken gehabt hatte. Die Tyarez waren lediglich die Instrumente gewesen. Die im wahrsten Sinne des Wortes verlängerten Arme ihrer Symbiosepartner. Die Akonen hatten sich aus Unwissenheit der wesentlich wichtigeren Person beraubt.

»Auch du wirst uns verraten, was wir wissen wollen«, sagte die Báalol-Frau, seine neue Besitzerin, laut. »Und wenn das nicht ausreicht, holen wir uns von Lepso einen deiner Freunde.«

Sie machte seine geheimsten Gedanken ausfindig und erfreute sich an seiner Qual. Sumbarn fühlte sich weiter und weiter zurückgedrängt. Die Frau löschte ihn nahezu aus, ließ lediglich den Hauch einer Idee von einer eigenen Existenz in ihm zurück. Und dann befahl sie ihren Soldaten, Kurs auf Camouflage zu nehmen.

Kapitel 40

Corus da Onur schwieg. Die lange Erzählung schien ihn nicht erschöpft, sondern, im Gegenteil, gestärkt zu haben. Das Wissen vieler Generationen von Tyarez und Gavivis hatte in den Erinnerungen seines Symbionten verborgen gelegen. Die Jahrhunderte währende Isolation hatte offenbar einen Redezwang bewirkt, wie ich ihn ebenfalls kannte.

Warum hatte er derart ausschweifend erzählt? Wie konnte er es sich leisten, den Zeitfaktor zu vernachlässigen, während sich die Schwarzgardisten angeblich von allen Seiten näherten?

Corus hat irgendetwas mit euch vor, mutmaßte der Extrasinn. *Du solltest in Erwägung ziehen, dass auch er irrational reagiert und einen völlig wahnwitzigen Plan verfolgt.*

Darauf musste ich es ankommen lassen. Ich war nicht unglücklich darüber, die losen Fäden der Geheimnisse rings um die Gavivis und die Tyarez endlich miteinander zu verknüpfen.

»Ich kann mir den Rest zusammenreimen«, sagte ich schließlich laut. »Die Akonen und die Antis intrigierten damals unbemerkt gegen das Große Imperium. Die Mär von fünfzig Völkern, die gegen das Arkonidenreich aufbegehrten, entstand, obwohl allein unsere genetischen Vorväter dahinter steckten. Die Tyarez waren ein kleiner, aber bedeutender Bestandteil ihres Masterplans, vermehrt arkonidische Kolonien zu vernichten und derart das gesamte Reich zu destabilisieren.«

»So ähnlich muss es abgelaufen sein«, bestätigte Corus. Die winzigen Faltobjekte in seinen Augen rotierten rasend schnell. Schmale Lichtreflexe schossen aus ihnen hervor und in alle Richtungen davon.

»Und wie schafften es die Tyarez, sich aus der Gewalt des Báalol-Kults und der Akonen zu befreien?«

Corus legte den Kopf beiseite, als horchte er in sich hinein, wie ich es während meiner Zwiegespräche mit dem Extrasinn oftmals tat. »Sie änderten sich«, sagte er schließlich. »Sie beschritten jenen Weg, vor dem sie sich immer gefürchtet hatten. Die Gavivis waren nicht stark genug gewesen, ihnen begreiflich zu machen, dass sich die Tyarez an die Verhältnisse in der Milchstraße anpassen mussten. Gezwungenermaßen taten sie es nun doch. Zwei Hautwesen gelang es, sich von ihren akonischen Trägern zu befreien. Sie erinnerten sich der alten Geschichte ihres Heimatplaneten und machten das Geschlecht der da Onur auf Sadik ausfindig. Sie meinten, dass das arkonidische Adelsgeschlecht eine Schuld abzutragen hatte.« Corus schloss zu meiner Erleichterung die Augen. Das Irrlichtern, das aus seinem Gesicht drang, war von Minute zu Minute schwerer zu ertragen. »Ich erinnere mich an meine Begegnung mit den beiden willenlosen Akonen, als wäre sie erst vor wenigen Stunden geschehen. Die Tyarez-Häute überzeugten mich von ihren Anliegen. Möglicherweise spielte die Lust nach Abwechslung und Abenteuern eine bedeutendere Rolle als ein schlechtes Gewissen. Wir waren lediglich Vettern und Großvettern des Khasurn-Patriarchen und damit ohne Einfluss auf die Politik unseres Geschlechts. Wir schwelgten in Reichtum, langweilten uns auf unseren ausgedehnten Ländereien und waren in diesen Tagen wohl ausgesprochen glücklich darüber, eine sinnvolle Aufgabe übernehmen zu dürfen. Dass aus einem kurzen Ausflug und dem Auftrag, mehrere Tyarez-Häute von ihren akonischen Symbionten zu trennen, eine jahrhundertelange Aufgabe um die Bewahrung Camouflages werden würde, konnte sich niemand von uns vorstellen. Ein Martyrium sondergleichen nahm seinen Anfang ...«

»Welches Martyrium?«, fragte ich nach. Natürlich ahnte ich, worauf Corus da Onur hinauswollte. Trotzdem bestand ich auf Klarheit.

»Wenn wir geglaubt hatten, nach gelungener Befreiung der Tyarez vom Joch der Akonen alte Schulden abbezahlt zu haben, so mussten wir feststellen, dass wir keinerlei Möglichkeit mehr besaßen, in unser altes Leben zurückzukehren. Durch den zwischenzeitlich erfolgten Umsturz auf Sadik, die Intrige der da Tromin, wurden aus uns die acht Namenlosen. Geächtete ohne Rechtsanspruch. Gejagte und Verfemte. Also machten wir das Beste aus der Situation und sicherten Camouflage im Auftrag der Tyarez. Lediglich von Zeit zu Zeit verließen wir diese Faltwelt und brachten die Hautsymbionten zurück in ihre alte Heimat, um nach Spuren der Gavivis zu suchen. Hatten sie ihre Pläne verwirklichen können und eine passende Zuflucht für sich gefunden? Oder waren sie untergegangen, von den Arkoniden unbemerkt?« Corus hustete angestrengt. »Lepso hatte sich mittlerweile zu jener Welt entwickelt, als die wir sie heute kennen. Eine Welt, in der nichts unmöglich erscheint, in der Recht und Ordnung zu Begriffen ohne Bedeutung verkommen sind.«

»Also ist es weder euch noch den Akonen zuvor gelungen, die Gavivis auf Lepso ausfindig zu machen?« Ich nickte Ohm Santarin zu. Unsere Unterhaltung, der er andachtsvoll lauschte, würde bald zu einem Ende kommen.

»Als die Báalol-Priesterin, deren Name nicht überliefert ist, mit Sumbarn auf Lepso landete, war von den Gavivis bereits keine Spur mehr zu finden gewesen. Ein Mythos war währenddessen entstanden, der von unermesslichen Reichtümern kündete, die von den sagenhaften Ureinwohnern des Planeten gehortet wurden. Heerscharen von Glücksrittern krempelten große Teile Lepsos um. Tausende verloren dabei ihr Leben. Bis man es aufgab und die Existenz der Gavivis ins Reich der Märchen verwies.«

Corus wechselte abrupt das Thema. »Nachdem wir die Akonen mithilfe der Falttechniken vernichtend geschlagen hatten, zogen sie sich zurück und kümmerten sich vorrangig um Angelegenheiten in ihrem Heimatsystem. Man sagt ihnen ohnehin nach, dass sie sehr stark auf das Innere ihres Reichs fokussiert sind und mit Raumfahrt kaum etwas am Hut haben.«

Die Akonen waren in der Tat ein seltsames Volk geblieben. Ihre äußerliche Verwandtschaft mit den Arkoniden war unverkennbar. In ihrer Mentalität hingegen unterschieden sich die beiden Völker wie Tag und Nacht.

»Es wird Zeit«, sagte Corus da Onur. Er öffnete die Augen, richtete den Blick nach oben ins Schwarze. Eine weitere Faltebene wirbelte kreischend herbei, nahm uns schwungvoll auf und trug uns davon. Der Blutsturz unterhalb Corus' Augen bedeckte mittlerweile den größten Teil seiner Wangen. Die Anstrengungen, denen er unterlag, mussten grauenvoll intensiv sein.

»Ihr solltet euch darauf vorbereiten, den Gardisten gegenüberzutreten«, sagte der Hautträger. Wieder rotierten die Falten in seinen Augen in großem Tempo. »Du kannst in der Steuerzentrale Kontakt zu deiner Schiffsflotte aufnehmen und die Landung auf zugewiesene Flächen in Camouflage befehlen. Die Entscheidung aber wird, wie gesagt, hier im Innersten ausgefochten werden.« Wir landeten auf einer wie ein Trapez geformten Fläche. Sie war deutlich stärker strukturiert als alle anderen, die wir bislang zu Gesicht bekommen hatten. Ihre Dimensionen waren nur zu erahnen. Die Kanten glühten in Dunkelviolett und wirkten noch ausgefranster als die jener Falte, in der wir uns bislang befunden hatten. »Um im Kampf eine Chance zu haben, benötigt ihr beide Unterstützung«, fuhr Corus da Onur fort und deutete auf zwei schmale Einfassungen im Boden, aus denen dunstiger Nebel hochstieg. »Während ich euch meine Geschichte erzählte, sorgte ich dafür, dass zwei Häute für euch vorbereitet wurden.« In unmissverständlichem Befehlston sagte er: »Ihr werdet sie euch überziehen.«

Kapitel 41

Artemio Hoffins kämpfte mühsam gegen den Übermut an, der in ihm wuchs und wuchs. Sie stießen kaum noch auf Widerstand. Jener Zugang, den ihm Opryn im Holo gezeigt hatte, stand sperrangelweit offen. Hier und da explodierten ein paar Suchroboter; die Verluste der Schwarzen Gardisten beschränkten sich im Schnitt auf einen Soldaten pro Fläche. Dies waren Marginalien, die angesichts der wartenden Belohnung noch winziger erschienen, als sie es ohnehin schon waren.

»Worauf wartest du?«, geiferte Opryn da Onur. Seine Hände öffneten und schlossen sich immer wieder, als versuchte er den Erfolg zu greifen und festzuhalten. »Es ist so weit! In der übernächsten Falte liegt die Steuerzentrale eingebettet. Nichts und niemand kann uns nun aufhalten.«

Sie marschierten nebeneinanderher. Der eine in seinem Kampfanzug, der andere durch die Tyarez-Haut gegen Corus' Attacken geschützt.

Artemio Hoffins teilte den Optimismus seines Partners nicht unbedingt. Er hatte ausgiebigen Taktikunterricht genossen und seine Lektionen gelernt. Momente des unbändigen Verlangens waren gefährlich und konnten den Erfolg einer Mission infrage stellen. Beherrschung und Zurückhaltung waren nun mehr gefragt als alles andere.

Zischen ertönte aus den Lautsprechern seiner mobilen Befehlszentrale. Zwei Gardisten verbrannten in einer benachbarten Falte in dunkelgrünen Feuerlohen. Sofort beschossen nachrückende Einheiten den Boden der Fläche, bis auch er nichts anderes als ein übel stinkender Schlackehaufen war.

»Kommandant«, rief ihm ein Offizier über Funk zu, »wir bekommen beunruhigende Nachrichten aus den äußeren Falten.«

»Ja?« War es das, wovor er sich insgeheim gefürchtet hatte? Ein Hinterhalt, eine Falle? Dabrifas Häscher?

»Camouflage lässt eine kleine Flotte herein«, sagte der Offizier gepresst. »Es handelt sich um Einheiten, die die Kennung der USO ausstrahlen.«

Artemio blieb abrupt stehen. Sein Atem beschleunigte, sein Herz begann lautstark zu pochen.

USO? War ihm Atlan wider Erwarten doch auf die Schliche gekommen? Unmöglich!

Oder?

Das Wort »unmöglich« existierte wohl im Wortschatz eines Unsterblichen nicht. Schließlich stand ihm alle Zeit aller Welten zur Verfügung.

Es galt, eine taktische Neuorientierung vorzunehmen. Ein erfolgreicher Feldherr musste sich so rasch wie möglich auch auf die unerwartetste Situation einstellen.

»Ich brauche Informationen über die feindlichen Einheiten«, schnarrte er. »Anzahl der Schiffe. Stärke der Offensivbewaffnung. Truppenstärke. Die Wahl der eingesetzten Waffen. Alles, was Sie in den nächsten Minuten in Erfahrung bringen können.«

An Opryn da Onur gerichtet, fuhr er fort: »Wir werden unsere Bemühungen maximieren. Die Steuerzentrale muss schnellstens erobert werden. Auch wenn wir ein paar hundert Gardisten zusätzlich verlieren.« Der Zeitfaktor, der im Kampf um die Vorherrschaft in Camouflage bislang keine Rolle gespielt hatte, wurde nun zum bestimmenden Element. Dem musste er Rechnung tragen. »Sobald wir Corus überwältigt haben, besorgst du Häute für mich und einige meiner Offiziere. Wenn ein einziger Tyarez-Träger Camouflage derart lange gegen uns verteidigen konnte, werden wir uns gegen die USO-Einheiten erst recht durchsetzen.«

Ein akustisches Signal ertönte. Ein weiterer Offizier geriet ins Blickfeld. Im Hintergrund war das Wummern schwerer Schiffsartillerie zu hören.

»Fünfzig Schiffseinheiten sind gelandet!«, keuchte er. »Die gegnerischen Truppen, mehr als zehntausend Mann, sind uns himmelhoch überlegen. Sie attackieren uns mit ... hm ... äußerst unkonventionellen Mitteln. Wenn sie nicht die Kennung der USO ausstrahlten, würde ich glauben, dass wir es mit Marodeuren oder Glücksrittern zu tun hätten.«

»Status?«, fragte Artemio Hoffins unbeeindruckt.

»Wir müssen in den nächsten Minuten kapitulieren oder uns weiter zurückziehen«, sagte der Offizier. Sein rechtes Auge zuckte nervös.

»Kommt nicht infrage!«, bestimmte Hoffins. »Sie halten die Stellung unter allen Umständen.«

»Aber ...«

»Es gibt kein Aber, Mann! Der Erfolg der gesamten Mission hängt vom Durchhaltevermögen Ihrer Truppen ab. Eine jede Minute, die Sie die USO-Soldateska aufhalten können, verbessert unsere Erfolgsaussichten. Seien Sie sich gewiss, dass die Belohnung für die Überlebenden unermesslich hoch sein wird.« Hoffins nickte kurz und unterbrach die Verbindung. Wahrscheinlich hatte er den Mann das letzte Mal gesehen. Seine Überlebenschancen tendierten Richtung null.

Er überprüfte die Markierungen der Standorte jener Truppeneinheiten, die sich am weitesten in Richtung der Steuerzentrale vorgearbeitet hatten. Er verglich ihre Positionen, gab ein paar zusätzliche Befehle in sein strategisches Operationsboard ein und gab den Befehl zum Angriff. »Jetzt gilt es«, sagte er schließlich zu Opryn da Onur, der seine beiden verwirrten Landsleute auf einer winzigen Falte hinter sich herlenkte. »In einer Stunde sind wir entweder tot – oder die Besitzer Camouflages.«

Kapitel 42

Fasziniert beobachtete ich, wie sich die beiden Tyarez-Häute aus ihren Ruhekuhlen schoben. Mit wurmähnlichen Krümmbewegungen krochen sie auf uns zu.

Wahnsinn!, schrie der Extrasinn. *Du darfst die Hoheit über unseren Körper nicht hergeben!*

Ich ignorierte den Logiksektor vorerst und überdachte unsere Situation. Wie so oft steuerten die Geschehnisse auf einen dramatischen Höhepunkt zu. In solchen Situationen mochten kleinste Fehlentscheidungen ungeahnte Konsequenzen nach sich ziehen.

Die Tyarez-Häute waren nun ganz nahe heran. Ohm Santarin tat instinktiv einen Schritt zurück. Er wirkte völlig überrascht – und angewidert.

»Du verlangst sehr viel von uns«, sagte ich zu Corus.

»Es geht auch um sehr viel.« Der da Onur blinzelte heftig. Die winzigen Faltgebilde schienen aus seinen Augen herauszuwachsen. »Camouflage und seine schlafenden Bewohner sind einzigartig. Ich appelliere an dich als Arkoniden, ihnen jene Form von Freiheit und Lebensraum zu verschaffen, die sie sich wünschen. Meine Stammväter haben auf Lepso in ihrer Ignoranz Dinge angerichtet, die nicht wiedergutzumachen sind. Über Jahrhunderte hinweg bemühte ich mich mit meinen Verwandten um Schadensbegrenzung. So, wie es aussieht, haben wir alles nur noch schlimmer gemacht.« Verzweiflung und Schuldbewusstsein in Corus' Stimme waren nicht zu überhören. »Der Schritt, dich zu kontaktieren, kostete mich große Überwindung. Bitte lass mich, lass die Tyarez nicht im Stich!«

Tu's nicht!, mahnte mich der Extrasinn mit aller Intensität, zu der er fähig war.

Ich tat einen Schritt nach vorne. Stieg vorsichtig in die Geleemasse des Tyarez. Ließ zu, dass er an mir hoch kroch, sich unter die Thermobekleidung schob, mich allmählich ganz bedeckte.

»Ich werde dir keinen Befehl geben«, sagte ich zu Ohm Santarin, während geringste Teile der Körpermasse des Tyarez meine Kehle hinabrannen, in meine Nasenlöcher vordrangen und die Ohrmuscheln überlagerten. »Du entscheidest selbst.«

Mir schwindelte. Mein Sehen veränderte sich, gewann an Schärfe und Tiefe. Das dumpfe Pochen des verletzten Beines, das ich während der letzten Stunde bloß am Rande meines Bewusstseins wahrgenommen hatte, endete. Etwas erwachte in mir. Ein Verstand. Messerscharf, von hohen ethischen Ansichten geleitet. Moralische Wertmaßstäbe verschoben sich plötzlich. Es war, als erhielte ich Einblicke in das Innerste allen Seins.

»Es ist wunderschön«, sagte ich mit einer Stimme, deren Ton in meinen Ohren seltsam verzerrt klang. »Ich hätte es mir niemals so ... intensiv und tief gehend vorgestellt.«

»Du musst dich an deinen neuen Partner gewöhnen«, sagte Corus da Onur mit zitternder Stimme. Sein Kopf fiel schwer nach vorne. Mit meinen nunmehr verstärkten Sinnen erkannte ich, wie nahe der Mann an der Grenze zum Exitus stand.

Wo war das Bewusstsein meines Tyarez? Sollte ich nicht eine Art innere Stimme hören? Ähnlich jener des Extrasinns?

Ich bin Sumbarn, erklang plötzlich ein mentales Zwitschern. Es entstand im Bereich meines Stirnlappens und erzeugte einen seltsamen Juckreiz.

Sumbarn?

Jener Sumbarn, der in Corus' Erzählungen eine bedeutsame Rolle gespielt hatte? Der sich einstmals über eine Báalol-Priesterin gestülpt hatte?

Ja, erreichte mich die leise Antwort. Es war der Haut spürbar unangenehm, an diese Episode ihres Lebens erinnert zu werden.

Ich vermied es, weiter in Sumbarn vorzudringen. Ich spürte, dass ich damit an Dingen rütteln würde, die eine Zusammenarbeit infrage stellten. Ohnedies mussten wir uns mit aller Konzentration dem Kampf gegen die Schwarze Garde widmen.

Wie kannst du mir helfen?, fragte ich Sumbarn. *Wie viel verstehst du von den Falttechniken der Gavivis?*

Ich habe Camouflage lange Zeit geleitet, antwortete der Tyarez. *Mein technisches Wissen über das Funktionieren der Zuflucht ist beschränkt – aber in der Anwendung hättest du dir keinen besseren Partner wünschen können.*

Du bist über unsere Situation informiert?

Ja. Während des Erweckungsprozesses hat mir Corus alles Notwendige erzählt.

Ein seltsamer Begleitimpuls erreichte mich mit Sumbarns Worten. Er empfand – Angst.

Wir werden mit aller Härte gegen die Invasoren vorgehen, dachte ich vorsichtig in Richtung meines neuen Symbionten. *Ich muss mich darauf verlassen können, dass du nicht im letzten Moment abspringst und mich im Stich lässt.*

Corus hat mich bewusst ausgewählt. Er weiß, dass ich eine alte Rechnung zu begleichen habe.

Ich verstand. Sumbarn empfand Schuldgefühle. Ihm war es zuzuschreiben gewesen, dass Camouflage von den Akonen in Besitz genommen wurde. Er würde alles daransetzen, um diese Scharte wieder auszuwetzen, und eine Härte zeigen, die für das sanfte Volk der Tyarez sicherlich untypisch war.

Zeig mir, wie die Verlagerung von Faltflächen vor sich geht, bat ich Sumbarn, während ich einen Seitenblick auf Corus warf.

Der da Onur saß auf einer Art Thron, der sich aus dem glatten Boden geschoben hatte. Seine Arme vollführten rasend schnelle Bewegungen, als würde er Dinge zwischen seinen Händen hin und her verschieben. Vielleicht war es auch so. Vielleicht formte er Falten um, verteidigte den innersten Bereich Camouflages mit äußerster Konzentration gegen die Eindringlinge.

Sumbarn hieß mich, auf eine leicht erhobene Fläche der Steuerzentrale zu treten. Ich gehorchte seiner Aufforderung, ohne darüber nachzudenken.

Bilder schoben sich augenblicklich vor mein bewusstes Sehen. Ich atmete tief durch. Es fiel mir schwer, zu glauben, was sich mir hier offenbarte. Die innere Struktur der Falten zeigte sich in den Gedanken des Tyarez als fragiles Kunstwerk, dessen energetische Imprints in unheimlichem Tempo changierten. Komplizierte Gebilde entstanden von Augenblick zu Augenblick neu, schienen in sich völlig falsch zu sein, um sich bald darauf wie komplizierteste mathematische Gleichungen *auszugehen*.

Ich wollte eine jener Faltflächen, die sich am Rande meines Betrachtungsfeldes befanden, gegen eine andere, in der Nähe schwebende austauschen. Sumbarn drängte sich ein wenig weiter in meine körperlichen Kontrollen, ich ließ es geschehen. Er befahl meinem linken, unverletzten Fuß ein wenig vorzutreten, brachte ihn dazu, einen im Boden verborgenen Kontakt zu erfühlen, zu aktivieren und durch gefühlvolles Drehen als ›Cursor‹ in meinem gedanklichen Bild zu verwenden. Ich steuerte den gedanklichen Zeiger behutsam auf die von mir ausgewählte Tauschfläche hin, betätigte zwei weitere Fußkontakte – und die Übung gelang.

Ein wenig sanfter!, mahnte mich Sumbarn. *Und zeige deine Freude nicht all zu deutlich. Zu viele Emotionen können das Bild, das du über mich empfängst, stören.*

Der Extrasinn, der sich bislang dezent im Hintergrund gehalten hatte, kam »näher«. Ich würde seine mahnenden Rufe benötigen, um Gefühle so weit wie möglich von mir fernzuhalten.

Ich möchte noch eine komplexere Übung durchexerzieren, forderte ich Sumbarn auf.

Der zweite Probelauf gelang nahezu perfekt. Es war, als arbeiteten wir beide schon seit Ewigkeiten zusammen.

Wir werden uns nun auf den Weg machen, dachte ich in Sumbarns Richtung.

So war das nicht geplant!, meinte der Tyarez unsicher. *Die Verteidigung Camouflages muss von der Steuerzentrale aus erfolgen, um eine höchstmögliche Effektivität zu erreichen.*

Dafür ist mein Partner Ohm Santarin zuständig, entgegnete ich mit einem Seitenblick auf den jungen Arkoniden. Er hatte sich, wie ich gehofft hatte, den zweiten Tyarez-Partner übergestreift. Mit zusammengepressten Lippen vollführte er, gleich mir, einen seltsamen Tanz über den Boden der Steuerfalte.

Ich kenne unseren Gegner, fuhr ich fort. *Er ist ein ausgefuchster Stratege, der mit allen möglichen Tricks und Fallgruben zu arbeiten imstande ist. Wir müssen ihn irgendwie in Verlegenheit bringen. Und das ist, glaube ich, bei einer persönlichen Begegnung am einfachsten zu bewerkstelligen.*

Du glaubst?!

So ist es.

Ich spürte in Sumbarn den Widerwillen gegen meinen improvisierten Plan wachsen. Ich durfte mich davon keineswegs irritieren lassen. Der Tyarez war mein Helfer. In diesem Körper war lediglich Platz für einen Häuptling – und das war ich. Also unterdrückte ich die Proteste Sumbarns und streifte meinen Schutzanzug über, der mittlerweile wieder seine volle Einsatzbereitschaft anzeigte. Dann erklärte ich Ohm Santarin und Corus meinen Plan. Tipa Riordan würde vom jungen Arkoniden ebenfalls seine Anweisungen erhalten. Schließlich orderte ich mit zwei schlichten Handbewegungen eine Transportfalte und flog los. Sumbarn und ich hatten eine Rechnung zu begleichen.

Kapitel 43

Eine Zeit lang ging alles gut. Die Ausfälle waren zu verschmerzen. Meist waren es Spür- und Sprengroboter, die in Corus' Fallen tapsten.

Doch allmählich machte sich das Versiegen der Nachschublieferungen bemerkbar. Die zurückgebliebenen Besatzungen seiner drei Raumer wehrten sich zwar mit Händen und Füßen gegen die andrängenden Gegner, würden aber irgendwann doch untergehen. Hoffentlich kämpften sie, wie es Artemio Hoffins von ihnen erwartete, bis zum letzten Mann weiter und erkauften ihm wertvolle Zeit. Schließlich hatte er die Gardisten persönlich ausgewählt und auf sich eingeschworen.

»Corus' Widerstandsgeist ist endgültig gebrochen«, behauptete Opryn da Onur. »Die Schutzfalten, die er um die Steuerzentrale gelegt hat, brechen dutzendweise weg.« Wieder einmal deutete er in das Hologramm, das Camouflages innere Bereiche zeigte. »Hier, hier und hier solltest du ansetzen.«

Artemio Hoffins nickte und gab die Anweisungen an seine Offiziere weiter. Manch einer von ihnen hatte schwer zu schlucken, ahnte er doch, dass er mit seinem Trupp in den Tod marschierte. Schlussendlich gehorchten sie alle. Ihr Selbstbewusstsein war während ihrer Ausbildung bewusst hochgezüchtet worden. Jeder Gardist hielt sich für unbesiegbar.

Hässlicher Lärm drang zu ihnen durch: Kampfgeräusche, Schmerzschreie, verzweifelte Rufe. Hier standen die Verteidigungsfalten des Gegners so dicht, dass sie einander beinahe berührten.

Artemio klammerte diese Dinge aus seiner Wahrnehmung aus. Er wusste, dass die anderen Gardisten genauso handelten.

Immer wieder betrachtete er das Holobild, registrierte die kleinsten Veränderungen und Fortschritte. »Irgendetwas stimmt hier nicht«, meinte er nachdenklich. »Die Verteidigungsfront erscheint plötzlich zweigeteilt. In einem Bereich werden die Falten mit Bedacht, aber dafür mit großem Geschick umstrukturiert. In einem anderen hingegen arbeitet ein ungestümer Geist. Er wirkt unsicher im Umgang mit den Falten, aber auch ausgeruht und selbstbewusst. Noch hat der vermehrte Widerstand keine besonderen Auswirkungen. Wir sind zu nahe, werden in wenigen Minuten die letzten Abwehrlinien durchbrochen haben. Dennoch: Wieso gibt es plötzlich einen zweiten Verteidiger?«

»Das ist nicht möglich!«, sagte Opryn mit deutlicher Nervosität in der Stimme. »Wir *wissen*, dass Corus keinen Partner mehr hat.«

»Und wenn einer der USO-Leute unbemerkt zu ihm vorgedrungen ist?«

»Er müsste sich schon seit mehr als vier Stunden hier aufhalten. So lange dauert es, bis ein Tyarez aufgetaut ist. Die Soldaten, die uns verfolgen, sind aber erst vor zwei Stunden gelandet.«

»Vielleicht handelt es sich um das Mitglied eines Voraustrupps?«, mutmaßte Artemio Hoffins.

»Corus ist ein Feigling, ein Zauderer«, beharrte Opryn auf seiner Meinung. »Er würde niemals eine der schlafenden Häute für einen gewöhnlichen Soldaten zur Verfügung stellen. Es müsste sich schon um eine außergewöhnliche Persönlichkeit handeln, der er sein volles Vertrauen schenkte.«

USO. Persönlichkeit. USO. Persönlichkeit.

Artemio Hoffins war es gewohnt, rasche Schlüsse zu ziehen und auch das Unangenehme in Betracht zu ziehen. Doch der Gedanke, der sich ihm mit einem Mal eröffnete, der schmeckte ihm ganz und gar nicht.

»Atlan«, murmelte er, während ringsum die Hölle ausbrach. Mehrere Falten stürzten in rechtem Winkel herab, brachten die Ebene, über die sich seine Soldaten bewegten, zum Erbeben. Splitter schossen kreuz und quer, mehrdimensionale Effekte schlugen trotz der Paratronabschirmung durch und fraßen drei seiner Gardisten weg. Und hinter alldem steckte ein Phantom. Ein Mann, den er längst hinter sich gelassen geglaubt hatte. Ein Unsterblicher, dessen Leistungsvermögen er trotz aller Vorsicht unterschätzt hatte.

Dort kam er angewirbelt. Mit offenem Helmvisier, das wallende weiße Haar hinter sich herziehend. Er stand auf seiner kleinen Transportfalte wie auf einem Surfbrett. Mit den Armen ruderte er wild umher, schien damit weitere Flächen in seiner Umgebung zu dirigieren und auf die Gardisten loszulassen.

Artemio Hoffins riss sich von dem unheimlichen, Angst einflößenden Anblick los. Er durfte unter keinen Umständen die Initiative verlieren.

Gedanken, die er bislang beiseitegedrängt hatte, schossen ihm nun durch den Kopf. Es widerstrebte ihm zwar – aber er würde improvisieren müssen, um einen Ausweichplan anwenden zu können. Ein guter Stratege hatte immer ein paar alternative Überlegungen parat. Selbst jetzt, da sich das Kampfglück gegen ihn zu wenden schien.

»Gardisten – zu mir!«, befahl er.

Augenblicklich versammelten sich gut zwei Dutzend Kämpfer um ihn und die drei alten Tyarez-Träger. »Ihr sorgt dafür, dass nichts und niemand zu uns durchdringt. Haltet dieses ... Geschöpf unter allen Umständen auf.« Er deutete in Richtung Atlans, der unweit von ihm zur Landung ansetzte. Vielleicht hatte ihn der Arkonide noch nicht bemerkt. Schließlich marschierten Hunderte kampfbereiter Gardisten quer über die Faltebene, alle in die schwarzweißen Uniformen ihrer Einheit gekleidet, mit geschlossenen Helmvisieren. Er, Artemio, war für einen Außenstehenden bloß durch die dominante Kennung seines Armband-Koms zu identifizieren – und durch die Präsenz der drei Tyarez-Träger an seiner Seite.

»Was hast du vor?«, fragte Opryn verwirrt, während die Soldaten seinen Anweisungen gemäß näher rückten.

»Ich nehme eine Abkürzung«, antwortete Hoffins. »Du verzeihst?« Er schob Opryn beiseite, nahm seine beiden debil lächelnden Verwandten in Augenschein. Dem einen floss ein silbrig schimmernder Speichelfaden aus dem Mundwinkel, der andere brummte unmelodiös vor sich hin.

Welcher von beiden war das geeignetere Opfer?

Nun – schlussendlich spielte es keine Rolle. Artemio Hoffins packte sein Vibromesser und rammte es Difinit da Onur wuchtig in die Brust. Die Klinge durchschnitt die Brustplatte des Arkoniden wie Butter, bohrte sich ins Herz.

Difinit sah ihn erstaunt an, krümmte seinen Körper vor Schmerz zusammen, stöhnte kurz auf, fiel röchelnd vom Rand seiner Transportfalte.

»Nein!«, brüllte Opryn da Onur, wollte sich auf ihn stürzen.

»Haltet ihn von mir fern, und sorgt dafür, dass er ruhiggestellt wird!«, wies Artemio Hoffins die Schwarzgardisten rings um ihn an. »Ich brauche ein paar Minuten Ruhe.«

Unweit von ihm wütete Atlan durch das Heer seiner Ergebenen. Hochgeschleuderte Faltteile zischten durch die Luft, wehrten auf ihn abgefeuerte Strahlenschüsse ab und reflektierten die Energien auf die Schützen. Zwei Gardisten fielen tot oder verletzt zu Boden. Andere nahmen ihre Plätze ein, warfen Schockgranaten in Richtung des Arkoniden, während ihn ein weiteres Dutzend Soldaten zwischen hastig errichteten Paratronschirmen zu zerquetschen suchte. Dass seine Leute diesen Kampf verlieren würden, war Hoffins klar. Wichtig war lediglich, dass sie ausreichend lange Widerstand leisteten.

Difinit da Onur hatte mittlerweile seinen letzten Atemzug getan. Mit weit aufgerissenen Augen starrte er in die ewige Dunkelheit.

Stimmten denn seine, Artemios, Vermutungen? Nun – dies war weder der geeignete Zeitpunkt noch der Ort für Selbstzweifel. Er durfte sich auch nicht durch das Gegreine Opryns und das hysterische Gelächter Kerstayns von seinem Vorhaben abhalten lassen. Kurzerhand öffnete er seinen Kampfanzug und warf sich auf den Toten, presste ihm die letzten Luftvorräte aus den Lungen, umarmte ihn innig, blieb Wange an Wange auf ihm liegen.

Difinits Körper fühlte sich über alle Maßen warm an. Dies war keine gewöhnliche Körperwärme – sondern eine seltsame Reaktion der Tyarez-Haut.

Komm zu mir!, dachte er, so intensiv und lockend, wie er nur konnte. *Ich helfe dir, ich biete dir eine neue Heimat. Komm, komm, komm ...*

War da eine Reaktion? Ein Zucken? Eine zögerliche Bewegung?

So gut es ging, sparte Artemio Hoffins die Hintergrundgeräusche aus. Das Schreien und Sterben seiner Gardisten ringsum – es ging ihn nichts an. Einzig und allein die Tyarez-Haut verdiente alle Beachtung. *Ich kann dir helfen. Dich aufnehmen. Vor einem schrecklichen Tod am Leib des Arkoniden bewahren. Nur ich kann dich am Leben erhalten.*

Der Tyarez begann zu vibrieren. Kleine Falten des seltsamen Geschöpfes tasteten über seinen Leib. Sie suchten den direkten Hautkontakt mit ihm.

Du brauchst Sicherheit. Wärme. Jemanden, der dir sagt, was du zu tun und zu lassen hast, lockte Artemio Hoffins weiter.

Die Haut war, wie er mit Bestimmtheit wusste, entartet. Der mehrhundertjährige Kontakt mit dem da Onur hatte irgendetwas bewirkt. Eine Form des Wahnsinns vielleicht, oder Angstzustände oder Infantilismus. Das alles spielte keine Rolle. Er benötigte vom Tyarez lediglich das Wissen um die Kontrolle der Falten.

Ich bin Trenic, flüsterte eine unsichere Stimme in seinem Kopf. *Du willst mir helfen? Du rettest mich?*

Aber ja, mein Freund. Ich werde von nun an für dich sorgen.

Klumpen des Geleekörpers schwappten durch Artemios offenes Visier ins Innere. Sie rannen die Haut hinab, erzeugten einen wohligen Schauer.

Warum hast du Difinit getötet?, fragte Trenic mit aller Naivität. *Er hat dir doch nichts getan!*

Er schadete dir, log Artemio Hoffins in Gedanken, ohne Skrupel zu empfinden. *Ich wollte dich nicht länger leiden sehen. Und ich denke, dass wir beide gut zusammenpassen.*

Trenic würde den Schwindel erkennen, dessen war er sich sicher. Doch wenn die Psyche des Tyarez auch nur annähernd so funktionierte wie jene der meisten anderen Lebewesen, würde er sich an jeden klammern, der ihm Hoffnung, Sicherheit und Geborgenheit versprach. Artemio Hoffins erinnerte sich an ein altes Sprichwort seiner terranischen Vorfahren: *In der Not frisst der Teufel Fliegen,* so sagte man höchst treffend.

Trenic verschmolz mehr und mehr mit ihm, lieferte dem Schwarzgardisten auf Befehl augenblicklich wichtige Erkenntnisse über Camouflage. Die Bedienung der Faltelemente erschien ihm mit einem Mal völlig logisch. Leider besaß er hier, in unmittelbarer Nähe zur Steuerzentrale, kaum ein Zugriffsrecht auf die Falten, während Atlan unbehindert agierte.

Er musste den Kampf weiter nach draußen verlagern, in eine der peripheren Falten. Dort, wo *er* dank der Unterstützung von Trenic über die Strukturierung der Flächen entschied und Atlan weniger Einfluss nehmen konnte.

Er schloss seinen Kampfanzug und deutete auf mehrere Männer seines Trupps. »Ihr kommt mit mir. Wir ziehen uns zurück. Die beiden Tyarez-Träger werden mitgenommen.«

Ein kurzer Blick auf Atlan genügte. Der Arkonide würde die Schlacht gegen die Schwarzen Garden für sich entscheiden. Den Krieg hatte er allerdings noch nicht gewonnen.

Kapitel 44

Die Macht Sumbarns über die Falten barg mannigfaltige Gefahren in sich. Ich fühlte mich so leicht und beschwingt, als wäre ich der Herr über diese seltsamen Welten. Beliebig formte ich von meiner Transportfalte aus diesen Teil Camouflages um, wehrte mich gegen die hilflos vorgetragenen Angriffe der Schwarzgardisten und entwarf in Sekundenschnelle neue Verteidigungs- oder Angriffsstrategien.

Es ist ein ... berauschendes Gefühl, mit dir zusammenzuarbeiten, vermittelte ich Sumbarn.

Meine Gegner versuchten es mit ihrer schieren Masse, mich einzukreisen. Diese Kleingeister hatten keine Ahnung, zu welcher Geschwindigkeit und zu welcher Reaktionsfähigkeit mir die Zusammenarbeit mit dem Tyarez verhalf. Über ein Bedienungsfeld, das stets wie ein dünner Film unter meinen Füßen blieb und mir in allen Bereichen Camouflages zur Verfügung stand, kontrollierte ich das Geschehen. Es schien für mich kaum noch Grenzen zu geben, höchstens jene meines eigenen Geistes. Eine kurze Bewegung, ein Drehen des Beins, eine leichte Gewichtsverlagerung – und schon befand ich mich Hunderte Meter von meinen Gegnern entfernt. Ich beschleunigte, zielte auf mehrere nahe beieinanderstehende Gardisten, ließ die Räumlichkeit meiner Transportfalte für wenige Momente zu physischer Substanz werden und zerschnitt ihre Leiber.

Nimm dich in Acht!, mahnte mich der Extrasinn und versetzte mir eine heftige mentale Ohrfeige. *Du verlierst jegliche Kontrolle.*

Ich spürte den Schlag fast körperlich, erwachte wie aus einem bösen Traum. Was hatte ich getan? Aus reiner Lust an der Macht meiner neu erworbenen Fähigkeiten hatte ich fünf meiner Feinde getötet!

Du verlierst das Ziel aus den Augen, fuhr der Logiksektor anklagend fort. *Eigentlich wolltest du dich um Artemio Hoffins kümmern.*

Verwirrt sah ich mich um. Wo war der Kerl? Ich hatte seine Präsenz bereits gespürt, bevor ich mich in Einzelkämpfen an Nebenschauplätzen verzettelte.

Mit Leichtigkeit wehrte ich die Attacken weiterer Gardisten ab, stieg so weit wie möglich über die Falte hoch und betrachtete das Geschehen. Jeder strebte auf mich zu. Ich stand sozusagen im Zentrum mehrerer Angriffsbewegungen. Der gegnerische Stratege wollte mich ganz offensichtlich von irgendwelchen anderen Geschehnissen ablenken – und ich war so naiv gewesen, mich von ihm reinlegen zu lassen.

Eine Gruppe von vielleicht einem Dutzend Personen strebte weg von mir. Die Gardisten suchten eine der vielen Durchgänge zu anderen Falten auf, ließen sich von einer kleinen Transportplattform wegtragen – und verschwanden aus meinem Wahrnehmungsfeld.

Artemio Hoffins war entkommen.

»Wir bekommen die Lage allmählich in den Griff«, sagte Ohm Santarin über Bildfunk. »Es handelt sich um etwa tausendfünfhundert Gardisten, deren wir habhaft werden müssen. Genauso viele befinden sich bereits in meinem und Corus' Gewahrsam. Es scheint mir, als wären den Truppen die lenkenden Köpfe abhanden gekommen. Tipa Riordan meldet übrigens ebenfalls Vollzug. Sie lässt dir ausrichten, dass ihre Piraten ›so viel Spaß wie schon lange nicht mehr‹ hatten.«

Seine unsteten Blicke wanderten von links nach rechts, von oben nach unten. Er mochte die Situation richtig beurteilen. Aber mit dem Allmachtsgefühl, das ihm sein Symbiont vermittelte, kämpfte er offenkundig genauso intensiv wie ich.

»Ihr macht weiter wie bisher«, ordnete ich an. »In der Falte, in der ich stecke, befindet sich die Hauptstreitkraft der noch nicht besiegten Gegner. Artemio Hoffins und Opryn da Onur sind geflüchtet. Beschäftige die Truppen hier noch ein wenig. Irgendwann werden sie kapieren, dass sie im Stich gelassen wurden, und aufgeben.«

»Und du?«

»Ich kümmere mich um Hoffins. Wie ich bereits sagte: Ich habe eine persönliche Rechnung zu begleichen.«

Sumbarn arbeitete mit unglaublicher Intensität. Er schien die Fluchtpassage unserer Gegner richtiggehend zu spüren und folgte ihr mit schlafwandlerischer Sicherheit. Oder *wollte* Hoffins etwa, dass ich seine Spur nicht verlor?

Überall sah ich Spuren der Vernichtung. Nicht einmal jede zehnte Falte, die ich durchreiste, war von Vernichtung und Fehlfunktionen verschont geblieben. Die Gardisten hatten hier mit einer Rücksichtslosigkeit getobt, die selbst den sonst so ruhigen Sumbarn schockierte.

Sie warten in der nächsten Falte auf uns, warnte mich die Tyarez-Haut. *Irgendjemand ist bei den Männern. Mir scheint, dass ich ihn kenne, und er* spürt *sich ... gefährlich an.*

Wenn sich Artemio Hoffins mir tatsächlich stellte, dann hatte er noch ein Ass im Ärmel. Er war zu ausgebufft, um ein Spiel mit schlechten Karten aufzunehmen.

Ich ließ zwei winzige Transportfalten kommen. Sie erschienen wie hingezaubert neben mir. Ich schickte die beiden in einem Abstand von wenigen Sekunden vorneweg. Die Kontrolle fiel mir schwer. Ich konzentrierte mich allzu sehr auf die Begegnung mit Hoffins.

Ich holte mit meiner eigenen Transportfalte Schwung, brachte sie auf Kurs, vollzog mit ihr mehrere unmotiviert scheinende Schwenkbewegungen, bremste kurz über meinem Ziel ab.

Schweres Geschützfeuer empfing mich. Elitesoldaten der Schwarzen Garde, Ertruser mit Waffen, so groß wie Personengleiter, feuerten abwechselnd auf die beiden zuerst angekommenen Falten und auf meine. Kleine Absprengsel der seltsamen Camouflage-Substanz flirrten durch die Luft, erschwerten die Sicht. Die Hitze belastete meinen Schutzanzug zu mehr als sechzig Prozent.

»Dort ist er!«, hörte ich einen Mann rufen.

Blitzschnell beschleunigte ich, ließ die Transportfalte schließlich mit dem Boden verschmelzen, rollte mich, mich mehrmals überschlagend, ab, kam auf die Beine, sicherte die Umgebung.

War das etwa alles, was Artemio Hoffins aufzubieten hatte? Körperkraft und die Waffengröße seiner Leibgarde waren innerhalb Camouflages längst nicht die wichtigsten Kriterien. Das Wissen um das Funktionieren dieser Welt erschien mir weitaus wichtiger.

Das ist eine Falle!, warnte mich der Extrasinn, misstrauisch wie immer.

Das mochte sein. Aber ich konnte nichts entdecken, was auf besondere Gefahren hinwies. Ein paar gezielt errichtete Faltfelder trennten die Ertruser voneinander. Einen nach dem anderen würde ich sie ausschalten, mithilfe von wie Geschosse geschleuderten Camouflage-Scherben kampfunfähig machen ...

Alarm!, schrie Sumbarn, mein zweiter interner Gast.

Wo? Was?

Von oben ...

Da war nichts.

Oder?

Winzige blinkende Fleckchen näherten sich der Falte. Wie Konfetti regneten sie herab. Zischend, fauchend, immer mehr an Masse gewinnend.

Ich saugte eine neue Transportfalte aus dem Untergrund, hockte mich auf sie und entfernte mich aus dem Gefahrenbereich. Die Brocken waren »tote Masse«. Von den Gardisten in ihrer kristallinen Substanz zerstörte Falten. Schreckliche, Gestalt gewordene Zerrbilder der ehemals so filigran geformten Flächen.

Manche von ihnen waren groß wie Gebirge – und möglicherweise ebenso schwer. Ein erster Vorbote bohrte sich knapp hinter mir in den Boden, ließ ihn großflächig zersplittern. Die Ertruser, die mich eben noch bekämpft hatten, wurden unter dem Tausende Tonnen schweren Monstrum begraben. Körpergroße Splitter spritzten davon, flogen an mir vorbei.

Artemio Hoffins bringt ganze Bereiche Camouflages zum Einsturz; bloß, um uns zu töten!, teilte mir Sumbarn panisch mit. *Wie hat er die Kontrolle über diese Massen erlangt? Wie ist das möglich?*

Steckt vielleicht Opryn da Onur dahinter?, fragte ich den Tyarez, während ich zwischen weiteren Schlackebergen, die herabgesaust kamen, hindurch manövrierte.

Um derartige Massen balancieren und gezielt steuern zu können, benötigt man einen extrem fokussierten Verstand, gab Sumbarn zur Antwort.

Und nicht einen, der von der ewigen Einsamkeit in Camouflage zerrüttet ist, vollendete ich.

Irgendwie musste es Hoffins geschafft haben, an eine der Häute in den Schlaffalten heran zu kommen und sie für seine Zwecke einzuspannen.

Oder aber er hat einen seiner Verbündeten getötet, um dessen Tyarez überzustreifen, meinte der Extrasinn.

Ein weiterer Riesenbrocken schlug auf der Falte ein, über die ich mich im Zickzackkurs bewegte. Der Untergrund zerbröckelte, zerfaserte, löste sich mit einem gewaltigen Knall in nichts auf. Eine Woge kleinster Splitter fegte über mich hinweg, wurde von einem Schub absurder Kälte begleitet. Mein Schutzschirm leuchtete dunkelgelb auf, während ich mich durch plötzlich gähnende Leere in Sicherheit zu bringen trachtete.

Hoffins zerreißt die Grenze zwischen den Dimensionen!, ließ mich Sumbarn wissen. *Zwei oder drei weitere derartige Geschosse würden das Ende für Camouflage bedeuten; vielleicht sogar für die ganze Sternenregion.*

Wusste Hoffins denn, was er da tat? Hatte er seine Waffen noch im Griff? Oder war er nur noch vom Gedanken getrieben, mich zu vernichten?

Zwei Schlackefalten trudelten Purzelbäume schlagend an mir vorbei, verloren sich in der Dunkelheit. Irgendwo weiter »unten« schlugen sie auf und sorgten für eine weitere Destabilisierung dieses Bereichs von Camouflage.

Die Anstrengungen machten sich plötzlich bemerkbar; auch mein Bein begann wieder zu schmerzen.

Ich steuerte meine Transportfalte mithilfe Sumbarns auf die nächste Ebene zu. Sie war zwar von mehreren Schlackebrocken beschädigt worden, schien aber funktionstüchtig zu sein. Ich benötigte einen Moment Ruhe, um mein weiteres Vorgehen zu überdenken.

Meine Sinne schlugen Alarm. Ich war nicht alleine hier!

Noch bevor ich reagieren konnte, zerbröselte die vermeintlich feste Materie der Falte dort, wo ich stand. Ich wurde ein Stückchen nach unten gesogen. Mein Schutzschirm flackerte, während sich die Spiegelfläche wieder verfestigte und mich an der Hüfte im Boden fixierte. Auch meine Arme waren in der Falte gefangen. Ich konnte mich nicht mehr bewegen. Beine und Hände, die ins Nirgendwo hinabreichten, spürte ich nicht.

»Es freut mich, dich wiederzusehen«, hörte ich plötzlich die ruhige Stimme Artemio Hoffins' über Normalfunk. »Für eine Wiedersehensfeier bleibt uns allerdings keine Zeit. Ich habe eine Welt zu erobern.«

Hoffins stieg aus seinem Versteck in einem der abgestürzten Brocken und landete unweit von mir. Er beugte sich zu mir herab und musterte mich mit spöttischem Lächeln.

»Eine feine Sache, diese pseudo-zweidimensionale Materie, nicht wahr?«, fragte er mich, wohl ohne eine Antwort zu erwarten. »Sie gehorcht einem, sobald man ihre Wirkungsweise durchschaut.«

Ich schwieg, sortierte meine Gedanken. Jeglicher Ärger über meine Gedankenlosigkeit verflog. Ich musste die Situation so hinnehmen, wie ich sie vorfand – und nach einem Ausweg suchen. *Denk nach, Atlan, denk nach!*

»Du hast deine Hausaufgaben nicht gut genug gemacht«, sagte Hoffins in vorwurfsvollem Unterton, »sonst hättest du gewusst, dass die Steuerzentrale Camouflages nur beschränkt auf die äußeren Bereiche des Gebildes zugreifen kann.«

Er umrundete mich, während ich verzweifelt versuchte, die Arme aus der mich umschließenden Masse zu winden.

Vergeblich.

»Corus da Onur gebietet über den Kern Camouflages, während Opryn und seine beiden Kameraden die Außenbereiche überwachen. Und da ich die Tyarez-Haut des leider unter unglücklichen Umständen verstorbenen Difinit da Onur trage, bin ich in diesem Bereich der Zuflucht wohl der stärkste Tyarez-Träger.«

Stimmt das?, wollte ich von Sumbarn wissen. Meine Haut schwieg – was mir Antwort genug war.

Ich war unvorsichtig gewesen. Hatte mich darauf verlassen, dass der Tyarez nach seiner Erweckung gleich wieder voll bei der Sache gewesen war. Und ich hatte einen entscheidenden Faktor vernachlässigt: Artemio Hoffins war seit Wochen und Monaten in Camouflage. Er kannte die Verhältnisse wesentlich besser als ich.

»Machst du dir etwa Selbstvorwürfe?« Der Exgardist grinste mich entspannt an. »Keine Sorge, ich werde niemandem von deinem kleinen Fehler erzählen. Und du wirst ohnehin keine Gelegenheit mehr dazu haben.«

Sein Lächeln gefror. »Eine Sache ärgert mich allerdings: Dein Zellaktivator ist zum Greifen nah, und trotzdem komme ich nicht an ihn heran. Ich hätte ihn recht gerne als Souvenir.« Hoffins schüttelte den Kopf. »Ich kann dich nicht einmal davon überzeugen, den Schutzschirm auszuschalten, nicht wahr? In deiner etwas peinlichen Lage kannst du den Befehlsgeber an deinem Multikom nicht greifen.« Er seufzte. »Fragst du dich eigentlich, was sich unterhalb der Falte befindet? Existieren deine Beine und deine Hände überhaupt noch, oder wurden sie in ein fremdes Kontinuum abgestrahlt?«

Ich schwieg. Solange Artemio Hoffins schwätzte und seinen Triumph in aller Breite genoss, konnte ich nachdenken. Es musste einen Weg aus dieser Bredouille geben, es musste ...

»Wenn ich nun den Druck auf die Falte ein wenig verstärke? Wird der Schutzschirm zusammenbrechen? Hm – es käme auf einen Versuch an.«

Die Substanz rings um mich lockerte sich für einen Moment, um sich gleich darauf wieder zu verfestigen und mich noch enger, noch kräftiger zu umfassen.

Das bildest du dir bloß ein!, mahnte mich der Extrasinn. *Der Schutzschirm bewahrt dich vor dem Zerquetschtwerden.*

»Ist das etwa noch immer zu wenig Druck?«

Artemio Hoffins trat einen Schritt zurück und berührte eine weitere Fußtaste auf dem Befehlsfilm, den er aus dem Faltenmaterial hervorgehoben hatte. Mithilfe Sumbarns erkannte ich die Sequenz. Er nutzte die Möglichkeiten Camouflages genauso gut wie ich. Der Boden unter seinen Füßen wurde zum Befehlsstand, auch wenn er weniger Möglichkeiten als die Steuerzentrale bot.

»Es ist ein schmaler Grat zwischen Leben und Tod. Willst du nicht ein wenig um Gnade winseln? Vielleicht lasse ich mich erweichen?« Er stützte das Kinn auf eine Hand und tat so, als müsse er nachdenken, um schließlich den Kopf zu schütteln. »Nein – ich glaube nicht. Du hast mir viel zu viele Schwierigkeiten bereitet. Ich glaube nicht, dass ich an den inneren Teil Camouflages noch herankomme. Vielleicht kann ich Zugeständnisse erwirken, wenn ich dich als Geisel behalte; zumindest dein Oberteil, haha!«

Der Druck auf meine Brust nahm weiter zu. Ich *wusste*, dass ich keiner Täuschung unterlag. Der Schutzschirm begann zu flackern. Mit Schrecken erinnerte ich mich an seine Fehlfunktionen und Aussetzer, die ich durch meine Unüberlegtheit nach unserer Ankunft auf Camouflage bewirkt hatte.

Ich beschloss, mein Schweigen zu brechen. Mir blieb kaum noch Zeit. »Wo befindet sich eigentlich Opryn da Onur? Hast du ihn ebenfalls getötet wie seinen Bruder Difinit?«

»Dazu ist er viel zu wertvoll, mein Freund.« Er drehte sich beiseite und winkte nach rechts. Eine gebeugt gehende Gestalt trippelte herbei. »Wie du siehst, erfreut er sich bester Gesundheit.«

Opryn war ein gebrochener Mann. Seine Beine schleiften über den Boden. Willenlos gehorchte er den Befehlen Hoffins'.

»Warum gibst du nicht auf, Artemio?«, fuhr ich fort. »Dein kindischer Racheakt an mir ändert nichts, gar nichts. Corus hat die Steuerzentrale wieder unter Kontrolle. Auch wenn du meinst, die äußeren Bereiche Camouflages zu beherrschen, wirst du nicht verhindern können, dass meine USO-Truppen dich ausfindig machen. Wenn sie erfahren, dass ich verschollen bin, werden sie keine Sekunde ruhen, bis sie mich gefunden haben.« Ich log mit der Abgebrühtheit jahrtausendelanger Erfahrung. Tipa Riordan würde nichts dergleichen tun. »Dann bist du der Gejagte. Wirst du so lange durchhalten wie Corus? Wirst du dem permanenten Druck begegnen können? Tag für Tag, Nacht für Nacht, ohne Ruhe und Schlaf?«

»Sei gefälligst still!«, herrschte mich Hoffins an. »Deine Psychospielchen greifen bei mir nicht. Ich weiß ganz genau, was ich tue ...«

»Ach ja? Du willst den Kampf fortführen oder gar noch einmal von vorne beginnen, diesmal eingeklemmt zwischen Truppen, die von hinten nachdrängen, und zwei Tyarez-Trägern, die von der Steuerzentrale aus ihren Einfluss sukzessive vergrößern? – Ja, du hast richtig gehört. Corus hat Unterstützung bekommen. Ein weiterer Hautträger, einer meiner besten Männer, steht an seiner Seite und hilft ihm.«

Artemio Hoffins schnaufte verächtlich durch die Nase. »Was interessiert mich, wer sich hinter und wer sich vor mir befindet? Ich bekomme ohnehin, was ich will.«

»Und wie, bitte schön, willst du das anstellen?«

»Indem ich drohe, ein paar weitere Schlackestücke durch Camouflage zu steuern. Das Gleichgewicht ist bereits jetzt empfindlich gestört. Ich glaube kaum, dass Corus da Onur oder dein Freund zusehen, wenn die letzten Tyarez getötet werden. Schon gar nicht, wenn sie selbst dabei draufgehen.«

»Du würdest also die letzten Mitglieder dieses wunderbaren Volkes mit in den Untergang reißen, wenn du dein Ziel nicht erreichst?«

»Selbstverständlich.«

Er sprach das Wort mit einer derartigen Gelassenheit aus, dass ich ihm unbedingt glaubte.

Opryn war mittlerweile ganz nah. So nah, dass ich ihn hätte angreifen können, steckten meine Arme nicht in der Falte fest.

»Moral ist wohl deine Sache nicht.« Ich musste das Gespräch unbedingt am Laufen erhalten, wollte ich das erreichen, was ich bezweckte. »Du schiebst andere Lebewesen hin und her. Betrachtest sie als Figuren, die man bedenkenlos opfern kann. Hauptsache, du erreichst dein Ziel.« Ich sammelte meine Gedanken, bevor ich fortfuhr. »Imperator Dabrifa wird maßlos enttäuscht sein, weil er dich zum Leiter seiner Schwarzen Garde machte.«

»Enttäuscht?« Hoffins war verwundert. »Der Neid wird ihn fressen, wenn er von meinem Husarenstück hört.«

»Shalmon Kirte Dabrifa ist alles, bloß kein Dummkopf. Er wird sich Gedanken machen. Ein kleiner, unbedeutender Soldat, den er protegierte, hat ihn reingelegt. Ein Mann, auf den er große Stücke hielt, den er vielleicht gar als seinen Stellvertreter aufbauen wollte.«

»Klein und unbedeutend?! Wie kannst du es wagen ...«

»Dein Vater war Reisekaufmann gewesen, nicht wahr? Und die Mutter Lehrerin? Winzig kleine Rädchen in einem riesigen Getriebe, mit Dabrifa als Antriebswelle. Der Imperator hat dich aus der Bedeutungslosigkeit hervorgehoben, hat dir eine Chance gegeben ...«

»Hör gefälligst auf!«

»Ich dachte, dass dich meine – wie sagtest du so schön – Psychospielchen nicht beeindrucken? Habe ich vielleicht doch eine schmerzende Stelle entdeckt? Ist dir deine Vergangenheit unangenehm, die Erinnerung an die Kleinbürgerlichkeit deiner Eltern?«

Artemio setzte zu einer heftigen Erwiderung an, hielt plötzlich inne. Ruhig und gelöst stand er nun da. Nichts, niemand schien ihn zu berühren, schien ihm etwas anhaben zu können.

»Du bist ein Zufallsprodukt deiner Zeit, Arkonide«, sagte er schließlich. »Ein Dahergelaufener, der aus einer Laune des Schicksals heraus an der Unsterblichkeit naschen darf. Nichts, was du tust, wird von irgendeiner Bedeutung für die Zukunft sein.

Ich hingegen werde mithilfe der Falttechniken und der Tyarez-Häute zum bestimmenden Faktor der Milchstraße aufsteigen. Nur wer mir gefällig ist und mir gehorcht, bekommt Langlebigkeit garantiert.«

Ich registrierte, dass Opryn da Onur, der neben Artemio Hoffins stand, heftig zu zittern begann.

»Du willst die Tyarez *verschenken*? Sie wie Gegenstände hin und her schieben? Du wirst mit den Häuten genauso gewissenlos umgehen, wie du es soeben mit Camouflage tatest?«

»Natürlich.«

Er antwortete mit einer Selbstverständlichkeit, die weit über herkömmlichen Größenwahn hinausreichte. Ich hatte Artemio Hoffins so weit gebracht, dass er sein wahres Ich vor mir ausbreitete. Vor mir – und dem anderen Anwesenden, auf den ich meine ganze Hoffnung setzte.

»Das darfst du nicht tun«, murmelte Opryn da Onur. Seine Hände ballten sich zu Fäusten. »Wir hatten geplant, die schlafenden Tyarez als unsere Partner einzusetzen. Gemeinsam wollten wir die Strukturen in der Milchstraße verändern und die Mittel Camouflages endlich einmal vernünftig einsetzen.«

»Glaubtest du denn wirklich, Opryn, dass Artemio jemand anderen neben sich dulden würde? Erkennst du denn nicht, dass er Gott spielen will und dass du keinen Platz mehr in seinen Überlegungen hast, sobald er die Herrschaft über Camouflage errungen hat?«

»Halt den Mund!«, herrschte mich der Gardist an. »Und du, Alter, verschwindest von hier. Ich rufe dich, wenn ich dich brauche.«

Opryn da Onur tat zögernd einen Schritt zurück, blieb stehen, sah mich unsicher an.

Artemio Hoffins kümmerte sich nicht weiter um ihn. »Es wird Zeit, dass wir unser kleines Spielchen beenden. Ein wenig Druck noch ...«

»... und mein Energieschirm gibt nach? Und mein Tyarez wird zerquetscht? Zerbröselt? Ermordet?«

»Was soll das, Arkonide?« Er beäugte mich misstrauisch, verstand nicht, was ich bezweckte.

»Du wirst alles töten, was dir im Weg steht, nicht wahr, Hoffins?«

»Nein!« Mit einem Aufschrei stürzte sich Opryn da Onur auf den Anführer der Schwarzen Garde. Das Bild wirkte nachgerade lächerlich; ein alter Arkonide, dessen Tyarez-Haut spröde und stumpf war, trat gegen einen ausgebildeten Elitesoldaten an.

Und dennoch überraschte Opryn seinen Gegner. Artemio Hoffins verlor das Gleichgewicht, ging knapp neben mir zu Boden.

Nein – ich glaubte keinen Moment daran, dass der Alte eine Chance gegen den Gardisten besäße. Mir war wichtig, dass sich der Kampf in unmittelbarer Nähe zu mir abspielte.

Opryn kam auf Hoffins zu liegen, hieb mit einem wuchtigen Schwinger auf ihn ein. Der Gardist wich mit dem Kopf beiseite, nutzte den Schwung seines Gegners aus und rollte ihn von seinem Leib.

»Du ... wagst es?!«, keuchte Artemio, während er sich seinerseits am Körper Opryns festklammerte. Er teilte fürchterliche Hiebe aus. Die Tyarez-Haut mochte einen Teil der Wucht abfangen. Doch auch so reichte die Kraft Hoffins' aus. Wie eine entseelte Puppe lag der alte Arkonide auf dem Boden. Sein Kopf flog hin und her, immer wieder von Wirkungstreffern erwischt ...

Jetzt!, feuerte mich der Extrasinn an.

Ich beugte meinen Oberkörper vor, unbeachtet von Hoffins. Hier irgendwo befand sich das Steuerfeld meines Gegners. Unsichtbar, nur durch Körperkontakt zu ertasten. Mit weit vorgestrecktem Kopf fuhr ich über den Boden der Falte, suchte nach jenen Feldern, die ich benötigte.

So wuchtig wie möglich hieb ich an der einen Stelle zu, um über eine andere sanft zu streicheln. Sumbarn leitete mich, half mir, meinen Oberkörper über alle Gebühr seitwärts und geradeaus zu strecken. Alles tat mir weh, doch ich drängte die Schmerzen beiseite.

Ich fühlte, wie sich die Faltsubstanz um mich lockerte und meinen Bemühungen schließlich nachgab. Meine Hände – sie waren wieder da, und sie waren ganz! Ich stützte mich mit ihrer Hilfe hoch, zog die Beine aus diesem schrecklichen, unbekannten Nichts, das unter der Falte herrschte, stand auf.

Artemio Hoffins, der mir den Rücken zukehrte und nach wie vor auf Opryn da Onur einschlug, schien etwas zu spüren. Er hielt inne, drehte sich um – und empfing meinen Fußtritt gegen sein Kinn, der ihn augenblicklich betäubte. Irgendetwas knackte in seiner Schulter. All mein Frust und Zorn hatten in diesem einen mächtigen Tritt gesteckt.

»Es ist vorbei«, sagte ich laut.

Es ist vorbei, dachte auch Sumbarn.

Beide teilten wir uns die seltsame Leere, die in mir entstand. Es wollte sich kein Gefühl des Triumphs einstellen. Zu viele Tote, zu viel Unglück war zu beklagen.

Kapitel 45

Die letzte, richtungsweisende Zusammenkunft fand in der inneren Steuerzentrale Camouflages statt. All jene, die zum Sieg beigetragen hatten, trafen sich hier.

»Camouflage gehört wieder den Tyarez und dir, Corus«, begann ich. »Wirst du die erlittenen Zerstörungen beheben können?«

»Ich weiß es noch nicht«, antwortete der Mann dessen Augen nun wieder normal glänzten. Die winzigen Tyarez-Falten waren nicht mehr zu sehen. »Möglicherweise muss ich einen Teil der zerstörten Substanz abstoßen und die Zuflucht verkleinern.« Er war noch immer müde und ausgebrannt, und dennoch spürte ich die Stärke, die er zunehmend ausstrahlte. Kam sie vom Tyarez-Anteil der Symbiose oder vom Arkoniden? Oder ergaben sie beide gemeinsam mehr als die Summe der Einzelteile?

»Camouflage darf nicht hierbleiben«, fuhr ich mit einem Seitenblick auf Tipa Riordan fort. »Über kurz oder lang werden sich Gerüchte über die Zuflucht in der Milchstraße verbreiten. Ich möchte dir raten, ein neues Versteck zu suchen.«

»Ich weiß. Es wird allerdings noch ein wenig dauern. Darf ich dich um Unterstützung durch die USO bitten, bis die Reparatur Camouflages abgeschlossen ist?«

»Ein neues Kommando wird sich darum kümmern. Meine ... Mitarbeiter, die die Raumer der Schwarzen Garde aufbrachten, haben sich eine Ruhepause verdient.« Unter keinen Umständen durfte ich die Piraten Tipa Riordans länger hier dulden.

Bereits jetzt tastete die alte Hexe alles ab, was ihr unter die Finger kam. In Kampt Ruytens Kopf hingegen schienen komplexe Rechenszenarien am Laufen zu sein. Tipas Stellvertreter witterte sicherlich ein äußerst rentables Geschäft für die Marodeure.

»Schaffst du es alleine?«, fragte ich Corus da Opryn. »Wie groß ist deine Lebensspanne? Wie lange wirst du deine Konzentration aufrechterhalten können, um dieses monströse Ding zu steuern?«

»Lange genug, um einen oder mehrere Nachfolger aufzubauen.« Er schwenkte den Kopf beiseite und blickte eine bestimmte Person an. Auch wenn ich geahnt hatte, dass es so weit kommen würde, fühlte ich einen Stich ins Herz.

»Ich werde Corus begleiten«, sagte Ohm Santarin und trat einen Schritt vor. »Meine Tyarez-Haut und ich haben ein Arrangement getroffen.«

»Du stehst in den Diensten der USO«, warf ich ein. »Du kannst nicht einfach so verschwinden.« Dies war ein schwaches Argument angesichts der Dinge, die wir beide während der letzten Wochen erlebt hatten.

»Doch!« Ohm verschränkte die Arme vor der Brust. »Nenn es Fahnenflucht oder Verstoß gegen die Kündigungsvorschriften; entlasse mich meinetwegen unehrenhaft aus der United Stars Organisation. Es spielt keine Rolle mehr.«

»Warum willst du auf Camouflage bleiben?«, stieß ich nach. Ich konnte mir die Antwort denken, wollte sie allerdings aus seinem Mund hören.

»Ich habe alles erledigt, was zu erledigen war. Sadik ist von seinem Tyrannen befreit. Ich hinterlasse nichts, an dem ich ein wie auch immer geartetes Interesse hätte. Und hier wird mir eine Zukunft geboten, wie sie interessanter nicht sein könnte.« Er lächelte mich an. »Schlussendlich verlängere ich mithilfe des Tyarez meine Lebensspanne.«

»Das Gefühl der Langlebigkeit ist nicht so großartig, wie du es dir vielleicht vorstellst.«

»Mag sein. Aber ich habe einen Begleiter, der sein Schicksal mit mir teilen wird.«

Jetzt hatte mich Ohm allerdings wirklich überrascht. Wen meinte er? Wer wollte gleich ihm an Bord Camouflages bleiben, in dieser seltsamen, schwermütig machenden Umgebung?

Eine Gestalt trat neben ihm vor. Klein war sie und zierlich. Und in ihren Armen trug sie ...

»Ylve!«, rief ich überrascht. »Was hat das zu bedeuten?«

»Du solltest meine Beweggründe verstehen«, sagte sie.

»Aber das Kind ...«

»... braucht seine Mutter. Corus wird mir ein Zuhause in Camouflage nach meinen Vorstellungen erschaffen. Irgendwann werde ich eine Tyarez-Haut überstreifen und sehen, wie es ist, auf der Seite der Guten zu wirken.« Ihre Stimme klang spöttisch. Es war dies eine der wenigen Gelegenheiten, da ich echt empfundene Gefühle in ihr spürte. »Gaumarol wird eines Tages selbst entscheiden, wie er sein Schicksal plant. So ist es mit Corus abgesprochen.«

Der alte Arkonide nickte mir zu. Er hatte von der Entscheidung Ylves gewusst, mir aber bislang nichts gesagt.

»Meinetwegen«, sagte ich. Irgendwie ärgerte es mich, dass Ylve Ohm Santarins Hand umklammert hielt. Hatte er denn etwas geschafft, was mir nicht gelungen war? Hatte er ihr Herz erobert?

»Du bist frei, zu tun und zu lassen, was du willst«, sagte ich. »Wenn ihr meine Hilfe benötigt, so ...«

»... so wissen wir, wo wir dich finden«, vollendete Ohm Santarin den Satz. Er zog Ylve mit sich und stellte sich zu Corus.

»Was soll mit Opryn und Kerstayn geschehen?«, wechselte ich das Thema.

»Sie werden ebenfalls in Camouflage bleiben. Vielleicht gesunden sie eines Tages, körperlich wie geistig.«

»Und ihre Tyarez?«

»Ihnen wird ebenfalls eine Behandlung zuteil. Andere Tyarez werden sich um sie kümmern. Gleichzeitig werden wir besprechen, wie wir die rigorose Ausgrenzungspolitik der Hautwesen abschwächen können. Sie müssen ihre moralischen Vorstellungen unbedingt ändern. Eine derart intensive

Symbiose wie jene mit den Gavivis werden sie niemals wieder eingehen können.«

»Wo befindet sich dein Bruder Opryn jetzt? Ich möchte ihn noch einmal sehen, bevor ich Camouflage verlasse. Schließlich hat er mir das Leben gerettet.«

»Er befindet sich in einem Genesungstank«, antwortete Corus reserviert. »Er möchte dir nicht mehr begegnen. Neben seiner anhaltenden Verwirrung würde er sich schämen, wenn er dir nochmals gegenübertreten müsste. Und im Übrigen ist er nicht mein Bruder.«

»Sondern?« Ich war überrascht. Bislang war ich davon ausgegangen, dass es sich bei den acht Namenlosen um Brüder gehandelt hatte.

Corus wandte sich ab. »Er ist mein Sohn«, sagte er leise.

In einer letzten feierlichen Zeremonie schlüpfte Sumbarn von mir und kroch in seine Schlafkuhle zurück. Er hatte viel von meinen Erfahrungen und Gedanken genascht. Er würde seinen Artgenossen von mir erzählen und möglicherweise dazu beitragen, dass sich die Tyarez anderen Symbionten gegenüber öffneten.

Der Abschied verlief kurz. Weder ich noch die anderen Beteiligten waren an großen Szenen interessiert. Transportfalten brachten uns zurück zur kleinen Flotte der Piraten. Die Raumlinse hatte ich unter Protest Tipa Riordans Ohm Santarin überlassen. Vielleicht fanden er und Ylve irgendwann einmal Verwendung dafür.

»Wie geht es Artemio?«, fragte ich die Piratin, während wir die Kommandozentrale der DREADFUL betraten.

»Er geht ein wenig gebeugt, seitdem man ihm die Tyarez-Haut abgenommen hat und er sich in einer Einzelzelle befindet. Er scheint größeren Auslauf gewohnt zu sein.« Die alte Hexe kicherte.

»Was hast du mit ihm vor?«, fragte ich.

»Na – was wohl?« Sie klapperte mit dem Gehstock über den Marmorboden der Zentrale. »Er ist immerhin Teil unserer kleinen Abmachung. Imperator Dabrifa ist sicherlich bereit, ein anständiges Sümmchen für ihn zu bezahlen. Meint zumindest Kampt Ruyten, mein organischer Erfolgsschnüffler.«

»Dabrifa wird Hoffins töten lassen.«

»... und vorher foltern – ich weiß«, sagte Tipa Riordan ungerührt. »Seltsamerweise will sich bei mir kein schlechtes Gewissen einstellen.«

Kapitel 46

Decaree wartete auf mich. Die USO wartete auf mich. Tausende Probleme warteten auf mich.

Und dennoch hatte ich auf Lepso noch etwas zu erledigen. Ein Gedanke wollte mir nicht aus dem Kopf gehen.

Also ließ ich mich von Tipa Riordan in der Hauptstadt Orbana absetzen und bat hochoffiziell um einen weiteren Gesprächstermin beim Thakan des Planeten.

Aerticos Gando fand sich sofort bereit, mir eine Audienz zu gewähren. Eine Vorzimmerdame bat mich nach der üblichen Kontrollprozedur in sein Arbeitszimmer.

»Atlan da Gonozal«, sagte der Thakan und lächelte unverbindlich. »Ihre Besuche werden zur lieben Gewohnheit. Haben Sie die Dinge erledigen können, für die Sie unsere Welt aufsuchten?«

»Das habe ich.« Ich schob ihm einen kleinen Datenträger über den Tisch zu und setzte mich ihm gegenüber hin. »Wenn es Sie interessiert, können Sie Teile meiner Erlebnisse in Bild und Ton nachvollziehen.«

»Sollte ich denn interessiert sein?« Er kratzte sich in aller Gemütsruhe über die Lashat-Narben seiner Wangen.

»Ich denke schon. Manche Dinge, die von einem Volk namens Tyarez berichten, hängen eng mit der Geschichte Lepsos zusammen.«

»Alles in dieser seltsamen Galaxis hängt irgendwie zusammen.« Er nahm den Datenträger und steckte ihn nachdenklich in eine Tasche seiner schmucklosen Robe. »Sie überraschen mich ob Ihres Spürsinns, Atlan da Gonozal.«

»Haben Sie, Thakan Gando von Lepso, ebenfalls eine Überraschung für mich? Sie sollten wissen, dass Sie mir vertrauen können.«

Der Thakan überlegte kurz. Dann griff er sich an die Brust und öffnete den Magnetverschluss seines Hemdes. Auch seine Brust war mit Pockennarben übersät. Gando löste die beiden lashatischen Traumkäfer, die ich bereits kannte, behutsam von seinem Körper und setzte sie auf dem Tisch ab. Die tiefblauen Käfer glühten für einen Sekundenbruchteil hell auf, dann erloschen sie und blieben reglos liegen.

Der Thakan holte tief Luft. In Höhe seines Brustbeines begann eine Bewegung. Es war, als *wühlte* dort etwas. Dann teilte sich das Fleisch mit einem schmatzenden Geräusch. Eine sechsfingerige Hand kam zum Vorschein, vier Finger, eingefasst von zwei lappigen Daumen. Ein Unterarm erschien, ein kugeliger Ellenbogen. Der Arm wand sich und streifte endlich den ganzen Oberkörper ab wie ein Gewand aus schwerem Stoff. Die Schultern hingen mit den Armen herab.

»Das genügt Ihnen sicher«, sagte der Thakan leise. »Mein Gesicht lasse ich aufgesetzt.« Seine Stimme hatte etwas *Fauchendes*, nicht bösartig, aber auch nicht mehr arkonoid.

»Es gibt die Gavivis also doch noch«, sagte ich. »Und welche geheimen Schätze hüten Sie, Thakan?«

Das Wesen fauchte erheitert. »Uns selbst, Arkonide, uns selbst.« Er beugte sich vor. »Wir sind ein altes Volk, wie Sie möglicherweise von den Tyarez erfahren haben.« Auch mit seinen Augen war indes eine Veränderung vorgegangen. Sie hatten sich nach innen gestülpt, waren konkav geworden wie daumennagelgroße Satellitenschüsseln. Winzige, bläuliche Entladungen schimmerten darin. »Wir werden die Arkoniden und die Terraner überdauern, alle Lemurervölker. Und eines Tages werden sich die Raumschiffe von Lepso zurückziehen, und die *Große Atempause* wird vorüber sein.«

»Ich bin Lordadmiral der USO. Wenn ich Ihnen und Ihrem Volk helfen kann, sein Recht zu bekommen, werde ich es tun. Und Großadministrator Perry Rhodan wird …«

»Terranisches Recht, Lordadmiral«, unterbrach mich der Thakan, »ist mit dem unsrigen nicht ganz kompatibel. Belassen wir es dabei.« Er klang plötzlich müde und erschöpft. »Ich möchte Sie nun bitten, zu gehen. Vergessen Sie, was Sie gesehen haben. Vergessen Sie das Volk der Gavivis. Wir werden Schatten bleiben, bis die Zeit gekommen ist.«

Ich stand auf, nickte dem Wesen mit dem aufgeklappten Brustkorb zu und verließ das Arbeitszimmer.

Ich hatte einen Verdacht gehabt, und er hatte sich bestätigt. Die Gavivis hatten einen Weg in die Anonymität gewählt, den ich nicht ganz nachvollziehen konnte.

Die unglaubliche Mittagshitze Orbanas überfiel mich wie ein Keulenhieb, als ich den Regierungssitz Gandos verließ. Sie sengte alle Gedanken an ein verloren gegangenes Volk weg, dessen Technik möglicherweise alles, was die bekannten Völker der Milchstraße zu leisten imstande waren, in den Schatten stellte. Auch den Tyarez, ihren ehemals kongenialen Partnern, würde ich vermutlich nicht mehr begegnen.

Das Summen meines Armbandkoms riss mich aus meiner Nachdenklichkeit.

»Krisenfall Danst!«, sagte eine weibliche Stimme. »Ich wiederhole: Krisenfall Danst.«

Der Alltag hatte mich wieder.

Kapitel 47

Unerkannt von den Bewohnern der riesigen Stadt, stieg Gando über vergessene Stege, Leitern und Treppen in die Eingeweide Orbanas hinab. Clochards, die hier hausten, achteten nicht auf ihn. Sein Volk hatte sich die Begabung antrainiert, sich auf Wunsch der Aufmerksamkeit anderer Lebewesen zu entziehen.

Er erreichte sein Ziel. Den Rand des unterirdischen Bereichs der Arena. Die SWD-Zentrale lag südöstlich von hier. Die labyrinthartige Unterkellerung über mehrere hundert Quadratkilometer hatte schon manches Opfer gefordert.

Ein Sumpfgebiet, eingepfercht zwischen hinfälligen Maschinenaggregaten, Häuserresten und undefinierbarem Müll, wartete auf ihn.

Er streckte seinen Arm aus, seinen *richtigen* Arm, und berührte die Oberfläche des Teichs.

»Hier hat alles begonnen«, murmelte er. »Und eines Tages wird es hier weitergehen.«

Die Lebensquelle der Tyarez, die seinem Volk zur Intelligenz verholfen und Millionen von Lebewesen aus allen Teilen der Milchstraße wie magisch angezogen hatte, blubberte ruhig vor sich hin.

ENDE

Glossar

Akon-System: Das Heimatsystem der menschenähnlichen Akonen liegt am östlichen Rand des Zentrumsgebiets der Milchstraße, 15.550 Lichtjahre vom eigentlich galaktischen Zentrum mit dem riesigen Schwarzen Loch (Dengejaa Uveso) entfernt. Die Distanz zum terranischen Solsystem beträgt rund 45.000 Lichtjahre, zu Arkon sind es 47.208 Lichtjahre.

Die blaue Riesensonne Akon entspricht mit ihrem Durchmesser von rund 250 Millionen Kilometern (180-mal größer als Sol) äußerlich einem A0I-Überriesen, erreicht jedoch eine für diese Sterne untypisch kleine Masse. Dies ist das Ergebnis einer Manipulation der Sonneningenieure. Ähnliches gilt für die Anwesenheit der 18 Planeten – normalerweise verfügen Blaue Überriesen nicht über Welten – und ihre Umlaufbahnen.

Hauptwelt des Systems ist Akon V, von den Akonen als Drorah bezeichnet. Dort leben rund eine Milliarde Akonen. Drorah wird von zwei Monden – Xölyar und Zikyet – umkreist.

Akonen; Aussehen: Die Akonen sind direkte Abkömmlinge der Lemurer. Sie haben samtbraune Haut und tiefschwarze bis kupferrote Haare. Wie die Arkoniden besitzen sie anstelle eines Brustkorbs aus Rippen massive Knochenplatten.

Akonen; Charakter: Der akonische Charakter wird oft als dünkelhaft, übersteigert stolz, herablassend und überheblich beschrieben. Wohlmeinende Geister hingegen bezeichnen die Akonen eher als zurückhaltend, reserviert, vorsichtig, distanziert und ironisch bis sarkastisch. Arroganz und Unnahbarkeit sind tatsächlich die hervorstechenden Charaktermerkmale der Akonen, hervorgerufen durch einen tief verwurzelten, wenngleich faktisch ungerechtfertigten Minderwertigkeitskomplex.

Schließlich können die Akonen auf eine mehr als 50.000 Jahre währende Geschichte zurückblicken, obwohl diese weitgehend auf dem gleichen Technologie- und Zivilisationsniveau verlief. So hatten sie zwar einerseits nie nennenswerte kulturelle oder technologische Abschwungphasen zu verzeichnen, entwickelten sich aber andererseits nie merklich weiter.

Daher konnten sie die nach ihrer Ansicht ihrem Volk zustehende Führungsrolle nie galaxisweit ausüben. Jedes Mal unterlagen sie im entscheidenden Moment einer überlegeneren Macht.

Diese wiederholten Niederlagen und Kränkungen haben sich auf die akonische Psyche nachhaltig ausgewirkt. Sie blähten den historisch, kulturell und technologisch bedingten Nationalstolz kompensierend zu einer Art Standesüberheblichkeit auf, so dass die Akonen alle anderen Völker für im Grunde minderwertige Emporkömmlinge halten, unabhängig von deren tatsächlichen Leistungen.

Dies führt zu einem ausgesprochen elitären Denken, das die höchste Vollendung des akonischen Volkes in der Unantastbarkeit seines Hoheitsgebietes und in der isolationistischen Bewahrung vor den Niederungen des galaktischen Sumpfes der Tagespolitik sieht. Hand in Hand damit geht eine übersteigerte Geheimniskrämerei bezüglich aller internen Belange. Die meisten Kulturforscher sind sich darin einig, dass in ihrer Abschottung gegen die Außenwelt auch der Grund für die seit Jahrhunderten in etwa gleichbleibend niedrige Bevölkerungszahl der Akonen zu suchen ist.

Akonen; Energiekommando: Schon in der Frühzeit des Akonischen Reichs entstanden, war das Energiekommando ursprünglich ›nur‹ für die Einrichtung und den Betrieb der Transmitterstationen im akonischen Herrschaftsgebiet verantwortlich. Dies änderte sich bereits während des Zentrumskrieges (vor 20.000 Jahren): Je weiter sich die akonische Flotte zurückzog, desto mehr wuchsen die Aufgaben des Energiekommandos als Nachrichtendienst und Geheimpolizei – von reiner Gewährleistung der Funktionsfähigkeit der Transmitter über deren weitergehende Kontrolle der betroffenen Kolonien bis hin zur aktiven Abschirmung gegen andere Völker.

Zu diesem Zweck bediente sich das E-Kom zudem als einzige Gruppierung des Akonischen Reiches einer kleinen Raumflotte. Nach der Entdeckung des Blauen Systems durch die Terraner rückte die Geheimdienst-Tätigkeit des Energiekommandos zunehmend ins Zentrum seiner Aufgaben. Sofern es dem Energiekommando nützlich erschien, wurde mit konkurrierenden oder gar feindlichen Geheimdiensten und Militärs zusammengearbeitet, sogar mit Verbrechern und deren Organisationen.

Aktivatorträger: Ein so genannter Zellaktivator – wie beispielsweise Atlan –, der im bekannten Universum ausschließlich von der Superintelligenz ES verliehen wird, verleiht seinem Träger die relative Unsterblichkeit. Grundlage dafür ist eine fünfdimensionale Schwingung, die ständig den individuellen genetischen Kode aktiviert. Aktivatorträger können also nur durch direkte Gewalteinwirkung sterben, aber auch dann, wenn man ihnen das Gerät einfach wegnimmt. In einem solchen Fall beginnt für den Aktivatorträger nach 62 Stunden eine rapide Alterung, die sehr schnell zum Tod führt.

Aras: Die Aras sind durchschnittlich zwei Meter groß, dabei extrem hager und feingliedrig. Da sie Arkonidenabkömmlinge sind, weisen sie anstelle von Rippen im Brustbereich massive Knochenplatten auf. Die Köpfe sind nach oben hin eiförmig verlängert und zugespitzt; die Kopfbehaarung ist äußerst spärlich und fehlt in den meisten Fällen völlig. Haut und Haare sind fast farblos, die Augen vom hindurchschimmernden Blut rot gefärbt.

Unmittelbare Vorfahren der Aras sind die Springer, die ihrerseits von arkonidischen Raumnomaden abstammen. Damit gehören die Aras zur lemurischen Völkerfamilie. Sie gingen letztlich aus einer Springer-Sippe hervor, die sich auf den Handel mit Arzneimitteln und anderen Substanzen spezialisiert hatte.

Seit Jahrtausenden sind die Aras in der gesamten Milchstraße als geniale Biomediziner, Bakterio- und Virologen sowie Genetiker bekannt; daher die Bezeichnung als »Galaktische Mediziner«. Natürlich beschäftigen sich nicht alle Aras mit medizinischer Forschung, aber die Mediker und Forscher prägen das Außenbild des Volkes. Heilung von Krankheiten ist für die Aras in erster Linie ein Geschäft. Im Regelfall sprechen die Aras daher auch nicht von »Patienten«, sondern von »Klienten«. Ein solcher Klient ist für die Aras stets ein Versuchskaninchen.

Arkoniden: Im 19. Jahrtausend vor Beginn der christlich-terranischen Zeitrechnung entwickelte sich auf dem dritten Planeten der Sonne Arkon (im Kugelsternhaufen M 13) das Volk der Arkoniden. Es stammte von akonischen Auswanderern ab; diese wiederum sind direkte Nachfolger der Lemurer, der so genannten Ersten Menschheit. Nimmt man es streng, sind die Arkoniden also Nachfahren der ursprünglichen terranischen Menschheit. Sie sind von der äußeren Gestalt her auch absolut menschenähnlich; meist sind Arkoniden hoch gewachsen und weisen einen vergleichsweise langen Schädel auf. »Reine« Arkoniden zeichnen sich durch weiße Haare, eine sehr helle Haut und rötliche Augäpfel aus. Der Hauptunterschied zu den Terranern liegt in der Anatomie: Arkoniden verfügen über eine Knochenbrustplatte anstelle von Rippen.

Über Jahrtausende hinweg war das Große Imperium der Arkoniden die stärkste Macht der Milchstraße. Im Jahr 1971 strandete ein Arkon-Raumschiff auf dem irdischen Mond; durch den Kontakt zu den Arkoniden kam Perry Rhodan in Besitz ihrer Technik und konnte in der Folge die Menschheit einigen.

Arkon; Gesellschaft: Die Gesellschaft auf Arkon ist streng aristokratisch geprägt, wobei Männer und Frauen gleichberechtigt sind. Die Mitglieder der großen Familien (Ragnaari, Zoltral, Gonozal, Quertamagin, Orcast, Monotos, Orbanaschol, Tutmor, Tereomir, Anlaan, Metzat, Thetaran, Arthamin, Ariga und viele mehr) kontrollieren die politischen, wirtschaftlichen und militärischen Schlüsselfunktionen. Zum Teil handelt es sich hierbei um Familienverbände von mehreren hunderttausend Einzelmitgliedern.

Atlan: Atlans arkonidisches Geburtsdatum entspricht dem 9. Oktober 8045 vor Beginn der christlichen Zeitrechnung. Der Kristallprinz erblickte auf der Kristallwelt Arkon I im Kugelsternhaufen Thantur-Lok – also M 13 – das Licht der Welt. Als Kristallprinz Mascaren Gonozal war er designierter Nachfolger des über das Große Imperium der Arkoniden herrschenden Imperators Gonozal VII. – doch sein Vater wurde, als Mascaren vier Arkonjahre alt war, auf dem Jagdplaneten Erskomier ermordet. Der Kristallprinz wurde vor den Schergen gerettet und wuchs auf Gortavor, einer Randwelt des Großen Imperiums, auf, geleitet von Fartuloon, dem Bauchaufschneider, seinem väterlichen Freund und Lehrmeister. In Erinnerung an den ursprünglichen Namenswunsch seiner Mutter wurde der junge Prinz Atlan genannt.

Atlan erlangte im Alter von 18 Arkonjahren nach intensiver Erziehung und Schulung auf der Prüfungswelt Largamenia den dritten Grad der ARK SUMMIA – dies war gleichbedeutend mit der Aktivierung des so genannten Extrasinns. Ab diesem Zeitpunkt besaß Atlan einen selbstständigen Dialogpartner im Gehirn, mit dem er kommunzieren konnte. Nach vielen Kämpfen und Auseinandersetzungen konnte der Tyrann Orbanaschol gestürzt werden.

Atlan trat danach zunächst in die Raumflotte ein; es folgten unter anderem Einsätze gegen die Maahks. Wenig später kam es zu Atlans Aufenthalt im Larsaf-System (Larsaf ist die Sonne; Larsaf III war der arkonidische Begriff für Terra). Atlan ließ auf Larsaf III eine Kolonie auf dem Kleinkontinent Atlantis errichten. Hier kam es auch zu Kämpfen gegen die Druuf, Wesen aus einem anderen Universum, dessen Zeitablauf gegenüber dem des Standarduniversums deutlich langsamer war. Im Alter von 36 Arkon- oder etwa 43 Terra-Jahren erhielt Atlan an Bord eines Robotschiffes im Auftrag der rätselhaften Wesenheit ES seinen Zellaktivator, der ihm fortan ein potenziell unsterbliches Leben ohne weitere Alterung ermöglichte.

Nach dem Untergang von Atlantis und dem Tod seines letzten arkonidischen Begleiters, der von steinzeitlichen Menschen mit einem Faustkeil erschlagen wurde, begann Atlan nach irdischer Zeitrechnung war dies der 29. Dezember 8000 vor Christus seinen ersten Tiefschlaf. Als ›Paladin der Menschheit‹ lebte er fast 10.000 Jahre auf der Erde (nachzulesen in den ATLAN-Büchern 1 bis 13).

Dagor-Lehre: Eine Harmonie im Sinne von Gleichgewicht ist der Kern der Dagor-Lehre. Nur wo das Einpendeln auf optimalem Niveau gemäß selbstregulierenden Mechanismen erreicht wird, lässt sich die waffenlose Dagor-Kampftechnik in Perfektion umsetzen.

Lepso: Der dritte von fünf Planeten der gelben Sonne Firing ist rund 8467 Lichtjahre von Sol entfernt. Sein Äquatordurchmesser beträgt 11.981 Kilometer, seine Schwerkraft 0,96 Gravos. Ein Tag auf der Sauerstoffwelt beträgt 21,3 Stunden. Die mittleren Temperaturen Lepsos entsprechen den subtropischen Zonen der Erde.

Lepso zählt seit vielen Jahrhunderten zu den berüchtigtsten Freihandelswelten: Auch im 14. Jahrhundert NGZ ist sie ein galaktisches Dorado für Schwarzhandels- und Schiebergeschäfte aller Art. Es bestehen keine Zollbeschränkungen, jedermann kann auf dem Planeten landen und tun und lassen, was er will. Gesetze sind äußerst weitmaschig, die ständig wechselnden Regierungen korrupt und von keiner galaktischen Großmacht abhängig. Der Titel des jeweiligen Herrschers lautet Thakan, der Geheimdienst nennt sich Staatlicher Wohlfahrtsdienst (SWD). Diese Welt des Chaos hat mit einiger Mühe eine ›Hauptstadt‹ hervorgebracht: Orbana.

Riordan, Tipa: Geboren im Jahr 2784, erhält einen Zellaktivator am 9. März 2909 (Second Genesis-Krise), also im Alter von 125 Jahren. Sie erkauft sich diesen ZA, indem sie Perry Rhodan und Atlan hilft, die acht von der Krise be-

troffenen Mutanten auf dem Planeten Minytso im Imperium Dabrifa zu lokalisieren. Zum Handlungszeitpunkt ist sie 318 Jahre alt. Tipa Riordans Leichnam wird im Jahr 3581 von Icho Tolot auf dem Planeten Wardall in der DREADFUL gefunden. Sie ist 3480 gestorben im Alter von 696 Jahren.
Ihr angelernter Beruf ist Kosmotoxikologin. Zur Handlungszeit beschäftigt sie sich als Piratin und verfügt über eine Flotte von 3.000 Raumern! Sie ist nach dem Verschwinden des Sol-Systems eine Befürworterin einer vereinten Menschheit und bekämpft erbittert die großen abgespalteten Sternenreiche Dabrifa, Carsualscher Bund und Zentralgalaktische Union. Tipa begeht Raubzüge und greift bevorzugt Planeten dieser Reiche an. Sie ist mentalstabilisiert.

Riordan, Tipa; Aussehen: Die alte Frau ist etwas über eineinhalb Meter groß. Sie hält sich nach vorn gebeugt und stützt sich auf einen Stock. Sie ist vollkommen in Leder gekleidet. Ihr zahnloser Mund wird von keiner Prothese ausgefüllt, so dass ihre Lippen wie eine schmale Kerbe wirken. Das vorspringende Kinn und die scharfrückige gekrümmte Nase verleihen ihr eine gewisse Ähnlichkeit mit einem Raubvogel. Ihre grauweißen Haare sind zu einem großen Knoten geformt, der genau in der Mitte des Kopfes sitzt. Tipa hat grüne Augen.

Riordan, Tipa; Ausrüstung: In ihrem Spezialstock hat sie im Griff Ortungsgeräte, Mikrohypersender und Normalsender untergebracht, im Stockteil selbst mehrere Waffen (u.a. Elektroschocker, Impulsstrahler, Desintegrator, Paralysator). Mit der ebenfalls darin eingebauten Hydraulik kann sie sechs Meter hoch und weit springen und damit Hindernisse überwinden. Ihr Haarknoten dient als Versteck für weitere Mikrowaffen und ein Ortungsgerät (einen Giftnadler, der wie eine Haarspange aussieht und ein Ortungsgerät, das durch eine Schwingungsflachsonde alle Messergebnisse direkt an das Gehirn weiterleitet). In der Gürtelschnalle befinden sich siganesische Mikroprojektoren zur Erzeugung eines Hochenergie-Überladungs-Schutzschirms. Nur ihr jeweilig Erster Wesir weiß, welches Arsenal an Waffen und Geräten die Alte mit sich schleppt.

Riordan, Tipa; Verhalten, im Speziellen Atlan gegenüber: Sie nennt Atlan ›Beuteterraner‹ oder ›Arkon-Scheich‹. Der Arkonide hingegen ruft sie ›Tante Tipa‹ oder ›Giftnatter‹. Sie ist ein keifendes altes Weib. Sie kokettiert gerne damit, dass sie jeden Mann haben könnte, weil sie durch die Piratenraubzüge steinreich geworden ist. Sie duzt jedermann, Atlan duzt sie ebenfalls. Der Arkonide misstraut ihr stets, hält ihre Absichten nicht für sonderlich redlich, behindert sie als Chef der USO allerdings nicht, weil sie sich stets gegen Einheiten und Planeten der abgesplitteten terranischen Sternenreiche wendet. Er versteht auch das Vertrauen nicht, das Perry Rhodan der Frau entgegenbringt. Diesen nennt sie übrigens ›mein Junge‹. Sie ist temperamentvoll und lässt sich von Atlan keineswegs ungestraft maßregeln.

Ihr Raumschiff heißt DREADFUL, einem 800 Meter-Raumer der STARDUST-Klasse. Besatzungsstärke: 1.200 Mann. Die ihr untergebenen Piraten grüßen sie, indem sie sich selbst mit der rechten Faust dreimal fest gegen das Kinn schlagen. Ihr Erster Offizier trägt den Titel ›Erster Wesir‹, der zweite wird ›Zweiter Wesir‹ gerufen. Die Schiffsbesatzung trägt Fantasie-Uniformen, es gibt keinen einheitlichen Dresscode.

Erst im Jahr 3432 ringt sie Atlan das Versprechen ab, dass seine USO-Schiffe die Piratenflotte unbehelligt lässt. Das bedeutet, dass Tipas Schiffe bzw. deren Besatzungen zur Handlungszeit als vogelfrei gelten.

Tekener, Ronald: Geboren wurde der Terraner im Jahr 2373 alter Zeitrechnung. Im Alter von 33 Jahren trat er als USO-Spezialist in Erscheinung, wurde schon zu Beginn seiner Karriere als Spieler und wildverwegener Draufgänger bekannt. Sein Fachgebiet war die Kosmopsychologie, zugleich zeichnete er sich durch umfangreiches kriminalistisches

Gespür aus. Lange Jahre arbeitete er mit Sinclair Marout Kennon, dem besten Freund, den er je hatte, als Kosmokriminalist zusammen. Die beiden erzielten als Team im 25. Jahrhundert alter Zeitrechnung überragende Erfolge. Im Jahr 2409 fand Tekener auf dem Planeten Khaza einen bislang unentdeckten Zellaktivator und nahm diesen an sich. Somit wurde er im Alter von 36 Jahren relativ unsterblich.
Schon früh waren ein Markenzeichen des Galaktischen Spielers seine Pockennarben, die sein Gesicht entstellt haben; sie sind Folgen des Lashat-Fiebers. Lashat-Pocken waren eine fast unheilbare Krankheit, die von einem Erreger auf dem Planeten Lashat verursacht wurde. Daher wurde diese Welt gefürchtet und gemieden. Tekener suchte sie trotz dieser Gefahr in wichtiger Mission auf. Die Narben sind ein Beweis für seinen ungewöhnlichen Mut. Seinen Spitznamen ›Smiler‹ bekam er wegen seines berüchtigten Lächelns in den brenzligsten Situationen. Tekeners besonderes Hobby sind alle möglichen exotischen Waffen.

Bei Fanpro erschienen bzw. erscheinen folgende Titel:

ISBN 978-3-89064-

Classic BattleTech

Schrapnell	Hrsg. M. Immig	Anth.	551-3
Wahnsinn & Methode	Michael Diel	1. Roman	592-2
Clangründer: Abkehr	Randall N. Bills	2. Roman	596-4
Das Schwert und der Dolch	Ardath Mayhar	3. Roman	425-7
Über dem Gesetz	Michael Diel	4. Roman	517-9
Clangründer: Traum	Randall N. Bills	5. Roman	597-1
Die Albatros-Akte	Reinhold H. Mai	6. Roman	526-1
Warrior: En Garde	Michael A. Stackpole	7. Roman	545-2
Warrior: Riposte	Michael A. Stackpole	8. Roman	546-9
Warrior: Coupé	Michael A. Stackpole	9. Roman	547-6
Früchte voll Bitterkeit	Ritter &Schreiber	10. Roman	458-5
Katze unter Bären	Arous Brocken	11. Roman	490-5
Clanwächter	Arous Brocken	12. Roman	491-2
In Ungnade	Chris Hartford	Roman	i. V.
Schattenkrieg: En Passant	Michael Diel	Roman	i. V.
Wiege der Basilisken	Reinhold H. Mai	Roman	i. V.

Atlan

Totentaucher	Wim Vandemaan	1. Roman	486-8
Die acht Namenlosen	Christian Montillon	2. Roman	487-5
Befreiung in Camouflage	Michael M. Thurner	3. Roman	488-2
Die Psi-Kämpferin	Achim Mehnert	4. Roman	i. V.

Hardcover

Vellum	Hal Duncan	Roman	i. V.
Sturm über Windhaven	Martin & Tuttle	Roman	531-5
Die Flamme erlischt	George R. R. Martin	Roman	530-8
Dead Man River	George R. R. Martin	Roman	529-2
Die »Eis und Feuer«-Saga:			
Eisenthron	George R. R. Martin	1. Roman	532-2
Königsfehde	George R. R. Martin	2. Roman	533-9
Schwertgewitter	George R. R. Martin	3. Roman	534-6
Krähenfest	George R. R. Martin	4. Roman	i. V.

Dies ist eine Bibliographie und kein Verzeichnis lieferbarer Titel. Es ist leider nicht möglich, alle Titel vorrätig zu halten.
Sollten Sie Fragen haben, kontaktieren Sie uns bitte unter

Fantasy Productions GmbH
Postfach 1517
40675 Erkrath
www.fanpro.com

Perry Rhodan
PLOPHOS
DER ABGESCHLOSSENE ZYKLUS IN 4 BÄNDEN
Band 1
Feinde der Menschheit
ISBN 3-8118-5549-2
Band 2
Soldaten für Kahalo
ISBN 3-8118-5550-6
ERSTMALS IM BUCHHANDEL ERHÄLTLICH!
Band 3
Panik im Sonnensystem
ISBN 3-8118-5552-2
Band 4
Planet der letzten Hoffnung
ISBN 3-8118-5553-0
Jeder Band
ca. 400 Seiten
Format 13,5 x 21 cm
Paperback
JEDER BAND NUR
€ 9,90
sfr 19,-